The Mystery Collection

INVASION

米本土決戦㊤

エリック・L・ハリー／山本光伸 訳

JN285574

二見文庫

INVASION (vol. 1)

by

Eric L. Harry

Copyright © 2000 by Eric L. Harry

Japanese language paperback rights arranged

with Pinder Lane Garon Brooke, New York

working jointly with Rights Unlimted, Inc., New York

through Tuttle-Mori Agency, Inc., Tokyo

米本土決戦——上巻

主要登場人物

ビル・ベーカー……………………………合衆国大統領
ステファニー・ロバーツ…………………ビル・ベーカーの娘で米陸軍の二等兵
アニマル(シンプソン)……………………米陸軍第41歩兵師団チャーリー中隊の機関銃手
アッカーマン………………………………米陸軍第41歩兵師団チャーリー中隊の小隊長
ジョン・バーンズ…………………………米陸軍第41歩兵師団チャーリー中隊の上等兵
ジム・ハート………………………………米陸軍特殊部隊(グリーンベレー)の大尉
エリザベス・ソーボー……………………合衆国副大統領
トム・レフラー……………………………合衆国下院議長
クラリッサ・レフラー……………………米国務省中国部局の責任者でトム・レフラーの娘
ハミルトン・アッシャー…………………FBI長官
リチャード・フィールディング…………CIA長官
韓哲民(ハンチューミン)…………………中国の通商大臣の息子で占領下アメリカの中国行政官
韓吾師(ハンウシ)…………………………旧姓〈呉(ウ)〉。韓哲民の息子で陸軍中尉
盛(シェン)…………………………………中国陸軍第十一部隊司令官
劉常興(リュウチャンシン)………………中国の国防大臣
珊珊(シェンシェン)………………………盛将軍の秘書

プロローグ

北アメリカ大陸は、ヨーロッパから三〇〇〇マイル、アジアから四〇〇〇マイル、公海によって隔てられている。そのため、世界でもっとも国外からの干渉を受けにくい地域となっている。……二つの大海にはさまれ、カナダとの関係も安定しており、発展途上諸国に対する問題も抑制可能であるため、アメリカ合衆国は安全に隔離されているという感がある。また、ほとんど完璧な独立独行の国でもある。国外からの供給がすべて途絶えたとしても〈持ちこたえる〉ことだろう。……核時代にあってもなお、建国以来アメリカがとってきた戦略においてもっとも重要な鍵を握っているのは、ふたつの大洋なのだ。海がアメリカを侵略から守りつづけているのである。

『戦闘地帯：未来戦争図解』
ジョン・キーガン、アンドリュー・ウィートクロフト著（一九八六年）

いったいどうしてこんなことになったの？　十八歳の二等兵ステファニー・ロバーツは、

アメリカ合衆国に新たな境界線を刻んだ埃っぽい路上のバリケードを見つめながら思った。

九名からなる分隊の最年少で、二名しかいない女子兵の一人であるステフィーは、トラックによじ登った。「蚊とんぼめが」大男のアニマルが彼女に向かって言う。機関銃一挺しかないこの分隊にとって、身長一七三センチ、体重五七キロのステフィーの操るライフルは貴重だった。機関銃を担当しているのは、ステフィーと並んでベンチシートに座っている体重一一三キロのいやなやつだ。短大時代フットボール選手だった十九歳のなまっ白いこの男には、六歳の子供なみの感情しかない。「オンナはあてにならねえ」男が小声で言うと、臭い息がステフィーにかかった。「機関銃のじゃまにならないように、ひっこんでな。さもなきゃ、中国人みたいに殺《や》っちまうぜ」ほかの仲間は聞こえないふりをしている。

「やってみなさいよ」とステフィーが答える。「この変態男」

暑い日だった。アラバマ湾岸から三二〇キロほど北にある立入禁止地区の境界には、無数の難民が群がっている。ステフィーの故郷から北へ三二〇キロほど離れた場所だ。北側はまったく異常がないように見える。砂嚢で守られた歩哨所のそばの物干し綱には洗濯物がかかっている。商店は営業中だ。町は活気づいている。人びとはいつもどおりの生活を営んでいた。機関銃や戦車やミサイル発射台がひそかに配備されていることに気づかなければ、何も変わったことはないように見えるだろう。難民キャンプでさえ、テントと移動住宅とバーベキューセットが林立した様子は、夏の国立公園のキャンプ場さながらだ。

憲兵と州のハイウェーパトロールの混成チームが検問所のゲートを上げ、十数両編成の輪送車隊に手を振って通るよう合図をした。ディーゼルエンジンが唸りをあげ、不快な排気ガスを吐き出したが、うだるように暑い日だったので、このような風でもステフィーにはありがたかった。トラックは歩哨のそばを通りすぎ、自分たちはこれからアメリカを発《た》とうとしているのだとステフィーは強く感じた。

路肩に砂囊を積み上げた壁が見えなくなり、舗道もあっという間に遠ざかっていく。トラックは紛争区域に入っていた。二つの大きな軍隊にはさまれた中間地帯。不毛の荒地。来るべき嵐に備えるかのように、あたりは静まりかえり、空虚さが漂っている。

合衆国南東部に刻まれた断続線を新たに描き加えた地図はないものの、部隊指揮官は中国の偵察隊から奪った血で汚れた数枚の地図を、歩兵中隊の全員に見せた。一週間におよんだ野外演習も終わりに近づき、ヘルメットや背囊《はいのう》に腰を下ろした十代の若者たちは、黙って次々に地図を回した。ここにいるのは、過酷な新兵訓練所を一カ月前に出たばかりの百十名の歩兵と、その間ぬくぬくとしたベッドで英気を養ってきた四名の指揮官たちだ。みんな薄汚れて、日に焼け、汗にまみれ、蚊にさされ、擦り傷や痣だらけだった。休んでいるときのだらしない姿勢から、ひどく疲れていることがわかる。

だが、地図が次つぎと手渡されるたびに怒りが爆《は》ぜた。ちらりと見た目の中に炎があがる。膨れあがった怒りのため、誰もが歯ぎしりを繰りかえした。ホリデーイン近くの急造兵舎に戻るためのトラックが着いたときには、地図は一巡りしていたが、大きな車座になった場所から腰を上げようとする者はいなかった。ステフィーはこのトラックに乗れば、分隊のもう一人の女子兵、オレゴン出身で十九歳のベッキー・マーシュと同室になる。エアコンつきの準個室では、シャワーも使えるし、ふかふかのベッドも待っている。だが、骨の髄まで疲れているにもかかわらず、若者たちはその場を離れようとはしない。この小隊の指揮官であるアッカーマン中尉は、笑いを噛み殺していらだったふりをしている。カース三等曹長と下士官たちはにこりともしない。

その日、兵士たちは士官たちを森に案内していた。彼らは前の週、塹壕を掘ったり、低木を切り倒したり、木立を相手に射撃練習をしたり、黒こげになった泥の山に突撃したりして過ごしたのだ。敵から奪った地図には、アラバマ州の町の名がすでに漢字で印刷してあった。「しっかりつかまってろ」トラックがスピードを上げると、分隊長のコリンズ軍曹がどなった。新編成された部隊の最初の任務は、危険にさらされた湾岸のパトロールだった。弾倉のカチッという金属音や銃尾カバーの閉まる音が、ひゅーひゅーと絶え間なく吹きつける風の音にまじった。みんながトラックの幌にしっかり摑まって風を受けているとき、ステフィーは故郷のなじみ深い目じるしを指差し数えはじめた。ひびの入った二車線のハイウェーは、自宅の庭のように知り尽くしている。トラックはスタッキーズの前を通りすぎた。タスカルーサでのフットボール観戦からの帰り道、義父はかならずここに立ち寄って豆ピーナッツバーを買ったものだ。ある暑い日、ラジエーターの水漏れ修理をしてもらうあいだずっと待たされた、あのガソリンスタンドも見える。あそこのスイカは世界一新鮮よ、と母がしつこくいっていた露店もあった。すっかり板で囲まれている。ほったらかしだ。みすぼらしかった。

分隊のほかの仲間は路肩の目新しい看板を指さしている。B級映画でのだらしない女子高生がはまり役の有名女優が、ルビーのように赤い唇に人差し指をあてている広告掲示板だ。若者たちはメッセージの真意などまったく意に介さず、誘惑するようなその姿を見て卑猥な言葉を吐いたり淫らなしぐさをした。〈ゆるんだ唇は船をも沈める〉というコピーが一番上に書いてある。彼女の女優として進む方向もこれで大きく変わるだろう、とステフィーは思った。

潜望鏡とコンピュータ制御の監視装置――現時点では南を向いている――を備えたコンクリート製の掩蔽壕が、ハイウェーの立体交差の盛り土から顔をのぞかせていた。どの橋にもオレンジ色の標識が出ている。〈警告！　爆破準備完了！〉。遠くの広々とした農地――ミサイル迎撃のための特攻作戦がとられた場合は、飛行場になる――には、予備配備された大砲の黒々としたクレーター状のピットがいくつもうがたれている。道路の片側に沿って三角形の位置標識が並び、地雷設置ずみにつき舗道から路肩へのはみ出しを禁ずる、という警戒標識が出ている。一定の間隔を置いて並べられた黄色い三角形の標識――黒どくろの下に十字に組んだ骨のマーク――は、トラック隊が危険箇所に近づきすぎるたびにピカリと光った。

まだ工兵が解体作業を続けている小さな町を通ることもあった。トレーラートラックにはあらゆる軍用機器が積みこまれている。移動式発電機、掘削機、変圧器、プロパンボンベなどだ。工兵が移動させることができないものは破壊される。四方八方で、黒煙の柱が立ちのぼっている。解体作業のせいで、トラック隊は進めなくなることもあった。金属製の給水塔が爆破されると、停車中のトラック隊から喚声があがった。倒れた給水タンクの側面にペンキで書かれた落書きは、風雨にさらされて消えかかっている〈ゴー、ワイルドキャッツ！大学バスケット二部リーグチャンピオン、二〇〇一年二月〉。すさまじい音がやむと、興奮した歩兵たちは、手振りや独自の効果音を使って途方もない光景を再現してみせた。誰もが夢中になって立ち上がっていた。胸中の不安を押し隠しながら。そしてステフィーは、こんなに暑い日にもかかわらず、全身に悪寒を覚えていた。

三十分にわたって、姿の見えない工兵たちの引き起こす雷のような大音響が、あたり一帯を領していた。激しい爆発の衝撃が体に伝わると、トラック内の不安げな話し声はすぐに静まった。アメリカはまだ戦場にはなっていないが、腹に響く衝撃に心は乱れ、死の予感に神経はいらだった。若者たちは自分の心と向き合った。そうせざるをえない雰囲気だったのだ。だが、自分たちの前途を声に出して予想する者はいなかった。ベッキーを除いては。このルームメートはホリデーインでの二週間、ステフィーが眠らせてくれと頼んでも、朝のあいだずっと今後の悲しい運命を想像して過ごしたのだ。

午前八時ごろ、トラック隊はメキシコ湾への移動を再開したが、すぐに垂れこめた濃い煙霧に突入してしまった。むせるような臭いを防ごうと、ハンカチで口や鼻を押さえる者もいた。ああ、あの臭いだ、とステフィーは思った。八歳の夏休みに行ったカナダのロッキー山脈。初めて嗅いだ山火事の臭いだった。

アラバマの森を舐め尽くした大火災はどこにも見えないものの、ハイウェー沿いの木々は、もはや黒こげの残骸、もろい大枝、尖った黒い指にすぎない。これでは夜になって寒さが増しても、中国兵は隠れるための立ち木にしろ、焚火用の薪にしろ、一本も見つけることはできまい。アメリカ軍のすさまじい銃撃から身を隠すこともできないだろう。敵が目にするものは、何もかも死に絶えた破壊の跡だけだろう、とステフィーは激しい憎悪を感じながら思った。ポキッという、歯が折れたときのような音が、顎の奥で大きく響いた。顔がひきつったが、必死に涙をこらえた。怒りを感じると、いつも涙が出てしまうのだ。

隣に座っていたジョン・バーンズ上等兵だけが気がついた。彼女のほうをちらりと見て、片方の口角を上げてほほ笑むと、目を閉じてふたたびうとうとしはじめた。

最初のころ、トラックに乗っている二十名ほどの兵士のうちで、気持ちよく眠っているように見えたのは彼一人だった。二つの分隊といくつかの兵器班の兵士がぎゅうぎゅう詰めにされている。バーンズを除く全員がむっつりと黙りこんで、煙霧に覆われた荒れ果てた風景を見つめていた。そして、まるで御守りか何かのように、それぞれの武器を握りしめていた。

しかしいつの間にか、一人また一人と眠りはじめた。やがて――ステフィーはあたりを見回して驚いたのだが――仲間は一人残らず、ぐっすりと眠りこんでいた。隣の大男、アニマルも彼女にもたれかかっている。

ステフィーも同じように、うとうとしそうになった。暖かいそよ風になぶられていると、話をしようという気がなくなってしまう。コンクリートについた一定間隔の継目を越えるたびにタイヤから伝わってくる振動は、まるで睡眠薬だ。サスペンションが固いため、古いトラックは絶えず前後左右に揺れる。だが、ステフィーは移動中に眠ることがどうしてもできなかった。車の中では絶対にくつろいだ気分になれないのだ。

ジョン・バーンズは彼女を励ますようにもう一度ほほ笑みかけると、ふたたび目を閉じ、ヘルメットをかぶったまま幌を支えている金枠にもたれた。ステフィーは高校時代からの癖で、その若者にほほ笑みかえした。もっとも、黒い髪をしたバーンズはみんなより少し年上なので、男性と呼ぶほうがふさわしいのだが。高校か、と彼女は思った。高校！ 壇上に進み出て卒業証書を授与されたのは、四カ月前のことだった。卒業記念ダンスパーティーの夜、休暇で部隊から戻っていた恋人のコナー・レイリーとともに、リムジンのレンタカーでパーティーのはしごをして夜を明かした。あれはたった四カ月前のことなのだ。

気持ちが落ちこみ、不安に打ちひしがれ、そして突然、なんの覚悟もできていないことに気づいた。夏も終わりに近い、静けさに包まれたうららかな朝、十八歳のステフィーの心は一つの疑問でいっぱいになっていた。いったいどうしてこんなことになったの？

テレビ画面にちらちらと映る、遠い国での戦争の様子。十歳のステフィー・ロバーツは、夜のニュースの不鮮明な画面に見入っていた。母親は見ないふりをしていた。「タイがベトナムに援軍を送ったにもかかわらず、中国の侵攻を遅らすことはできませんでした」そしてニュースの話題が韓国での退屈な儀式に移ると、ステフィーはふたたび日記帳に向かった。

『今日サリー・Hが、わたしたちは歯並び矯正ブレースをはずしたらすごくきれいになるけど、グロリア・Wは鼻をなおさなきゃだめね、と言った。わたしがジュディーにそれを話すと、ジュディーはジェームズ・サーモンドのばかに話して、そしたらあいつがグロリアに話した。グロリアはわたしのこと、とってもとっても怒ってる。ほんとにすっごく変な話！』ステフィーは最後の一文にアンダーラインを引いた。米軍は、とレポーターが説明している。南北朝鮮の再統一を条件として引き揚げました。全国的な自由選挙の前夜、報復を恐れた首脳たちが国外に逃れたため、北朝鮮政府は崩壊しました。暴動を鎮めるため、中国と韓国が無力化した北朝鮮に侵入しました。両国の陸軍が衝突し、中国が朝鮮半島全土を占領しました。南も北もです。ただ今、積年の夢であった南北統一の実現を祝う式典が、中国の傀儡《かいらい》政権によって執《と》り行なわれています。『ジェームズ・サーモンドに天罰を！』ステフィーは退屈な番組の音量を絞ると、日記にそう書いた。「おい、おい！」義父がリモコンを摑んで言った。両親は、義父が勤めている会社に影響を及ぼすニュースに耳を澄ませた。防衛費の削減にもかかわらず、議会は対ミサイル用シールドに何十億ドルもの支出を承認しようとしていた。義父の顔がほころんでいる。「さあ、これでやっと、給料を上げてくれと言えるんじゃない？」と母が言った。ステフィーは外へ出ると、憎らしいやつをこてんぱんにやっつけることを考えながら、薄れゆく日射しのなかを裸足でビーチへ降りていった。

メキシコ湾の青い水は、ステフィー・ロバーツが子供だったころと同じようには見えなかった。何もかもが以前とは変わっていた。「第一分隊、出ろ！」コリンズ軍曹が叫ぶ。「海岸には入るな！　地雷が仕掛けてあるぞ！　さっさとしろ！」ステフィーの分隊の男子八名と女子二名は、武器と装備をかついで幌付きの緑色のトラックからとび降りた。フィラデルフィア出身のトニー・マッセラは舗道に立つと、真昼の日射しに目を細めて軍用サングラスをかけた。「アラバマって、年じゅうこんなにくそ暑いのか、ロバーツ？」

「プッ」アニマルが拳を口に当てて咳をする。「プッ、プッ、プッシー！」発作のまねをしてみせてから、ちゃんと聞こえたかどうか確かめようと、マッセラに笑いかけた。ばかにしたのがほかのやつだったら、機関銃手助手であるいかついマッセラは、相手を恐ろしい剣幕で脅すか、あっというまに殴り倒していたにちがいない。だが、みんなからアニマルと呼ばれている図体のでかい機関銃手——おそらく、ずっとこの部隊に配属されたままだろう——はオハイオ州の守り神を気取っているやつだ。この男の前では、誰もが委縮してしまう。マッセラは好きなように言わせておいた。アニマルが咳払いをする。「すまん、すまん。ちくしょう！　おれどこか悪いのかな、アントニオ」

「トニーだ」訂正するのはこれで百回目だ。部隊に武器が支給されてから、ずっとこの調子だ。ほかの仲間は押し黙っている。

十二歳になるころには、ステフィーの世界情勢に対する興味はますます薄れていた。だが、アラバマ州モービルにある中学校のコンピュータルームである日、クラスのみんなと大型スクリーンで見た内容は覚えている。一人の成人男性——インドの首相だった——が泣きながらボンベイの埠頭に立っていた。暗い部屋に詰めこまれていた七年生の目は、その光景に釘づけになった。幼さの残る生徒たちは、大人が取り乱している姿を見ると自分も混乱してしまうものの、苦しみの原因をはっきり理解できるほどには成長していない。インドの民間人と兵士たちが、人であふれた灰色の駆逐艦にあわただしく乗りこんでいる場面が映った。「どうしてインドの首相があの船に乗らなかったか、わかる人?」教師がひどく厳しい口調で尋ねる。誰も答えないので、こう続けた。「パキスタンと中国の軍隊が町のすぐ外にいたからですか?」今度も、思いきって意見を口にする者はいない。「あれがイギリスの船だったからですよ」教師がため息まじりで説明を始める。秀才揃いのクラスだった。先生がっかりしてるわ、とステフィーは思った。「とても誇り高い人だったので、外国の船で祖国を離れることなどできなかったのです」みんなの目が泣いている男に注がれた。ステフィーは手を挙げ、指名されると、丁寧に尋ねた。その後、その人はどうなったのですか?「死刑になりました」という答えが返ってきた。「銃殺です」考えたあげく、ステフィーが口にしたのは「ありがとうございました」のひと言だけだった。

「口を結んで、装備をかつげ!」分隊長がどなる。実際には、トラックの後ろに立ってしゃべっている者はいなかった。二十歳のコリンズ軍曹は分隊一の年長者で、神経質な男だった。「わからんばかはいないだろうが、念のために言っておく。ここがメキシコ湾だ!」

もちろん、みんなわかっている。トラック隊が海に近づくにつれて、地形はますます平らになってきた。一カ月以上も前に、工兵隊がモービル郊外に点在するゴーストタウンでの作業を終えているからだ。病院や学校や郡庁舎の黒ずんだ瓦礫は、まるで激戦の跡のようだった、とピーター・スコットが言っていた。だがステフィーは、徹底した破壊の跡なら、時事解説誌の表紙でさんざん目にしてきた。横浜《ヨコハマ》やシンガポールやボンベイの荒涼とした風景に較べれば、間引くために解体した公共建築物の瓦礫などたいしたことはない。それに、テルアビブも。そう思いながらも背筋が寒くなった。

一目見たメキシコ湾の風景は衝撃的だった。高い松のあいだから見える青い水平線を目にして、ステフィーは胸が悪くなった。湾沿いの道路を走りながら、内なる悪魔と対峙するかのように岸辺を見つめる者もいた。陸軍余剰品であるM-16ライフルの照準器を上げて、そこにヘルメットをかけている連中もいた。

十三歳のとき、ステフィーのサッカーチームが州大会で優勝した。彼女は九十分間ずっとミッドフィールドでプレーした。ゴールを決めることも、勝利につながるアシストもできずにいたが、一週間にわたるトーナメントからくる足の痛みをものともせず、ペナルティーエリアからペナルティーエリアへと走りまわり、ヘディングを試み、きびきびとパスを通した。そんな彼女が殊勲賞ものの働きをしたのは、試合も終盤に差しかかるころだった。ゴール寸前の敵方ボールを、滑りこんでクリアーしたのだ。終了のホイッスルが鳴ると、チーム全員が雨に濡れたグラウンドの芝に腹から滑りこみ、肩を抱き合い、泣きながら最高の喜びを分かち合った。州大会で優勝すれば——その可能性はあった——翌年の合宿に参加できるだろう、とシーズン初めにコーチが言っていた。……それも南フランスでの！　みんな、週に五日の練習をこなしてきた。地元での通常の試合を終えてから遠征し、その晩、ふたたびトーナメント試合を戦った。州大会の準々決勝に進むまでは、みんな縁起をかついで合宿のことは口に出さないようにしていた。ところが、準決勝が終わってグラウンドから引き揚げるとき、泥だらけのサリー・ハンプトンがステフィーの耳もとで叫んだ。

「フランスに行くわよ！」

サリーの予言は的中した。優勝したのだ。

歓声がおさまったとき、コーチの声がした。「悪いな、みんな！」すまなさそうに叫ぶ。全員がコーチを見上げた。「行けなくなったんだ」何人かの口から「なんですって？」という声があがったが、「どうして？」という悲鳴のほうが多かった。インド洋で戦争が起こったため、フランス側が合宿を取りやめたのだ、とコーチは答えた。「行くだけ行ってみれば？」とゴールキーパーのグロリア・ウィルソンが食いさがった。「ご両親が、危険だといって反対するだろう」コーチは眉をひそめて答えた。腹這いのままだった少女たちは起き上がると、思いつく限りの言葉を口々に叫びながら、親たちのところへ降りていった。「船じゃなくて、飛行機で行くから！」「戦場からは、えーっと、一六〇〇キロも離れてるじゃない！」「約束したのに！」最後の一人は悲しげなあえぎ声で言った。まあ落ち着いて、というようにコーチが手を伸ばす。「おまえたちには本当にすまないが、インド洋でヨーロッパが中国に負けてからというもの、海外に行くのはとにかく危険なんだ。何が起こるか、まったくわからんからな」少女たちは、がっくりきた。どうしても納得できず、車に戻らないと駄々をこねる者もいた。ステフィーがなんとか我慢できたのは、父親――観客席に残っていた実の父――の姿を目にしたからだった。母親は彼に気づくと、応援にきていたというだけで、目を剝いて怒った。

ステフィーは父に駆け寄った。彼は手を差し伸べて、娘をしっかりと抱き寄せた。「父さんは鼻が高いよ！」頭の上で声がすると、ステフィーはにっこりして、父の胸に深々と顔をうずめた。「よく走ったね！ ヘディングの数もすごかった！ パスもちゃんと渡してたし！ それに、なんといっても、最後はおまえがゴール寸前の敵方ボールをクリアーしたおかげで勝てたんだ！」ステフィーは顔を上げ、父にむかってほほ笑んだが、歯を隠そうとして唇を閉じた。「にっこりしてごらん、ステフィー」父は両手でそっと娘の頰をはさむと、顔を上げさせた。「矯正用のブレースは、もうはめてないんだから。昔からずっと、そして今も、おまえは世界一きれいなんだよ」ステフィーは笑った。父は泥のついた娘の頰を両手でやさしく撫でた。「おまえは父さんの宝だ」お祝いのバーベキューパーティーでは、前夫のおかげで娘の最良の日がだいなしだと母はぼやきつづけ、チームメイトは合宿にいけなくなった腹いせに、示し合わせて親にひと言も口をきかなかった。だがステフィーは、だんまりを通してはいたものの、ずっと上機嫌だった。至福、ともいえるほどに。すべてが順調だった。何もかも、すばらしかった。

ステフィーは、トラックのテールゲートに置いた背嚢を取りに戻った。「少し装備を持ってやろうか?」ジョン・バーンズが小声で言った。彼は四〇キロ近い自分の背嚢の重みで前かがみになっていたし、同じ分隊でさえなかった。アニマルが卑猥な感じで、しきりに舌を上下させている。ジョンに対するアニマルの露骨なひやかしに、分隊の仲間はくすくす笑った。「一人で大丈夫よ」うっ、と力んでからステフィーは背嚢を担ぎ上げた。危うくへたりこみそうになったが、歯を食いしばって、息が詰まらないように気をつけながら固定用ベルトを胸と腹のあいだで×印にきつく締めた。それから、M－249機関銃とともに支給されたM－16を摑んだ。銃身の下に装着された口径四〇ミリの擲弾発射筒はおもちゃのように見える。ずんぐりした弾丸状の手榴弾を取りつけた弾薬帯を、両肩から袈裟《けさ》懸けにした彼女の姿は、まるで西部劇に登場する大口径の銃を持ったガンマンのようだ。

ベッキー・マーシュは、ジョンが自分には一度も声をかけずに仲間と出発したため、いじけてぶつぶつ言いながら、ばかでかい背嚢を担いだ。「けっこうよ、わたしは間にあってるから」と、皮肉たっぷりにつぶやく。「でも、お義理にでも訊いてくれたっていいじゃない!」にらみつけられたステフィーは、気づかないふりをすることにした。

第三小隊は三十一名の兵士で編成されている。アッカーマン中尉と無線係とカース三等曹長が、九人編成の分隊ごとに四列に並んだ歩兵の前に立っている。第一から第四までの分隊に属する二十七名の歩兵のうち、十九名が男子、八名が女子である。各分隊には二つの射撃班が設けられ、八名の女子は均等に振り分けられている。各射撃班に一名だ。各分隊は、一人ひとりが片腕の長さの間隔をとって、分隊の指揮官たち――三名の軍曹と一名の伍長――の左側に列を作っている。整列した兵士たちは、行進の際の間隔をとるべく、左腕を水平に前に伸ばしている。各分隊の最後に一人ずつ加わったため、列は普段より伸びていた。機関銃手二名と、ミサイル担当兵二名からなる兵器小隊が、中隊から各分隊に配属されたのだ。本日の第三小隊は、大隊から派遣された四名の衛生兵を加えて、総勢五十名だった。

十四歳になると、ステフィーは異性のことで悩むようになった。次つぎに現われる〝今までに見たこともないかわいい男の子〟の最新版に会ったのは、各宗派合同で開かれた第二次ユダヤ人ホロコースト慰霊祭だった。自分より少し年上らしい――十六歳だった――その子は、輝く黒髪に黒い目、雪のように白くてすべすべの肌をしていた。きっと両親が皮膚科の先生なんだわ、と彼女は感心してしまった。それから不意に、あの子はきっとユダヤ人ね、と思った。祈りが次つぎに――聞き覚えのあるものも、耳慣れないヘブライ語のものもあった――捧げられるにつれて、ステフィーが描くすてきな恋のシナリオはどんどん膨らんでいった。しかしそれも、身を乗り出してきた義父に小声で話しかけられて、台なしになってしまった。「まあ、半分は自業自得だろうな。核兵器は使うな、と中国はイスラエルに警告したんだから」母親は当惑して、彼のつま先をふんづけた。うーっ、と義父が痛みをこらえているとき、いとしの君が振りかえった。その顔を見て、ステフィーは心の底からショックを受けた。〝輝く二つの湖〟から涙があふれ出し、謎めいた少年の白磁のような頬を濡らした、と彼女は日記に書いた。その夜、インターネットにアクセスして、テルアビブ関連の記事を読んだ。中国が警告していたにもかかわらず、侵略を阻止するためイスラエルは核兵器を使用したのだ。中国は報復として、市民もろともテルアビブを破壊した。ステフィーはビデオを何度も何度も見た。画面の右下に出る字幕の漢字は読めなくても、秒読みの数字は万国共通だ。時計が〇を示すと、いくつもの目のくらむような閃光が都市のスカイラインを呑みこんだ。

「第一、第二、第三分隊と緊急配属のメンバーは」と、中尉に昇進したばかりの、長身痩軀のアッカーマン小隊長が大声で言った。「海岸をパトロールするから、おれとカース三等曹長についてこい！　第四分隊はトラックを見張れ！」

「静かにしろ！」カース三等曹長がどなったが、ステフィーのまわりでは話し声は聞こえなかった。ただ、彼女の列の後ろに並んでいた、運よく楽な仕事にありついた第四分隊がカースに睨まれておじけづいた。

「ビーチをパトロールする者は、油断なく気を配れ！」とアッカーマンが続ける。陰ではみんな、彼のことを〈陸軍士官学校《ウエストポイント》〉と呼んでいる。「タイヤの跡を見つけたら、かならず大声で知らせるんだぞ！　ここは無差別発砲地帯だ。道路の両側の地雷に注意しろ。舗道に埋められた地雷はコントロールされていて、今のところは安全だがな。武器を持て。弾を込めろ。安全装置をかけろ」銃口を仲間からそらして持った兵士たちが、セレクター・スイッチを確認するカチッという金属音がいっせいに響いた。ステフィーは湾曲した三〇ミリの弾倉を取り出した。複列式に並んだカートリッジの一番上の一本がぎらぎら光っている。強襲ライフルに弾倉を込めなおし、四〇ミリの破片擲弾を発射筒に押しこむ。ピシッというポンプ式ショットガンのような音をたてて発射筒の底部を閉め、ライフルと発射筒のセレクター・スイッチが〈セーフ〉になっていることを確かめた。「沿岸防衛条例に従って」と、アッカーマン中尉が声を張った。「この地域には戒厳令が敷かれた！　見つけた民間人は残らず逮捕しろ、という命令だ。それから、徹底的な武力行使も認められている！　中国軍と接触した場合は通報し、交戦して殲滅《せんめつ》せよ、とのことだ！　一列縦隊！　ヒギンズ伍長、おまえが先導しろ！　出発！」

十五歳のステフィーは知りたがり屋だった。「あのニュージーランド人たちは、どうしてアメリカの船にゴミを投げつけたりしたの？」アメリカに守ってもらえなかったから気を悪くしたのさ、と義父が食べ物で口をいっぱいにしたまま答えた。行儀が悪いですよ、とステフィーの母親が咳払いをしてたしなめた。「どうして守ってやらなかったの？」第三次世界大戦の危険を冒してまで守る価値がなかったからさ。特に、画期的な第二世代ミサイル・シールドが使えるようになる直前だったしね。「どっちが強いの？　アメリカ？　中国？」アメリカだ。「じゃあ、なんだって、マニラがレイプされるのを黙って見ていたの？」そんな言葉を使うもんじゃありません、と母親が言う。義父が答える。中国は、以前超大型タンカーをつくった韓国の造船所で、新しい超大型空母を造ったんだ。アメリカのより五倍も大きくて、戦闘機も三倍のせられるやつをね。なかには、二万人の兵士を運べる船もあるんだ。「アメリカ軍は？」「中国の陸軍って、どれくらい大きいの？」三千万から四千万人くらいだろうな。「アメリカ軍のほうが強いなんていえるの？」さあ。数十万人ってとこかな。「じゃあ、どうして、アメリカ軍のほうが強いなんていえるの？」父さんの会社でミサイル・シールドを造ってるからさ。「でも、中国でも造ってるんじゃないの？　どこの国でも造ってるんでしょ？」義父は質問攻めにうんざりしてきた。

分隊は岸辺と平行に延びるハイウェーを進み、ステフィーの自宅の方角へまっすぐ向かっていた。彼女の分隊は三番目で、列の最後だった。各兵士の間隔は一〇メートル、先頭は三〇〇メートル以上先にいるが、ステフィーは顔の前に細いコードで吊り下げられた一インチの液晶デジタルスクリーンを通して、先頭にいるヒギンズが目にしているものを見ることができる。旧式のケブラーヘルメットは、電子工学技術によって改良されていた。スクリーンとマイクがコードでつながれ、耳覆いにはイヤホンがつき、ベルトで肩に取りつけられたバッテリー式受信機へとワイヤーが伸びている。これらの装置に加えて、先頭はペン先ほどの小型カメラと発信機を持っていた。

しかし、編成されたばかりの第四十一歩兵師団が使用しているのは、基本的には寄せ集めの装置にすぎない。正規の常備軍である番号の若い師団の装備に較べると、足元にも及ばなかった。プロが使っているのはフル装備の最新軽量セラミックヘルメットだ。ステフィーは左側の砂丘と右側のビーチを入念に調べたが、道路外にはありふれたゴミがあるだけだった。キャンディーの包み紙。コーラの空き罐。砂に半分埋まっている黄ばんだ新聞紙。

「これを見ろよ！」前方にいるステフォン・ジョンソンが言った。ステフィーの調子の悪い左のイヤホン越しに彼の声が聞こえてくる。ワシントンDC出身の擲弾兵ジョンソン伍長は、ステフィーが属する射撃班アルファーの班長だ。彼はコンバットブーツで使用ずみのコンドームを蹴った。「こんなところでもお楽しみだったようだな、ロバーツ」男たちはかわるがわる笑ってひとこと言いながら、しぼんだコンドームのそばを通りすぎた。

「静かにしろ！」とうとうコリンズ軍曹がどなった。ひび割れた舗道にできたばかりの窪み――気持ちの悪い緑色の水が半分ほどたまっている――を避けながら、みんな黙って歩きつづけた。砲弾の跡にちがいない、とステフィーは思った。それとも、空軍が中国の偵察機を攻撃したのだろうか……。

　ステフィーの腿と肺が焼けつくように、ひりひりしはじめた。重装備のせいで、腰と肩が痛みだした。トラックから遠ざかるにつれて、みんなの分厚い森林地帯用迷彩服の上まで汗が染み出てきた。ステフィーの自宅はもうすぐそこだ。外界と触れることができるのは、アッカーマンとともに隊列の中央にいる通信兵の機器を通して、雑音まじりの音が海風のようにたまに入ってくるときだけだ。人影のない海岸線に残ったほかの二つの小隊は、別々の区域にいる。中隊長は片方の小隊といっしょだ。発信機から半径四マイル以内の場所であれば、指揮官は四つの小隊のいずれをもビデオカメラで監視することができた。

そういうわけで、さぼるわけにはいかないのだ。だが、何をどうすればよいか、ほんとうにわかっている者はいなかった。ジョージア州フォートベニングにある軍事教練センターでの式典において、この第四十一歩兵師団が初めて軍旗を掲げたのはほんの一ヵ月前のことである。第五百十九／三歩兵連隊に属する六百名のステフィーの仲間は、十五ある大隊の一つであり、チャーリー中隊が初仕事となる今回の命令を受けたのは、つい昨日のことだった。

ステフィーはずっと、この任務のほんとうの目的はなんなのだろうと思っていた。夜もあまり眠れないので、いろいろと考えてみた。偵察機を飛ばして海岸を調べればよさそうなものなのに、毎日歩兵部隊を南のほうに偵察に出している。たぶん、この辺の地形に慣れさせるための訓練なのだろう。これから戦場となる場所をよく知るための。それとも、ただの象徴的な行動なのか？　もうすぐ中国に占領されるやもしれぬ地域を巡回することで、そこがアメリカの領地だと宣言するための？　でも、たとえ象徴的行動だとしても、偵察には危険がつきものだ。現に連日、小競り合いが続いている。海岸線には、中国軍の斥候や偵察隊、警備兵や急襲部隊がうようよしている。だけど、いつかは戦わなくちゃいけないんだ、そう彼女は自分の胸にいいきかせた。だとしたら、こっちの人数が中国軍の偵察隊の十倍ある——その数はいずれ逆転するだろう——今のほうがいい。

第三小隊は、全国各地からやってきた白人《コーカソイド》やヒスパニック、アフリカ系アメリカ人や〈その他の人種〉の寄りあい所帯だ。実際には徴兵猶予は認められていないも同然なので、あらゆる社会的・経済的階層の出身者で構成されている。だが彼らは、これまでアメリカが戦場に送りこんできた兵士たちのなかではとりわけ似通った特徴を備えていた。この四十数名にのぼる十代の若者は、精神的には双子のようなものであり、その特徴の一つは今まで生き物を殺した経験が一度もないことだった。

十六歳の誕生日に、ステフィーは初めてビールを口にし、初めてマリファナを喫《す》った。ビーチを散歩していると、同じ高校の三年生に出くわした。彼らは近くのコンビニで買った六本入りの罐ビールを飲んでいた。ステフィーは足を止めて、彼らが興じているビーチ・フットボールのゲームを応援した。ビールを失敬してちびちび飲んでいると、そのなかで一番かっこいいコナー・レイリーが栓を抜いていないやつを一本くれた。女の子はステフィーひとりだった。どうでもいいゲームなのに、勝とうとやたらに頑張っている若者たちの胸や背中に日射しが照りつける。「やったあ!」ゲームは接戦で、どちらが点を入れても、そのたびにステフィーはこぶしを振り上げて叫んだ。彼女はどういうわけか最後を見逃してしまい、どちらが勝ったのかわからなかった。だから、彼らが自分とクーラーのまわりに座りこんで、マリファナに火をつけて回しはじめても、黙ったままでいた。もうビールに酔っていたので、巻いた細いマリファナタバコがまわってくるとひと口喫い、咳きこんで煙を吐き出した。みんなが笑った。次に回ってきたときには、顔を真っ赤にして息を詰まらせながらも、煙を肺の中まで吸いこんだ。

「あいつら、向こうにいるんだぜ」メキシコ湾を見てうなずきながら、コナー・レイリーが言った。ひどい咳はおさまっていたものの、ステフィーはまだ胸が苦しかった。コナーは長身で日に焼けていた――バスケット部なのだ――が、目はグリーンでまつげが長く、ファッションモデルみたいだった。それに、学校一の美人とつき合っていた。もしもその子が、少しでもステフィーのことをライバル視すれば、たぶん私は学校にいられなくなるだろう。だが、そんなことはまずありえない。「ばかぬかせ《ブルシット》」とウォルター・エイムズが答えた。彼の父親は黒人で、母親は白人だ。この言葉を使ったのは、最高だと思っているからだ。ステフィーはといえば、彼らのそばにいられるだけで最高と感じていた。そして、月曜日に学校で彼らに会ったら、このなかで一人でも私に気づく子がいるかしら、と思った。「やつらは日本を侵略するのに大忙しなんだから」とウォルターは言い張るが、コナーは納得しない。

「中国は基地を持ってるんだ」円形に移動しながらコナーが砂に地図を描く。

「アフリカ沿岸のここらの島々にね！」コナーが描いた島々は、地図の海に浮かぶそばかすのように見えた。ステフィーは指先で、ほほ笑んでいる海の顔を描いた。近くで見ると、コナーが砂に指を突っこんだほうの手に手作りの革のブレスレットをしていることに気づいた。もし、このブレスレットをやるよ、って言われたらどうだろう。だって……そんなことはありえないと思いながらも、友だちにそれを見せている場面を想像してみる。「コナー・レイリーからもらったのよ……」続いて繰り広げられるすてきな恋物語に浸っているうち、いつの間にか瞳を閉じていた。「父さんの話では、なんていうか、そのうち戦争になるんだってさ」コナーが言い張る。ステフィーが彼を見ると、想像もできないことが起こった。コナーが振りかえって、彼女を見たのだ。みんな、ステフィーも含めて、彼の意見には反対だった。もっとも、ステフィーの場合は会話に加わりたいだけだったのだが。「わたしたちは、えーっと……ふかんしょう主義なんでしょ!」ステフィーが大げさな言葉を使ったのと、その言い方がおもしろい、とみんな笑った。

ビーチを一マイルほど行進すると、死体に出くわした。岸に打ち上げられて、海藻で覆われている。だが、道路からはそれ以上のことはわからない。みんなが休憩を取っているあいだ、中尉は地雷原を示す地図を調べ、二名の部下をビーチに行かせた。いやいやながら出かけた兵士が戻ってきて報告すると、中尉は無線で中隊長に連絡した。死んでいたのは米海軍兵で、長いあいだ海に沈んでいたらしい、という噂がたちまち広まった。二人は死体のある場所に戻って、砂に一本の流木をまっすぐ突き立てると、目印として白いタオルを結びつけた。

「きっと、ハバナ海峡から流されてきたんだぜ」汗びっしょりのアニマルが言う。年代物の重いM-60を膝にのせ、タオルで顔の汗を拭いている。彼とマッセラは番号のついた小隊ではなく兵器小隊の出身なので、ミサイル班と同じくよそ者だった。

きわめつきの消息通はステフォン・ジョンソンで、どの部隊の誰だろうと知っている。ご自慢の連絡網を駆使して、重要な情報をなんでも前もって仕入れるのだ。「あの海域を警戒している米艦船には、三万の海兵隊が乗ってるそうだ。ところが向こうには、百艘もの中国やいた。だが、言葉を返す者はいなかった。
「それに、キューバには五百万の中国兵がいる」ステフィーは誰もが知っていることをつぶ
軍潜水艦隊が待機してる。死体がぞくぞくと、はるばるテキサスまで流れていくだろうよ」

十六歳の終わりになると、ステフィーの生活は二つの面で変わった。一つは、きまった恋人——あのコナー・レイリーだ——ができたこと、もう一つは義父が失業したことだ。「いつになったら、お父さんの会社はまた仕事を始めるの?」デートに備えて、母親に髪を整えてもらいながら、ステフィーが尋ねた。母親のレイチェル・ロバーツが作り笑いを浮かべる。それこそが娘の人生における最大の目的だ、とでもいわんばかりに、デートの前になるとかならず母親はステフィーにかかりきりになった。「必要な部品が手に入らないのよ、日本からの。工場が破壊されちゃったから。それに、中国が妨害するから、何一つヨーロッパに船荷を送れないんですって」母親はステフィーと目を合わせようとしない。「でも、密航船があるでしょ」とステフィー。「イギリスまで往復している」母親は唇をゆがめて笑ったが、首は横に振っている。「それで、お父さんは失業しちゃったの?」心配していることを悟られないように、尋ねる。母親は娘が首にかけたチョーカーを直しながらうなずいたが、鏡の中で目が合わないように、なおいっそう視線をそらしている。

二人とも、しばらく黙りこんだ。「どうして、ほんとうのお父さんと別れちゃったの?」ステフィーが尋ねる。ずるそうな目つきと後ろめたそうな顔つきをして、母親はこれまでに

千回も言ってきたことを繰りかえした。今のお父さんが、あなたのほんとうのお父さんよ。ステフィーがため息をつく。「わかってるくせに。ちっとも教えてくれないんだから。どうして別れたの？」個人的な理由よ、と母親が答える。「ふーん」ステフィーがいらいらして、笑い出す。「そりゃ、個人的な理由でしょうよ！」と怒る。「シンシアおばさんと、なんか関係あるんじゃない？」と言ってみる。母親はいつものように、娘が会ったこともないおばのことを持ち出したことに腹を立て、突然ドアに向かった。「だって、妹なのに、母さんたら話もしないじゃない！」母親がものすごい剣幕で振りかえった。「個人的なことだ、って言ってるでしょ！」とどなって、部屋から出ていった。ああ、家族もうめちゃくちゃだ！ステフィーが悩んでいると、ドアのベルが鳴った。コナーが来たのだ。一階に降りようとしたとき、寝室の閉まったドアの向こうから、母親のすすり泣く声が聞こえた。私のせいだわ。ステフィーは後ろめたい気持ちになった。

「よーし、一列縦隊！」イヤホンから小隊長の声が流れてき、みんなは縦隊でビーチを進んだ。頭上の空高く、十文字に交差した飛行機雲が見える。民間の定期旅客機が飛んだあとにつく、一本だけの白い線ではない。海に向かう戦闘機がつけた二本や四本の筋だ。なん本かは中国の戦闘機がつけたんじゃないだろうか、と心配になってステフィーは何度も見たので、その節穴をしっかり地面に向けておけ、とコリンズから二度注意された。

行軍中の私語があまりに多く、下士官たちにがみがみとひどくどなりつけられた。先頭が手を挙げ、行進が止まると、小隊は蛇腹を畳むようにひと塊になった。小隊の軍曹は縦列にそって、一人ひとりに悪態をついては、うんざりしたようにヘルメットを平手打ちしてまわった。一〇メートル間隔で広がっていれば、一発の爆弾や砲弾で五、六名の兵士が殺されるという状況が防げるのだ。訓練では、油断なくあたりに気を配っている先頭が約三十分ごとに手を平らにして身を伏せる。その合図で、みんなは銃を構えたまま地面にじっと伏せることになっているのだが、実際にはひどいありさまだった。ミサイル班と機関銃班は応射態勢をとろうともしない。なかには、きちんと止め金を外して背嚢をおろす兵士もいるが、再装着するときの面倒をいやがって、重い背嚢を背負ったまま伏せる連中のほうが多い。射撃班が砂丘を偵察するのも、ステフィーには素人っぽいずさんなやり方に思えた。四名の兵士が銃口を空に向けたまま、ライフルをゆらゆらさせながら崩れやすい砂を這い上がっていくのだから。

腹這いになって、おろした背嚢の上でライフルを構える恰好はしたものの、ステフィーの脳裏にあるのは中国がこの十年間、戦勝につぐ戦勝を重ねてきたという事実だけだった。彼女たち二十一世紀のアメリカの若者と違って、彼らは歴戦の熟練兵であり、自分たちの役目をちゃんと知っているのだ。

十七歳で、ステフィーの子供時代は終わりを告げた。一月のある日、授業中に全校生徒が講堂に呼び集められた。水曜日だったので、コナーたち最上級生の男子は全員、予備役将校訓練部隊の制服を着ていた。二年生のステフィーは、すっかり兵隊らしく改造され、ひどく流行遅れのショートヘアーに、まったくさえないカーキ色の制服姿のコナーの隣に座っていた。校長は一枚の紙にちらりと視線を落とした。発表は短いものだった。「中国の潜水艦から、グレナダのバルバドス諸島とカリブ海のセントルシアに突撃隊が上陸しました。モービル教育委員会は、この校区内の学校を一週間特別休校することにしました」喝采がわき起こった。ステフィーはコナーの手を握りしめてにっこりした。「休校ですって！」講堂じゅうが騒がしいので、校長は大声を上げなければならなかった。「予備役将校訓練を受講中の者は、全員運動服に着替えて体育館に集合すること！」ステフィーががっかりした顔で隣を見ると、コナーは青白い顔をして黙って校長を見つめていた。このとき初めて、アナウンスの意味がわかった。ステフィーの顔からほほ笑みが消えた。これは、つまらない小さなことなんかじゃないんだ、とその夜の日記に書いた。数多くの小さなできごとでつくられた綴れ織りのなかの、一つの小さなできごと。これは、そんなものじゃない。何かが始まろうとしている印なんだ。中国軍がこちらに向かっている。戦争なんて遠く離れたヨーロッパでの話だろう、とみんな思っていたけど、そうじゃない。まさにここで起ころうとしているんだ。このアメリカで。

二時間行軍したあと、部隊はいつもは色とりどりの山車《だし》で飾られたコンビニの前を通った。がらんとした店は板で囲まれており、まるでハリケーンに備えているという感じだが、ステフィーはこの店こそかつての記念碑だと思った。看板が残っている。氷一ドル。宝くじ二ドル。生き餌五ドル。男たちが店を調べているあいだに、ステフィーは水筒を取り出すと、プラスティックの臭いが移った生ぬるい水をがぶがぶ飲んだ。二年前、かっこいい高校二年生たちが偽の身分証明書を使って買った、あれこそ彼女が初めて飲んだビールだった。

あのころはよかった。ステフィーは心の日記にこう記した。何もかも思いどおりになった、というわけではないけれど。射撃班の四名がやってきて、親指をあげて合図した。ステフィーは背嚢を担ぐ準備をした。あのビールを買ったのがこの店なのだ。青春のハイライト。生きるってすばらしい、と心の底で声がした。私はなんとしても生き延びてやるわ。

卒業式の前夜、コナーは車でステフィーを人けのないビーチへ連れ出した。観光客がよく来ていたバンジージャンプ用の塔も閉鎖されている。「あさって出発なんだ」コナーが小声で言った。もちろん知っているわ、とステフィーは思った。海を眺めて、目をくるりと動かした。コナーが耳にキスをして軽くかじったので、彼女は体を引き離した。水に映った青白い月が、打ち寄せる波で散り散りになった。「ここには来ないほうがよかったのかも」暗い砂丘を眺めながらステフィーが言う。コナーは彼女の首にキスをして、つぶやいた。「これからのことなんて、だれにもわからないよな?」みすぼらしい雑草のつくる影が、想像もできない前途への不安を象徴しているようだ。「チャールストンで撃たれた中国人たちについての記事、読んだ? キューバには五十万人の中国人〈アドバイザー〉がいると書いてあったけど、義父の話では本物の兵士なんですって」コナーは今がチャンスだ、と思った。「もう今夜で会えなくなるんだよ。最初の休暇がもらえるまでは」ステフィーはうなだれて、「うちの両親、カナダへ引っ越そうと思ってるらしいの」とつぶやいた。コナーはショックを受け、「そんなこと言っても、カナダは移住なんか認めないよ」と言った。例外もあるし、それに義父は技術者だから、とステフィーは説明した。「じゃあ、返事を待っているところなのだ。自宅が差し押さえられていることは話さなかった。「じゃあ、おれたちはどうなる?」とコナーが尋ねる。ステフィーは深いため息をついて、車の窓からガムを投げ捨てた。そしてその夜、二人は初めて愛し合った。

第1部

海を制する者は世界の大部分を、とりわけ臨海した国々も制するであろう、といわれている。なぜなら、いつでもどこでも、どんな条件のもとでも、自分の意のままに戦端を開き、かつ閉じることができるからである。

『英国海軍における栄光のアン女王陛下』
ジョセフ・ガンダー著（一七〇三年）

1

アラバマ州モービル　九月十四日、現地時間一六四〇時

「何か見えるか？」ミシガン出身のピーター・スコットがビーチをじっと見ながら、ステフィーに尋ねた。声がひどく震えている。

ステフィーは、砂糖のような砂の上に点在する、色あせた青いくず入れを見た。花火用の台はベニヤ板で囲ってある。錆《さ》びたバンジージャンプ用の塔が、ビーチでは一番めだっている。彼女はごくりと喉を鳴らして、うなずいた。スコットはなんといっていいかわからなかった。

海からの風が、いつに変わらず打ち寄せる波の音を運んでくる。すがすがしい潮の香は、家の匂いを思い出させる。家か、とステフィーは思った。自宅はこの道をほんの少しのぼったところだが、ずっと遠くにあるように思える。距離ではなく時間のことをいっているのだが、それは永久に失われてしまったように思われた。

部隊が次に止まったのはステフィーの家だった。

ハイウェーを行くトラックは、木のはえていない人工的なコミュニティーの入り口近くに停止した。ステフィーは今まで、この地区のこんな姿を見たことがなかった。一台の車もな

く、人っ子一人いない。だが、変わらぬ家並みがなつかしい。幼なじみのサリー・ハンプトンの家が見える。窓は薄汚れ、庭の芝生は砂丘の雑草さながらに、三〇センチほども伸びて茶色くなっている。サリーは基礎訓練を終えて、今ごろは海軍に入隊しているだろう。それから、ブルーベック家も見える。自家用ボートは置いていったらしい。はげかかった壁に横向きに立てかけてある。ファイバーグラス製の白い船体は弾丸で穴だらけにされ、使いものにならなくなっているにちがいない、とステフィーはパトロールのあいだに見てきたまわりの様子から推測した。ステフィーの高校の運動選手だったブルーベック家の息子は、二人とも海兵隊員だった。一人はオアフで立ち往生し、もう一人は戦死したかキューバで捕虜になっているらしい。

それから、ステフィーの家だ。ほかの家同様、支柱の上にのっている。地面に接しているのはカーポートと貯蔵室だけだ。辛くてとても見る気になれないと思いながらも、いつの間にか目が吸い寄せられて、昔のままの部分や変わってしまった部分を探していた。

「よーし、第一分隊」アッカーマン中尉との打ち合わせから戻ったコリンズが言った。「これから始める。うまくやれよ」

カースが前に進み出た。「これに、この沿岸の地雷原がのっている」と言って、折り畳んだ地図を掲げた。彼はその地図を、若い分隊長コリンズ軍曹の防弾チョッキの下に置くと、戦闘服を着たシモンズの胸を軽く叩いた。「こいつをどこかに忘れるんじゃないぞ」

「承知しました、三等曹長殿」という声がいっせいに分隊から上がった。

兵士たちは重い背嚢を下ろすと、戦闘に必要なもの――ライフル、手榴弾、弾薬、水筒、救急セット――だけをベルトにつるして、ステフィーの家がある地区に入った。ステフィーは月面を歩いているような気分だった。

このあいだまであの家に住んでたのよ、とコリンズに教えようかと思った。十八年間ずっと暮らしていたシースプライト・ドライブにある化粧漆喰の家。築二十年ほどになるその家のどこに隠れ場所があるか、隅々まで知り尽くしている。だが、言葉はそのまま喉にひっかかった。ほんとうはもう私たちの家じゃない。ステフィーが新兵訓練所に入っているあいだに、銀行から立ち退きを迫られたのだ。義父は二十年間ローンを払いつづけたあげくに失業し、海軍がハバナ海峡で総崩れしたあと、ほかのみんなと先を争うように荷物をまとめて沿岸北部に移ってしまった。母親からの手紙には、近所の家同様にもうあの家にはなんの価値もない、と書いてあった。「こんな家、最初から、払っただけの値打ちなんかなかったのよ」という母親の捨てぜりふに怒ったステフィーは、明かりを消したベッドの中で滝のように涙を流した。これはわたしの家よ！　心の中でそう叫んでいた。

部隊は一列縦隊で行軍していた。午後の通りは、照りつける日射しでまだ暑かった。四カ月前、ステフィーが最後に家に帰ったときは、夏休みになった子供たちであふれていた。歓声を上げながら遊ぶ子供たち、路上に流れ出す音楽、晩ご飯ですよと子供を呼ぶ母親たちの声。ハバナ海峡での大敗のあと、四カ月で何もかもが変わってしまった。

誰もが黙りこんで、人の動く気配がしないかと、神経をとがらせて家々の窓をじっと覗いている。通りは大きなU字型で、Uの底の部分はビーチフロントになっており、ステフィーの家はそこにあった。部隊はU字の底で進行方向を変えた。湿り気をおびた重い風が激しく吹きつける。先頭はピーター・スコットだ。ステフィーの家の私道までくると、貝殻をちりばめたコンクリートの郵便受けの前で立ち止まった。コリンズ軍曹がスコットに近寄り、ステフィーを指さしてこっちへこいと手招きした。コリンズはカースの地雷原地図を細かく調べると、〈ロバーツ家〉と書いてある飾り板を指さした。「おまえの家か?」ステフィーはうなずいた。「だからそう言ったでしょうが」とスコット。コリンズがUのカーブした部分にある家を指さしながら、一、二、三と数え、それから地図の上でも同じように数えた。一、二、三。「じゃあ、大丈夫だ」コリンズはきっぱりと言った。「だが、あの家には近づくな」と、二軒先のロドリゲス博士の家を指し示した。

コリンズは通りを進む前に地図を見るべきだったんだわ、とステフィーには思えてしかたがなかった。

「ちょっと見てくるか?」とコリンズが言ってくれた。ステフィーは肩をすくめ、それからうなずいた。コリンズは彼女の射撃班——サンダーズ、ジョンソン、スコット——に同行するように命令し、それから中尉に無線で報告した。

ステフィーはアッカーマンが許可を取り消さないうちにと、急いでカーポートの涼しい陰に入った。「おまえんちか?」ジョンソンが信じられないという顔で訊いた。ステフィーは差し押さえのことは黙っておくことにした。「へえーっ、金持ちだったんだ。農家の娘かなと思ってたんだが、まったく意外だったな。義理のおやじさんって、何してるんだ？」技術者よ、とステフィーは答え——いまだに失業中だが、嘘ではない——それからドアのほうに向き直って薄汚いガラスを覗きこんだ。キッチンに通じる薄暗い階段の吹抜けは、生気がなくよそよそしく見える。だが目を閉じると、いつも自分を迎えてくれた母の手料理の匂いが思い出される。ドアは閉まっていた。

「ビーチまで歩いていけるんだろ？」ジョンソン伍長が小さな裏庭から叫んだ。「ハイウェーも渡らなくてすむんだよな？　へえーっ、おれなんかガキのころに一度だけビーチに行ったけど、ハイウェーの照り返しですっかり足が焼けちまった」ステフィーが窓を見ると、青い海を見つめる伍長の姿が映っていた。

「行くぞ！」コリンズ軍曹が通りから叫んだ。上空を飛来するミサイルを恐れて、短距離通信ネットのかすかな無線信号でさえ漏らそうとしない彼が大声を出すのは珍しい。

ステフィーはまばたきして涙を払い、気持ちを落ち着かせたが、振りかえるとやっぱりみんなにじろじろ見られた。スコットが「ほら、これ……あっちで拾ったんだ。あげるよ」と言って、模造宝石のついたピンクのプラスティックの指輪をステフィーの掌にのせた。それは、彼女が子供のころ山ほど持っていたおもちゃの宝石の一つだった。色とりどりの宝物は、一つずつ砂の中に吸いこまれていった。ロマンチックなプロポーズごっこに凝っていた彼女とサリー・ハンプトンは、交替で芝居っ気たっぷりに婚約指輪を渡していたのだ。結局は、誰に扮してプロポーズするかによって、されたほうはげんなりしたり大喜びしたりだった。ステフィーはズボンのカーゴポケットに指輪を入れると、唇を嚙んで怒りと涙を抑えた。仲間たちはぎこちない励ましの言葉をかけてくれたが、ほとんどは見当はずれもいいところだった。ジョンソンが肩に手をまわし、「なあ、元気を出せよ」と何度も繰りかえす。「おい、中国人をやっつけようぜ。やつらの汚ねえケツを蹴っとばしてやるんだ！」

「イェーイ！」「ようし、やるぞ！」スコットとサンダーズが叫ぶ。ステフィーはほほ笑んだ。

「おれたちで世界をもういっぺん平和にしようぜ」とジョンソンが言う。「おまえたちみたいな金持ちの白人が、くそビーチの上等な家で暮らせるようにな！」

「でも、このビーチはだめだ」通りに戻りながら、スコットが言った。「地図を見ただろ？砂に埋めた地雷を全部見つけるのは無理だからな」

「あの家には何が仕掛けてあると思う？」サンダーズが、ロドリゲス家のほうに顎をしゃくって尋ねた。

ピーター・スコットはその家をじっくり見ながら答えた。「そうだな、一トンくらいのC9を、五〇〇キロほどのコンクリートと千本くらいのばかでかい釘で固めたもの、ってとこかな」

ジョンソンが振り向いた。「おまえも、郊外に住んでるいかれた白人のくそガキだな。おまえたちみたいな連中には気をつけろ、ってお袋が言ってた。銃をぶっぱなさずに、どうやって高校を出れたんだ?」

彼らはU字のカーブ部分を進みつづけ、通りの反対側にわたってロドリゲス家を通りすぎた。

ステフィーの分隊がハイウェーに戻るころには、彼女が自宅を見にいったことを小隊の全員が知っていた。みんなが、ほとんど知らない連中でさえ、慰めの言葉をかけたり、同情的な視線を投げてくれた。アッカーマン中尉までやってきて、大丈夫かと尋ねた。ステフィーは肩をすくめ、もごもごと曖昧な返事をした。だがほんとうは、家に戻って部屋のドアを閉め、ベッドに丸くなって眠りたいという衝動に駆られていた。だが、日は落ちかかり、はっとするほど赤くなっている。これからみるみる暗くなっていくだろう。夜のビーチは危険だ。

トラックへ戻る行軍は退屈になってきた。行くときに通った道なので、景色にも飽きている。そのうえ、くたくただ。感情という感情が、頭のてっぺんからつま先まで全部抜け出していた。そして足が重くなればなるほど、ステフィーの頭は軽くなった。気力を振り絞らなければ息さえできないように思える。靴ずれのできた足に、また水ぶくれがふえたようだ。ずきずきする足裏をかばって、パンクした車が車輪のフレームで走るように、ぎこちない歩き方をするので足首が痛くなる。行軍はじりじりとゆっくり進む。もう限界だ。今にも手が挙がるのではないかと、期待を込めてアッカーマンをじっと見る。手を挙げた休憩の合図が、夢うつつとなって頭の中で渦を巻く。ようやくそれが現実になると、彼女はライフルを肩にかけ、口の渇きを癒そうと袋から水筒を取り出した。

生ぬるい水をひと口飲もうとプラスチックの水筒を唇に近づけたとたん、近距離で五、六挺の自動火器が火を噴いた。素早くしゃがんで、背嚢の止め金を叩いて背嚢をはずし、砂に飛びこむ。すさまじい銃声だ。完全に不意を衝《つ》かれた。まともに狙われると、銃声はより大きく聞こえるものだ。

　中国兵の放つ銃弾が道路を掃射する。「衛生兵！」という叫び声が上がる。舗道に突っ伏した兵士たちに銃弾が浴びせられ、ステフィーは起き上がるや走り出した。

　手榴弾が炎を噴き上げ、破片を飛び散らせて爆発する。断末魔の絶叫と「衛生兵！」という声が、あちこちで上がる。あと三歩。頭にあるのはそれだけだった。もう二歩。そして一歩。それから砂に突っ伏す。また立ち上がって三歩走り、砂に飛びこむ。三、二、一。三、二、一……。

「衛生兵！」負傷者が苦しそうに叫ぶ。ステフィーはすさまじく飛び交う弾の真下を突き進み、雑草の細い葉の後ろに倒れこんだ。間一髪、弾が雑草に囲まれた砂の小山にめりこむ。ヘルメットも顔も体も砂に突っこむようにして伏せた。飛んでくる弾の数が減り、射撃はほかの地点へ移っていく。どうにかここは生き延びたようだ。

　頭を上げると、滑りこんできた兵士の上げた砂塵《さじん》が両目に入った。その兵士めがけて中国兵が発砲する。彼女は悪態をついて唾を吐き、日焼けした顔についた砂を必死でこすり落とした。まだ目を開けられないでいると、M-16のカチッ、カチッ、カチッという音がすぐそばで聞こえた。バーンズだった。彼女の隣に膝をつき、一秒に二発ずつ撃っている。

掩護がありがたかった。

銃に付着した砂を急いで払い落とす。弾倉を込めなおしたバーンズが、低い遮蔽物越しにゆっくりとステフィーを見たとき、彼女はセレクターを〈セミオート〉に切り替えたところだった。敵の姿を見るより、自分のヘルメットを見られるほうが先だろう。

湿った空気を突き破り、唸りを上げながら頭上すれすれに飛ぶ弾丸をかいくぐって、バーンズがステフィーの上におおいかぶさった。そしてすばやく上体を起こすと、引鉄《ひきがね》を可能な限り早く引いて三連射を開始した。ステフィーは動こうとするが、バーンズにがっちりと押さえつけられている。「どいて!」と叫んで、彼の体を払いのけた。

そのとき、アニマルの機関銃が火を噴いた。

ステフィーは転がってその場を離れ、もっと前方の砂丘まで全力で走った。アニマルの攻撃を受けて、中国兵は身を伏せている。彼女は滑りこんで止まった。

中国兵はふたたびバーンズを狙い撃ちしはじめた。ステフィーがさっきまで隠れていた小さな砂丘の後ろで、彼は身動きが取れなくなった。

ステフィーの場所から、腹這いになった中国兵のブーツが見えた。彼女はさらに砂丘を駆けのぼって砂に飛びこんだ。弾がすごい勢いで飛んでくる。頭を上げられずにいると、敵はとうとう狙うのをあきらめたが、念のためにさらに数秒間待った。

彼女は右目だけをゆっくりと開けた。最初は雑草しか見えなかった。次に目に入ったのは、弾を防いでくれそうにもない貧弱な砂丘のてっぺんだった。そして最後に、腹這いになった二人の中国兵の腰が見えた。

彼女の左手で、小隊が反撃を始めた。彼らは全力で走り、さっと砂に飛びこむ。一人が立ち上がって手榴弾を三〇メートル投げたが、敵はその五〇メートル先にいた。気の毒にも、兵士たちはひらけた場所で五〇メートルも移動しなければならなかった。

ステフィーはライフルを肩にのせ、銃身の下に取りつけた擲弾発射筒の引鉄に指をかけた。右手でライフルの弾倉誘導装置をピストルのグリップのように握っている。目を伏せて照準器を見る。訓練中、擲弾の射程距離測定では小隊一の成績だった。左手で擲弾発射筒をそっとなでる。射角を少し上げる。二〇〇メートル。軽く引鉄を引いた。

擲弾が発射筒から飛び出し、反動でライフルが肩に食いこんだ。ステフィーは発射筒の射角を維持したまま、ひたすら弾の行方を追った。そうしながらも、手探りでずんぐりした擲弾を込めなおす。中国兵の三メートルほど後ろに着弾し、炎が上がった。

擲弾発射筒の底部をピシャリと閉めたとき、敵がさっと銃口を彼女に振り向けた。弾幕が空を切り裂いて襲ってくる。彼女はわずかに射角を下げて引鉄を引いた。

ドン！

と同時に、彼女は敵弾を避けてわきの砂に飛びこんだ。

擲弾が爆発した。バーンという音がして、敵の射撃がやんだ。

ステフィーは顔を上げた。二人の中国兵が吹き飛ばされて、爆発でできたクレーターの少し離れた両わきに転がっている。敵陣を攻撃していたアメリカ兵は、いっせいに立ち上がり、前方へ突進した。ステフィーやジョン・バーンズや十名ほどのライフル兵は、激しい一斉射撃で敵の負傷兵や死体までも蜂の巣にした。

機動班は手榴弾を投げると、砂に突っ伏した。今回は、パイナップル形の手榴弾が五、六個爆発して、敵陣に火がついた。

無線によるアッカーマンの命令で銃撃をやめる寸前、三名の男子兵と一名の女子兵がくすぶっている砂丘に近づいてきて、眼下の敵陣に一斉射撃を浴びせた。

上空にヘリコプターが殺到した。武装ヘリコプターと救護用ヘリコプターだ。やがてヘリは、そこかしこに着陸しはじめた。

「衛生兵！」エンジンの音にかき消されることなく、いくつもの叫び声が響き渡る。

ステフィーとジョンは道路へ駆け降りた。ほったらかしの兵士たちが舗道でもだえ苦しんでいる。ぽっかりと開いた傷口に包帯を巻こうと、包みを半分破りかけた者もいる。だが、包みを破ることさえできずに死んでいった者もいる。

「衛生兵！」「撃たれた！」「ちくしょう！」「頼む！　助けてくれ！」「衛生兵！」「衛生兵！」

ステフィーは急にふらっとして、頭が後ろにがくっと揺れた。だが、なんとかバランスを取り戻して倒れずにすんだ。フライトスーツ姿の医療関係者が救護用ヘリコプターから降り立ち、バーンズと生き残った衛生兵たちも負傷者のもとに駆け寄った。ステフィーは何から手をつけていいものかわからず、助けを呼ぶ兵士や、おびただしい血の海のなかで目をどんよりと見開き、不気味なほど静かに横たわっている負傷者を見つめながら立ち尽くしていた。

ステフィーはすぐそばの負傷兵のかたわらにひざまずいた。第三分隊のアフリカ系アメリカ人の娘だった。自分と同じくらいの年ごろだ。彼女は撃ち砕かれた左腕の様子を自分で見ようと、何度も頭を起こそうとするがうまくいかない。そのたびに後ろに倒れかかり、ヘルメットをかぶっていない後頭部が舗道にぶつかりそうになる。痛みと出血とショックのため、意識が朦朧《もうろう》としているのだ。

ステフィーは娘の頭を持ち上げ、傷が本人には見えていないことを確かめながら、膝にのせた。救急セットから包帯を取り出し、傷を押さえている彼女の右手をそっと左の前腕から引き離した。

負傷した左腕が不自然に動きはじめた。めちゃめちゃな動き方だ。そして突然大きな叫び声を上げる。かわいそうに、痛みのせいで意識が戻ったのだ。身をよじって金切り声を上げ、もがいている。

「衛生兵！」娘を押さえながら、ステフィーは叫んだ。「大丈夫よ！　大丈夫だからね！　しっかりして！」落ち着かせようと言葉をかけるが、彼女は左右に激しく頭を振りつづける。

ありがたいことに、ジャンプスーツと戦闘用ヘルメット姿の衛生兵が駆けつけてくれた。二人が痛み止めの注射をするあいだ、ステフィーは娘の頭を押さえて、励ましの言葉をかけつづけた。彼らが袖を切り取るところを見たくはなかったが、どんな処置の仕方をするのかしっかり見ておかねばという気がした。次から次へと耐えがたい吐き気に襲われたものの、目をそらせることはなかった。

衛生兵が娘を担架にのせたときも、ステフィーは彼女が流した血の海のなかにうずくまったままだった。七、八分たって、やっと吐き気がおさまった。負傷した娘にかかりきりだったため、すっかり疲れきっていた。

不意に、おねしょをして目覚めたときのような不快感に襲われ、手についた血を無性に洗い落としたくなった。水筒の袋が空になっている。襲撃を受けたときに落としたらしい。彼女は立ち上がって、道路を探しはじめた。あたり一面に装備が散らばっている。熱い舗道に流れた血が乾いて黒ずんでいる。無傷の者や軽傷者が、大規模な交通事故の被害者のように、ぐったりと地面にへたりこんでいる。

ステフィーは散らばった装備のなかの水筒を次つぎに見てまわり、やっと自分のを見つけた。空になって歩道に落ちていたのだ。袋におさめたとき、ベルトに水筒がもう二つ吊るされているのを見て、なぜ今まで気づかなかったのだろうとあきれてしまった。

彼女は水筒の生ぬるい水で手を洗った。ジョン・バーンズがやってきて、「水を無駄づかいするな」と言った。「いつまでここにいることになるか、わからないからな」

「でも、すぐキャンプに戻るんでしょ」

彼は背筋を伸ばして、とがめるように眉を上げた。「そんなこと考えるな、歩兵なんだから」すぐそばに立っているので、彼女の手から滴り落ちる薄紅色に染まった水が、彼の砂まみれのズボンや埃だらけのブーツにかかった。鼻先が触れそうなところに顔がある。

「あんまり無茶なまねはするなよ」と、怒ったように言う。「あれじゃあ自殺行為だ」

叱責にも警告にも取れる言葉——ステフィーにはどちらだかわからなかった——を残して、バーンズが言ってしまうと、またうつろな気分になった。

アッカーマン中尉が、整列しろとの命令を出した。中尉の声は以前と同じだったが、なぜだかすべてが変わってしまったように思えた。日は落ちかかっている。季節が変わってしまったかのように、涼しく感じられる。だが、変わったように思えるのは、もっと根本的なことだ。まるで世界が、何か漠然としたものにすっかり覆われてしまったようだ。道路も、ビーチも、空も。現実から抜け出して、異次元の世界に迷いこんでしまったかのように思える。それとも、その逆か？　空想の世界から正真正銘の現実へと、私が足を踏み入れてしまったのだろうか？

重い背嚢を背負うと、無数の針を突き刺されたような鋭い痛みが、背骨から太腿にかけて走った。ステフィーの過去と現在とを結びつけている本能的な痛みだ。だが、過去と現在の分かれ目はまだ狂っていないようだ。手が血だらけになる前の人生も、そのあとの人生もちゃんと存在している。彼女は自分のうずく筋肉に頼るしかなかった。肉体だけが、新旧二つの世界をつなぐものだからだ。

背嚢の重みで前かがみになっているのを見て、ジョン・バーンズが小声で言った。「手伝うよ」ステフィーは首を振った。ベッキー・マーシュが咳払いをしたが、またもやバーンズに無視され、大きなため息をついてぶつぶつ言いはじめた。「新兵訓練所の体力テストなんてくそくらえだわ！」ベッキーはそのことをこれまで千回も嘆いていた。アッカーマン中尉が隊列にそって歩きながら、一人ひとりに声をかけている。「なんのためのテストなのか、前もってちゃんと教えてくれないんだもの！」ベッキーは体力テストにまぐれで受かったのだ。一方、ステフィーは懸命にがんばって合格した。そして今、自分の重荷は自分で背負おうと決心していた。

アッカーマンがステフィーのそばにくる直前、カース三等曹長が彼をわきへ連れ出した。ひそひそ声だったが、二人の話は聞こえた。死亡者が九名、とカースが報告する。負傷者が十六名、うち四名は重傷。中隊長への無線報告で、その数を繰りかえすアッカーマンの姿は、その情報の重みに押しつぶされているように見えた。中国の潜水艦が送り出した急襲部隊かと思われます。重装備で、弾薬が尽きるまで発砲してきました。敵の死者は四名。生存者なし。アッカーマンはしばらく無線に耳を傾け、それからふたたび数字を繰りかえした。「わが軍の死者は九名、負傷者は十六名！　敵軍の死者は四名！　復唱します！　四名！」中隊長がまた、何か尋ねた。アッカーマンが目を上げてステフィーを見る。「いいえ！」と答えて、彼は若い二等兵から顔をそむけた。

中隊長との話が終わると、カースと無線係が立ち去ってアッカーマン一人になった。長身痩軀の中尉はその場に立ちつくしていた。じっと道路を見つめているが、その表情からは何を考えているのかわからない。やがて気を取り直したかのように、ステフィーのそばに歩み寄った。「大丈夫か、ロバーツ？」しっかりした声を出す自信がないので、彼女は黙ってうなずいた。たかだか四名の中国兵に、小隊の半分がやられてしまったのだ。「なあ」というアッカーマンの低い声にはっとして、彼の顔を直視した。「なんなら、機関銃班に入れてやってもいいんだが」

「でも……」と言いかけ、一瞬めんくらって言葉に詰まった。「中尉、わたしは負傷していませんが」

「そういう意味じゃないんだ」中尉は静かに言った。

彼が言おうとしていることがわかって、ステフィーは眉をひそめた。分隊の仲間――奇跡的に全員無事だった――が二人のやり取りを見守り、彼女の答えを待っていた。

ステフィーが首を振ると、アッカーマンはうなずいた。彼は黙って立ち去り、あとには仲間たちの視線だけが残った。何人かは――ベッキーもその一人だ――信じられない、という顔をしていた。

だが、ベッキーとは違って、みんなと同等に扱ってほしい、と日ごろからステフィーは言ってきた。もしもアメリカ合衆国大統領の娘が特別なら、と彼女は思った。その娘の言い分くらいちゃんと聞き入れてほしいものだ。

ホワイトハウス、大統領執務室　九月十四日、現地時間二〇三〇時

ビル・ベーカー大統領は、一人窓際に立って待っていた。外では、何千人もの核兵器使用

を訴えるデモの参加者――彼から見捨てられたと主張している立入禁止地区からの多数の難民――が声を張り上げ、中国に対してただちに核攻撃を行なうよう要求している。だが、この四十三歳の共和党員は、核戦争が起これば彼に委ねられたこの国が、国民もろとも滅びることになるだろうと確信していた。

ビルの私設秘書が戸口に現われた。彼女の後ろには十名ほどのシークレットサービスが立ち、ひどくまじめな顔でじっと彼を見ている。「戦況報告室において、国家安全保障会議を招集いたしました」と秘書が報告する。「それから、ロバーツ夫人が間もなくお見えになります」

ベーカー大統領はうなずくと、ふたたび窓のほうを向いた。デモ参加者はシュプレヒコールを叫び、旧約聖書から引用した意味不明の言葉が書かれたプラカードを振っている。一枚には〈中国兵を一兵たりともアメリカに上陸させるな！〉と書いてある。もう一枚は〈職務を果たせ！　アメリカを救え！　爆弾を落とせ！〉と訴えている。

だが、米中両国政府のひと握りの人びとの念頭にしかないことをビルははっきりと理解していた。ハルマゲドンの法則である。対ミサイル技術がこんなにも進歩したにもかかわらず、状況は原子力技術が初めて開発されたころと何ひとつ変わってはいない。ほぼ同等の核保有国が核戦争に突入すれば、結局は双方とも滅ぶことになるのだ。核戦争が起これば、アメリカと中国はたがいに致命的な攻撃を繰りかえすだろう。そこで、二十一世紀初頭の戦闘員は一瞬のうちに蒸発するかわりに、何週間も何カ月もかけて死ぬことになった。相互確実破壊《MA》

D

状況が、外縁部での長期にわたる戦闘を復活させたのである。核弾頭を装備したミサイルが一基発射されるたびに、両国とも防衛線は沿岸から高地、中核地域へと後退を続けざるをえない。大草原地帯をミサイルが貫けばわが国は滅びる、とビル・ベーカーは確信していた。

「ステフィーを陸軍から出して！」レイチェルの苦悩に満ちた声がした。ビルが振りかえると、秘書が別れた妻の後ろでドアを閉めた。彼のただ一人の子であるステフィーの母親だ。

「たった十八なのに、死のうとしてるのよ。あなたの子が死ぬのよ、ビル、十八で！　父親でしょ！　父親らしいことをしてよ！」

棘《とげ》のあるレイチェルの言葉に腹は立たなかった。ただ、ビルはうんざりした。よくもそんなことを……まったくいやになる。「兵役免除なんかできないよ！」できるものならそうしてやりたいさ、と思いながらもそう言った。「女性も入隊するように命令したのは、このわたしなんだ！　だから、いくら自分の娘だからといって……」

「あの子が捕虜になるかもしれないなんて、考えなかったに決まってるわ！」

ビルは何も言わなかったが、そうではなかった。統合参謀本部は、彼が心配していた点についての言明は避けたものの、中国が歴史的に、目的を達成するために捕虜を使い捨てにしてきたことは事実なのだ。ビルはそのことに考えが及ぶたびに、いらいらした。

「自分の政治生命だけが大事なんでしょ！　世論調査の評判を気にして、たった一人のわが子を死に追いやろうとしてる！　歴史の教科書に感動的な物語を載せるために！〈祖国に命を捧げた大統領の娘！〉っていうタイトルのね。だけど、そんな話は載らないわ、ビル！

教科書をつくるのが中国だとしたらね！　あなたは名誉ある合衆国最後の大統領として、歴史にその名を残すのよ！」

ビルは打ちのめされ、心がきりきりと痛んだ。不意に、どうしようもなく逃げ出したい気持ちになった。

「第四十一歩兵師団はどこにいるの？」怒りに歯を食いしばったレイチェルが詰問する。ビルは口を閉ざしたままだ。「あの子の部隊はどこ？」彼女が金切り声を上げる。パッとドアが開き、銃を手にしたシークレットサービスが現われた。ビルが首を振る。彼らは引き下がった。

彼女に教えれば、誰かれかまわず下級将校に圧力をかけるだろう。そう思うとビルは胸が苦しくなった。彼女はすぐに出かけていって、ステフィーを安全な場所に連れ去るだろう。ああ、自分もそうできればどんなにいいか。だが、ビルは全身の力を振り絞ってこう答えた。「面会に行くのは法律違反なんだ」彼は今にもわめきだしそうなレイチェルを説得しようとした。「両親が部隊を訪問することは禁止されている。それに、軍隊の現在地は極秘事項なんだよ、レイチェル」

「わが娘を殺す気なの、ろくでなし！　なぜあの子が歩兵連隊に志願したかわかる？　あなたがこの世界に入る前に出たB級映画のせいよ！　あの子の部屋で荷造りしてたとき、ビデオディスクの箱を見つけたの。ビル・ベーカーの〈スペース・マリーン〉！　あなたとあの子を引き離す前に、あなたがどんな人間か教えてやればよかったわ！　あのくだらない映画のおかげで、すごい英雄だと信じこんでるんだから。本当に英雄的なことなんか、したことがあるの？　一つでもあるなら、言ってみなさいよ！」ビルは彼女のそばを通りすぎてドアに向かった。「この役立たず！　せめてわが子のために、何かやったらどうなの！」荒々しく執務室から飛び出した彼の背中に向かって、レイチェルが「薄情な臆病者！」とわめいた。

ビルはシークレットサービスを従えてセキュリティー・チェックポイントを足早に通りすぎ、続いて彼らの身分照合が行なわれるのを待った。金属探知機の前に立つ、クルーカットのがっちりした男と目が合った。スーツ姿の猪首の男は場違いに見える。レイチェルと五分間言い争ったせいで生じた日程変更に、公設秘書が急いで目を通している。「あれは？」ビルは尋ね、腕組みをした目の鋭い男に顎を振った。男がたっぷりしたジャケットの下に大型の銃を隠し持っていることは間違いない。

「シークレットサービスです」と秘書が答える。

「これ以上警備を厳重にする必要はない。担当の特別捜査官にそう伝えてくれ。いいか？　私が顔を知っている者か、承認した者だけだ」秘書がすばやくメモを取っていると、エレベーターのドアが開いた。異常な興奮のため心臓の鼓動が激しくなった。持病のパニック発作がじょじょに悪化しており、頻度もふえてきている。彼はエレベーターに背を向けると、回廊を大股で歩きはじめた。一国の最高司令官という役柄が、まだ板についていなかった。

アラバマ州モービル　九月十四日、現地時間二〇四〇時

夜にもかかわらず、蒸し暑かった。肌にまとわりつくような湿り気は、午後の雷雨のなごりだ。陸軍特殊部隊のジム・ハート大尉は、迷彩を施された金属製の狩猟用隠れ家に続く梯《はし》子《ご》をよじ登った。左手で梯子の横木を、右手でヘッケラー&コックのマシンピストルを摑んでいる。コンバットブーツはゴム底なので足音がしない。梯子のてっぺんで、彼は暗い小さな隠れ家の内部にすばやく目を走らせた。長いスコープをつけたライフルが数挺、壁に立てかけてある。かすかないびきから、二人の人間がいることがわかる。並んで寝袋に入っているが、蒸し暑い夜にときどき吹く風にあたろうと、ジッパーは開けっぱなしだ。ヘッケラー&コックを肩にかけると、コンバットナイフをさやから抜き出した。二〇センチほどの刃は鈍い黒だが、さやについている砥石で研《と》ぎ上げた縁は銀白色に光っている。

ハートは足音を忍ばせ、二人の男が寝ている寝袋の窮屈な隙間に入った。脂でべとついた白髪と顎の不精髭から見て、二人とも五十代の終わりか六十代の初めらしい。閉めきった隠れ家には、汚れた体の臭いが充満している。四メートル半ほど下の林床には、食べ残しのパンとチーズがのった紙皿とビール罐が六本散らばっている。

ハートはナイフの背を片方の男の剃っていない喉に押し当てた。

男の目がぱっと開く。ハートの黒光りする顔を見上げ、口を開けた。ハートがナイフをも

っと強く押しつけると、言葉に詰まった男の喉がごほごほと鳴る。ハートは少し力を抜き、眉を上げてうなずいた。

「ブ、ブ、ブラッド」男が小声で呼んだ。「ブラッド!」今度はどうにか、もう少しましな声を絞り出した。

「なんだ?」ブラッドが寝ぼけ声を出す。目を開くと、鼻先にハートのヘッケラー&コックがあった。

「もう朝だぜ、ブラッド」とハート。

相手がアメリカ人だとわかって、ブラッドは安堵のため息を漏らした。

ハートは男の喉からナイフを離し、チーズのかけらに突き刺した。暑さのせいで酸っぱくなっている。頬ばったまま、「ここで、狩りでもしてるのか?」と尋ねる。

「まあ、そんなとこだ」とブラッドが答える。そして仲間のほうを振り向くと、「おまえが見張る番だったろ!」

「おい」フランスパンをちぎっては口に押しこみながら、ハートが言った。「ここは立入禁止区域だぞ」返事はない。「逮捕してもいいんだが、あいにく」と言って、手を差し出してみせた。「しょっぴく道具がないんだ」あいかわらず長いパンをちぎって口に運ぶあいまに、肩をすくめて、困ったもんだという顔をしてみせる。「そういうわけだから、二人とも殺しちまってもいいし、まあ、けがしないうちに出ていくというなら、見逃してやってもいい」

「あんた、この辺の出じゃないだろ?」ブラッドが尋ねる。虚勢を張った喧嘩腰だ。

「ああ、ミシガンだ。ハルビンや上海《シャンハイ》じゃなかったのを、ありがたく思え。ここらは、中国軍の斥候や偵察隊がうろついてるんだ」ハートは、小屋のすぐ外で静かに揺れている背の高い松の木立を見ながら言った。「そして、やつらはゲリラがお気に召さない。大っ嫌いなんだ。気にさわるんだろうな。中国人ってのは、間違っても、キリスト教徒みたいに敵に情けをかけたりはしない。ゲリラへの見せしめのために、昔から伝わるやり方を採用してるのがいい証拠だ。〈ベネズエラのネクタイ〉ってのを聞いたことないか？」

二人とも首を振る。

ハートはちぎったフランスパンにナイフで穴を開けた。「喉首に穴を開け、奥まで指を突っこんで、穴から舌をひっぱり出す」そのパンを三口で食べた。「な、ネクタイみたいだろ？」そう言うと、水筒の水をがぶ飲みした。「つまり、ゆっくり死ねるってわけだ」手についたパンくずを払い落とし、狩猟用ライフルを摑んだ。遊底を引き抜き、他の三挺のライフルも同じようにした。

「何してるんだ？」ブラッドが尋ねる。

ハートは四個の遊底をカーゴポケットに入れると、梯子に足をかけた。「命を救ってやったんだ。さっさと家に帰りな！」

「ここがおれたちの家だ」ブラッドが言う。

「戻って家族のめんどうをみてやれ」

「そんなものいない」ブラッドが答える。「かかあは十四年ほど前に死んだ。子供はいない。

このウィリーはしばらく前に、なんていうか、かみさんに愛想をつかされちまった。それに、一人息子は……えーっと、海軍にいたんだ」

ウィリーがうなだれた。ハートは二人の顔を何度も見ているうちに、ひどくいらいらしてきた。「おい！　中国のくそったれどもと戦いたきゃ、在郷軍にでも入ればいいだろう」

「だめなんだ」とウィリーが答える。「六十歳までしか取ってくれないから。二人とも、二歳ほど過ぎてる」

ハートは周囲の地形を見回した。ここからだと、モービル港から内陸に向かう州間高速自動車道六十五号線——詳細な状況説明によると、中国軍が主要な補給路にしようとしているらしい——がよく見える。五〇〇メートルという距離は、二人が持っている狩猟用ライフルの射程内だ。

風が吹くたびに金属製の外壁をこするほど木々の枝が伸びているし、中国の斥候隊は最初のうちハイウェーからそれほど遠くまで足を伸ばさないと思われるので、この隠れ家には気づかないかもしれない。だが逆に、その木々が、二人の男に近づいてくる中国兵の隠れ蓑になることもあるだろう。いずれにしても、自称猟師の二人がそれほど長く持ちこたえるとは思えない。戦車砲一発で粉みじんになるのがおちだ。

「あんまりいい考えとは言えないぞ」ハートは最後の忠告をした。「ここから逃げおおせるとは思えないからな」

「わかってるよ」とブラッドが答える。ウィリーも、そうだとうなずく。「おれたちは最初、テロリストみたいにストラッピング爆弾をつくろうと思ったんだ。いくつかつくってみたが、使いものにならなかった。だから結局、間違いなくできることだけやることにした。二人とも射撃の腕は確かなんだ」ウィリーがうなずく。

ハートは眉をひそめ、もう一度あたりを見まわした。四個の遊底を金属製の床に置くと、カチャカチャという音がした。二人は遊底を見つめ、それから彼に目を移した。「捕虜になったらどんな目に遭わされるか、って話」とハートが言う。「あれは、冗談じゃない。だから捕まるなよ。いいか？　もし捕まったら、すぐに自分で片をつけろ。じわじわと殺られる前に……わかったな？」

少し間があいて、二人がまたうなずいた。ウィリーはなんとかぐっと唾を飲みこんだ。

「おれたちは肚をくくったんだ」とブラッドが言う。「これまでの人生、おれたち二人とも何も特別なことはしてこなかった。だが今度は違う。生きてきた証ってやつを残してやる」

ウィリーがうなずいた。

メキシコ湾から吹く風が木々をさやさやと鳴らした。ゴツンという鈍い音がして、ブラッドとウィリーの目が床に吸い寄せられた。ほの暗い月明かりのなかでは、それがごつごつしたパイナップル形の手榴弾だとわかるまでしばらくかかった。ハートが四個の遊底のそばに落としたのだ。「達者でな」そう言うと、ハートは梯子を降りはじめた。

「あんたも」と言うブラッドの声が聞こえた。ウィリーはたぶん、うなずいていたことだろう。

ホワイトハウス、マップルーム（地図の間）九月十四日、現地時間二〇四五時

ビルは激しい動揺を静めようと、マップルームにやってきた。何十年ものあいだ、この部屋は非公式の会合——コーヒーやお茶つきの会議、レセプション、テレビ会議——に使われてきたが、ビルは本来の使用目的に戻していた。その結果、警備のため戸口にシークレットサービスが立つことになった。数台のデスクトップコンピュータの画面には、軍の極秘情報が詰まった地図が映っている。

ビルはステフィーがいる部隊の位置を調べようと、南部の地図を表示している高解像度フラットスクリーンの前に立った。アラバマ州北部に、同部隊を示す鮮やかなブルーのマークが見える。第四十一歩兵師団は危険地帯のまんなかにいたが、その責任は彼にあった。ステフィーがそこにいるのは、女性を徴兵して一連のテストを受けさせろ、と彼が命令を下したからなのだ。彼女たちは若くて健康で、賢く、愛国心にあふれている。裕福で、栄養のあるものを食べ、健康にいい郊外に住んで運動を欠かさない、という生活を送ったおかげだ。彼女たちの二〇パーセントが、テストに合格して歩兵連隊に入ることになるだろう。国は若い女性に考えられる限りの利益と特典を与えてきた。そうやって大事に育ててきた娘たちに、命がけで恩返しをしてもらうときが来たのだ。

ビルはあえて恐ろしい真実に目をつぶった。想像もできないほど大きな悲劇だ。だが、こ

れにはもっと個人的に重要な面があった。

数カ月前、ビルは執務室で、統合参謀本部議長のアダム・コトラー将軍と非公開で面談した。陸軍の最高位の将軍であるアダムは、軍の公式報告書を携えていた。「閣下、お嬢さんは身長一七三センチ、体重五八キロ。申し分なく健康。明日から八週間の基礎訓練に入ります」

八週間後、ビルがハワイ諸島を訪問しているとき、コトラーが訪ねてきた。大統領は第三海兵隊師団——当時、彼らは砂と火山灰にまみれていた——への激励スピーチを行なった直後だった。「お嬢さんは前期の基礎訓練を終えられました」とコトラーが報告した。「全体で八十二番の成績です」ビルはうなずいて、笑いを噛み殺した。ビルがとっくに知っていたことを、ステフィーが成人した今、世間はやっと気づいたのだ。ステフィー・ロバーツという女性がひときわ優秀だということに。「閣下、八十二番とは」とコトラーが説明する。「男女合わせた全新兵のうちで、ということです」

コトラーは説明を続ける。ビルが口をはさむ間もない。「夏のジョージアの暑さのせいで体重が三キロほど落ちて、五五キロになりました。体重が減ったといっても、体自体は鍛えられて逞しくなっています」コトラーはできるだけ落ち着いた声で話そうとしていた。「全装備を運べるだけの体力があります。ライフル、弾薬、背嚢、予備の機関銃用ベルト、擲弾、ミサイル、迫撃砲」

「待ってくれ!」ビルがさえぎった。「まさか、将軍……ステフィーが……歩兵連隊に入るというんじゃないだろうね？」

心からの同情を表わして、コトラーはうなずいた。「近ごろの若い女性は体力的に優れています。閣下のお嬢さんのような、平均的な十八歳のサッカー選手と、インターネット中毒の男子を較べてみればよくおわかりになるでしょう」視線はずっとビルに注がれたままだ。「閣下、公正なテストは、ときに予想外の答えを導き出すことがあります、心身ともに強靱な女子の上位から二〇パーセントが歩兵になります。お嬢さんはテストで九十八点取りました。上半身の筋力テストで、二点減点されたんです。しかし、十六週にわたって観察してきた教練指導官たちは、精神力の強さと統率力に最高点をつけました。男女各三百名の新兵で編成された大隊中、一番の成績です」

ビルは、自分に向かって突っこんでくる車に気づきながら、まるでスローモーションフィルムでも見るようになす術もなく立ちつくしているような気分だった。コトラーは後ろめたそうに小声で言った。お嬢さんには、どの部隊――兵站部、情報部、軍政府部、公務部――を希望するかと尋ねたのです。ところが、歩兵にしてほしいとおっしゃいました。実際には、要求したという感じでしたが。

ビルはふたたび目を閉じると、顔をこすった。

「よろしく頼む」というビルの言葉に続いて、コトラーは手短に、ステフィーの部隊を担当させるためにとっておきの人物を送りこんだと報告した。「シークレットサービスか？」コトラーは首を横に振った。「アッカーマンという男です。先日まで少佐として、歩兵連隊高等科の指導教官を務めていました。現在は中尉として、お嬢さんがおられる部隊の小隊長を務めています。閣下、彼ならすべての点で、シークレットサービスなどよりずっと確実にお嬢さんの安全を守ることができるでしょう」

少佐から中尉に降格されるとは、きっと何かへまをしたんだろう、とビルがほのめかした。コトラーは次のように答えた。「中尉というのは、書類上だけの問題です。そのほかの面では、今でも少佐のままです。それに、これは本人が志願した仕事でして」ビルは驚いて眉を上げた。「訓練所を出て戦闘部隊に入るには、こうするほかなかったのです」

そのとき、ドアをノックする音がした。ビルが背筋を伸ばすと同時に、今回海軍作戦部長に任命されたソートン元帥が入ってきた。彼は低い声で重々しく、キューバのグアンタナモ湾の基地が陥落の危機に瀕していることを報告した。ビルはひどい疲労感に襲われた。「わが軍でまだ戦闘能力のある兵士はどれくらいいる？」

ためらったのち、海軍作戦部長は「十五万名の水兵と、約八千名の海兵隊員がいます」

まだ使えるな。ビルはそう思うと、深呼吸をしてから、前任者たちの言葉を引用して命令を下した。軍人にはまったく説明する必要のない言葉だ。「抵抗する手段のあるうちは戦闘を継続するように」

さあ、賽《さい》は投げられた、とビルは思った。

ソートンはちょっと口ごもった。明らかに命令を伝えるのを渋っている様子だ。じっとビルを見つめている。ビルは気力をかき集めて耐えていたが、今にも自責の念に駆られて視線をそらしてしまいそうだった。だが、ついに目をそむけたのは元帥のほうだった。「わかりました」と言って、彼は静かに部屋を出た。

ドアのかんぬきがカチャッと閉まると、ビルは椅子にくずおれた。両手で顔を覆って「おお！」とうめいた。目を閉じると、心がからっぽになった。

ビルはアメリカ全軍の最高司令官だ。国家安全保障会議は中国軍の侵略を阻止せよという最終命令を待っていた。課せられた義務を果たす覚悟をするには、時間が必要だった。アメリカをはじめとする自由世界の誰もが抱いている疑問に思いを馳せる時間が。いったいなぜこんなことになってしまったのだろう？

二年ほど前、まさにこの瞬間のために、ビル・ベーカーは大統領に選出されたのだった。米国議会上院軍事委員会の議長を務めていたビルは、アメリカ版カッサンドラーとでも呼ぶべき存在だった。世に容れられぬトロイの予言者と同じように、ビルが警告しつづけたにもかかわらず、中国の脅威は増大していった。当時すでに引退していたベビーブーマーたちは、社会保障制度充実のために国防費を犠牲にした。大学生の息子や娘たちを中国のアジア侵略を阻止するために送り出そうなどとは考えもしなかったのだ！　それに、核戦争も辞さずという断固たる態度をとった国もなかった。インドでさえ、中国軍にそっくり奪われないうちにと、サイロに入ったままのミサイルを手榴弾で破壊したほどだ。

それよりずっと以前に、北アメリカ侵略への道に最初の一里塚が刻まれた。十年前に起こった、短期間ではあったが一風変わったサテライト・クライシスだ。最初に勃発した新しいタイプの無血戦争だといわれているが、おそらく世界最後の無血戦争でもあっただろう。中国政府はスパイ衛星が領空侵犯していると主張しつづけていたが、それに対して本気で注意を払う者はいなかった。そこでついに、中国は新しい対ミサイルシステムの威力を誇示するため、西側諸国の軍事衛星をことごとく撃ち落としたのだ。アメリカとヨーロッパ各国は同じ方法で報復したが、ついには、数千億ドルもの打ち上げ費用がふいになることを恐れた電気通信関連企業が、宇宙非軍用化条約を結ぶようにと圧力をかけるにいたった。

軍事的偵察方法が四十年逆戻りしたことにより、技術的に遅れを取っていた中国の立場が大いに有利になった。西側諸国の司令官たちは、リアルタイムで送られてくる衛星画像を受信するかわりに、潜望鏡やレーダースクリーンを通して靄のかかった戦況を把握する、という昔ながらのやり方に戻った。西側諸国の情報部は諜報員に信用をおかなくなった。そのほとんどが中国の二重スパイだと判明したからだ。中国は占領した韓国で極秘のうちに、超大型タンカーを戦闘機五百機が搭載可能な超大型空母に改造していた。その噂が間接的な引鉄となって地上戦が起こり、たちまち南アジアに飛び火した。空母が大挙して出港するようになってからでさえ、中国は中東諸国への地上攻撃を演出することで、真の目的を隠していた。海軍力のバランスが変わるにつれて、奇襲作戦の時代に逆戻りした。この二つの変化によって、中国は西ヨーロッパ諸国海軍の連合艦隊に対してドラマチックな勝利を収めたのだった。

中国はペルシャ湾の入り口で欧州連合を猛然と攻撃した。ヨーロッパにとっては、軍事的に自立できるかどうかという、長年の課題が試される最初の機会となった。ヨーロッパと中国の双方の艦隊が睨み合ったままインド洋まで進んだとき、中国の三つ目の艦隊が突如として姿を現わした。レーダーに映し出された三千もの戦闘機の影に、ヨーロッパの司令官たちは初めて、迫りくる潰走の兆候を見てとった。ディエゴガルシアの戦いはミッドウェー海戦の再演だった。ただし今回は、日の出の勢いの中国海軍の勝利に終わったが。

ベーカー政権の一代前にあたる当時の民主党政府は、航空母艦を増産するか、生産に時間はかかるが戦局を覆せるかもしれないミサイル駆逐艦を建造するかで二つに割れていた。航空母艦の場合は一隻で中国軍の超大型母艦を三、四隻相手にできるのに対して、ミサイル駆逐艦のほうは戦力がまったく証明されていない。専門家のなかには、このように危険な時期に未知数のミサイル駆逐艦を頼みにするのは、あまりに無謀すぎると主張する者もいた。基本設計は五十年前と変わらず、信頼できることが立証ずみの航空母艦を建造したほうがいいというのだ。だが、数千基のミサイルを瞬時に発射して空母の十倍もの打撃を与える巨大なミサイル駆逐艦をつくれば、数代にわたって海を支配してきたアメリカの地歩を維持できるだろう、と主張する者もいた。調査が命じられ、委員会が組織された。正しい決定を下し、建造費と重要性を検討し、どの有力議員の選挙区でどんな船を造るかという駆け引きを調整するためだ。こうして、貴重な時間が費やされた。

その間に、イラン、クウェート、イラク、サウジアラビア、ヨルダンが陥落した。半分は中国に威圧され、半分は直接侵略を受けたためだ。中国がついにシリアとレバノンを占領したとき、イスラエルは自国も包囲されたことに気づいた。小柄なダビデのようなイスラエルと巨人ゴリアテのような中国はおたがいに警告を発したが、悲惨なことに双方とも無視しあった。イスラエルはゴラン高原に集まっていた中国軍に核兵器を投下する戦術に出たが、一時的な休戦をもたらしただけだった。イスラエルは南から攻め入られて征服された。テルアビブが攻囲される様子の生中継を世界じゅうが見守った。中国は見せしめのための数々のショーを上演するため、市民がテルアビブから出ることを禁じた。中国軍の将軍たちは全世界に放映されているその生中継テレビ番組で、画面上の時計が秒読みをするなか、核戦争を口々に非難した。ゼロになると、中国軍の工兵たちは攻囲した都市の内外で、数個の〈建造物解体用〉核爆弾を爆発させ、何十万人もの死傷者を出した。デモンストレーションは一〇〇パーセントの成功を収めた。それ以後、中国が報復手段に核兵器を用いる意志があることを疑う者はいなくなった。全世界が、核時代における〈目には目を〉の瞬間を目撃したのである。

防衛推進派のベーカー上院議員は、まさに国防が唯一の政治問題になったときに大統領選に立候補した。中国がアフリカ沿岸北西部の沖にあるカボヴェルデ共和国とカナリア諸島——中国にとっては、アメリカへの道の二番目の一里塚である——を奪取した前週末に、ビルの選挙事務所は一七〇〇万ドルの寄付を、主に保守的な政治活動委員会や大規模な防衛施設建設会社から集めた。その週まで寄付金はひと口あたり平均三四ドル五〇セントだったが、ビ次の週末には総額が二倍に膨れあがっていた。中国系アメリカ人が多い大西洋岸西部で、ビルの選挙資金は瞬く間に莫大な金額になった。

ビルの恩師は、連邦議会議事堂があるキャピトルヒルの出身ではなかった。尊敬すべきトム・レフラーは下院議長を務めるジョージア出身の共和党議員で、カリフォルニア出身の新米上院議員だったビルと知り合ったのは何年も前のことだ。二人が親しくなったのは、ハリウッドの俳優だったあか抜けしたビルと、冗談と肉料理が好きな武骨で昔気質な南部の政治家トムが対照的だったからだろう。または、トムの妻ベス――彼の成功は内助のおかげだ、とビルはひそかに思っている――が、ビルは四十年前の夫と同じように将来性がある、とすぐに見抜いたからかもしれない。理由はどうあれ、レフラー夫妻は離婚経験者であるビルの庇護役を引き受け、昼食会や晩餐会、ゴルフや別荘や党員集会に付き添った。二人の後ろ盾のおかげで、ビルは順調に出世した。そして、ビルが二期目の上院議員から国の最高官職へ飛躍しようとした運命の年、突如として状況がビルに有利に展開した。だがそれは、悩める西側諸国にとっては、困難を究める状況にほかならなかった。

これまでアメリカが行なってきた膨大な海上輸送量をはるかに超えて、中国が大規模船団を送り出すさまを、ヨーロッパじゅうが見守っていた。五〇万トンの輸送船団が戦略的に重要な足場となる大西洋の島々に、三百万名の兵士を運んだ。誰もが、避けられそうもない中国のヨーロッパ侵略を、驚きと恐れの交じった気持ちで待ち受けた。

アイオワでの党員集会が開かれるころには、議会は莫大な防衛予算を是認する方向に傾いていた。特別審議会による討議が尽くされ、歴史的大議題だった三隻の威風堂々たるミサイル駆逐艦の建造費は一〇〇〇〇億ドルにのぼると報告された。フラットデッキの五〇万トンの巨獣は、敵の防空網のまっただなかに有人戦闘機を飛ばすような非情なまねはしない。そのかわりに、巨大な長距離誘導ミサイルを六分ごとに八千基発射することができる。垂直にそびえる装甲発射台がデッキをほとんど埋め尽くし、自動装塡装置と自動保守装置のおかげで、乗員は男女合わせてわずか百名——そのほとんどは将校——ほどですむ。司令官たちは標的に向かうミサイルの円錐頭に埋めこまれたカメラを通して、上空や陸上や海中での戦いの様子を見ることになる。大統領候補者であるビルは、起工されたばかりの艦船の艦長や乗員を訓練するための、シミュレーターを用いた感動的な攻撃パターンをコンピュータ画面で見た。ミサイルによる圧倒的な弾幕砲撃だった。防衛推進派のベーカーでさえ、「数を惜しめば、手遅れに!」と繰りかえして、声高にミサイル駆逐艦建造を擁護したほどだ。浮き足立った有権者がぞろぞろと投票に出かけ、ビルはその春の予備選挙に次つぎと勝っていった。

欧州連合は百万名の軍隊をヨーロッパ南部に派遣し、大揺れに揺れるトルコに上陸させた。連合軍はボスポラス海峡にも達しないうちに、一度の銃撃戦も行なわずに戦争を終結させた。断固かつ迅速な軍隊配備で勝利したことにより、命取りになりかねない慢心がヨーロッパ本土に広がっていった。そのうぬぼれが、結局は敗北につながったのである。三隻の中国の超大型空母がジブラルタルの岩山を目指して北へ進んでいるころ、調子づいた連合海軍は南へ航行して地中海西部に陣取った。まさか中国軍が北へ向かっているとは思わず、ただちに勝利の祝宴を張った。十隻の中国の超大型空母が彼らの前に姿を現わすまでの、つかの間の喜びとも知らずに……。

軍の歴史上、近代まれに見る大失策をかろうじて生き延びた海軍兵たちは、地中海に封じこめられた。これが、中国が十年がかりでつくったアメリカへ続く道の三番目の一里塚だった。とはいえ、当時そのような疑念を抱く者はなく、軍事アナリストでさえ、なんの前触れもなく水平線上に現われた中国の戦艦の名前を知らなかった。閉ざされた朝鮮半島で活動している〈諜報部員〉は物資の不足と労働者の暴動を報告していたが、それは中国が流した典型的な偽情報だった。中国政府は三隻の大型空母を建造していることを隠すため、軍艦を一隻就役させるごとにそれをファンファーレとともに喧伝したのだ。

ヨーロッパは国際禁止令を破って速やかにスパイ衛星を打ち上げた。すべての衛星が中国のミサイルによって撃ち落とされたが、その前に、労働者が奴隷のように忙しく働かされている韓国の造船所の様子を鮮明に写した写真が送られてきていた。ドイツ、フランス、イギリスの各政府は、進行状況はさまざまながら二十隻の超大型空母が建造中であることをそのとき初めて知った。ヨーロッパ各国は、疾風怒濤《シュトルム・ウント・ドラング》状態に陥った。中国はヨーロッパが宇宙非軍用化条約を破ったことに対する報復として、民間衛星を撃ち落とした。その結果、遠距離通信システムが崩壊し、それが引鉄となってヨーロッパの足並みが乱れはじめた。

イギリスは怒り狂い、自国の艦隊を切り離して欧州連合から脱退した。英国陸軍の列車は遠くトルコからイギリス海峡まで走るあいだ、嘲笑を浴びせられどおしだったが、ドーバー海峡の絶壁までくると大歓迎を受けた。残りの欧州連合遠征軍はボスポラス海峡の後方に撤退せざるをえなくなり、トルコ軍はイスタンブールの南に落ち延びた。中国は陸路、トルコあるいはコーカサスから今にも攻撃してくるだろう、とドイツは考えていた。しかしフランスは、中国は海路、イベリア、もしくは直接フランスに攻め入ると確信していた。そこで、フランス政府は大西洋岸に〝嘆きの壁《ウエスタンウォール》〟をつくるため、自国の軍隊を呼び戻した。取り残されたドイツ軍は深く塹壕を掘り、中国があと押しするゲリラとの代理戦争で毎日おびただしい血を流しながら、鮮血に染まったバルカン半島を守っていた。ベーカーが共和党の大統領候補に指名されたとき、欧州連合の運命はまさに風前の灯だった。

　ベーカーにとって最終選挙は単一問題に絞った戦いだったが、その問題こそ、対戦相手にとっては最大の弱点だった。民主党の候補者フィリップ・ペラーは、八年にわたって孤立主義を取りつづけた前政府の副大統領だった。アメリカは国防に力を入れなくなっていたため、兵器や軍隊の必要性が減っていた。軍艦の建造数は横這い状態だった。十一隻あった航空母艦は、今や老朽化した航空母艦が七隻だけになっている。それでも、一隻で中国の超大型空母の二、三隻分に相当する性能があるが、数の上では、大統領選挙日の時点でアメリカは中国に一対四で劣勢だった。ベーカーと副大統領候補のエリザベス・ソーボーは、圧倒的な勝利を収めた。ベーカーが大統領就任式で、レーガン元大統領を彷彿とさせるような〈アメリカの夜明け〉的スピーチを行なうと、興奮の嵐が巻き起こった。アメリカ政府はふたたび、戦いのさなかにある自由世界の先頭に立った。貿易の衰退によって暴落していたダウ＝ジョーンズ平均株価は、資本がヨーロッパから防衛拠点となったアメリカへ流れこみはじめたとたんに急騰した。ベーカーが国防費を二倍にしたために支出が大幅にふえたことと、若者を徴兵したことによって、アメリカに完全雇用がもたらされたからである。急遽三隻のレーガン級ミサイル駆逐艦が起工され、どうやって大西洋を海上封鎖するかが話題の中心となった。最高司令官に就任したベーカーが最初に出した命令は、軍事物資を補給するためイギリスへ向かう輸送船団を三隻の航空母艦に護衛させよというものだった。

だが、大統領就任から一ヵ月経った日の夜中、就寝中のベーカーに肝をつぶすようなニュースが届いた。中国は北からヨーロッパに入るルートを取らず、西からカリブ海へ攻め入ったのだ。中国海軍の歩兵連隊はバルバドス、グレナダ、セントルシアを奪取した。ヨーロッパを救うという勇気ある計画だったものが、いつの間にか、自国を防衛するというきびしい仕事に取って代わられた。怒った議会は中央情報局《CIA》から実権を取り上げ、連邦捜査局《FBI》に情報収集を任せた。彼らはつまり、軍事情報を海外で収集する必要はなくなったと判断したのである！

中国がアメリカ領土に上陸するというのは、米軍を真の標的である西ヨーロッパへ救援に向かわせないための策略だ、と主張する専門家もいた。だがベーカーにとって、中国軍のアメリカ領土上陸は長いあいだ待ち受けていた最後の一里塚だった。ついに中国軍が到着し、彼は議会に宣戦布告を行なうよう求めた。三日間にわたって喧々囂々《けんけんごうごう》の討論が行なわれ、全国にテレビ中継された。このようなモンロー主義的な政策は絶対に取るべきではない、という意見。戦闘犠牲者が……という多くのささやき声。しかし、ビルが全面的に信頼している下院議長トム・レフラーの言葉に賛成する者が大多数を占めた。投票の結果、上院で九十五対五、レフラーがしっかり取りしきっている下院では四百二十一対六の大差となり、アメリカはメキシコ湾ではなくカリブ海に布陣を敷くことになった。

宣戦を布告する書類のインクも乾かない——文字どおり投票後数分の——うちに、ベーカーは二千機の戦闘機を投入した。その四分の一が空に散ったが、その前に、八隻の中国の超大型空母のうち四隻を沈没させた。ウィンドワード諸島での戦いはアメリカ軍の勝利と公表されたが、中国はカリブ海における足場を失ってはおらず、その春には島から島へと戦闘を続けながら少しずつ北へ進んでいった。マルティニク、ドミニカ、グアドループがそろって陥落した。アメリカ側はパイロットが底をついたのに対して、中国軍のほうは超大型空母一隻を二週間ごとに送りこんでくる、という状況だった。

上陸を果たすたびに、中国側の和平条件はますます露骨になっていった。貿易については、中国がアメリカに貢ぎ物を要求するような形になってきた。軍備縮小に関する提案は、アメリカへの武装解除要求へと変化した。最後の交渉を試みたベーカーに、中国側はハワイ諸島を長期にわたって賃借するという提案をぶつけてきた。ベーカーがこの侮辱的な申し出を拒絶すると、中国はアメリカの五十番目の州を封鎖しようとした。そのため、欠乏気味の海軍資産である第三海兵師団ならびに第一遠征旅団、それから陸軍第九軍団を送り出すはめになった。護衛船が軍隊を運びこみ、民間人が避難すると、ハワイは不可避の侵略を待ち受ける武装野営地となった。ベーカーに核兵器を使わせるべく、恩師トム・レフラーがほとんど大っぴらに圧力をかけ、それと呼応するように空軍のレーサム元帥があからさまにせきたてた。キャンプデーヴィッドでの長い週末のあいだ、ベーカーは大惨事の到来を予言する優秀な軍事専門家に次つぎと会っていた。そのなかには、経済学者や歴史学者や宗教的指導者もまじっていた。月曜日、彼は全国放映のテレビ番組に出て、開戦という初めての重大決定を発表した。完全動員が命ぜられた。核兵器を用いずに第三次世界大戦を戦おうというのだ。十八から二十四歳までの強壮な男女をすべて徴兵するという法案を、トム・レフラーはしぶりながらも可決させた。だが、軍事専門家たちはベーカーの防衛戦略と、日本で採用された戦略との類似点を指摘した。二十年にわたる封鎖のあいだ、日本政府は動員を続けたが、日本列島は次つぎに陥落していったのだ。だが実際は、ベーカーが望みをかけているのは若い兵士たちではなく、東・西海岸の造船所で龍骨から肋骨状の骨組みをそびえ立たせている三隻のミサイル駆逐艦だった。だがその一方で、カリブ海をゆっくりと通過する中国軍に対する核攻撃のチャンスをみすみす失っていたのである。今やベーカーの戦略は、領土と尊い若者の血を失うことになる大きな過ちだと見る者がほとんどだった。

大統領就任後の一年間は先行き不透明だった。もし怒り狂った大衆に「あのとき、あなたはいったいどこで何をしていたのか?」と尋ねられたら、ベーカーは胸を張って、「戦況報告室で状況説明を聞いていた」と答えたことだろう。しかし、見捨てられた高級リゾート地を臨むカリブの晴れ渡った空で激しい戦闘が起こっている今、彼は地下壕の深くに腰を下ろして、高品位テレビの不安定な画像を見ていたのだ。

海兵隊は初めて地上で敵と交戦した。第四および第六遠征旅団はアンティグアとサンタクルスで、深い塹壕を掘った。だが、中国軍が上陸してから数時間以内で、それぞれ一万六千名の水兵と海兵隊員からなる二つの旅団は四対一という数で圧倒された。数日のうちには、百対一になった。一週間続いた戦闘のあとで、世界の人びとは海兵隊員たちがうつろな目をして捕虜収容所に引き立てられていく写真を見せられた。その屈辱的な光景によって、アメリカじゅうに衝撃が走り、平和運動は立ち消えになったが、ラテンアメリカ諸国は無情にも新しい超大国の軌道に引き寄せられていった。パナマは運河の自由通行を中国に許可した。もっとも、のちにアメリカ陸軍特殊部隊によって破壊されるまでではあったが。南アメリカの人びとはこの攻撃に憤激し、ますます中国への仲間意識を駆り立てられた。六カ国ほどの政府が、訪問中の中国政府の代理人を喜ばせようと、アメリカ大使館への物資供給を取りやめ、通りでは大勢の人びとがいっせいに歓声を上げた。こうして、中国の外交官たちは南アメリカの長大な領土を勝ち取った。

ベーカーが大統領に就任した最初の秋、ついに軍隊を乗せた中国の輸送船団がハバナに入ってきた。一カ月は楽にもつ軍用品とともに、陸軍師団が各船から上陸してきた。集結した部隊はすばやくプエルトリコの側面に回りこんだ。一万名の第九十二歩兵旅団だけを残して、ほとんどのプエルトリコ人がフロリダに脱出した。中国軍が侵入してから三週間の戦いを生き延びた六千名の男女が、膨れあがる捕虜の列にさらに加わった。

そして、キューバのグアンタナモ湾で、昼夜を分かたぬアメリカ軍の反撃が始まった。しかしついに、カリブ海での戦いを支援しつづけたアメリカの基地は、陸海空の三方から包囲されてしまった。第一海兵師団と二万五千名の水兵はライフル兵に転向し、歴史に残るすさまじい抵抗を示した。だが、中国の輸送船はキューバでの揚陸を続け、ベーカーは金曜ごとに敵兵総数の報告を受けた。クリスマスのころには百万名だった。冬の終わりには、二倍にふえて二百万名になっていた。春のあいだ、三百万名の兵士が命令を待って待機していた。夏になると、四百万名がキューバの北部海岸で野営していた。ベーカーが一番最近受け取った報告によると、兵士の数は五百万名にのぼり、しかも毎日ふえつづけているという。今や、彼らはむき出しのアメリカ南部の実質的な支配権を握っていた。

ベーカーは潰瘍を患った。医師団はストレス過剰だと忠告した。病のせいで夜眠れなかったものの、これっぽっちの犠牲などなんでもないとわが身に言いきかせていた。

グアンタナモ湾での防衛がいよいよ絶望的になってくると、ベーカーは第二弾の戦略的大決断を下さざるをえなくなった。戦いのさなかにある愛国者たちを見捨てることはできない――アメリカにとってそれは〈決意〉と同意語になっていた。そこで、初夏の暑さのなか、三隻の航空母艦に護衛させた第二海兵師団を、ハバナ海峡経由で送り出した。強行突入後に撤退する作戦だったが、前代未聞の大惨事になってしまった。百隻もの潜水艦隊が浅い湾の砂底で待ちかまえていたからだ。音の静かなディーゼルエンジン潜水艦によって三隻の空母すべてと六隻の強襲船が撃沈され、船と戦闘機による波状攻撃で残りの部隊も全滅した。

アメリカの惨敗のなごりが湾岸のいたるところに打ち上げられた。水兵と海兵隊員三万名の遺体の多くが、わが子を求めて南部沿岸を捜索していた親たちによって発見された。毎晩、アメリカ人家庭の居間は、深い悲しみにあふれた悲痛な光景で満たされ、それが引鉄となって四千万人が恐怖に駆られて南部から逃げ出した。フォートローダーデールからリオグランデにかけては完全に無法地帯と化し、政策顧問たちは大統領に治安の回復を嘆願した。だが、ベーカーはおびえる避難民を元気づけたり、人の流れをせき止める方策を何も取らなかった。彼らがパニックに陥るのも無理はない、そう思ったが口には出さなかった。人びとが恐れていたことは、空想ではなく現実になった。ハバナ海峡での敗北によって、アメリカ合衆国のもっとも防備の手薄な地域を中国軍に知られてしまったのだ。

はためにもわかるほど動揺した海軍作戦部長のソートン元帥が、海軍についての惨憺たる情報を伝えた。東・西両海岸を合わせても、四隻の航空母艦しか残っていないという。中国はメキシコ湾に十六隻の超大型空母を停泊させている。アメリカ南部の海岸のどこからでも上陸できるのだ。ベーカーが空軍参謀長のほうに顔を向けると、レーサム元帥は、中国がメキシコ湾内に三千二百機の艦載戦闘機を、キューバの滑走路に四千機をもっていることを伝えた。残っているわずか数千名のパイロットを神風特攻的な攻撃作戦に送り出せば、肝心要《かなめ》のアメリカの防空が手薄になる。地上配備した地対空ミサイルで中国軍の高々度ミサイルや戦闘機を撃ち落としているあいだにも、めだたずゆっくりと低空を飛ぶ吸気機関式巡航ミサイルは中国の戦闘機によって撃ち落とされてしまうからだ。

海軍司令官の説明を待つまでもなかった。海軍は第一および第二海兵師団を失い、第三師団はハワイで立ち往生し、予備軍である第四師団はニューオリンズ一帯にしっかりと根を下ろしている。カリブ海での敗北のあと残っているのは、一万名からなる遠征旅団が三個だけだ。第一および第二海兵師団の補充兵だけでなく、第五、第六海兵師団もまだキャンプス・ペンドルトンとルジューンに集結していない。おそらくミサイル駆逐艦の後方支援を受けて海に出る準備をしているのだろう。とはいっても、ミサイル駆逐艦が進水するまでアメリカがもちこたえられればの話だが……。

やがてベーカーは頼みの綱を振りかえった。アメリカ陸軍だ。海岸線で中国軍を食い止めることは、確かに可能ではあります、とコトラー将軍は言った。しかし、最初の攻撃をはねつけても第二、第三、ことによると第四の攻撃が待っているだろうし、それらを撃退するためにこちらの予備軍をつぎこめば、それこそ敵の思うつぼだろう、と。「大統領閣下、そうなれば戦争の終結は早まります」コトラーのその言葉で、ビルの背筋にはひどい悪寒が走った。

こうして、ビルは三番目の重大な決断をせざるをえなくなった。「わたしは徹底交戦を望む」とビルは参謀たちに向かって言った。「こちらから中国に攻めこめない以上、われわれは向こうからやってくるのを待つしかない」自分を疑わしげに見つめる制服姿の男たちが、侵略によって領土を失うなどとはこれまで一度も考えたことがないのは承知の上だった。案のじょう、彼らはベーカーに質問の矢を浴びせかけた。一千万名の中国兵が上陸してきた場合は？「幼児を持つ母親および老人を徴兵する」中国軍がキューバに集結しているというのがカモフラージュで、ニュージャージーやカリフォルニアに攻めこんできた場合は？「ネバダ山脈とアパラチア山脈で戦う。それを可能にするためのシミュレーション計画を作成したいと思う」

その夜、国家安全保障会議で異議を唱える者たちを黙らせたあと、ベーカーは横になってもなかなか寝つけなかった。私にいったい何がわかるっていうんだ？ 彼は冒険映画に端役で出ていたが、その知名度のおかげで空いていた上院議員の席を摑んだのだ。政治家としての経歴は、中国問題に火がつくまでは平凡なものだった。レイチェル・ロバーツ——スターに夢中の女子学生、旧姓レイチェル・バックマン——との結婚生活は悲惨を極めた。離婚後に再婚した相手とも別れ、それが原因なのかほとんど不能同然になり、それ以来恋愛と聞くだけでしりごみしてしまう。

そのようなわけで、ビル・ベーカーは大統領という官職の重みに押しつぶされそうになりながら、地獄のような一人暮らしを送っている。その前夜も、彼は眠れぬまま早朝まで考えごとをしていた。想像もできないことが不可避の状態になったのはいつだったろう？ 去年の春、南部への対弾道ミサイル用サイロの視察に出かけたころからだろうか？ メキシコ湾に向かう迎撃機の轟音が、近くで絶え間なく聞こえていたっけ。それとも、初夏の澄みきった夜空のもと、南フロリダの人けのないビーチで、ハバナ海峡における最後の戦いの火花が水平線上で稲妻のように光るのを見ていたころからか？ それとも、チャールストンの港で、海軍はいずれかならず復興するとスピーチした日の夜遅く、アメリカで最初の中国兵の死体が見つかったときから？　あれは地元警察との銃撃戦で殺された特別奇襲隊員だった。いや、そうではない。夜が明けたことが厚手のカーテン越しにわかったとき、彼は思った。ベーカーは長いあいだ、中国が台頭するのではないかという漠然とした恐怖をいだいてきた。なぜなら、彼が導いている国は約五〇〇〇キロにも及ぶ無防備な海岸線に囲まれているからだ。制海権を失えば、アメリカにとって大きな強みだった海が、致命的な弱みになってしまうかもしれないのである。

2

ホワイトハウス、戦況報告室　九月十四日、現地時間二〇四五時

　クラリッサ・レフラーは、国家安全保障会議で初めての状況説明を行なうため、戦況報告室の外で待っていた。彼女はつい最近、三十五歳という比較的若い年齢で、国務省で今や最重要部署である中国部局の責任者になった。合衆国大統領の前で話をする立場になったら、ほとんどの人は神経をぴりぴりさせながら予行演習を行なうことだろう。だが、今日の題目である中国の政治は彼女の専門でもあるし、有力な政治家に囲まれてもあがったりすることはない。そこで、愛国心という名目の下に反逆罪を犯すという皮肉について考え、時間をつぶしていた。

　その前夜、父親――下院議長を務める共和党議員――が軍部クーデターの可能性をほのめかした。「何人かの極右派の将軍たちが超法規的に臨時の支配権を握って、まさに聖書の言葉に従って核攻撃をしかけるかもしれんぞ！」ここ二、三年のあいだに、アメリカの政策は劇的に右寄りになり、彼女の父親トム・レフラーは保守派の頂点に立っていた。徴兵された者の命だけを使って中国軍を撃退するというビル・ベーカーの案は、冷酷なだけでなく、不成功に終わる運命でもあったのだ。

ベーカーがまさかこんな形で祖国を裏切るなんてと、彼女は思った。大学院生だったころ、クラリッサは中国を貿易で儲けさせてくれる相手としか見ていない連中を相手に、その国が世界平和への脅威になりうることを虚しく声高に説いていた。そのとき彗星のように政界に現われて、中国の侵略について警鐘を鳴らしたのがベーカーだった。彼の大統領選の際には、クラリッサは父親から二つ返事で承諾をもらい、草の根レベルの裏方仕事をこなした。それなのに、彼女があれほど熱心に支持した男は、祖国の存亡にかかわる今になっても、いったいなぜ核兵器の使用を避けたがるのだろうか？

歴史にその名をとどめるであろう役割が、選ばれし人びとの前途に疑いもなく待ち受けていることをクラリッサは知っていた。事態を一変させる可能性が待ち受けているのだ。おそらく、〈超憲法的な〉企てが軍人たちによって詳細に計画されているのだろうが、大統領の交替劇はオペラのように華やかに展開するだろう、と彼女は想像している。クーデターのあらましはいずれ誰の目にも明らかになるにちがいない。しかし実際どのように重要な劇的事件が起こったかは、言葉の裏に隠された意味を正確に読み取るほかないだろう。愛国者たちによるベーカー政権転覆劇において、自分も何か役割を果たすことになるのだろうか？　じかに目撃することになるのだろうか？　それとも、後日談を聞くのだろうか？　協力を依頼されるだろうか？　そして、クーデターのあとはどうなるのか？　対クーデター策を講ずるグループも出てくるのだろうか？　ベーカーの支持者は父の命令を拒むだろうか？　結局、昨夜は話題に上らなかったものの、三番手の大統領職継承者である父に白羽の矢が立つ可能性は大いにある。そして、クーデター後の父の新政府には信頼のおける人材が数多く必要になるだろう、そう彼女は冷静に考えた。

クーデターが起こったら……そんな考えが何度も浮かび、深刻な気分になった。なにごとか起こるたびに、父の仕事はどうなるのだろうと思い、彼女はパンチでも食らったように胃が締めつけられた。もともときわめて想像力が豊かなたちだが、アメリカ国内での核戦争など、どうしても思い描けなかった。かならず、何か別の方法があるはずだ、と彼女は思った。そのような陰惨な運命を予想するたびに、そう考えて乗りきってきたのだ。

参謀たちがトム・レフラーの娘に気づいて次つぎに会釈した。戦況報告室に入ってくる彼らを見ながら、即行動に移ってベーカーの愚策からアメリカを救ってくれるのはどの人なんだろう、とクラリッサは思った。

一大権力を手に入れたFBI長官ハミルトン・アッシャーが、ドアのそばで待っているクラリッサを見て片方の眉を上げた。実権を取り上げられたCIA長官リチャード・フィールディングがほほ笑みかけて、「がんばって」と小声で言った。鳥肌が立ちそうだったが、それは緊張のせいではなく、自分もこの会議の一員なのだという気持ちからだった。クラリッサは、このドキドキする場所、ハラハラする瞬間、歴史のひとこまに身をおいていた。

意気消沈した合衆国大統領がクラリッサのそばを通ってまっすぐ歩いていくのを、みんなが見守っていた。だが、戦況報告室のドア近くの壁に背を向けている二人の男の目は、まっすぐクラリッサに注がれている。鷹のように鋭い目をしたシークレットサービスを睨み返すことができず、彼女は目をそむけた。彼らはいつでも引鉄に指をかけている、と聞いていたので、心ならずもひるんでしまったのだ。

静まりかえった部屋で、ベーカーが深く吸った息を吐き出した。「この会議で次の三点について明らかにしたい。記録を取っておくように……」ベーカーは大統領としての自分の役割を演じようとしていた。「アメリカ合衆国はこの戦争に勝利する。さもなければ、五十州もろとも滅びるのみだ。領土は譲らない。交渉もしない。条件つき降伏はありえない。和解もしない。国際調停も受けない。停戦も休戦も……降伏もしない」彼は長いテーブルについている面々を見渡した。しわぶき一つ聞こえず、瞬きをする者も目をそらす者もいない。「この瞬間から、われわれは徹底交戦に移行する。やめろ、とわたしが命じるまで……」彼は人差し指を立てた。「これが一点目だ」

ほとんどの軍人がうなずいた。

「次に、われわれの勝機は海にある。中国軍に武装兵士が四千万いようとも、この国の海岸まで彼らを運ぶのも船なら、わたしが破壊しようとしているのも船である。したがって、何よりもまずその点を考慮して、戦略を決定しなければならない。オーランドやアトランタでなく、チャールストン港やノーフォークを守る必要があれば、時を移さずそうする。シカゴやデトロイトの防空態勢を中断して、フィラデルフィアやサンディエゴの造船所の上空を完璧に守る必要があれば、ただちにそうする」彼は指を二本立てた。「これが二点目だ」

ベーカーの凝視にたじろぐ者はいなかった。将軍たちはふたたびうなずいた。

ベーカーは三本目の指を立てた。「最後に、西半球から中国軍を一掃しない限り、この戦争は終結しないことを言っておく。われわれがヨーロッパの封鎖を打ち破り、日本と中東を解放し、中国軍を南および東アジアから撤退させ、自国の領土内に押し戻したとき初めて、この戦争は終結を見る。目的遂行のために、兵器開発長期計画を国の最優先事項として、予算の許す限り全力で遂行する」今回は、政府の極秘支出に賛成する少数の者だけがうなずいた。「これが三点目だ」

部屋にいる者たちの三分の二がうなずいたが、計画の概略が実行可能である、と軍事専門家として評価したわけではないことをビルは知っていた。おそらくこれから十年以上を戦いつづけなければならない男たちとして、この容易ならざる戦いを始める前夜の命令を決然と受け入れただけなのだ。それに較べて、命令を発したベーカー大統領のほうは、せいぜい六年間の未来があるにすぎない。どんなに想像力を逞しくしても、大統領に再選される確実な芽はないのだから。ホワイトハウスを去るときには、四十九歳になったベーカーは疲労困憊しており……もっとも、その前に中国軍によって撃ち殺されていなければの話だが。最近ではますます頻繁に、夜中にそのような場面が頭に浮かぶようになってきた。彼は話をする家族がいなくてよかった、と初めて思った。消えゆく官職にある男、というのは適役だ。それに、椅子に座ったまま死ぬ大統領という役も。机についたまま。スーツ姿で。銃ではなく、民主主義の象徴であるペンと書類に囲まれて。これがベーカーにとって、合衆国最後の大統領の望ましい姿だった。

ベーカーはいつものように、まず海軍のほうに目を向けた。「メキシコ湾の状況はどうだ？」

ソートン元帥は明らかに、ベーカーの演説に心を打たれていた。彼は咳払いをして、考えをまとめた。「大統領閣下、ここ八時間ほどわれわれはフル活動を続けております。数百隻の艦船が航行中です。現在のところ、巡洋艦、駆逐艦およびフリゲート艦で海上をパトロールし、潜水艦や戦闘機に対する警戒を続けております。しかしながら、数の上では敵のほうが優勢で、超大型空母や大型輸送船が敵の真後ろに控えていることは間違いありません。われわれはキューバの北方に二十隻の潜水艦からなる牽制部隊を配備し、敵主力部隊がどの方向に進もうと、阻止・報告できるよう待機しております。バハマから東海岸への航路は、機雷、六隻の強襲潜水艦、七隻の巡洋艦に先導された特殊部隊——合計二十八隻の軍艦——によって封鎖中でありますから、敵がこの方面から攻めてくるとは考えられません」

ベーカーはうなずいて、空軍参謀長レーサム元帥を振りかえった。「そちらのほうは？」

「われわれは、九百機の強襲戦闘機および、スタンドオフ対船ミサイルを搭載した二十四機の戦略爆撃機B-1、B-2を待機させております。これらの爆撃機は、対船パッケージに新たに加えられた、スタンドオフ地上攻撃ミサイルSLAM-124を二千五百発発射できます。ミサイル誘導網は中国の対ミサイル防衛可能範囲を突破し、全ミサイルをもっとも効果的に誘導します。しかしながら大統領、ミサイルは前哨艦には達しますが、主力艦までは届きません」

ベーカーはソートン元帥のほうに振り向き、非難めいた口調で言った。「ミサイル駆逐艦を掩護する兵器は全部、中国の防衛可能範囲を圧倒的に越える能力を持つとばかり思っていた！　いやはや、空軍の二千五百発のミサイルが主力艦を攻撃できないとは！」

　海軍作戦部長は苦境に立たされながらも、ベーカーがアメリカ救済のために頼ろうとしている兵器が信頼できるものであることを示そうとした。「閣下、ミサイル駆逐艦二隻をメキシコ湾で用いれば、三十分で中国艦隊を一隻残らず沈めることができるでしょう。まずはミサイル一万六千基による一斉攻撃をかけます。これらミサイルのうち五百基には、弾頭のかわりに、中国の迎撃機を混乱させるためのコンピュータ制御の対応装置が備わっています。続いて、八基のミサイルを一組とした千五百組、つまり合計一万二千基のミサイル迎撃ミサイルの出番です。残る一万四千基の機動力に優れたコンピュータ制御超音速ミサイルは、それぞれが協力しあって回避行動を担当します。各ミサイルには六、七百個あれば敵の船を沈めることができる約九〇〇キロの弾頭がついており、六分後にはふたたび一万六千基のミサイルが発射されます。そして、敵艦が海底に沈むまで何度でもこれが繰りかえされるのです」

「ミサイル駆逐艦を守るために、ミサイルを残しておく必要があるのではないですか？」と副大統領のエリザベス・ソーボーが口をはさんだ。「それに、中国の潜水艦の脅威はどうなんでしょうか？」

「ええ、当然ながら防空用ミサイルは必要です」とソートンが答える。「先ほどお話ししたのは、一つの例にすぎません。しかし、われわれは二隻のミサイル駆逐艦を中心に、潜水艦攻撃用特殊部隊と一、二の空母戦闘群との連携システムを作りあげています。それぞれの戦闘処理システムを一つにまとめることにより、空と海上、海底からの中国軍の脅威を防衛できるでしょう」

「わかりませんね」とハミルトン・アッシャーが口をはさんだ。FBI長官の発言に、血圧が上がったのをベーカーは感じた。「単に攻撃力を集中させることが問題なら、地上発進ミサイルを使えばよかったのでは？　そうしていれば、中国軍の上陸を阻止できたでしょうに！」

ムーア国防長官が答える。「コトラー将軍は、イギリスが配備したような、可動式の地上発進ミサイル発射装置を使うことを提案なさいました。しかし、おびただしい数のミサイルで攻撃するとなると、地上発進か艦上発進のどちらかを選ばざるをえないのです。二つのうち一つだけです。ミサイル駆逐艦もしくは地上発射装置、両方は無理です」

「では、なぜ地上発進ミサイル発射装置を用いなかったのですか？」とアッシャーが畳みかける。「そうしていれば、侵略を食い止められたでしょうに！」

ムーアは大統領を見て、次にアッシャーに目をやり、それから答えた。「ミサイル発射装置にはまったく攻撃能力はありません」

「攻撃能力がない？」アッシャーが驚いて尋ねる。

ビルが言う。「ミサイル駆逐艦は中国艦隊を海上から一掃できる。だが、地上発射装置の場合は、海岸線から退却させるのが関の山だ」

「アメリカ国民の大半は」アッシャーは国家安全保障会議のメンバーの面前でスタンドプレーを演じた。「今の状態よりはそちらを望んでいたのではありませんか！」

「命令したのはわたしだ」ベーカーはきっぱりと言いきった。しばらくアッシャーとにらみ合ったのち、彼は空軍のレーサム元帥を振りかえった。「防空のほうはどうだ？」

レーサムは話を戻すのを渋っているようだった。ベーカーが取りあげなかった、陸・空軍共同の可動式ミサイル発進システムを熱心に支持していたからだ。彼が非公式に、最高司令官の決定を結果論で批判した、とベーカーは聞いている。「そうですね、最初に海軍から音響測探器による報告を受けた段階で、〈敵機による攻撃が間近〉を意味する防空警戒警報〈赤〉を全国に発令しました。同時に、ミシシッピ川の東とアトランタの南で、民間人の往来を禁止し、民間空港に戦闘機を配備、それらを守るために少なくとも四機の戦闘機がスクランブル態勢にあります。北米防空総司令部の対ミサイルグリッドは九八パーセントがジェネレーションレベルです。中国軍が深く攻めこもうとしたら、地獄に突き落としてやれるでしょう」

ベーカーがうなずく。その場にいる者の半分が、大統領より先に陸軍参謀長のほうに顔を向けた。「敵はどこに上陸するだろう？」ベーカーが統合参謀本部議長に尋ねる。

コトラー将軍は一瞬ためらった。別に理由があったわけではないかもしれない……とにかく、コトラーは渋々ブリーフィングブックを開いた。「キューバからですと、南フロリダがいのだろう。

一番近いかと……」自信をもって話しはじめたものの、語尾がとだえた。

コトラーは南部ではなくシカゴ出身だ、とベーカーは思い出した。だが、そんなこととは関係なく、この陸軍将軍は自国が侵略されることについて話し合う気にはどうしてもなれないのだろう。

「失礼しました」と謝ると、コトラーは肩をいからせて、大声で話しはじめた。「閣下、陸軍はフロリダ半島からの侵入を、それがどんな形であれ、食い止める準備があります」彼は余計なニュアンスを付け加えず、きっぱりと言いきった。彼の後方にいる大佐たちが直立の姿勢を取った。いかなる国の陸軍も経験したことのない任務、つまり中国軍を阻止するという任務に全力で当たる覚悟を表わしたのだ。「われわれはタンパ／セントピートからメルボルンにかけて防衛線を設置します。第三歩兵師団（機械化部隊）と第四十歩兵師団（国民軍機械化部隊）を第五十三歩兵旅団（分離部隊）とともにオーランド南部に配備します。そうすることによって、中国軍はエヴァグレーズ大湿地帯に布陣せざるをえなくなり、二分された敵部隊は東西で孤立することになります。閣下、もしも敵がマイアミから上陸した場合は、マイアミで阻止します」

「敵が上陸用舟艇を用いた場合は？」とエリザベス・ソーボーが尋ねた。「つまり、仁川《インチョン》スタイルで背後の海岸に上陸した場合は？」

「オカラの第二百七十八機甲連隊が海に叩き落とします」

「それはあくまでも予想でしょう？」ソーボー副大統領が食いさがる。彼女はブリーフィングブックをぱらぱらとめくった。「あの機甲連隊はたった……三千七百名で、しかも全員予備兵ですよ。もし彼らが中国軍を撃退できなければ、もっとも危険な州の南端を防衛している、わずか十二しかない軍団の一つ、第四軍団が中国軍に孤立させられるのでは?」

もっともな質問だ。ベーカーはコトラーの答えを待った。

「われわれは撃退するよう全力で努めます」彼は明快にゆっくりと言った。本音だった。

ソーボーがベーカーを見る。彼女は職務を果たした。ベーカーは今、大惨事の起こる可能性がほかにもあることを知った。彼は深呼吸して、ふたたび顔をこすった。「中国軍をフロリダで食い止められることがわれわれにわかるのなら、敵にもわかるだろう。その場合はどこに上陸するだろう?」

コトラーが答える。「理論的には、フロリダ州キーウエストからテキサス州ブラウンズヴィルまでのあいだなら、どこでも可能性があります。海上に姿をさらした輸送船からもっとも安全かつ迅速に上陸できる南フロリダを除けば、メキシコ湾岸の港のどれかになると思われます。モービルかビロクシ、ニューオリンズかもしれませんし、ガルヴェストンという可能性もあります。しかしながら、キューバからもっとも移動時間の短い場所という観点で選べばミシシッピ川東岸の港が考えられ、こちらの可能性のほうがずっと高いものと思われます」部屋の四面を覆うフラットスクリーンに映る地図が変わった。ハリケーンの接近を知らせるときのように、メキシコ湾岸一帯が上陸の可能性の高さによって色分けされている。テキサスとルイジアナのビーチからハバナの西部にかけては、危険の少ない印の黄色が塗ってある。ミシシッピ、アラバマ、フロリダの砂浜は危険の接近を表わす血のような赤に染まっている。モービル湾内および周辺がどの地帯よりも赤が濃いのは、もっとも上陸の危険性が高いということだ。「ビーチの場合は」とコトラーが説明する。「二十四時間で約五万名の兵士が上陸できます。しかし、活動中の港なら、能率は三倍になります。ミシシッピ川の東岸に陣取って港を奪えば、一カ月で五百万名が上陸できるでしょう」

ムーア国防長官が言った。「モービルへの上陸の可能性が一番高いものと思われます。あの港は中央にあり、投錨も容易ですし、道路・鉄道・水路網が集中している最南端の場所でもあります。しかしながら、敵はどこから上陸するにしても、シミュレーションによればより重要な目標地点へと東海岸をのぼってくるはずです。その場合には、われわれは州間高速道十六号線に沿って太平洋からサヴァナを通ってアトランタまで、州間高速道二十号線に沿ってアトランタから西へバーミングハム、ジャクソンを通ってミシシッピ川河口のヴィクスバーグまで防衛線を設置します。実際、この防衛線は高速道路の数キロ南にあるもっとも防衛に適した地形を含んでおり、そこなら素早い側面からの攻撃と補給が行なえます。いずれにせよ、旅団をミシシッピ川から南に配備すれば、中国軍を袋小路に追いこむことができます。第二百十八機械化歩兵旅団（分離部隊）は州間高速道九十五号線のサヴァナ／フロリダ間を確保し、第四軍団が孤立しないようにします」

「さらに、モービル湾に機雷を敷設することもできます」空軍のレーサム元帥が提案した。

「五、六時間の準備期間があれば、空中投下も可能です」

ベーカーは元帥が話し終えないうちから首を横に振っていた。「ソートン元帥の話では、中国軍は海底をさらい、数日で港を使えるようにできるそうだ」

「埠頭を破壊することもできます」レーサムが言い張る。

「そんなことをしたら、敵が上陸できなくなるじゃないか！」ベーカーが嚙みつくように言った。彼は椅子の背にもたれかかって頭の後ろで手を組み、衆目のなかでこっそりと精神的な緊張をもみほぐそうとした。背筋がピアノ線のように固くなっている。彼の手は氷のように冷たかった。

六カ月間にわたって行なわれたシミュレーションにおいては、アメリカ側が勝つ回数のほうが多かった。みんな、まるで映画を見ているような気分だった。戦闘の限度や展開は、距離や地形や道路網などを一定の条件に設定して割り出された。だが、本当に戦争が始まってみると、シミュレーションのことを思い出す者などいなかった。ハバナ海峡で大敗を喫したあの作戦についても、シミュレーションは行なわれた。三つの空母戦闘群で戦い抜く。第二海兵隊が中国軍の側面に攻撃をしかける。空軍および海軍砲兵隊の掩護を受けてグアンタナモ湾で全員乗船し、楽隊と旗を打ち振る群衆に迎えられて帰港する。このような筋書きだった。大敗の原因を探る調査委員会が終了したあとで、ベーカーは思い詰めた様子の海軍作戦部長と面会した。元帥は辞表を提出してから帰宅し、家族がいた部屋の隣室で頭を銃で撃って自殺した。また、あんな表情を見ることになるのだろうか？　いつもは自信に満ちた逞しい男の、自責の念に駆られてうつろになった顔を？

「では」とベーカーが静かに言った。「中国軍が総攻撃をしかけてきた場合の対処法は？」

コトラーが立ち上がって、緑色の上着のすそを正した。リボンの列が胸を飾っている。ワシントンにいる伍長以下の兵士は戦闘服にコンバットブーツという姿だ。いざという日には、上級将校たちも迷彩服に着替えるのだろうか、とベーカーは思った。

テネシー州の地図上に、緑色で大きく塗り囲まれた場所が三カ所現われた。第二、第三、第五軍団の極秘の集結地だ。一カ月前、ベーカーは各軍団の兵站部を見てまわった。カムフラージュ用ネットがかけられた膨大な軍需品の山が、八〇〇メートルにわたって続いているところもあった。

「約二百万名の戦闘部隊、約百万名の支援要員からなる六個の戦術的陸軍部隊が上陸した場合、ただちに三個の機甲軍団が港で反撃します」とコトラーが言った。地図上のメキシコ湾には三本の矢がナイフのように突き刺さっている。中国軍への反撃が成功しなかった場合、アメリカにとってもっとも期待できる展開は、敵の兵站線が伸びすぎ、拡散してしまうことだった。それは、ヴェトナムに始まってトルコにいたるあらゆる国々が、最後の抵抗がつえるまで持っていた望みだ。ベーカーは胸を締めつける見えないひもを引きちぎろうと、無理やり大きく息を吸いこんだ。

「それに、四カ月後には三隻のミサイル駆逐艦が完成し、海上での戦いが再開されます」と、ムーア国防長官が楽天的な口調――ベーカーにはそう聞こえた――で言った。

それまで持ちこたえられるだろうか？　状況説明が続くなか、ベーカーは思った。冷えびえした部屋の中で、額に冷や汗がどっと噴き出す。必死になって平静を保とうとしたが、ふたたび気持ちを集中できなくなった。いったいなぜこんなことになってしまったのか？　怒りが込みあげてくる。静かに、虚しく……。

「失礼します、閣下」心配した副官が声をかけてから、ベーカーの前に置かれた統合参謀本部の黒いブリーフィングブックを閉じた。ハードカバーで綴じられた鮮明な地図や写真は、会議のたびに、最新の情報をもとに準備される。インターネットのスピードで行なわれる情報収集戦争のおかげで能率は上がったが、残念ながら充分とまではいえない。壁にはめこまれたスクリーンが、すべて真っ青に光っていることにビルは気づいた。ハミルトン・アッシャーが数人の軍の幹部に囲まれている。それを目にして、ビルはぐっと奥歯を嚙みしめた。FBI長官は国家安全保障会議の正式メンバーではなかったし、彼の意見など聞きたくもない。ドアが開いて一人の民間人が入ってくるや、壁際の席から首席補佐官がさっとビルに歩み寄った。

「アッシャーはこの会議に招待されていません」鋭い目をしたフランク・アダムズは、訊かれてもいないのにこうささやいた。「トム・レフラーの国家機密法によって治安維持の全権を委任されたものだから、民主主義の守護者気取りなんですよ」

国務長官のアーサー・ドッドが席から立ち上がって言った。「国務省中国部局の新しい責任者、クラリッサ・レフラー博士を紹介します」

ビルははっとした。振りかえると、トム・レフラーの娘が席についたまま会釈した。ビルはあやうく立ち上がりそうになり、数人の視線を集めてしまった。クラリッサにはパーティーなどで何度か会ったくらいで、しかも、遠くから見かけただけのほうが多かった。首席補佐官が顔を寄せてくる。「たった今わかったんですが」アダムズが思い出したように、むきになって言う。「偶然のはずなんかありませんよ。ドッドのやつ、連邦議会に呼び出され、トム・レフラーの委員会の前で証言するときに備えて点数かせぎをしたんですよ。あのろくでなしの娘を登用することでね。やつは二年前、ジュネーブで中国の通産大臣を訪ねてからずっと、保守派に目をつけられているんです」ビルは欲しくもないコーヒーをつごうとするウェイターに対するように、手を振って首席補佐官を追い払った。

アーサー・ドッドが紹介しているクラリッサの経歴に、ビルは興味深く耳を傾けた。彼女の履歴書によれば、父親のトム・レフラーが、故郷であるジョージアの田舎町では受けられなかった教育を重視したことがよくわかる。娘はジョージアで暮らしたことさえないはずだ、とビルは思った。父の遊説について回ったくらいのものだろう。レフラーは四十年以上にわたって議員を務めている。クラリッサはワシントンDCで母親に育てられたのだ。ビルは娘のことはほとんど知らないが、母親のベス・レフラーはよく知っている。誰よりも優しい人だった。生涯ずっと、真っ正直で親切だった。政治の世界では珍しいことだ。就任式の直前に彼女が亡くなったとき、ビルは声を上げて泣いたが、老境に入ったトムの心の痛手を思うと余計に悲しかった。

トム・レフラーは大衆の支持を受け、共和党保守派に長年属してきた。そして、中国の脅威が増大する数年前、侵略者の接近を感じとったかのように大多数がタカ派に転向した。そして熱血漢の下院議長は保守派の代表に君臨した。ビルもトムも国防擁護派の共和党議員だが、これまでに何度か政治的な意見の衝突を経験していた。もっとも劇的だったのが、トムが起草した法案をビルが否決したという、国家機密法をめぐる対決だった。この法律はいちじるしくプライバシーを侵害し、連邦政府における三権分立の原則にも違反するものだった。だが、世論がレフラーを支持し、共和党の保守派が両党の中道派を投票で圧倒したことを受け、議会はビルの拒否権発動を無効にしたのである。

長年のうちには、ビルは政党への基金集めの催しで遠くからクラリッサの姿を見たことが数回あり、ある会合で主人側の列に並んで客を迎えている彼女に会ったことも一度ある。その会合で、次つぎにやってくる高官たちに挨拶していたビルは、少し離れた場所からクラリッサが近づいてくることに気づいていた。じつはあらわな細い肩が目についたのだ。彼女が近づいてくると、高低のはっきりしたすべるような中国語独特の会話が聞こえてきた。彼女は北京《ペキン》からきた大使と上品な会話を交わしていた。あいにく、ビルは彼女に挨拶する機会もないまま、すぐにその場を去らねばならなかった。大使の順番が次に迫っていたが、大切なディナーの約束があったのだ。ビルが帰り際に振りかえると、周囲にいつも目を光らせているフランク・アダムズが言った。「大使の顔ったら。見ましたか？」ビルは笑ったが、じつのところ、肩ひものないヴェルヴェットのドレスを着たクラリッサの美しい姿しか目に入っていなかった。

「レフラー博士はハーバード大学で政治学の博士号を取得しました」ドッド国務長官が国家安全保障会議のメンバーに知らせる。「北京で数年研究を続け、閣下にはわたしからお送りしましたが、中国の政治に関するきわめて興味深い論文をいくつか発表しております」ビルは手を組み、肘をついたままうなずいたものの、ドッドがどの論文のことを言っているのかまったく見当もつかない。今日のように学者っぽい眼鏡をかけたクラリッサを見たことが、以前に一度だけあった。彼女の母親の葬儀のときだ。近ごろでは眼鏡をかけた人をめっきり見なくなったことと、彼女を抱きしめたときにうっかり眼鏡をずらしてしまったことから、覚えているのだ。

ドッド長官がクラリッサのフォルダーを閉じると、みんなはクラリッサではなく、大統領に視線を移した。ビルは歓迎の言葉を述べようかとも思ったが、後方から見つめている彼女をまねて、無表情な顔を通すことにした。ほかの有力者の子弟たちと同じく、親の七光と戦っているところなのだろう。そして、本当に専門家らしくふるまおうとしているのだ、とビルは思った。彼はクラリッサに始めるように、と黙ってうなずいた。

「では、始めさせていただきます、大統領。わたしの見るところ、当部局の関心の焦点は、現在の中国政治に作用している最重要かつ唯一の力を監視することにあります。それは、深刻化の一途をたどる軍部と文官の権力闘争です」彼女は極秘裡に手に入れたいくつかの報告書を淡々と読みあげた。中国政府の報告書はどれも緊張感にあふれていた。半年前、文官出身の中国首相が、〈軍の冒険主義〉は戦争で疲弊した中国に〈重大な危機をもたらす〉という警告を公式発表した。この警告は、国内政治が混乱している中国がアメリカ侵略を行なえば、核戦争にいたる危険性が非常に高いという意味に受け取れる。アメリカの反撃によって形勢が悪化した場合には、「だから警告しておいたはずだ」そう言おうと文官たちは待ちかまえているのだ。「ですから」とクラリッサは強い口調で言いきった。「中国の政情不安につけ入るチャンスがあるでしょう」

　彼女の話にすっかり引きつけられたビルが、口を開いた。「どんな方法で？」

「西半球に軋轢《あつれき》の兆候でも見えるのですか？」統合参謀本部議長が割りこんだ。

「今のところまでですが、韓哲民《ハンチューミン》が今日キューバに到着しますので、何か起こりそうな予感がします」

　クラリッサを見つめているビルの様子を、ほとんど全員が横目で盗み見た。「韓に会え、ということか？」とビルが尋ねた。部下が与えた誤解を説明しようと、アーサー・ドッドがあわてて口を開きかけた。「だめだ」ビルがどなる。「とんでもない！　きみたちも『タイム』と『ニューズウィーク』は読んだだろう。やつは腐りきったろくでなしだぞ」自分でも驚くほどの大声だった。「しかしだ、やつはプリンストンでのルームメートだし、大学院時代の知り合いでもあるから、利用するのも悪くないかもしれんな」

　ビルはクラリッサに顔を振り向けた。「韓《ハン》に会ってもらえるだろうか？　中国の軍部を倒すために、同盟のようなものを結ぶことが可能かどうか交渉をしてほしいのだ」部屋じゅうがしんと静まりかえった。法廷での裁判官のように、大統領は誰にどんな質問でもすることができる。「軍部に対する立場を強めるために、南フロリダを譲渡する、と言ってくれ。それとも……そうだな、屈辱的な通商条件をいくつか呑むほうがいいかな？　そうすれば、強気な交渉が功を奏したと吹聴してまわれるだろう。でなければ、条約を結んでわが国の武装を解除し、永久に中国の慈悲にすがるという手もある」ビルは拳をテーブルに叩きつけ、まわりを見まわした。「そうすることで、核戦争の悲劇から八千万のアメリカ人の命を救えるのなら、だ」

ビルはテーブルに視線を落とした。彼はクラリッサの父親と議論しているつもりで話したのだった。そしてクラリッサから目をはなし、自分がなすべきことに取りかかった。韓哲民《ハンチューミン》と会う手はずを整えるように、と国務長官に命じた。全員が大統領の決断に唖然としていたが、口を開く者はいなかった。彼は立てた指を一人ひとりに振り向けながら、声を張った。「この会見は、存在しなかったかのように極秘に行ないたい！」彼は部屋じゅうを見まわし、壁際で待機している者たちにまで鋭い視線を投げた。「韓との会見予定をひと言でも外部に漏らした場合は、わたし個人に対する許しがたい不信行為と見なす」

別に意図したわけでもなくクラリッサを見つめてしまい、ビルは視線をそらした。記憶のなかの姿より、彼女はずっと魅力的だった。

ワシントン、国務省　九月十四日、現地時間二二〇〇時

クラリッサの部下は全員残業していた。彼女から言われたわけではなく、進んでやっているのだ。みんな大学の政治学部出身で、膨大な量のレポートをプリントアウトするため、クラリッサは紙の山をかきわけて歩くはめになる。だが、彼らのメモの束を処分する過程で、彼女は無数の詳説や見解を自分のものにしていく。それが彼女のやり方だ。誰よりも高度の教育を受けたというわけではかならずしもないが、彼女には情報からどう行動すればよいかを読み取る才能がある。この数年を振りかえって、彼女は感じていた。自分に権力さえあれば、歴史をよりよい方向に変える決断ができたのに、と。

インドを支援して、完全な崩壊から救うこともできたはずだ。アメリカの海・空軍力とインドの人的資源をもってすれば、中国軍をヒマラヤ山脈で阻止することも。しかし実際には、五十万人もの死傷者を出して中国はインドを奪った。人口が十五億におよぶ中国では、家族たちの悲しみもほとばしる国家の威信の前では取るに足りないものだった。

だが、そのあとでさえ、ペラーはインド洋で中国軍を阻止することができたのだ。ペルシャ湾とカスピ海を奪われる前だったら！　ペラーが戦端を開きさえすれば、中国軍には非原子力艦隊を動かす燃料さえなかったというのに！　クラリッサは父親から信じられない話を聞いた。まさに国家機密だったが、長いあいだそれらしい噂がひっそりと流れていたのも事

実だ。四年前のディエゴ・ガルシアの戦いで、勝利を収めた中国軍の第三艦隊がヨーロッパ海軍を壊滅すべく目的地に向かう途中、アメリカの強襲潜水艦隊のそばを通りすぎた。ペラーは海軍に、中国軍との対決は絶対に避けろという厳命を下した。それを受けて、アメリカの潜水艦隊は潜ったままじっとしており、その三十分後、ヨーロッパ艦隊の上空は暗くなるほど多数の中国軍戦闘機で覆われたのである。

しかし今日にいたっても、クラリッサが父から聞いた話を知る者はほとんどいない。じつは中国艦隊は、待ち伏せに最適な場所にいた十四隻の対潜攻撃潜水艦からなる機動部隊の真上を通過したというのだ。父がこの話を知ったのは、不満を抱いた乗組員から聞いたからにほかならない。クラリッサは椅子にもたれると、膝にのせたノート型パソコンに拳を打ちつけた。ペラーが潜水艦隊に無線で攻撃命令を出しさえすればよかったのに！　怒りが込みあげてきた。あの能無しの臆病者！

そのとき、パソコンの画面が急に動いた。帰宅する前に見るべきメモがあと三つある、と知らせている。赤い〈ページング〉アイコンも右上の角に出ている。パソコンが〈答えない〉ので、彼女は何もしなかった。金色の鍵のマークが安全な外線からテレビ電話が入ったことを示している。

父の当惑した顔が画面いっぱいに映った。「ビーッと鳴ったぞ！」キーを叩いたが変化がなく、彼は大声で秘書を呼んだ。

「お父さん、わたしよ！」通りかかった二人の職員がなんだろうという顔で覗いたので、クラリッサは部屋のドアを閉めた。

「もういいよ！」トム・レフラーが叫んだ。「クラリッサだった！」まっすぐにカメラを覗きこむ顔がひどく年老いて見える。「よかった！　さっき電話したんだ」

「わかってるわ、お父さん。だから、かけてるのよ」トムはめんくらった。クラリッサの説明は、まるで父親を叱りつけているように聞こえる。「お父さんのコンピュータとわたしのコンピュータが連絡を取りあって、わたしたちが電話で話すのに都合のいい時間を調整してくれるのよ！　このシステムのことは前にも説明したでしょ！」

「これを使うには、例の鍵が必要なんじゃないのかい？」

「鍵なんて、もういらないわ。これは〈遠隔操作〉っていうものなんだから！　これで、お父さんの車のキーも開けられる。レストランでの支払いもやってくれるの」

「話したかったのは、そんなことじゃないんだ。だが、ちょっと待っててくれ。スチュアートさん！　ドアを閉めてもらえんかね？」ドアが閉まると、トムはカメラに向かってぐいと身を乗り出した。魚眼レンズいっぱいに顔が広がる。「おまえのオフィスは大丈夫かい？」

盗聴器なら毎日チェックしているわ、と彼女は答えた。

「こんなことを訊いたのは」トム・レフラーが小声で言う。「自宅にしかけられてたからなんだ」

「だれがそんなことを！」クラリッサは激怒した。

父親は首を振って肩をすくめた。「さあ。キャピトルヒル警察が家のあちこちで小型の盗聴器を見つけたんだ！　最新式のハイテク製品らしい。こんな高性能なやつは見たことがない、と言っていた」

クラリッサは椅子に深く腰を下ろし、頭の後ろで手を組んだ。FBIのしわざだ。ベーカー版KGB！　国家機密法はプライバシーの侵害だと非難しておきながら、あの大統領は当の法律をみずから乱用している。偽善者もいいとこだわ！　ベーカーはハミルトン・アッシャーと共謀して、父親――ワシントン一の人格者であり、ベーカー自身もあれだけ世話になった――がつくった法律を歪曲し、恩をあだで返そうとしているのだ！　はらわたが煮えくりかえる。

「じつはね、ベーカーは韓哲民と会うつもりなの！」

「自分の職務はわきまえているようだな」トム・レフラーがつぶやく。

クラリッサは目をぎょろつかせて、わざとぷりぷりしてみせた。「わかってないわね！　これは反逆罪に値するのよ！」話を少し脚色することにした。「国家安全保障会議の席上で、あいつったら、とんでもないことを言い出したのよ。南フロリダを中国に譲り渡す、とかなんとか！　まったく、信じられないわ！」

トムは気持ちが集中せず、ぼんやりとしていた。最近では、こんなことがますますふえてきた。頬の肉が揺れている。何を考えていたかわからなくなったかのように、目をぱちくりさせている。彼が小声で何かつぶやきはじめたとき、クラリッサは思わず身を乗り出した。

「なに言ってるの、お父さん？」

「えっ？　いや。何も」

「何か言ってるように見えたものだから。『今こそ善人うちそろいて……』とかなんとか」

「シーッ！」突然こう言ってレンズに覆いかぶさってきたので、画面いっぱいに彼の目と鼻柱が映った。「どこでそんなことを聞いたんだ？」

彼女は父の滑稽なしぐさを見て笑った。「お父さんが言ったんじゃないの！　ついさっき……」彼女は口をつぐんだ。そして、こう思った。今こそ善人うちそろいて、彼らが政党を救わねばならない……それは、武装せよという叫びだった。そこまではいかなくとも標語、もしくは、大胆不敵な企てを起こす前のコードかもしれない。すばらしい！　鳥肌が立った。

「二度とそんなことを口にするんじゃないよ」トムは厳しく忠告した。

「どこから引用したの？」

「シーッ！」

「あらあら、緊張しないで！　有名な愛国者の言葉か何かと思っただけよ」

トムは頬づえをついた。手には老人斑がある。「タイプ練習用の文章なんだ。キーを打つ練習には、何か打つものが必要だろう？」

「なあんだ」クラリッサは少し気落ちした。「でも、かまわないわ」ひらめきの余韻は続いている。「ねえ、お父さん、手伝わせて。力になりたいの。わかるでしょ」父にシーッという間を与えず、彼女は言葉を継いだ。「お父さん、わたしはもう大人よ。手助けできる立場にいるわ」

トムはふたたび気持ちを集中して、首を振った。「危険すぎるよ、クラリッサ。会って話すまで待ちなさい。連絡するから」彼はマウスかボタンを探していたが、思い出して言った。「話は終わったよ、コンピュータ」

突然画像が消え、クラリッサは欲求不満にさいなまれた。

キューバ、ハバナ　九月十五日、現地時間〇八三〇時

四十二歳の韓哲民は軍楽隊の出迎えを受け、陽炎《かげろう》の立ち上るハバナ空港のエプロンに降り立った。勇ましいマーチが鳴り響いている。猛暑のなか、韓は黒っぽいウールのビジネススーツを身につけている。タラップの最上段で立ち止まると、演壇もひな壇も用意されていないことがわかった。報道関係者は大勢いるが、陸軍司令官の盛《シェン》将軍の姿はない。代わりに待ち受けていたのは、驚いたことに彼の息子だった。陸軍士官学校を卒業したての十八歳の呉《ウ》中尉は、父親にきびきびと敬礼した。韓は軍隊式の挨拶を無視して、呉と握手を交わした。「なんでこんなところにいるんだ?」韓は軍楽隊の音に負けまいと声を張り上げた。

「たった今、着いたところです！　盛将軍の幕僚になったんです！　出迎えに行けず申しわけないと、将軍から伝言がありました！」

「だれがキューバに来ていいといったんだ?　責任者の名前を教えてくれ」

「国防大臣の劉常興《リユウチヤンシン》将軍です」呉は幾分おどおどと答えた。
それを聞いて韓は動揺した。その事実は多くの意味を含んでいた。「そうか」それだけ言うと、体の向きを変えて、テレビカメラのまぶしいライトの海を通り抜けていった。呉《ウ》があとに続く。さやを払った剣を手にした一人の大佐がひと言も口をきかずに韓《ハン》のかたわらを歩いているが、その様子は目を合わせることさえ禁じられているのではないかと思わせる。軍楽隊の音がすさまじいので、韓は辟易《へきえき》してターミナルへと急いだ。途中で立ち止まったのは、ほんの数回ポーズを取ったときだけだった。白人の血が混じった顔立ちのため、特に呉はカメラマンたちの受けがよかった。呉がフラッシュを浴びているあいだ、韓はずっと待っていた。

これが息子のニュースデビューだ。ハイエナのような国際記者団との最初の手合わせだ。たぶん保管資料写真になるんだろう、目をぱちくりさせそわそわしている息子の様子をおもしろがりながら、韓は思った。だが、彼の顔に浮かんでいたほほ笑みが消えて、この場にもっとふさわしいまじめな顔つきになった。韓がベネズエラのカラカスから来訪することは二十時間前に知らせてあったにもかかわらず、盛は空港で出迎えなかった。故意に侮辱しているとしか考えられない。怒って当然だ。こんなことをされて怒らないほうがおかしい。

韓は大股できびきびとターミナルビルに向かった。呉がふたたび後ろからついていく。ドアが閉まった瞬間、韓は尋ねた。「劉《リユウ》とどんな話をしたんだ?」

呉はあたりを見まわして、人がいないことを確かめた。よし、と韓は思った。ちゃんと気をつけている。「ほかのクラスメートと同じように、最前線に出してもらえないかとお願いしたんです。ここにクラス全員が集まっています！　陳《チエン》なんて、今では小隊長なんですよ！」

「聞き覚えのない名だ。まあ、別にどうでもいいが」韓は冷たく言った。

「士官学校でのルームメートじゃないですか」呉ががっかりしたように説明する。「この六年間、いっしょだったんです」

「いつ劉に会ったんだ？」

「卒業式のときです。盛将軍の幕僚になるように、とおっしゃいました」

陸軍士官学校で息子の卒業式があった日、韓自身も劉と話をした。豪華な上級将校用ラウンジで緊張の三十分間を過ごし、アメリカに対する軍事行動と占領地支配に関して基本原則で合意した。「驚くには及びません」中国全軍を指揮する男が、別れぎわに韓にかけた言葉がそれだった。

「盛はどこにいる？」韓が尋ねる。

「港におられます」と呉。

「では、会いにいこう」

「今からですか？　とてもお忙しいと思いますが」

韓はあわただしい外交の旅を終えたばかりで疲れていた。七日間で十の中南米諸国の首都を回った。微妙なニュアンスの協定を結ぶことによって、中国に対して有利な立場を維持しようとする小国相手に、スペイン語やポルトガル語での交渉を行なったのだ。骨の折れる大仕事だった。

「わたしがなんのために来たかわかるか、呉？」韓がうちとけた口調で単刀直入に尋ねた。

呉が首を振る。中国の映画撮影隊のスタッフが二人、一〇メートルほど離れた場所でカメラを回している。片方は民間人の服装をしたやや長髪の男だ。韓たちの横手にいる、作業服姿のもう一人の男は頭がつるつるだ。韓は二人に聞こえるように声を張りあげた。「占領下アメリカの行政官に任命されたんだ！　行政の全責任を任された！」行政の全責任を任された、という部分は英語を使った。中国政府が植民地に対して、自分たちが支配者だということをはっきり示すときに用いる言葉だ。「したがって、盛将軍をはじめとして、アメリカにいる中国兵はみんなわたしの部下になる！」

呉は黙って父を見つめていたが、やがて、直立不動の姿勢を続けている男を振りかえった。顎ひもをかけ帽子をかぶった大佐は、刀こそさやに収めていたが、あいかわらず前方を凝視していた。「車の手配を頼む」十代の中尉の命令を受けて、中年の大佐はただちに行動を起こした。

韓と呉が乗ったリムジンの中は静まりかえっていた。やがて、窓の外を見ていた韓がこう言った。「荒れ果てた国だ。バリとは違うな」

「バリには行ったことがありません」呉が静かな声で言った。

「中国の外に出たこともないくせに！」韓が叱りつけた。だが、韓が本当に言いたかったのは、「どうしておまえはわざわざこんなところに出てきたのか？」ということだった。叱ったあとで、韓はほほ笑んで言った。「戻ってきたら、パリに行くといい。いっしょに行く女の子を世話してやろう。パリ見物は二人旅に限る。きれいな娘とのな。任せなさい」

呉は車の窓から、原っぱで大勢のアメリカ人捕虜がミサイル発射台のまわりに塹壕を掘っている様子を眺めた。黒く薄汚れた上半身裸の男たちが腰をかがめて作業をしている。屈従の姿勢だ。敗北の印である。奇妙なことに、彼らを見ても呉の気持ちは少しも軽くならなかった。「ここでの戦いはひどいものでした」呉は生い茂った草を見つめながら言った。「陳と話したんです。彼はこの戦場にいました」振り向いて父を見ると、韓も眉を上げて見かえした。しばらくすると、呉はため息をついて窓に向き直った。息で窓が曇った。「陳の話では、サトウキビ畑で自分から一メートルたらず先にアメリカ兵がいても、姿が見えなかったそうです。まず臭いでわかることが多い、と言っていました」

「哀れなやつらだ」

「どちらが？　アメリカ人ですか、それとも中国人？」

「両方だ」韓が視線を外さずにいると、息子は臆することなく見つめかえした。「おまえが実際に戦闘に参加する機会はないだろう」韓はあまり思いやりの感じられない口調で知らせた。「あきらめるんだな。上層部で決めたことだ。人材は有効に使わなくては」

呉が視線をそらし、二人は長いあいだ黙りこんだが、その間も彼はときどき父のほうをちらりと盗み見た。呉は軽い遊びでできた韓のただ一人の子だ。当初は認知されず、〈呉〉という平凡な名前をつけられた。一族の命令に従って陸軍士官学校の卒業式に出席したものの、韓はそれまで何年も彼には会っていなかった。卒業式の場で、これからは韓姓を名乗るようにと伝えたが、それもまた一族の命令によるものだった。このようなわけで、彼は公式には〈韓吾師《ハンウシ》〉となったが、今なおみんなから旧姓の〈呉〉で呼ばれている。

白人と中国人の血が混じっている呉は、四歳から十八歳まで、全寮制の北京の陸軍士官学校で過ごした。名門の陸軍士官学校を首席で卒業したため、十八歳で将校任命辞令を受けることになった。大勢の士官候補生がいるなか、自力でここまでやり遂げたことを呉が誇らしく思っていることは間違いなかった。だが呉はまだ気づいていないが、すべては権力のなせる業なのだ。正確には、彼らの一族の力だ。というのは、韓の叔父——呉の大叔父に当たる——が中国の首相を務めているのである。

「空港では的確に命令していたな」と韓が褒めた。

「もう将校になったんです。いつまでも士官候補生ではありません」呉がぶつぶつ言う。

韓は笑った。父が大っぴらにおもしろがるのを見て、呉はちょっとびっくりした。「だが、おまえは中尉だ。それなのに、大佐に命令したんだぞ！　なぜだ？　おまえの友人の陳中尉がそんなことをするかな？」呉が考えこむと、韓は笑って、窓の外に目をやった。呉が自分をじっと見ているのがわかる。こんなに長いあいだ父親といられることなど、滅多にないのだ。見させてやろう、と韓は思った。慣れてもらうためにも。

突然、呉が尋ねた。「アメリカへ公式に核戦争への警告を発するという一族の方針が、本土侵略を陰から支援することに変わったのはなぜですか?」

韓は驚いた。手をあげて黙れと合図すると、盗聴器探知機を取り出した。中国陸軍の新型機器はマイクロサイズといえるほど小さくなっている。リムジンのなかで振り動かし……やがて呉の制服の上着に近づけた。目が合うと父は探知機をポケットにしまい、息子の質問に答えた。「アメリカの人的資本は世界一生産力がある。それを活用するためにわたしが派遣されるのだ」

「では、そのために首相が……?」

「政治のことは心配しなくていい」韓がさえぎる。「みんなおまえの身元を知っているのだから、何も心配はいらない。一族が盾と剣を与えるから、一族の政権掌握のために戦うんだ。それが成功するかどうかは、これからの貴重な数カ月間、わたしがアメリカで何をするかにかかっている」

このあとリムジンのなかでは、二人はひと言も話をしなかった。「劉常興、おまえはいったい何を企んでいるんだ?」韓はこの疑問を英語で考えていた。

車窓の外に海が現われた。車の列が海岸沿いの道を進むあいだ、韓は青い海のかなたを懐かしそうに見ていた。アメリカでの大学、大学院時代には数々の甘美な思い出がある。気がつくと、息子も海の向こうを見つめている。まだ見ぬ母の祖国を。

韓が乗った車の列が遠くに姿を現わしたとき、盛将軍は兵士たちが輸送船に乗りこむのを見ながら埠頭を歩いていた。彼は何よりもまずアメリカに対する軍事行動を気にかけていた。タラップをのぼるむっつりとした兵士たちの様子には、日本やインド、サウジアラビアに向かう強襲船に乗りこんだこれまでの部隊に見られたやる気が、かけらも見て取ることができない。盛はいらいらと空を見上げた。停泊中の強襲艦隊は危険にさらされている。中国のミサイル迎撃装置はアメリカのものと同じように、ほとんどのミサイルを阻止できる。だが、もしも核弾頭ミサイルがかいくぐってきた場合には、被害は甚大になるだろう。

副官の李大佐がそばにやってきた。「今回の行動は〈オリンピック作戦〉と名づけられました」と報告する。盛がうなずく。「劉国防大臣に報告します」と李。

「だめだ。政府では機密漏洩が頻繁に起こっている。信頼できる者は少ないからな」

韓哲民と呉はリムジンから降りて、砂利道を埠頭へと向かった。韓は二十一世紀におけるもっとも重要な政治戦争を始めるに当たって、一人静かに考えをまとめていた。車での移動のあいだに気力が充実し、戦いに向かって気分が高揚していた。じつのところ、特権階級に生まれて、これまでずっとそう教育されてきたのだ。

子供のころは、一族の莫大な財産の価値がわかっていなかった。イギリス人家庭教師にイギリス人の乳母、大勢の召使いと彼の世話をする子守に囲まれて、香港《ホンコン》の豪邸に閉じこめられて過ごした。

だが、香港が中国本土に返還されると、状況が一変した。時代が揺れ動くなかで、韓はまずプリンストン大学に、そのあとハーバード大学に入学させられた。「アメリカでは好きなことをしていいが、政治学をよく学ぶように」と言ったあと、父親は一族の計画を話した。韓に自分の事業を継いでもらおうとは思っていない。次の世紀に真の財産を築くために、叔父の跡を継いで政界に入ってほしいのだ、と。

韓の父親は西アジアとの貿易で得た数億ドルの財産を、数兆元に換えて中国共産党へ投資した。一方、韓の叔父は北京の老いた共産党員たちの推薦を受けて香港の総督に任命された。香港は思いがけず繁栄した。その成功がきっかけとなって、叔父は猛烈な勢いで政府高官の座にのぼりつめた。韓が大学院を経てハーバード大学に通っていたころの話だ。

あのころが韓の人生で一番楽しい時代だった。学校には全然行かず、アメリカの文化にすっかりかぶれて、パーティーで多くの美しい女たちと出会った。呉の母親もそのなかの一人だった。だが、アメリカ人との結婚など許されるはずがなかった。北京の一族の差し金で、じきにすばらしい縁組みが取り持たれることになっていたのだ。

李大佐は自己紹介をしたあと、将軍――韓にとってこの上なく危険な最大の敵――がいる場所まで案内した。叔父の率いる文民政府の命運はすべて、韓の今後のアメリカでの戦いいかんにかかっている。建て前としては、核戦争を引き起こす恐れがあるという理由で侵略に反対している。だが、アメリカは〈遠すぎる〉というのが本音だった。韓は内輪ではこっそりと、いくら中国でもアメリカは征服するには広大すぎる、と言いつづけていた。カクテルパーティーや非公式の晩餐会で、ゴルフコースを回っているときやテニスの試合のあいまに、韓とその同志たちは、人命と資源の無駄遣いだと警告してきた。だが、一族が侵略に反対するほんとうの理由は、成功すると困るからだった。

軍が華々しく勝利を重ねたあと、数百万人の無個性な官僚にとって重大な意味を持つ世論調査で劉国防大臣の評判が跳ねあがり、新たな領地と財源およびより大きな利益を手にする機会を与えられた。もしも官僚たちが軍部の暴走に不安を抱かなければ、制服姿の征服者たちがとっくの昔に主導権を握っていたことだろう。

政府首脳と軍部は、陰と陽の関係にあった。共産党をはじめあらゆる組織に属していない政財界の新しい大物たちは、抑制と均衡によって政権の安定を図ろうとしたが、うまくいかなかった。アメリカをもし打ち破ることになれば、〈有権者たち〉の軍に対する評価はうなぎ登りになり、文民政府は大打撃を受けることだろう。アメリカでの戦争は、国家間における軍事的闘争だけでなく、国内における政治的闘争のやま場にもなるはずだった。

韓と盛将軍は並んで埠頭を歩いた。黒っぽいビジネススーツ姿の韓は、混雑している埠頭では場違いに見える。

「こちらの部隊に物資を供給する合意を取りつけました」と韓は言った。「オイル、ガソリン、潤滑油はベネズエラとメキシコから。牛肉はアルゼンチンから。そのほかにもいろいろと。われわれの役割は果たしました。あとはそちらの番です。アメリカを統治するのは、インドのときのようにはとてもいかないでしょうが」

制帽をかぶった盛は、韓のパッド入りスーツの肩にやっと届く背丈だが、指揮官としてじつに堂々とした貫禄がある。七十歳の将軍が戦艦のそばを通ると、兵士や水兵は直立不動の姿勢を取る。盛は今や世界最強となった陸軍第十一部隊（北部方面）の司令官だ。

「きみは」と盛将軍は注意深く言葉を選びながら答えた。「アメリカに対して特別な感受性を持っているという理由で総督に選ばれた」

「行政官です」韓が訂正する。

「わしはただ……」盛は快活に言葉を続けようとした。

「わたしはアメリカで学びましたから」韓がさえぎった。

二人は立ち止まって、向き合った。いたるところで、艦船に補給物資が積みこまれている。韓は以前に一度だけ、盛が率いる部隊がテルアビブを占領したときに会っていた。盛の部隊は戦略核ミサイルによって多くの兵士を殺されており、彼は劉国防大臣から、報復せよという特命を受けていた。テルアビブでの大量虐殺は、盛と劉の仕業だったのだ。

「わしはただ」と盛が続ける。「アメリカをよく知る者が統治するのは理にかなったことだ、と言おうとしただけだ」韓がほほ笑む。二人は黙って歩きつづけた。港いっぱいに輸送船と補給船が停泊している。それらの隙間から青い海が見える。「盛将軍」と韓は言った。「この戦争における中国の遠大な目標についてはよくご存じのはずです。アメリカの知的資本がわれわれの経済協力圏に取りこまれたところを想像してみてください。配下の将校や兵士たちに、この主要な目標についてぜひとも教えていただきたい。それがあなたの第一の職務だと思います。わが軍隊がごろつきのようなまねをしたのでは、アメリカ人の心を摑むことはできません。イスラエルでの過ちを繰りかえすことは、決して許されないのです」

「わしは北京政府からの命令を受けて行動する。念のために言っておくが、特殊爆弾の投下については正式な権限を与えられているのだ」

「それは、ダムを破壊したり、運河を掘ったりする場合の話です」韓はあからさまに相手の言い分を正した。彼は危険を察知していた。埠頭から音が聞こえる。海風が匂いを運んでくる。テルアビブのときと同じだ。韓は盛の核兵器使用を監督する文官として派遣されていた。強い決意で任務に臨んだ彼は、低空飛行する機内から黒焦げになったテルアビブの町を初めて目にしたのだった。

「たいそうな骨折りだったでしょうな」盛は太陽を仰ぎ見ながら言った。「処刑のことですよ。三十七名の将校のね。わしの全スタッフだった」

「いいえ、ちっとも。みんな罪人だったんですから」そして、あなたもね、と韓は思った。でも、あなたは大物すぎる、と。盛は今や、陸軍にとってなくてはならない指揮官だった。テルアビブのことはむしろ、盛の評価をあと押しする形になっていた。

埠頭のはずれまでくると、盛はかすかにほほ笑んだ。「それにしても」と将軍が言った。「三十七名の頭を撃ち抜くのにピストルで、とはね。至近距離だったから、吐き気を催されたことでしょう。ライフルを使われるべきでしたな」

ご忠告に感謝しますとでもいうように、韓はうなずいた。「次には、そうします」

アラバマ州バーミングハム　九月十五日、現地時間一六三〇時

厚くて白い雲――灰色の雨雲でなくてよかった、とステフィーはほっとした――が太陽を隠したり出したりしながら流れていく。暑さが途切れたと思ったのもつかの間、また激しい日射しがぶり返してきた。ステフィーのズボンも、ブラも、Tシャツも汗でぐっしょりだ。体から汗が滴り落ちないのは、皮膚にこびりついた砂ぼこりが膜をつくり、水分を吸いこんでいるからにすぎない。

彼女は塹壕の屋根に最後の仕上げをしていた。荒削りの材木の上に砂嚢を三層に重ね、その上にカムフラージュのための枝木をかけるのだ。チェーンソーを使って危険地帯から松の若木を切り出している兵士も何人かいる。だが、たいていの者は、袋の口を広げて持つ役とシャベルで袋に砂を入れる役を交互にやっていた。海岸での戦闘で傷ついた若者たちからは、ほとんどしゃべり声は聞こえない。

ステフィーは作業に取りかかるのが遅かった。彼女はベッキー・マーシュといっしょに通信装置を見張るように命じられていたのだ。男の通信技師はトラクターの後ろに丸太を鎖で縛りつける仕事に駆り出されていた。ベッキーは電子装置つき極軽量ヘルメットをかぶってみた。「このビデオを見て」セラミックヘルメットから伸びた細い棒の先についた四つのス

クリーンを見ながら、ベッキーが言う。「ねえ、おまけにこのヘルメットにはクーラーみたいなものがついてるわ！　すっごくいい気持ち！」と言って、スクリーンからスクリーンへと目をきょろきょろさせている。もっとよく見ようと、一本の棒を目の高さまで持ち上げた。「だれかが歩いてるとこが映ってる。ヘルメットに木の葉が当たってるわ」

「ねえ、戦わせまいとして、わたしたちをここにおいたのよ！」ステフィーは怒りが治まらなかった。「塹壕を掘らなくちゃ、ベッキー！　夜になって塹壕がなかったら、後衛に送られてしまうわ」

「それで？」ベッキーは信じられないという顔で、眉をあげて叫んだ。「だったらどうだって言うの？　ねえ、そんなに戦いたきゃ、一人でやりなさいよ！」そう言うと、視線をスクリーンに戻した。「マクドナルドから出てくるところみたい。それとも、バーガーキングかな。ああ、バーガーキングだわ」

ステフィーは飛び出していってアッカーマンを見つけ、頭ごなしに言った。「特別扱いはやめてください」彼女はそう繰りかえして、小隊長に旅団長の命令を思い出させた。アッカーマン中尉は折れ、ステフィーは塹壕掘りの仕事をもらった。ベッキーは小隊の通信兵を務めることになった。

通信装置を見張る仕事に就いて唯一得だったのは、最後に通信装置を使ってEメールを送れたことだった。ステフィーはいろいろな電子装置がついたヘルメットとベストを身に着けて、大木の根元にこっそりと腰を下ろし、母と義父に陽気なビデオメールを送った。それから、陸軍の郵便局気付けでコナー・レイリーとサリー・ハンプトンとグロリア・ウィルソンにも別のメールを送った。もう少しで忘れるところだったが、もう一つ、じつの父に宛てて〈www. whitehouse. gov.〉にビデオメールを送った。

屋根にもう一つ砂嚢をのせると、ステフィーは腰が痛くなった。葉の茂った枝を腕いっぱいに抱えたアニマルが、機関銃と弾薬帯の重みで前かがみになりながら戻ってきた。彼は四六時中武器を離そうとしないのだ。

「よいしょっ、と!」彼は小枝と機関銃と弾薬帯を、ステフィーが掘った塹壕の屋根のそばにどさりと下ろした。

「まだ終わってないわよ!」ステフィーがぴしっと言う。

彼は息がひどく上がっている。顔は真っ赤だ。「ああ、すぐ終わるさ」

ステフィーが腰をさすりながら言う。「カムフラージュ用の枝集めにそんなに時間がかかったの?」

アニマルは風に揺れる木のようにふらふらしている。「こ、ここの枝は折っちゃいかんと言って、シムのやつ八〇〇メートルも先まで行かせたんだ!」

「ねえ、まあ、座ったらどう? 熱射病かもしれないわよ」

「ばか言え」とは言ったものの、アニマルはステフィーの塹壕のそばに腰を下ろした。屋根をかぶせた塹壕を見てうなずく。「こんなちんけなやつじゃ役に立たないぜ。一発食らっただけで、DNAを調べてやっとおまえだってわかるくらいにバラバラにされちまうさ」

「あらそう……でも、あんたよりは長生きするつもりよ。少なくとも、これで迫撃砲は防げるもの」

ステフィーは腰だけでなく頭も痛かった。固い地面の上では眠れたためしがなかった。汗だらけで、蚊や虫にはさされっぱなしだ。切り傷や痣やまめが絶えない。一昨夜雨にあってから、湿った不潔な服をそのまま着ていたので吹き出物ができている。彼女はアニマルが持ってきた青々とした枝をむき出しの土の上に広げると、暗い塹壕に這い降りた。中はむっとしている。やっと通れるほどの一つしかない出入り口からは、まったく風が入らない。新鮮な空気を吸うためには、射撃用のスリットに顔をくっつけなければならない。夜眠るときどんなに息苦しいことだろう。M－16からの硝煙で湿った空気が汚れたら、いったいどんな感じになるのだろう、とステフィーは思った。

誰かがぶつかりながら無理やり入りこんできて、ステフィーの隣におさまった。「失礼！」ジョン・バーンズだった。二人だとぎゅうぎゅうだ。「ベッキーが通信係になったんで、大幅なメンバーの入れ換えがあったんだ」ジョンが説明する。「サンダーズが第二分隊に移った。おれはきみの射撃班に入った」

「なんで今ごろ班をばらしたりするの？　射撃班アルファをつぶすつもり？　ベッキーはブラボーの隊員よ！　私たちはいっしょに一カ月も訓練を受けてきたのに！」ジョンは肩をすくめるだけだ。

なぜ上等兵なのかと尋ねられたときも、彼はまったく同じように肩をすくめた。ジョン・

バーンズは、部隊が編成されたあとで遅れて小隊に入ってきた。ほとんどが十代の中で、彼は一番年上だ。彼にはまた、人と距離をおいて接するようなところがある。もっとも、ステフィーを相手にするときは別だが。彼女が属している第一分隊がいっぱいだったので、彼は第二分隊にいった。だが今、まるで目に見えない運命の紡ぎ車に導かれたように隣にいる。彼女はふんと鼻を鳴らした。ジョンは最初の日から彼女に引きつけられていた。さぞかし嬉しいことだろう。このもの静かながら意志強固な私とほんとうにセックスができると思っているのかしら？

「ねえ、これは一人用なのよ」

「塹壕を掘るひまがなかったんだ」ジョンが言い、ステフィーは作り笑いをした。彼女の当てこすりは気にもかけず、ジョンは言葉を続ける。「そうだ、おれたち二人が買い出しの当番だった」

「もう、やんなっちゃう！」ステフィーはうなった。「くたくたなんだから」彼女はスリットを覗いた。外は暗くなりかけている。

「じゃあ、おれ一人で」と言いかけたジョンを、ステフィーは首を振ってさえぎった。

塹壕から這い出てくると、外に座っていたアニマルが二人を見てにたにた笑った。そして、鼻に届くほど舌を長く突き出した。「もう、まったく！」ジョンのことにもアニマルの勘違いにもうんざりして、ステフィーはもう一度うなった。

二人は背嚢を空《から》にし、てくてく歩いて丘を越えた。それから、ブルドーザーでならしたばかりの短い道を下った。「いくつ?」ステフィーが尋ねる。

「二十三だ」

「もっと上かと思ってた。大学はいったの?」ジョンがうなずく。「じゃあ、どうして将校じゃないの? 予備役将校訓練は必須だったはずでしょ? 体はどこも悪くなさそうだし。もしそうなら、上等兵にだってなってないはずだもの!」ジョンはほほ笑んだだけで、答えない。わかった、あんたってそういうやつなんだ、とステフィーは思った。

食料品店までの道筋にある各家の郵便受けでは、小さなアメリカ国旗がはためいていた。習慣に従って、ステフィーとジョンはそのつど敬礼しながら通りすぎた。ときおり通る車やトラックは、二人に向かってクラクションを鳴らし、子供たちは窓から顔を出して声援を送った。店内は一般客で混雑しており、年老いた保安係が、客たちを金属探知機のまわりに手招きしている。人びとは武器を持った制服姿の若者を見慣れていた。ステフィーのライフルとジョンの自動火器だけでカゴがほとんどいっぱいになるので、二人は武器を肩から吊して、カートを押しながら通路を移動した。

「ねえ、ジョン。みんな、晩ご飯に何を食べたがると思う? ブロッコリーとか? ほうれん草?」

ジョンが笑う。「ホットドッグとビールだろうな」そう言うと、フランクフルトソーセージの袋を山ほどカゴに入れはじめた。

「もう少し栄養のあるものにしたら?」

「みんなにケツを蹴とばされるよ！」

ジョンの悪態を聞いたのは初めてだ。「わたしも？」

「絶対大丈夫」

ステフィーは笑った。「どうして？」自分のお尻を見ながら尋ねる。

「おれがそんなことさせやしない」

ステフィーはふざけるのをやめた。「ねえ、ジョン。こんなのばかげてるわ」彼女は戦闘服とライフルで完全武装しているというのに、彼は守ってやらなくてはと思いこんでいるらしい。

カートを押しながら歩いていた老婦人が突然近づいてきて、両手でステフィーの手を取った。ここに来るためにわざわざ白髪を結い上げたのかと思えるほどきちんとしている。老齢のため、しわだらけで腰も曲がっている。「あなたがた二人に、ちょっと言いたいことがあってね」彼女は手を伸ばしてジョンの手も握った。「この道を兵隊さんが通るようになってから何カ月にもなるけど、呼び止めて話しかけたことがなかったの。でも、あなたがたや、これまでに見かけた若い兵隊さんみんなに言いたいと思って……神様がお守りくださいますように！　あなたがたや兵隊さんみんなに、神様のお恵みがありますように。あなたがたのことは、ひとときも忘れないし、とても誇りに思っていますよ！　今の若者には昔みたいな愛国心がないなんて、とんでもない嘘だわ。ご両親の育てかたがよかったのね、あなたがたみんなの。あなたがたは、救い主、英雄よ。ありがたいことだわ。ほんとうに、ありがとう」

返事に窮しているステフィーとジョンを残して、老婦人は立ち去った。彼女の言葉が深く心に響いた。二人は無言で買い物をすませて店を出ると、大切な小隊用の食料を背嚢に詰めこんだ。ジョンが背嚢を二つとも運ぶと言い張るので、勝手にさせた。ステフィーの顔にかすかな笑いが浮かんだ。彼が体力の限界ほどの荷物を担ぐと、ステフィーはジョンの武器を渡し、いきなり彼の唇にキスをした。彼女は唇を合わせたまま笑い出した。歯がカチカチ触れ合うと、ますます大声で笑った。だが、体を離したとき、ジョンはほほ笑んではいなかった。こんなことするんじゃなかった、と彼女はすぐに後悔した。

突然、丘の向こうから銃声が聞こえた。彼女は片方の背嚢を摑み、二人は駐車場を飛び出して、食料品をガタガタ大きく揺らしながら短い道を駆け降りた。背嚢を丘のふもとに隠してから、武器を手にして登りはじめた。中隊がまるごと戦闘に巻きこまれているかのような音だ。丘の頂上に着くと、途方もない音になった。百五十挺の自動火器が火を噴いているかのような。

テレビカメラ、将官たちやレポーターたちがみんな、ステフィーの塹壕を半円形に取り囲んでいる。にっと笑ったアニマルの顔と硝煙の上がっている機関銃が、カメラのライトを浴びている。ステフィーが近づくと「ほら、あの娘だ!」という声がして、カメラマンたちが走ってきた。ジョンはすでに姿を消している。カメラマンたちのあいだから、少将が姿を現わした。「ロバーツ二等兵!」彼は大声で言った。「会えてよかった!」二人は敬礼のかわりに、握手をした。

ホワイトハウス、大統領執務室　九月十五日、現地時間二一一五時

ビルはマウスをクリックして、ビデオメールを再生した。これで三度目だ。アラバマの森林地帯のどこかに腰を下ろした娘の画像が、デスクトップコンピュータの画面に鮮明に現われた。
「はーい、お父さん」にこにこしながら、手を振っている。いつもどおりきれいに見えた。日に焼けて汚れた顔から、輝く白い歯がこぼれている。だが、以前はとてもさりげなかった笑顔が、今は不自然に見える。無理しているのだ。「お元気ですか？　えーっと、ここがどこだかわかりませんが、たぶんお父さんにはもうわかってるんでしょうね。とにかく、わたしは元気にやってます。仲間もみんな元気です。それに、とってもよくしてもらってます。ありがとう」と言って笑った。ビルはなんのことかよくわからなかった。「天気はまあまあです。ちょっと暑いけど、ね。食事は日に三度出ます。地元の店からたくさん仕入れてきて、陣地のそばで料理します。なんだか、ほんとにキャンプしてるって感じ。ただし、武器を持ってね」自分のジョークにくすくす笑う。「わたしたちはみんな、えーっと、待機してるところです」語尾を上げて言った。くすくす笑って肩をすくめ、わざと明るくふるまいつづけている。「やつらがいつやってくるかなんて、だれにもわかりません。たぶん、お父さんに

はわかってるんでしょうけど」またもや肩をすくめ、とらえどころのない表情をした。「これで、ステフィーのキャンプ便りを終わります。受け取ったら、きっと返事をくださいね。そしたら、通信係に頼んでみんなに回すから。大好きよ」ぐっとまじめな口調になった。視線を地面に落とし、それからもう一度、カメラに戻した。「ほんとに大好きよ、お父さん。会いたいな」そう言って、キスを送った。

彼女は手を伸ばした。画像が揺れる。ビデオは終わった。

ビルはマウスを動かし、もう一度クリックした。

ワシントン、国務省　九月十六日、現地時間一〇〇〇時

デスクに向かっていたクラリッサは、椅子の背に上半身を預けて思いきり手足を伸ばした。そのあと、たまっていたEメールを読もうと、最初のメールを開いた。「今とは、いかなる時か?」正体不明の発信人が尋ねる。彼女は眉をひそめながら追跡した。ネットワークを走りまわっていた細い指――プログラムの探偵――が戻ってきて、そのEメールは〈追跡不能な政府のサーバー〉から送られたものだと報告した。八方ふさがりだ。これ以上は調べようがない。

国家安全保障会議のメンバーは同じ匿名ルーターを使用している。国防省のインターネットサービスを通ってきたデータは追跡できないようになっているのだ。緊急事態が発生して

夜中に海軍や空軍がピザの大量注文を行なったとき、中国に警戒体制を取らせたくはないだろう、とクラリッサは言われたことがある。今とは、いかなる時か？　ダイアログボックスに思いついた言葉を適当に打ちこんでみるが、画面は動かない。

彼女はほかのメールを次つぎに開いていった。メモ、メモ、送り状、メモ、メモ、確認、メモ、メモ、メモ。だが、やはり最初のメールが気にかかる。今とは、いかなる時か？　彼女は全神経を集中して、答えをひねり出そうとした。どんな答えを打ちこめばいいんだろう？　時間にまつわる楽屋落ち的なジョークかなんかかしら？

不意にひらめいた。「今こそ、そのとき」きっとそうだ。彼女はうなずいた。ぶつぶつと声に出しながらこの言葉を打ちこむ。エンターキーを押したが、何も起こらない。彼女は「シーッ」と口に出して言った。こうすると落ち着くのだ。もう一度打ちこんでみる。「〈今こそ善人うちそろいて、彼らが政党を救わんと〉」

エンターキーを押しもしないうちに、画面に文字が現われた。びっくりして、口があんぐりと開いた。手紙だ。

彼女はほほ笑んだ。きっとお父さんからだわ。新しいスパイごっこを始めたのね。

読んでいると、右上の隅で時計が九十秒前から秒読みをはじめた。あれはなんだろう？

あなたもわれわれもアメリカを救いたいと思っている。崇高な目的のためにわれわれに力を貸してほしい。しかるべきときにこの国を指揮すべき人物は、まさにあなたの父上である。

秒読みは一分を切り、なおも続いている。

われわれはアメリカ政府の最上層部を指揮している。正体は当分のあいだ伏せておくが、私は高級官僚である。そして、私も今日、あなたとともに戦況報告室にいた。

上司の国務長官だろうか？ それとも国防長官？ 国家安全保障会議の顧問？ 将校？ いったい誰だろう？

南フロリダを譲渡するか？ それとも戦うか？ 可能なかぎりの手段で？ われわれは後者を選んだ。強いて言うならば、神のやり方を選んだ。力を貸してほしい。この国はあなたを必要としているのだ、クリッサ。

「クリッサですって？」こんな呼び方をするのはお父さんだけだ！ 物心がついたころからずっとそうだった。秒読みは四十秒を切った。

ベーカーが韓哲民とどんな取り決めをしようと、この国が苦しみのうちに滅亡する可能性はなくならない。ベーカーがアメリカを裏切る前に、どんな取引をしようとしているのかを知らなければならない。仲間に加わりたくない場合は、このままにしておくこと。このメッセージは開いてから九十秒後、自動的に消滅する。だが、アメリカを救いたければ、今すぐ下のボタンをクリックせよ。警告しておくが、何があっても決して、このEメールのことは口外しないように。これだけは明言しておく。われわれ愛国者がこの計画を実行するにあたっては、非常な危険が伴う。誰に対しても、例外は認められない。

「えっ?」彼女は危険を感じた。秒読みが十五秒を切った。マウスをさっと動かして、〈受諾します〉というダイアログボックスにカーソルを合わせた。いつだって考え直せるわ。彼女は好奇心に負けたとでもいうように、渋々といった感じでクリックした。その時点で、新しいウィンドーが開いた。

匿名ルーターをインストールしています。終了しました。返事はアドレスラインにパスワードを打ちこんで、送ってください。すべてのメディアを消去します。

コンピューターの画面が急に動いた。もとのように、Eメールリーダーが現われた。彼女が受諾した反逆への招待状は消えていた。

やったわ。興奮で顔がほころぶ。ああ、これで私もメンバーなんだ!

ババマ、リッツ・カールトンホテル　九月十七日、現地時間〇八〇〇時

深刻な表情のベーカー大統領は従者も連れず、韓哲民——こちらも一人だ——が絨毯を敷き詰めた天井の高い広間を歩いてくるのを待っていた。ベーカーは立ち上がらずにそのまま挨拶したが、韓の目には不機嫌そうな表情に見えた。腰を下ろす前に、韓は小さな黒い装置を取り出した。しばらく振り動かしてから、満足げに上着のポケットに戻した。

用意の整ったコーヒーテーブルをあいだにはさんで、韓はビルの真向かいのソファーに座った。まず自分のカップにコーヒーをつぎ、手にしたコーヒーポットを差し出したが、ビルはむっつりしたままだ。韓は肩をすくめ、「数年たって事態がもっと好転してから、もう一度会ったほうがよさそうだね」と言った。

ビルの右の瞼がぴくぴく動いた。神経性痙攣か、と韓は思った。慣れないことで緊張しているんだろう。

「はっきり言ってほしいのだが」なんの前置きもなくビルが口を開いた。「侵略を回避するなんらかの方法があるのだろうか？」

韓は肩をすくめて眉を上げた。「強いて言えば、一つある。だが、きみは条件に絶対同意しないだろう」韓は待った。ビルの瞼がぴくぴく動き、ついで唇がひきつった。「交渉相手がこのわたしではね！」韓はそう言い、「まったくばかげてるよ！」と付け加えて、人のよ

さそうな笑い声を立てた。

ビルはつくり笑いを浮かべることさえできなかった。憎しみを露骨に表わしている。

本当に初めての経験なんだな。ビルの青白い顔を見つめながら、韓は思った。彼はカップからひと口飲むと、ペイストリーを温かいコーヒーに浸してかき混ぜた。その湿けた甘ったるい菓子を口に放りこみ、もぐもぐと食べる。「今度はわたしのほうが訊きたい」韓はナプキンで口をぬぐった。「われわれがアメリカを侵略したら、最後の手段として核兵器を使うかい？」

ビルの片方の口角が、脅しの言葉を口にするときのようにめくれ上がった。

まるでクリント・イーストウッドだな。韓はあやうく笑い出すところだった。彼は首を振った。「ビル、〈ノー〉なんだね」

「ぼくは答えてないぞ」ビルは固い表情で言いかえした。

韓が首を振る。「でも、そうなんだ！　そういうことになるんだよ！　いいか？　こんな時期に曖昧な答え方をすれば、どうしたってノーという意味にとられるさ」

「もしわれわれが戦略核兵器を使用したら」と、ビルが話題を変えた。「戦略兵器で報復するつもりか？」

韓は眉をひそめて、こんなことを話し合うのは時間の無駄だというように、もう一度首を振った。「昔いっしょにテレビで見たコント、覚えてるかい？　レイチェルの友人がぼくたちのアパートにマリファナを持ってきた夜にね」きちんと座り直して、六連発銃を引き抜こうとするかのように両手をわきに下ろした。「大ぼけのガンマンが決闘で撃つふりをして、実際には引鉄を引かないっていうやつさ」韓は親指と人差し指でピストルの形をつくってすばやく撃った。「覚えてるかい？　何度もまねしたよね。あのコントがおもしろいのは、もちろん」韓は抑揚のないまじめな口調で言った。「悪ふざけをした本人が、相手に撃たれて死ぬからだ」

「あのころとは状況が違うよ」とビルが言う。

韓は二人が親友だったころを懐かしんで、うなずきながらほほ笑んだ。

「ああ、そうだね。すっかり変わってしまった」小さなペイストリーをまた口に放りこんで笑った。「でも、あれは本当におもしろかったよ。緊張しきった決闘の場面で、引鉄を引くふりをするなんて」韓は自分の警告がビルに伝わったかどうか確かめるためにしばらく待った。どう見てもわかったという顔つきではないので、韓は眉をひそめた。「アメリカ沿岸を侵略された場合、中国に対して核兵器を発射するつもりなら、その旨をきっぱりと明快に伝えてもらいたいね」

「もしわれわれが戦略核兵器を使用したら」ビルはまったく同じ言葉を繰りかえした。「戦略兵器で報復するつもりか？」

「そんなことするわけがない！」韓が断言する。ビルの瞼がまた、ぴくぴく動いた。いずれにしろ、こっちはお見通しだ、と韓は思った。なんてわかりやすいやつなんだ！「ビル、もしもだよ、両国がヨーロッパを敵にまわして同盟を組むときには、交渉は全部わたしに任せてくれないか?」韓は笑ったが、ビルから目を離さず、自分の提案を理解した証拠がかすかにでも表情に表われるかどうか確かめた。

「同盟なんか結ぶものか」ビルが辛辣な口調で答える。

少なくとも提案の意味はわかったようだな、と韓は思った。

「中国の核兵器の管理権は首相がしっかり握ってるのか?」

韓は込みあげてくる怒りを隠してほほ笑んだ。「そうだ」韓は盗聴されている場合に備えて、はっきりと答えた。彼の探知機は中国軍の盗聴器にしか効果がないのだ。

「どのくらいしっかりだ?」ビルに畳みかけられ、いらついた韓の顔にますます笑みが広がった。結局は、軍部に勝手に兵器を使わせないようにするのが韓の仕事なのである。建造物解体のための核爆弾使用に同意したのは韓の過ちであり、そのせいでテルアビブの悲劇は起きた。このミスを糊塗するために盛の部下だった三十七名の将校が処刑された。この件が出世の妨げ——かろうじて免れたが——になるのではという恐れからくる激しい怒りを鎮めるため、韓はみずから処刑を買って出たのだ。「発射用暗号を握っているのは首相だけなのか?」ビルがしつこく尋ねる。このときになって初めて、その顔にほほ笑みらしきものが浮かんだ。

「発射用暗号だって!」韓は思わずカッとなったが、すぐに気を取り直して愉快そうにほほ笑んだ。「そんなものなんになる? いつでも変えられるのに。首相が握っているのは、より効果的に〈人間〉を支配する力さ」

「秘密警察を使って軍人の家族を人質に取る、ということだな？」

「そうだ」韓ははっきりと率直に、そして今回は誠実に答えた。「それに、知ってのとおり、首相は核兵器の使用拡大の脅威について公式に警告しているし、恐ろしい結果にならないように尽力してもいる」

「ばかばかしい！　きみは中国兵やアメリカ国民の命のことなんか、これっぽっちも考えていないじゃないか！　きみは権力のことしか頭にないんだ！　そして、核戦争が起これば権力が増すんだろ、韓？　核戦争になれば国民は軍に背を向けるだろうし、そうなれば彼らが頼れるのはきみしかいないというわけだ！」

韓はほほ笑むと、深く息を吸ってため息をついた。「わかりやすいように簡単に言うからね。ぼくは本気なんだ。全兵器の使用権を自分が握るか、それとも軍に任せるか、きみはじきに決めなければならなくなる」と言って韓は大きく破顔した。「わたしたちに対してね」

ビル・ベーカーはしばらく韓を見つめ、それから立ち上がった。「くそったれ」という言葉を残して、彼はドアに向かった。

アラバマ州モントゴメリー　九月十八日、現地時間二〇四五時

雨だ。ステフィーは星一つない空を見上げて思った。嵐になりそうだ。

ステフィーの小隊は、ビーチでの戦闘以来初めてのパトロールを行なっていた。訓練では

ない本物のパトロールは、これで二回目だ。夜。メキシコ湾岸から北に二〇〇キロほど、味方の防御線からは南に一二〇キロほど離れている。家々の窓はみんな真っ暗で、隠れ場だらけだった。

ステフィーは恐怖にとらえられていた。小隊では負傷者と補充兵の入れ換えがあった。そして、この部隊でやっていける——つまり、ビーチで受けたような攻撃からふたたび生き残る——という自信がステフィーにはもうなかった。それに、中国兵はいつ、どこからやってくるかわからないというのに、軍は自分たちを打ち捨てられたモントゴメリーなんかに派遣した。しかも、夜に！　いったい、何を考えているのだろう？

トーチを手にした工兵が道路標識を切り倒して、仲間がそれをトラックの荷台に放り上げている。このアラバマの州都で目につく明かりは、そのトーチの輝く火花だけだった。あちこちで犬が吠えている。ときおり、タイヤのきしむ音やエンジンの音が遠くから聞こえてくる。完全なゴーストタウンというわけではないのだ。三〇〇キロにわたる立入禁止地帯には、いまだに何万人もの人びとが隠れ住んでいる。なかには、ただ居すわっている頑固な老人たちもいる。そのほかは私的な防衛団だ。こんな夜には、ステフィーと同じようにM‐16を持って路上にいるかもしれない。絶対に油断するな、とパトロールに出るときに警告された。ここは無差別攻撃地帯だ。彼らは人影さえ見れば発砲するだろう。

ステフィーはこぢんまりした家の前庭で、ときどき体に寄ってくる蚊を叩きながら、伸び放題の芝生に伏せていた。モントゴメリーは、バーミングハムから西南に一〇〇キロほど、フロリダの海岸から真北に二〇〇キロほど離れている。彼女の分隊は通りの角――二名の工兵が作業をしており、トラックが止まっている――を掩護する隊形を取っていた。トーチを手にした女子工兵が金属製の道標に取りかかっている。もう一人の工兵がそれをトラックに放りこむ。中国兵への道案内にはほとんど役立たない道標一本だけを残して、女子工兵は車を次の交差点に回した。

「立て!」コリンズ軍曹がどなった。第一分隊の二つの射撃班は、銃を構えて前庭を横切り、向かいの通りへと進んだ。ステフィー、バーンズ、スコット、ジョンソン伍長からなる射撃班アルファが左側、射撃班ブラボーは右側だ。コリンズと、M-60を持ったアニマルとマッセラの兵器班、それに発射装置を携えた二名の男子兵は、立ち木を楯にしながら歩道を進んだ。十三名の掩護部隊は、工兵たちとドライバーを取り囲んで守りながら移動したが、六〇センチ近く伸びた草をかきわけて進むのは大仕事だった。

次の角に来たとき、ステフィーはカバーになりそうな石壁づくりの花壇を見つけた。その後ろからだったら、交差する道路を狙いやすそうだ。あそこで戦うことにしよう。あそこがいい。前進するときには、まっすぐ前を見てカバーになりそうなものを探すのよ、と自分に言い聞かせた。彼女はライフルの銃身で枯れた花々をかさかさと鳴らしながら、自分たちが守っている交差点を横切った。ジョン・バーンズが彼女のそばにばたっと身を伏せた。「ねえ」とステフィーは小声で言った。「離れてよ!」だが、バーンズは知らん顔でそばに居つづける。左側で動きがあった。そちらに向かったジョンが自分の射線に割りこんだので、ステフィーは激怒した。「味方だ！」ジョンソン伍長がすぐ左端の通りから言った。「味方だ」ジョンがステフィーに向かって復唱する。

「わかってるわよ」彼女はいらいらしながら応えた。

「次にまわすんだよ」とジョンが言う。

「ああ」彼女がうなずく。「味方よ！」自分の右隣にいるスコットに大きめの声で伝えた。警告の声はずっと先まで続いた。

第二分隊が到着して、彼らの右側に加わった。右のほうからまた、「味方だ！」という声が聞こえる。小隊の全員がこの交差点にそろった。

「いいか」分隊の通信網——極小放射制御システム——を通じて、コリンズの声がステフィーの右耳に届いた。「引き揚げるぞ。武器を持て。安全装置をかけろ！」声にやや切迫感が漂っている。全員、痛む体に鞭打って立ち上がり、隊形を組み、一番右端のシモンズに合わせて整列した。

「分隊長？」カース三等曹長が声をかける。

「三等曹長殿、全員そろっていることを確認しました！」分隊長の一人が答えた。続いてほかの三人の声がした。「全員そろっております！」

念のため、カースも人差し指でヘルメットを数えた。

ステフィーはその様子をしっかりと見ていた。一人も置き去りにしないこと、と彼女は心に書き留めた。

各トラックは引き抜いた道路標識でいっぱいだった。まるで四ヵ月の訓練期間中に何度もやった野外演習みたい、とステフィーは思った。演習が終了し、それからトラックが来るのをうろうろしながら待つ。訓練のあとは、かならずトラックを待っていた。だが、本番では大急ぎで撤退しなければならない。

二十名の男女がトラックのテールゲートによじ登るのは、ちょっとした騒動だ。みんなの注意は背後の暗い通りに引きつけられている。「なんだ、あれは?」誰かが叫んだ。ステフィーには何も聞こえなかったが、なんだかぞっとした。

「さっさとしろ!」カースがどなる。下にいる連中が仲間の尻をトラックに押しこむ。一人の女子兵が罵声を上げ、笑いが起こった。背嚢はトラックの後部に放りこまれた。第三分隊で殴り合いが起こりかけ、カースはいらついた二人の男子兵をあやうくぶん殴りそうになった。結局、拳は固めたものの、振り上げることは思いとどまった。ステフィーはどきどきしてきた。

木々のてっぺんがぴかっと光って、ヘッドライトをつけた車がカーブを曲がってくるかのように梢が浮かび上がった。「ちぇっ」ピーター・スコットがうんざりしたように言う。「また、雨か」

「違うわ」ステフィーは首を振った。今にも恐怖に呑みこまれてしまいそうだった。あいつらがくるはずはない、そう彼女は心の底で思っていた。きっと、秘密兵器か何かが阻止してくれるだろう、と。

地面ががたがたと揺れはじめた。「地震だ！」誰かが叫ぶ。ジョン・バーンズがステフィーのすぐそばにきた。

十秒経つと、はるか遠くから雷のような轟音がとどろいた。メキシコ湾の南岸が炎に包まれていた。

3

メキシコ湾、艦隊司令艦　九月十八日、現地時間二〇四五時

暗い戦闘指令室のなかで、呉中尉は艦隊司令官の隣に立っていた。スクリーンに映っているのは、司令艦を取り囲んでいる艦隊群の、六層ある防空システムの一番外側に迫っている数千基ものアメリカのミサイルだ。艦上の水兵たちはぴりぴりしている。みんなアメリカの超強力兵器を恐れている。彼らにとって恐ろしい兵器の定番と言えば、レーザーや粒子ビーム兵器だ。

「心配はいらない」と言っていた艦長は、今や二百隻からなる海上ミサイル戦隊に囲まれ、アラバマ南岸から数百キロ沖を移動する司令艦の艦橋に立っている。呉は艦内に下り、戦闘指令室へ向かった。「われわれの艦隊は、敵のミサイルなどにはびくともしない」と艦長は請け合っていた。「アメリカが何を発射しようと持ちこたえてみせる」

ところが、モービル湾の入り口にさしかかったところで、艦隊の外縁は危険にさらされることになった。

大型プラズマディスプレーが、ゆっくりと近づいてくるミサイル群を映している。だが、実際には、中国の大艦隊めざしてミサイルが夜空を超音速で飛んでいることを呉は知ってい

た。

「第一ミサイル群、発射」防空コーディネーターのアナウンスが流れた。

新しい光点が、艦隊の一番外側の船群からいくつも現われた。その小さな光点は、アメリカのミサイルを迎撃しようと北へ飛んでいく。続いて数十基の、さらに数百基のミサイルが発射された。それらのミサイルがスクリーンの中央に達するころには、その数は千を超えていた。超大型空母のデッキが立っていられないほど激しく揺れるのを呉は感じた。コンソールに摑まろうとしたが、揺れのため手がすべった。

司令艦艦尾のフラットデッキから発射されるミサイルの炎で、スクリーンが明るく照らし出された。円形のフォーメーションを取っている艦隊から発射され、スクリーン上を北へ向かうミサイル迎撃ミサイル群は、東西一六〇キロほどの範囲をカバーしていた。

「われわれの戦闘機はどこだ？」艦隊司令官が尋ねる。

レーダー技術兵がボタンをいくつか叩くと、スクリーンが急に混沌となった。数千ものシンボルに新たな数千のシンボル——発進する戦闘機や電子戦闘機やヘリコプターを表わす光——が加わって、まったく何がなんだかわからない。

「わが軍の防空戦闘機だけを映せ」盛将軍と同年輩の海軍大将が命令する。技術兵は操作ボタンをいくつか叩いて、数百のシンボルを消した。

スクリーンはだいぶ見やすくなった。中国海軍の戦闘機がいくつかの百機編隊を組んで、東南や西南からこちらに向かっている。薄暗い中枢センターにある何十もの各部署から、マイクを通してざわめきは聞こえてくるものの、大きなコンパートメントは妙に静かで現実離れしていると呉は思った。子供のころに想像していた戦争は、こんな感じではなかった。士官学校での野外演習はいつも騒々しかった。戦争とは騒々しくて汚いもの。渦を巻く蛮勇と暴力が織りこまれたすさまじい綴れ織り。ずっとそう思ってきたのだ。

「迎撃まで三十秒」レーダースクリーンの隣のコンソールで、防空コーディネーターが冷静にアナウンスする。ずらりと並んだモニターテレビを振り向くと、流線型をした戦闘爆撃機が貨物室を開いて巨大なミサイルを投下するところだった。そのとき突然、戦闘機を表わす大きめの光点から、数千基の追尾ミサイルが出現した。「海軍航空団司令官から、ミサイルを発射したとの報告が入りました」という冷静な声が流れた。「繰りかえします。ミサイル発射。目標到着時刻——迎撃遂行時刻まで、あと二十秒。中国万歳」

カメラを積んだ飛行機の翼端から数十メートルしか離れていない飛行機の胴体の真下で、ミサイルのエンジンが次つぎに点火した。カメラを積んだ飛行機が同種のミサイルを投下すると、画像が揺れて、一瞬、光で何も見えなくなった。だが、この混乱をきわめる戦闘はまったくの無音だった。

ミサイルは二列に並んで進んでいる。時速四〇〇〇キロメートルでのクロージャー・レートがデータウィンドーに刻々と表示される。

突然、パイロットが操縦しているかのように、アメリカのミサイル群のフォーメーションが崩れ、一基ずつばらばらに、あるいは六基ほどの小さなグループになった。最初はどれもみんな琥珀色だったミサイルの色が、中国軍の迎撃ミサイルを低高度でかわした場合は赤に、高々度の場合は黄色に変わった。中国軍のミサイルの色はさっと暗い青に変わった。コンピュータスクリーンの上では、それぞれの衝突を紫で表示しており、旋回飛行を続けるアメリカのミサイルを暗い青の中国のミサイルが追っている様子がよくわかった。

攻撃側と防衛側がぶつかった地点には小さな白い〈X〉が現われる。しばらくすると、そのマークは〈迎撃完了〉という意味の緑に変わってスクリーンから消えてなくなるか、または赤く光りだす。今見ているのは本当の戦闘なのだ、と呉は自分にいいきかせなければならなかった。そして、炎に包まれたミサイルが落ちていく様子を無理やり想像した。

騒音はまったく聞こえない。

まわりの話し声は冷静だ。これが、と呉は思った、二十一世紀の戦争なのだ。だが、何かおかしい。嘘っぽいのだ。現実味がない。本当の戦いはよそで起こっているのである。艦隊のほうで。

アメリカのミサイルは全滅したわけではない。真っ赤な〈X〉がいくつも、中国艦隊に接近している。深紅に輝きながら、モービル湾上の前哨艦隊であるフリゲート艦、駆逐艦、巡洋艦に突っこんでいく。

艦船は打撃を受けると同時に、一隻また一隻と、白から敵と同じ赤に変わった。

最後のミサイルを表わす小さな光点がスクリーンから消えると、喜びと祝福の声がわき起こった。あれほど冷静でプロ意識に徹した司令官たちが、なぜこんなに手放しで大喜びしているのか呉にはわからなかった。防空コーディネーターが艦隊司令官を振り向いて、事務的に報告したときにやっとはっきりした。「司令官殿、すべて在来型ミサイルでした。核電磁パルスは発生していません。艦橋からの報告によりますと、いくつか激しい爆発も見られたものの、素粒子性のものと判明したとのことです。おそらく、船の弾薬庫に火がついたものと思われます」

海軍大将はうなずいた。

戦闘指令室は静けさを取り戻した。これで終わりか？　呉は艦隊司令官を見て、それから彼の視線を追ってレーダースクリーンに目をやった。十二隻ほどの艦船が深紅に輝いている。続いてデータウィンドーを見た。各モニターに艦船の名前が出ている。どこにも異常の見られない平穏な艦橋の様子が映っているモニターもあれば、不気味に静まりかえった画像もいくつかある。数隻の艦船が燃えているところを近くの艦船から撮った画像もある。炎の照り返しであたりの海面は明るいが、ときおり猛スピードで通る艦船の影にさえぎられた。

「わが軍最大の損失は？」海軍大将が静かに尋ねた。

情報将校が答える。「超大型輸送船〈合肥《フーフェイ》〉です。第三百五十一歩兵師団および第千百七自動車化輸送旅団を乗せていました」

「交信できるか？」

若い将校が答える。「音声だけでしたら」

しばらく沈黙が続くなか、呉は合肥《フーフェイ》の姿を求めて小さなビデオスクリーンに目をやった。

画面は真っ白だ。情報将校がボタンを押すと、スピーカーが作動しはじめた。

薄暗い戦闘指令室に警報が鳴り響いた。爆発音に続く数人の兵士の金切り声に、呉は縮み上がった。猛烈に噴き上がる炎の音、鋼鉄がきしむ音、そこらじゅうの機関銃弾が炎で爆発したようなパンパンという大きな音、ガラスが粉々になる音、そして恐怖におびえた兵士の叫び声。「右に三十八度の傾斜！　三十八度！　三十九度！　三十九度です！　四十度！　右に四十度の傾斜！　四十一度！　速い！　速い！　四十三度！　転覆します！」

ビルが崩れたようなものすごい音があたりをつんざき、五〇万トンの船からの通信は完全に途絶えた。

視線を上げると、海軍大将の疲れてどんよりとした目が呉を見つめていた。手すりを伝ってゆっくりとキャビンに戻っていく姿は老いさらばえて見えた。

呉も自分のキャビンに戻った。白いリネンのテーブルクロスのかかったテーブルには、深皿に入ったクレームブルレと少量のコニャックがのっている。呉はデザートをつつきながら、艦長が漏らした言葉を思い出していた。

呉は広々とした快適な艦長室で、艦長と二人きりで会った。海軍大将との食事のために部屋を出ようとしたとき、艦長はドアノブに手をかけたままドアを開けようとしなかった。背を丸めて呉と目も合わせようとせず、やがて肚《はら》を決めてこう言った。「呉中尉、戦況に関してきみにもう一つ知ってもらいたいことがある」彼は白い手袋をはめた手で呉をしっかりと掴んだ。「アメリカがこっそりどんな兵器を造っているのかわからないが、そんなことは問題ではない。問題は、いいかね、ミサイル駆逐艦なのだ」艦長は堅苦しい口調で続けた。「たとえ相手が一隻であろうと、ミサイル駆逐艦と戦うとなれば大打撃をこうむるだろう、それがわが進攻艦隊に属する大方の将校たちの一致した見解だ。呉中尉、われわれはきみがこの見解をふさわしい人物に伝えてくれることを願っている」

文民指導部のことか、と呉は思った。ぼくの一族。自分の目を覗きこんでいる艦長に向かって、彼はうなずいた。引き受けたのだ。呉はこのとき、自分がこの戦争に直接荷担していることをはっきりと意識した。

呉はコニャックを飲み干した。五分後、寝巻きに着替えながら、転覆した合肥に乗っていた三万名の兵士や乗組員のことを考えた。今ごろはきっと、油の浮いた海水が肺に入って、息ができなくなっているだろう。

呉はバスルームに駆けこむと、染み一つないステンレスの便器に胃の中のものを全部吐き出した。

アラバマ州モービル　九月十八日、現地時間二〇四五時

激しい弾幕から一〇〇メートルたらずの場所で、ジム・ハート大尉は胎児のように丸くなって横たわっていた。近すぎる！　とにかく近すぎる！　砲撃の猛威と騒音にかき乱されて、それ以外のことは考えられなかった。地面が激しく揺れた。くすぶっている土の塊や、空か

らまっすぐに落ちてくる木の燃えさしが体にぶつかる。爆発した高性能爆薬で空気が汚れ、むせるような臭いがする。敵の銃火に囲まれたジム・ハートの命は風前の灯だった。敵の射線がわずかに変化すれば、身元の確認もできないほどバラバラにされてしまうだろう。

ところが、圧倒的な静けさが不意に訪れた。まだものすごい耳鳴りは続いていたが、死を免れた体の細胞一つひとつが静けさを感じていた。ジムは待った。待ちつづけた。中国軍は銃撃の方向を変えず、そのまま進んでいった。反対側の閉鎖された海岸線をかいくぐって敵はこの海岸堡に上陸した。だが終わった。彼は生き延びたのだ。

三十一歳の特殊部隊将校は、立ち上がって迷彩服の埃と爆破物の破片を払った。英国海兵隊から視察にきたアンドルー・リチャーズ少佐も同じことをした。ハートはリチャーズに向かって親指を立て、イギリス人のリチャーズも同じしぐさで応える。おたがいに無言のままヘルメットに付いている暗視ゴーグルを下ろした。二人は装備を拾い上げると、立ち木の残骸――上のほうの枝は燃え尽きている――を縫って緩やかな坂を足早に上った。低い丘の頂上にはおびただしい穴が開いていた。大きな倒木が胸壁がわりになっているある穴を選んだ。黒焦げになった松や樅とは違って、この木は白かった。爆風で皮がはがれてしまったのだろう。ハートが触ってみると、幹はすべすべだった。二人は穴に入って、木の胸壁の後ろに腰を下ろした。穴の焼け焦げた壁はまだ温かかった。

四〇〇メートルほど先のモービル湾では、上陸用舟艇が白く光る線を残しながら進んでいた。「船だ」リチャーズ少佐が小声で言った。指を差したわけではない。彼はトラックボールを親指でくるくる回しながら、アメリカ製の高性能ディスプレー装置に見入っている。ハートの暗視ゴーグルの十字線が、暗い海岸をとらえた。よくわからなかった海と陸との境目が、燐光を発しながら海岸線に打ち寄せる波を見て初めてはっきりした。偵察に熟練しているリチャーズは、ハートの注意を砂浜に現われた中国軍に向けさせた。一斉砲撃が終わった直後のハートとリチャーズのように、彼らも隠れ場から出てきて上陸用舟艇を目にするところだった。この新しい装置を使えば、リチャーズはやすやすと、戦闘機やミサイルや砲弾の攻撃目標として上陸用舟艇をスクリーンに表示できる。しかしそこが、今回の任務で腑に落ちない点だった。戦うことは許可されていないのだから。

ハートはリチャーズから離れて、焼け残った雑草や低木の茂みに向かった。星明かりが落とす影を暗視双眼鏡で探知されないようにするため、四つん這いでゆっくりと進んだ。口以外は全身、すっぽりと科学兵器用防護服に包まれている。このスーツには、体熱を内側に放射する機能がある。もしもこれを着なかったら、赤外線に反応して体が光り、暗視装置で見つかってしまうだろう。つま先からフードまで装着された除湿装置のおかげで、すねに付けた汗取り袋の中身をこまめに捨てさえすれば、涼しくしていられる。袋には、どんどん汗がたまってきていた。

ハートは低木の茂みに滑りこむと、焦げて先の尖った幹を引き抜き、爆風でかきまわされた黒焦げの土に差しこんだ。それから、木にカメラをのせ、ゴーグルの接続コードをつないだ。たちまち、ゴーグルのスクリーンにカメラがとらえた景色が広がる。首を左から右に回すと、映像もモービル湾を横切る。カメラはハートのヘルメットの動きに従順に従った。あの忌々しいディスプレーシステムとおんなじだな、と彼は思った。無甲板の上陸用舟艇に焦点を合わせる。遠くのほうには、船首で湾の水を白くはね散らしている黒い船団が見えている。

ハートは憤りを覚えながら仕事を続けた。カメラは正常に作動している。接続コードをはずすと普通の景色に戻った。レンズが曇らないように、カメラに網をかけた。

ハート大尉はグリーンベレー——第五特殊部隊——の隊員であり、これまで危険な道具をさんざん駆使してきた。だが、チェックリストの最後の仕事は気にくわなかった。四〇メートルほど後方でイギリスの最新式監視装置を据えつけている相棒を振りかえりもせずに、ハートは小声でインターコムに話した。「自爆装置の設置、完了」

「わたしはきみのすぐ後方にいる」とリチャーズが応答した。声はヘルメットに装着された指向性イヤホンの右側から聞こえた。残り時間は六十秒を切っている。それだけあれば充分さ、と自分にいいきかせた。カメラの出力端子に別のジャックを差しこむ。ジャックからは細いフィラメントが出ている。彼はほとんど見えないほど細いワイヤーをほどきながら、小高い斜面を這い上っていった。二メートルほど離れれば、もう安全だ。次に誰かが近づいたら、探知機がその動きを察知してカメラの底に装填された三・五キロの火薬を爆発させるだろう。

丘の頂上の、二〇メートルほど離れた一番最初の立ち木のそばで、ハートはマイクロ波発信機を作動させ、伸縮式のアンテナを自分の身長の二倍まで伸ばした。そのてっぺんでは早くもモーターが付いた黒いシリンダーがぶんぶんうなりながら、航空母艦の信号を求めて水平線を探知している。ブザー音がヘッドホンから聞こえると、彼は細い金属製のアンテナを反対側の木の幹に固定した。

中国軍の妨害電波の嵐を縫って、無線信号が届いた。リチャーズからではなく、ずっと遠くから。「エンジェル6、エンジェル6、こちらはセンチュリー1。感度良好。ロミオ・アルファ作戦を実行する。繰りかえす。ロミオ・アルファだ。聞こえるか。どうぞ」ハートの目が暗視ゴーグルのレンズの奥で険しくなった。「聞こえるか、エンジェル6」

「こちらエンジェル6。了解。ロミオ・アルファ作戦を実行する。繰りかえす。ロミオ・アルファ。エンジェル6、以上」

リチャーズも木のところにやってきた。「ロミオ・アルファとは何か、教えてもらえないか?」

「あんたは撤退する時間だ。車を取りにいこう」

二人は最初に選んだ穴に戻った。少なくとも六隻の船から兵士が上陸していた。もっとも危険の高い一番手の軍艦――フリゲート艦とコルベット艦――がレーダードームとミサイルと銃をのせて湾をパトロールしている。中国軍は上陸作戦を芸術の域にまで高めていた。とりわけリチャーズは感銘を受け、賞賛の言葉をつぶやいた。「言葉ではとても表わせないほど」と、ついに熱い口調で話しはじめた。「わたしを同行させてくれて、ほんとにありがたいと思っている。すばらしい機会を得ることができたからね。イギリス政府に提出する報告書は、すでに頭の中で半分書き上がっているよ」ハートの顔で唯一外に出ている口が笑っていないのに気づいて、リチャーズは話すのをやめ、それからこう言った。「す……すまない。悪かった」

ハートは祖国を侵略しようとする敵に神経を集中させた。怒りの歯ぎしりを続けながら、ものすごい形相でトラックボールを回し、攻めこんでくる敵の編隊をディスプレーに表示している。ハートのコンピュータの正確な誘導、あるいは敵に向けてハートが放ったレーザー光線に従ってミサイル群を発射できさえすれば、と思いながら。そうなればしかし、一時間のうちにハートは殺されてしまうだろう。だがその間に、三六〇キロほどの弾頭を敵の頭上に雨あられと降らすことができるのだ。

なぜ、そうしてはいけないのか、彼にはわからなかった。

数個の小隊が整列して、左へ向かった。一個だけが右へ向かう。ハートがトラックボールを回してディスプレーに表示したのは、その小隊だ。リチャーズが無言でうなずく。

相手は中国の精鋭部隊だが、ハートは特殊部隊の、リチャーズは英国海兵隊の隊員だ。中国兵を二回も血祭りにあげた地雷原を避けながら、気づかれることなく、二〇〇メートルほど離れて敵のあとをつけた。小隊はときおり立ち止まっては、要所要所にパトロール隊を配置した。だからこそ、ハートとリチャーズがあとを追っているのだ。

五キロほど行ったところで、二人は尾行をやめた。五キロのあいだハートはずっと、自分たちのような者を待ち伏せするためあとに残ったパトロール隊に、攻撃をしかけたくてたまらなかった。五キロのあいだずっと、自分しか知らない地雷原に中国軍が迷いこんでくれないかと祈っていた。五キロのあいだずっと、あつかましくも祖国を汚そうとしている落伍した負傷兵の喉をかき切るさまを夢想していた。二人はそれぞれ、隠し場所から三輪の全地形万能車を出した。エンジンは消音設計になっていて、ほとんど音がしない。

「道はわかるか?」ハートが尋ねる。

「きみは来ないのか?」とリチャーズ少佐が問いかえす。ハートはゴーグルをつけたまま、首を振った。「〈ロミオ・アルファ〉とは、いったいなんなんだ? 状況説明には出てこなかったが」

「さっきも言ったように、あんたは撤退するんだ。このハイウェーを北に進め。路肩にはみ出ないようにしろよ。路肩の地雷は、すでに活性化しているから。道のまんなかに仕掛けられたやつが活性化するまでには二時間ある」

「それで、きみはどうするんだ?」リチャーズが尋ねる。ハートは口を開かない。やがて、少佐は「わかったよ、じゃあ」と悲しげに言った。しばらく気まずい沈黙が続いた。「ハート大尉……勝ってくれ。中国軍を阻止するんだ。そして、何もかもけりがついたら、祝いのビールをおごらせてくれ」こう言い残して、リチャーズ少佐は音もなく立ち去った。

リチャーズは行ってしまったが、ハートは心の中で彼の問いに答えた。ロミオ・アルファとは——攻撃の機会をうかがいつつ、さらなる指令を待て。「そして、その機会が来たら」

と第五特殊部隊を指揮する大佐は言った。「できるだけ多くの中国兵を殺すのだ」

バーミングハム公会堂では、この大佐の言葉に南アラバマに配属された五千名の特殊部隊員のあいだから歓声がわき起こった。

ハートは音もなくエンジンをふかすと、闇のなかへと走り去った。

ホワイトハウス、戦況報告室　九月十九日、現地時間〇八〇〇時

ビル・ベーカーは超高品位の大スクリーンで、軍隊がぞくぞくと艦船から吐き出される様子を見ていた。フェリー形式の上陸用舟艇が二十隻、モービル湾にずらりと並んで接岸している。一万名の兵士が緩やかな坂を上っている。「この映像はどうして手に入ったんだ？」とビルが尋ねる。

「特殊部隊が撮影しました」コトラー将軍が答えた。

「特殊部隊員といっても」ビルが重ねて尋ねる。「五名か十名、または百名でやったのか？　それとも、たった一人で？」

コトラーは深く息を吸いこんでから、答えた。「調べさせます」一人の大佐に目で合図を送ると、彼はうなずいて急いで出ていった。

海はグレーだ。カメラのまわりの燃え尽きた景色もグレーだ。夜明け前の空の色合いが、ミサイルを搭載した巡洋艦や数隻の駆逐艦のガンメタルグレーとマッチしている。ヘリコプ

ターがときおり、そのあたりをうろついている赤外線探知装置つきのアメリカのミサイル——おそらくこれもグレーだろう——に見つからないように、六〇メートルにも満たない高度で船と岸をこっそりと往復している。

部屋には陰鬱な空気が漂い、ひそひそと話し声が聞こえた。ビルはみんなの関心を集めてはいたものの、まったく孤立していた。統合参謀本部の各参謀と国防長官が、あれやこれやと小声で話しかけていた。今度は、空軍のレーサム元帥の番だ。

「閣下、モービル湾における敵の位置はしっかりと把握しております。輸送船には少なくとも三十万名の兵士が乗っていますが、まだ地上用ミサイル防御装置を配備しておりません。敵はまだ、アメリカの土を踏んではいないのです。放射能汚染は最小ですむものと思われます」

ベーカーはうんざりした。「そんなことをすれば報復される」

「それでも、わが国の〈中核地帯〉は守ることができます」レーサムが静かに言った。

「海岸地帯を破壊させることは、断じて許さん！」ベーカーはこう叫んで、テーブルに拳を叩きつけた。国家安全保障会議の会場は突然静かになったが、レーサムは人目を気にしてあたりを見まわすようなまねはしなかった。ベーカーの目をまっすぐに見つめている。「わが国の人口の五〇パーセント」とベーカーが説明する。「およびわが国の文化と産業は、三つの海岸から一六〇キロほど入った地域に集まっている。もし核戦争が三十日続けば、その地域までが破壊されてしまうだろうと、きみ自身も言っていたではないか。もし六十日続いたらどうなるんだ？　九十日続いたら？　製造が追いつく限りの早さで次から次へと、何年も兵器を発射しつづけたら？　レーサム元帥、そうなったら、敵の弾頭はいったいどこまで届くだろう？　三〇〇キロ内陸か？　五〇〇？　それとも八〇〇？」

　ベーカーは部屋を見まわして、自分にじっと視線を注いでいる十名あまりの男女に注意を向けた。「この侵略を海で食い止めるのだ！　われわれは海の支配権を取り戻さねばならない！　そのためには、海洋民族でありつづけることだ！　そのために必要なのは、港であり、造船所であり、海軍である！　〈中核地帯の防衛〉など存在しない！　わたしが核兵器の使用を認めないのは、この国を破滅から救いたいからだ！　攻撃の機会などということは、決して持ち出すな！　この戦略でいくことに決定した！　そして、決定権を持つのは、ひとり、このわたしだけだ！」

　張りつめた雰囲気が数秒続き、誰もが長く感じたとき、突然ドアが開いた。先ほどの陸軍大佐が入ってきて、コトラー将軍に耳打ちした。ベーカーはコトラーを振りかえり、両手を広げて「なんだ？」といらだたしげに尋ねた。

「あの映像をご覧ください」とコトラーが答え、今や鮮やかなブルーに変わったモービル湾を見ながらうなずいた。日が昇り、白い海岸と青々とした松林が輝く海を縁取っている。白いレーダードームが船団の上甲板に彩りを添えている。

　そのわきのスクリーンに、運動選手のような二十八歳の兵士がほほ笑んでいる写真が現われた。ウィンドーにその男のデータが表示された。コトラーが言う。「カメラを設置したのは、このジム・ハート大尉です。英国海兵隊からの視察員が、中国軍上陸の報告書をイギリス政府に提出するため、彼に同行していました」

ビルはアメリカ人の大尉を見つめた。数年前の写真ではあるが、普通の陸軍の兵士だとしても若すぎるように見えた。明らかにグリーンベレーの任務で日焼けした顔は、屈託がなく誇らしげだ。「この男の次の任務は？　どんな命令を受けてるんだ？」

コトラーの副官がぎこちない手つきで、将軍に旧式のフォルダーを渡す。コトラーはダウンロードされたデータを読んだ。「われわれは三つの特殊部隊——第五、第七および第二十アラバマ州軍、計一万五千名のグリーンベレー——を南アラバマ、南ミシシッピ、北アラバマに配備しています。ハート大尉も大多数と同じ指令を受け、〈ロミオ・アルファ作戦〉に従事しています。同作戦は、破壊活動、暗殺、諜報活動、レジスタンスの訓練および武装援助、そして司令官の命令による特殊任務です」彼はフォルダーを下ろした。「そのほか、攻撃の機会を窺うことです」

ベーカーは大尉の二十代のころの写真をじっと見た。そして、生きて三十代を迎えることができるのだろうか、と思った。たとえ迎えることができたとしても、きっと変わってしまっていることだろう。みんな変わってしまうのだ。人間は変わってしまうものなのだ。彼にはわかっていた。そして、そのことにうんざりしていた。

ワシントン、国務省　九月十九日、現地時間〇八〇〇時

クラリッサは職場に着くと、コーヒーを淹《い》れにいった。目の下に隈《くま》をつくった秘書の一人が、コーヒーマシーンのそばで同僚を相手にぼやいていた。「ボスが〈アンヴィルヘッド〉って言うたびに、かならずわたし、医者の予約や休暇やデートをキャンセルするはめになるのよ！」

クラリッサは尋ねた。「〈アンヴィルヘッド〉ってなんのこと？」

二人の女子職員は顔を見合わせた。なんでもないんです、ぐちをこぼしていた秘書がばつの悪そうに答えた。そして彼女が立ち去ると、クラリッサの背中に手を振りながら秘書の同僚はこう言った。「もう、気をつけてよ。あの人は中国部局の責任者なんだから！　それに、下院議長の娘！　国家機密へのアクセスを許可されてるのよ」

秘書はふたたび、中国軍の侵略に対するベーカーの反撃計画について、ひそひそと話しはじめた。

静まりかえったオフィスで、クラリッサは『今こそ……』というパスワードを使って匿名ルーターをロードし、Eメールを打ちはじめた。『ベーカーは手をこまねいて中国軍を上陸させ、そのあとで反撃しようとしている！』ばかばかしい！　気違いざただ！　腹が立っ

てしょうがない。打ち終わったメールを発送すると、国防省提供の標準ユーティリティプログラムを用いてファイルを速やかに〈破棄〉した。

アラバマ州タスカルーサ南部　九月十九日、現地時間〇九〇〇時

遠くから響く二発の銃声と、上空から聞こえる機関砲の長い発射音で、ついうとうとしてしまったジム・ハート大尉は目が覚めた。珍しく、雲の上で激しい空中戦を繰り広げている戦闘機の排気音が聞こえてくる。ミサイルのうようよしている空で戦うとは、どちらのパイロットもひどい危険を冒したものだ。

F-26が6Gのかかった旋回をしているあいだ、ニック・ウォーターズ空軍大尉のうめきは絶え間ないうなり声に変わっていた。ニックが狙った中国の戦闘機は雲の下に飛びこんだが、ヘッドアップディスプレーが敵の位置を風防に表示している。外へ向かって旋回すると、9Gがかかってすごい勢いで頭に血が逆流する。彼は機体を裏返して内に向かって旋回したが、それでも焦点がなかなか合わなくて瞬きを繰りかえした。しかめっ面をしたまま、彼は雲のなかに飛びこんだ。まわりを覆い隠している雲のトンネルのまんなかで、中国軍の戦闘機が激しく旋回しているのを目にするや、彼は即座に最後の空対空ミサイルを発射した。

ウォーターズはすでに九時間ほどコックピットにいた。その間、弾薬の補充と燃料補給の

ため二度着陸したときも、すぐに飛び立てるようにエンジンはかけたままだった。地上にいるときでさえ、コックピットの警報が絶え間なく彼の耳に飛びこんできた。これまで半年続いた空中戦で、二十二名いた飛行大隊のパイロットのうち十二名が死んでいるが、無線機から聞こえてくる短い叫び声はいつも同じ警報でかき消された。アメリカ軍は負けるよりも勝つことが多かったものの、南の空から中国の戦闘機を一掃するたびに、レーダースクリーンには水平線のかなたから自分たちめがけて飛んでくる中国の極超音速ミサイルが映るのだった。

だが今日、または明日までは、そういうことは起こらないだろう。中国軍が地上発射ミサイルをまだ陸揚げしていないため、パイロットは二人とも、南からの中国の艦載ミサイルにも、北からのアメリカの地上発射ミサイルにも邪魔される心配はないというわけだ。その結果、二機の戦闘機は昔ながらの空中戦をやることになった。相手はその日最初の獲物ではなかった。彼はメキシコ湾上空で六機、今朝だけでも三機しとめている。だが、彼にとってはそのつどが新しい経験だった。状況も撃墜のしかたも、それぞれ異なっていた。「死ね、この野郎、死ね！」照準を定め、引鉄に指をかけて叫ぶ。機銃で撃ち落とすのは、これが初めてだ。

「ちくしょう！」急旋回しながら逃げていく中国のジェット戦闘機に向かって叫ぶ。インサイドループで機体を急上昇させると、8Gがかかって息苦しくなりあえいだ。Gスーツの首まわり、そで口、ズボンの裾がひどく締めつけられ、全身の血が頭に昇る。激しいめまいと吐き気に襲われ、じっとりと汗が出る。重量挙げの選手のようにしきりにあえいでいると、バイオメッド・センサーが「一時的意識喪失《ブラックアウト》！」と叫びはじめた。

ウォーターズは意識を取り戻したものの、空中戦の最中だということを思い出すにはしばらくかかった。彼は引鉄を握りしめた。方向舵ペダルの真下から発砲される機関砲の反動でＦ-26の機体が震える。

三百発の弾丸がいっせいに敵機の機首めがけて掃射された。

中国の戦闘機は爆発して錐揉みをはじめた。

ところが同時に、Ｆ-26のコンピュータが冷静に警告を発した。「自動脱出。自動脱出。自動脱出！」

警告が三回繰りかえされると、自動的にベルトが出てきて、ヘルメットと両手両足をシートにきつく縛りつけた。キャノピーがすっと開き、風がコックピットに吹きこんだ。

バン、バン！　爆発が二度起こり、ウォーターズは火の玉から飛び出した。シートの底に取りつけられた高推進ロケットが彼を放り出すと同時に、まずコックピットが、続いてＦ-26の機体全体が燃え尽きた。コンピュータは人間の反応時間が遅いことを考慮に入れて、まったくその旨の警告を発しなかった。いきなり射出座席で脱出させたのだ。

時速八〇〇キロで吹き荒れている風の中に投げ出されると、ロケットモーターがシートを進ませ、推進力が二倍になった。二秒間で13Ｇがかかり、彼の体には一トンの重さが加わった。ウォーターズをのせたシートはまっすぐに安定したまま、二〇〇メートルほどロケット噴射によって上昇した。ベルトが外れた。体にぴったり合ったものに深く座っていたにもかかわらず、シートは外れて落ちた。

彼はそのまま自由落下状態に入った。くるくる回りながら落ちていく。

大きな音がして、体がぐいと引っぱられ、急降下が終わった。顎が胸にぶち当たり、上下の歯がぶつかった。その痛みに、さらなる大けがへの不安がわき起こった。深く息を吸いこみ、首が後ろにがくっと倒れた。

パラシュートがぱっときれいに開いた。彼はもう一度息を吸いこんだ。あっちが上だな。肺は空気で満たされたものの、頭はまだくらくらしている。三キロ半ほど下のほうから敵機の地面に激突する音が聞こえた。そっちが下だな、と彼は思った。

手探りで黒っぽいバイザーを上げてヘルメットに戻し、パラシュートの吊りひもを確認した。もつれてはいない。

彼は空中戦を行なった高空から降りていった。もくもくと二カ所から立ち上る黒煙——一つは彼が撃墜した中国の戦闘機から、もう一つは墜落した愛機の残骸から——は、曲線を描いてたなびく白い雲によってきちんと分けられている。それは近距離から直射されたミサイルの航跡雲だった。相撃ちに近い状況で墜落した両機のあいだから立ち上る煙の臭いがした。

彼はパラシュートのハーネスの中で身をよじると、煙に包まれた愛機の最後を見ようと目を凝らした。体が楽になったところで、けがをしていないかどうか確かめた。そうしながらも、痛みのためにうめき声が漏れた。立ちはだかる薄い空気層に衝突したため、体は打撲による痣だらけだ。なんとか無線機を取り出し、彼は脱出したことを報告した。応答はない。受信されたかどうか、見当もつかない。

パラシュートが厚い雲に入ると、ウォーターズの心はからっぽになった。ぼんやりとした灰色の世界がひんやりと体を包んだ。やがてふたたび地上が姿を現わした。

二五〇メートルほど下に見える茶色の農地から、炎が上がっている。中国の戦闘機の残骸だ。ウォーターズはカッとなった。声を限りに叫ぶと、全身に激痛が走った。「こ、このくそったれ!」ナイロンのパラシュートにぶらさがったまま、歯ぎしりしながら炎をにらみつけた。

あれで十機目だ、彼は撃墜した戦闘機を数えた。

突然、別の緑色のパラシュートが数本の木にまたがってかぶさり、農家に影を落としていることに気づいた。俺を撃ち落とした相手は死にもしなかったのだ! ウォーターズは激怒した。宙を蹴って悪態をついた。両顎に痛みが走るまで歯ぎしりを続けた。空軍では撃墜した飛行機の数だけを問題にするが、彼の数え方では十の獲物をしとめたことにはならない。戦いはまだこれからなのだ。

敵のパラシュートに気を取られていたウォーターズは、急に地面が近づいたことに驚いた。彼のサバイバルキットは、ロープにつながれた錨のように足先から六メートルほど下の地面に落下した。対地速度が速すぎる。最後の瞬間に、衝撃を弱めるために両脚を曲げ、彼は茶色の畝《うね》のあいだにそのまま突っこんでいった。わき腹から地面に叩きつけられ、脱出時にできた深い傷がいっせいに悲鳴を上げた。ひと声うなったそのとき、一陣の風が吹いてパラシュートの吊りひもがぴんと張った。ウォーターズはハーネスに引っぱられて顔から土に突っこみ、幾筋もの乾いた畝を時速約一八キロで引きずられていった。口の中が乾いた土でいっぱいになった。やっと着脱装置を押してハーネスを外したものの、例の農家からはるかに離れたところまできてしまったことに彼はうんざりした。

頭がくらくらするまま膝立ちになり、両手で両腿を支えて、何か動きはないかと遠くの雑木林を見つめ、何度も何度も唾を吐いた。サバイバルキットはパラシュートの吊りひもの端にあった。ウォーターズは痛みをこらえて立ち上がり、よろめきながら畝を横切って、しっかり包装されたキットのところまで行った。次つぎにポケットのファスナーを開け、やっと水筒を見つけた。ごぼごぼと口をすすぎ、うがいをしたあとで、入っている水を半分飲んだ。まだ農家に動きはない。水筒をキットに戻し、自動ピストルの握りを摑んで緑色の革ケースから引き抜いた。

ウォーターズは弾を込めると、キットのファスナーを閉め、痛む肩でキットをかついだ。緑色のフライトヘルメットを吹きすぎる風の絶え間ない音のほかには、まったく何も聞こえない。コンピュータを駆使した疾風のような空中戦とは似ても似つかない状況だ。彼はヘルメットを外して土の上に捨て、ゆっくりと畑を横切って歩きはじめた。「あの野郎」と小声で悪態をつく。「ちくしょうめ！」緑のパラシュートのところへ行くまでがもどかしい。中国人パイロットがガンマンのように発砲しながら林から現われるのではないか、とちょっと思った。ついさっき空中戦を行なったときのように。「この国に入ってこれると思ったのか！」肋骨の痛みに耐えながらウォーターズは叫んだ。「おれよりうまく飛べると……おれに勝てるとでも思ったのか！」つま先立ちになって叫ぶと痛みが押し寄せたが、歩調はますますしっかりとしてきた。「こんちくしょう、聞こえないのか？」と叫ぶ。「耳がないのか、くそったれ！」と絶叫する。

返事はない。

今朝の戦闘で何人の仲間が命を落としたかはわからないが、ウィングマンが死んだのははっきりしている。彼らは弾薬の補充と燃料補給をすませて戦闘に戻り、夜が明けるとすぐ混戦状態に入った。ミサイルをたくさん積んでいた最初のころは上々の首尾だった。ニック・ウォーターズとウィングマンは三度にわたって、それぞれ八基ずついっせいに発射した。コンピュータ制御の監視装置ディスプレーには、各自が三機ずつ撃墜したと表示されていた。だが、両機はあまりにも海岸に近づきすぎていたため、アフターバーナーに燃料の三分の二を費やすことにより、かろうじて敵の艦対空ミサイルから逃れることができた。ぐんぐん近づいてきた中国のミサイルは、燃料を使い果たすと同時に爆発した。その爆発が起こったのは、操縦翼面の衝撃が操縦桿に伝わってくるほどの近さだった。

コックピットの黄色い警戒ランプが点灯しているというウィングマンからの連絡で、ウォーターズは調べるために機体を近づけた。相棒の戦闘機の左翼に薄い靄のようなものがかかっている。先ほどの衝撃で、燃料タンクのセルフシーリング機能が故障したにちがいない。なんとかしなければと思い、燃料漏れを知らせようと口を開いたとたん、目のくらむような火の玉がF‐26を押し包んだ。火の玉のそばを飛びすぎたウォーターズは、自分の目が信じられずに首を振った。

ウォーターズは林のはずれにサバイバルキットを下ろすと、両手でピストルを構えて林に入っていった。農家には、押し入られた形跡はない。ウォーターズは木々のてっぺんに引っかかったままのパラシュートに近づいた。その下の地面に、ハーネスをつけた中国人パイロットがもつれた吊りひもに絡まって横たわっていた。銃ではなく、緑色の非常時用位置探査発信機を手にしている。ビーコンが発する無線信号をたどって、捜索隊が負傷した兵士の救助にまっすぐやってくることだろう。

ウォーターズのピストルから発射された九ミリの弾丸が発信機を破壊し、草の上に配電盤の破片をまき散らした。中国人パイロットは頭を起こしかけたが、ねじ曲がった体はいうことをきかないようだ。ウォーターズは彼に歩み寄ると、威圧するように立ちはだかり、ピストルで狙いをつけた。中国人パイロットはどんよりとした目でぼんやりと見返した。白目は血管が破れて真っ赤になっている。

「おれの国に入ってこれると思ったのか？　そんな権利があると思ったのか？　おい！　どうなんだ？」ヘルメットをかぶった頭をうなだれて何も答えない敵の態度に、ウォーターズは激怒した。「ちくしょう！　この野郎！　こうしてやる！」

精いっぱいの早さで引鉄を絞ると、十四回の発砲音が荒れ果てた農家の側庭にこだました。

そのとき、ウォーターズはいきなり横合いから激しく突き飛ばされた。地面に倒れた拍子に、胸の中から空気が押し出され、覆いかぶさってきた男に手で口を押さえられた。男はアメリカ兵だった。顔にグリースを塗りたくった白人は指を自分の唇にあてた。ウォーターズの顔のすぐ上に男の肩がきており、その防弾チョッキの肩には大きな黒いコンバットナイフの入ったさやが付いている。男がその気なら、やすやすと喉笛をかき切ることができただろう。ウォーターズはなんとか呼吸を取り戻し、起き上がった。

グリーンベレーは大きなナイフをもう一本、ブーツにひもでくくりつけていた。


ウォーターズは状況を呑みこむにつれて、自分のやったことを正当化しはじめた。だが、ジム・ハートは落ち着いてなどいられなかった。何発もの銃声——それも大部分が無駄弾だった——を聞きつけて近くをパトロールしている中国兵がやってくるかもしれないし、現在地を知らせる信号が受信されれば頭上から重装備のヘリ部隊が飛来する可能性もある。明るい日射しの下、二人は急いで畑を横切った。発見されれば死が待っている。少なくとも、ハートには。彼はこのあたりの地雷原を知り尽くしていた。中国人に尋問される前に命を絶つ。ずっと前から、当然のようにそう決めていた。

「あんちくしょう……」立ち並ぶ木々も、道路も、地平線も目に入らないかのように、ウォーターズは首を振りながら言いつのった。「今朝、ウィングマンが殺されたんだ」彼は無関心な相手に説明した。「あいつが……あいつらが……」

「いいか、そんなことおれにはどうでもいい」ハートが答える。「だが、ピストルを使ったのはまずかったな」

「そうだな。くそっ！　どうかしてたんだ。何もわざわざ……ほっといたって、どうせ死んだだろうに」

「ナイフを使うくらいの頭はもっておけ、って言ってるんだ」ハートが叱りつける。「いいから、もう黙れ！」アラバマの鬱蒼と茂る安全な林へと続く残りの数十メートルを、二人は全力で走った。ウォーターズはいまにも泣き出しそうだった。

ハートは彼を横目で見て言った。「弾を込め直せ、このばか」

アラバマ州モービル　九月十九日、現地時間〇九〇〇時

呉があらかじめ用意されていた上陸用の大型ボートに乗ることを拒んだとき、これまで彼を思いどおりに扱ってきた海軍将校たちは肝をつぶした。戦闘服に身を固め、強襲ライフルを手にした呉は、混雑した凹甲板に姿を現わした。超大型空母のむきだしになった艦尾を朝日が照らしている。呉は自分の後ろに目をやった。まだ護衛がしっかりとついてくる。呉と彼に付き従う白い夏用制服姿の海軍上級将校たちに道を開けながら、兵士たちは好奇の目を一行に向けていた。

呉を護衛している海軍将校が陸軍大佐に小声で話しかけるや、彼は驚いて目を丸くした。大佐は呉に握手を求め丁重に挨拶すると、囲いの中にある装甲を施した上陸用舟艇に案内した。呉はほかの護衛たちが乗りこんでくるのを待ったが、彼一人を乗せたまま後部扉が閉じられた。呉は心の中で悪態をついた。船首の操縦室に立っている乗組員――呉からは脚しか見えない――が身をかがめてハッチから彼を見やり、ハッチを閉めてエンジンをかけた。上陸用舟艇は空母の船尾にあるランプからモービル湾へとすべり出た。

装甲舟艇の後部にある二重扉が開くと、カメラが待ちかまえていた。カメラマンは陸軍の作業服を着ている。日射しのなかに出ると、そこは砂利を敷きつめた駐車場だった。その上に、草に覆われ木がまばらにはえた公園がつくられ、ピクニック用の折り畳み式テーブルと木造の小屋とバーベキュー用のグリルが置いてある。グリルは邪魔にならないように片付けられている。その砂浜は今、小さな海岸堡として使われていた。呉が乗ってきたような上陸用舟艇が、装甲を施された船体から滝のように水をほとばしらせながら上がってくるのだ。鋼鉄のキャタピラーにすりつぶされた砂が、巨大なディーゼルエンジンから噴き出す黒い排気ガスをまともに受けて舞い上がる。呉は振りかえった。カメラが二メートルほど離れた場所から、力強く進む船を背景に呉を撮影していた。

少佐が呉に敬礼して、待たせてあったリムジンまで案内した。呉は並木や英語の看板、ハイウェーの向こうの家並みや、道のずっと先に見える商業ビル群に目をやった。顔も知らない母の祖国、アメリカの風景と音に呉はどっぷりと浸った。彼は身をもってある実験を行なおうとしていた。

呉はモービル港の近くにある古いオフィスビル――今のところ陸軍司令部として使用されている――に到着した。アメリカ軍に壊されもせず、爆弾も盗聴装置もしかけられていない、数少ない使える建物の一つだ。アメリカ軍が港にしかけた大量の爆発物が不発に終わるという、記念すべき幸運に見舞われたのだ。そして今までのところ、中国軍のアメリカ本土進攻自体も大きな成功を収めていた。呉には関係のないことであったが。

呉が盛将軍のオフィスに到着すると、将軍の秘書とおぼしきすこぶるつきの美人が上司に電話をかけた。「しばらくお待ちください」ほほ笑みながら呉に言う。一九九〇年代風アメリカの古いオフィスビルは、羽目板の下の壁にひびが入って汚れていた。換気の悪いビルには空調設備もなく、蒸し暑かった。将軍の部屋のドア上部の開いた明かり採り窓から、かすかに人の話し声が聞こえる。

「お待ちになるあいだ、コーヒーでもいかがですか、韓吾師中尉殿?」と、秘書がにっこりほほ笑んで、しきりにすすめてくれた。呉の真正面に立ち、背中に両腕を回した秘書の姿はほっそりとしている。身につけているのはとびきり高そうなビジネススーツだ。ジャケットは壁のハンガーにかけてある。体の線がはっきり出るぴったりしたサテンのブラウス。彼女の服装で唯一戦争にかかわりがあるのは、鮮やかな緑色だけだ。だが、もっとも呉の目についたのは、きらめく髪と、輝く瞳、おしろいをはたいた白い肌に黒っぽい口紅をつけた完璧に整った顔立ちだった。

呉はうなずいた。

秘書は控えめに視線を落として、呉を一人残して立ち去った。

彼はドアに歩み寄った。風が入るように上部の明かり採り窓が開けてある。天井のファンがゆっくりと回っているのが見える。

「オリンピックが二重スパイではないと断言できるのか？ あれほどアメリカ政府の高位に就けば、かなりの危険が伴うだろう？」と盛が尋ねた。

李大佐が答える。「オリンピックが偽情報を伝える可能性は常にあります。その点に関しては、厳しく疑ってかからなければなりません」

コーヒーカップを手に戻ってきた秘書は、ドアのそばに立っている呉の姿を見た。その顔からほほ笑みが消え、彼の真上にある明かり採り窓に視線がすばやく注がれた。

と同時にドアがぱっと開き、盛将軍が入ってきた。「ああ、呉中尉！ 軍の中国美人貯蔵庫を見つけられてしまったな！」盛と李大佐は同時に、さもおかしそうに笑った。秘書は呉のコーヒーを持って、床のひび割れを数えて笑いをこらえながら、自分の机に戻った。「空港に父上を迎えにいく用意はいいかね？」と盛が訊く。「二度と同じ間違いは犯したくないからな」

机の前を通るとき呉が見つめると、若い秘書ははにかんだように彼の視線を避けた。「悪かったね、せっかく淹れてもらったのに」と呉はコーヒーのことを言った。

「気になさらないで」秘書の言葉に呉はほほ笑んだが、彼女は目を上げようとしなかったので本当の気持ちはわからずじまいだった。

呉中尉が受付から立ち去ったとたん、秘書の顔から笑みが消えた。彼女は盛をまともに見て、一度うなずいた。


韓哲民は自家用ジェット機から明るい日射しのなかに姿を現わすと、モービル空港の陽炎《かげろう》の揺らめくエプロンに降り立った。滑走路に弾孔は見当たらないし、ターミナルも破壊されていない。妙だ。ビル・ベーカーはアメリカの領土を一センチ平方でも守るために戦おうとするだろうに、いまだに中国軍の上陸はまったく抵抗を受けていない。

軍楽隊が耳ざわりなマーチを演奏し、ぴかぴかの銃剣を手にした儀仗兵たちが長い緋色の絨毯沿いに整列している。中国軍と民放のテレビ局のカメラが、華やかな韓の歓迎式典の様子を撮影している。階段の下で、盛将軍と李大佐と呉が待っていた。韓はみんなと握手を交わした。軍人たちは回れ右をして韓の左側に並び、彼の歩調に合わせて緋色の絨毯の上を厳かに歩いた。一行は、ぴっちりとした制服とまびさしのある帽子を身につけ、光沢のある白いスリング付きのライフルを手にした儀仗兵たちのそばを通りすぎた。その後ろでは、制服姿の指揮者が、ことさらブラスとドラムを強調して愛国主義的な交響曲を盛り上げようと、指揮棒を振りまわしている。彼らはやがて、休むことなく拍手を続ける兵士たちの前の、上級将校たちが立ち並んでいる演壇に到着した。その場にいる全員が中国軍関係者だった。大勢の国際記者団を除けば……。

自分ははめられている、と韓は思った。

壇上にのぼってステージに彩りを添えているマイクの群れに向かって話すかわりに、韓はターミナルビルをめざして歩きつづけた。きっちりと練り上げた歓迎式典の順序を韓の思いがけない行動で乱された盛と副官は、大あわてで彼を追いかけるはめになった。しかし、呉はこうなることを予想していたので、歩みを止めなかった。韓がちらりと目をやると、呉はおもしろがっているようにも満足げにも見えた。将軍と大佐はようやく二人に追いつき、ターミナルまでの長い道のりをいっしょに歩いた。

総じて不器用な軍人にしてはうまい罠をしかけたものだ、と韓は思った。韓がアメリカの行政官に任命されたという公式声明は、中国本土ならびにその全支配地でテレビ放映されるにちがいない。韓はルールを守って勝負するように育てられてきた。記者会見を行なえば、中国に勝利をもたらしたのは文民政府ではなく軍部だと世界じゅうに知れわたる。そして丁重ではあるがあからさまな形で、韓は盛から権力を手渡されることになるだろう。軍の優勢さを見せつけられれば、象徴的な出来事から状況を読み取ることに長《た》けている数百万人の官僚たちの気持ちに変化が生じるだろう。彼らはまるで茶殻占いでもするように、写真を見ただけで政治的権力の動向を察知する。そして彼らの忠誠心を示す一票は、韓の文民政府か盛の軍部に無記名で投票されるのである。

人けのないビルに入ると、盛は言った。「韓行政官殿、じつは小さな式典を予定していたのです。そちらのスタッフからお聞きになっていたはずですが」

「安全面で気になる点があったもので」韓は冷静に答えた。

「完璧に取り締まっていますよ」盛がこれほどあからさまに脅すような口調で答えたのは初めてだった。韓をにらみつけた目が、真意をはっきりと物語っている。

「ただの見解ではなく、事実を踏まえて話していただきたいものです」韓は次の論点に移りながら言った。「アメリカの潜水艦と巡航ミサイルによって、超大型空母輸送船二隻と十二以上もの海上部隊を失い、一千機以上の戦闘機を撃墜されています」

「これだけの規模の上陸を成功させるためには、それくらいの損害は仕方のないことですよ」盛はすぐに反論した。

「そうはおっしゃっても、死者の数は？　一万五千名？　二万それとも三万ですか？」

「これまでに陸上で十万名の死傷者が出るものと予想していたが、実際にはまだ出ていない」

ほら、そこが間違っている、と韓は思った。そんなのはごまかしだ。彼は平然とした顔の盛に向かってほほ笑みかけた。「なるほど、勝利は間近いようですね」

中国、南アジアおよび東アジア、それに南アメリカの記者団は、新世界でもっとも有力な二人に敬意を表して少し離れた場所に立っていた。彼らには目もくれず、韓は声を張り上げた。「さあ、盛将軍、部隊の配備状況を視察に行きましょう」

韓は中央ホールを足早に歩き出した。どちらに進めばいいのかまったくわからなかったが、盛と副官は案内するのではなく、彼の勢いに押されてあとからついていった。

韓は車内が盗聴されていないことを確かめてから、猛スピードで過ぎ去るアメリカの田園風景を眺めやった。呉はおとなしく彼の隣に座っている。韓はいらいらしていた。わからないことが多すぎるのだ。とうとう、彼は息子のほうに顔を向けた。

「ビル・ベーカーのことは知り尽くしている。アメリカは歴史上かけがえのない国だと思っているんだ。世界のどこにも負けることはない、とね。そして、この国を守るためなら彼はどんなことでもするはずだ」

「ミサイル駆逐艦ができあがるまでの時間稼ぎに、アメリカが核兵器を使ったらどうします？」と呉が尋ねる。

「そういうこともありうる」韓がうなずく。「興味深い問題だ。だが、ミサイル駆逐艦のことは心配しなくていい。大がかりな偽情報か、または、超強力兵器を欲しがっているビル・ベーカーの必死な気持ちが生み出した妄想にちがいない。たぶん、その両方だろうが」

「でも、もし妄想ではなかったら？　われわれの艦隊をほんとうに打ち破ることができるとしたら？　完全な制海権を握ることができるとしたら？」

「何を言っているんだ、呉？」韓は小声で尋ねた。

呉は不安げにまわりを見まわすと、相手の正体を明かさないまま、ある海軍上級将校との会話の内容を話した。

韓は注意深く耳を傾けた。「もしそれがほんとうなら、呉」とおもむろに言った。「アメリカに絶対に進水させてはならない。なんとしても造船所を奪うか破壊しなければ、何もかも失ってしまうぞ。国をなくすことになる。われわれの役目は、その情報を一族のために利用することだ。その海軍将校の話がほんとうなら、どんなことをしても造船所を破壊しなければならない。いかなる犠牲を払っても、だ。どんな犠牲が考えられる？　たとえば、陳のようなおまえの級友たちの命だ。十年に及ぶこれまでの戦争にかつてなかったほど、数の上でも割合においても、多くの死傷者が出るだろう。呉、本国ではひどい不評を買うことになるよ。想像もできないほどのね。軍にしてもそれは同じだ」

呉は韓の話を黙って聞きながら考えこんでいた。彼は歯ぎしりした。「ベーカー大統領は核兵器を使うでしょうか？」ついに、もう一度尋ねた。

「おそらく」と韓が答える。「選択の余地がなければ。そうなれば、彼のほうも大きな犠牲を払うことになるからね。現に、女性を地上戦に投入しているじゃないか」

「彼の娘も戦っているそうですよ」呉が指摘した。

「だが相手が核兵器を使ったら、こちらも核兵器でアメリカの艦船や造船所や港を破壊してやる。要するに、この件をうまく処理すれば、艦船は破壊され、軍は弱体化してひどい不評を買い、われわれがアメリカを統治するということだ」どうだ単純至極だろう、とでもいうように韓はほほ笑んだ。「だが、われわれはそれを完璧にやり遂げなくてはならない。そのためには、情報が不可欠だ。ひと役買いたければ——もちろんそのつもりでここにいるのだろうが——情報を伝えてもらいたい。盛のことはわかっている。アメリカに主導権を渡して、戦闘能力で勝っている立場を弱めるようなことは、決してしない。相手にやられてから動くやつじゃないんだ。なんらかの作戦を隠してる。だから、呉、それを探るのがおまえの役目になる」

韓がふたたび田園風景を眺めていると、呉がじっとこちらを見つめているのを感じた。一キロ半ほど進むあいだ黙りこんでいた呉が口を開いた。「軍事作戦のことなら心配ありませんよ」息子の横柄な口調に韓がさっと振り向いたが、呉はすばやく続けた。「おそらく、盛将軍は」と言って肩をすくめる。「アメリカ政府に特別な情報源を持っているのだと思います。それも最上層部に」

呉の知ったかぶりに爆発しそうになった怒りをおさえて、韓はほほ笑んだ。「呉、おまえが知っていることを今すぐ教えてくれ」

「スパイがいるんです」と呉が説明する。「〈オリンピック〉というコードネームの人間が、政府内に」

韓の眉が上がった。しばらく待ったが、呉は黙りこんだままだ。「そうか。で？〈オリンピック〉についてほかに知っていることは？」

「それだけです。軍のスパイだということしか知りません」

一瞬韓の口がぽかんと開き、それから眉が上がった。「おもしろい」

呉は全部を知っているわけではない、と韓は思った。だが、盛は知っているにちがいない。

「いいぞ、呉。その〈オリンピック〉というやつについて、できる限り調べるんだ。わかったことはすべてこと細かく、すぐに報告してくれ。だが、一番知りたいのは、その正体だ」

呉はうなずき、韓から視線をそらせて膝に落とした。

「どうした、呉?」

物思いを振り払うように、呉はいっきにまくしたてた。「もしアメリカ軍が核兵器を使わずに、造船所に対するわれわれの攻撃を阻止したらどうします?」

韓は笑い声を上げた。呉は眉をひそめて彼を見た。「アメリカ軍は甘やかされた学生たちの集まりだよ。こちらはベテランで、しかも、数の上でも数ヵ月のうちに十五対一と圧倒的に有利になる。阻止できると本気で思っているのか?」

呉はゆっくりと首を振った。「いいえ。でも、もしできたら?」

韓は肩をすくめて、ため息をついた。「そうなったら、こちらの負けだ」その口調は当然だろうと言わんばかりだった。

盛将軍の副官である李大佐が、韓の乗ったリムジンのドアを開けた。モービル湾のはずれを歩く韓と盛将軍の後ろに彼と呉が続く。港では中国の艦船がひしめき合っていた。巨大な超大型空母が埠頭に停泊し、各空母から一日当たり一万名の割合で兵士たちが上陸している。その後方に、あと八隻の空母が投錨し、兵士たちは艦船の手すりにもたれてアメリカの風景に目を凝らしていた。

韓たちは大きなミサイル発射台のそばを通りすぎた。数台の無限軌道式自動車の上には、密封された発射筒が十八本積んである。モービル湾を取り囲む合計十三台の発射台と防空艦隊によって、六〇キロメートル内陸の制空権は中国軍が握っている、と盛は韓に告げた。

「ここへ向かう途中で気づいたのですが」と韓が口を開いた。「トラックと装甲車が列をなして路肩に停まっていました。あの部隊はなぜ移動しないんですか？」

「おそらく燃料が足りないんでしょう」と盛が答える。「アメリカ軍のやり方は徹底していましてね、オイルもガソリンも潤滑油も、全部どこかに隠してしまった。価値のあるものは何もかも破壊してしまったようだ」

「港は残っています」湾を眺めながら韓が言う。「空港もそうです」待ったが、盛の返事はない。「それにしても、アメリカが海岸に燃料を残してはいないだろう、ぐらいのことは予想がついたはずでしょう。あの部隊が移動できるだけの燃料をなぜ運んでこなかったのですか？」

盛はついに相手の術にはまって答えた。「あれは強襲上陸部隊だったのです。海岸堡を造るためのね。われわれが上陸に成功したから、のんびりしていられるんですよ。彼らには海岸から数キロ内陸の目標物にいたる燃料しか与えていません」

「言い換えれば、あなたは彼ら全員が死ぬのを待っておられるわけだ。しかも、みんな元気でぴんぴんしているにもかかわらず……今はなんの役にも立っていない」

盛はその当てこすりをやりすごした。だが、後ろから李大佐がこう言った。「われわれは強襲部隊に新しい作戦命令を出そうとしています。彼らにはほかの部隊から調達した燃料を与える予定です。だが、後続部隊が充分に燃料を持っているため、彼らより先に北へ向かい、アメリカ軍との戦闘状態に入っています」

盛将軍が副官の話に割りこんだ。「お見受けするところ」と彼はあえて大声を出した。「われわれの作戦についてのこと細かな説明に、民間の客人は退屈しておられるようだ」

韓はあわただしく考えを巡らせた。〈客人〉という言葉を、ゆきすぎない程度のいやみで盛の鼻先に突き返してやろうか、と。だが、別のやり方でいくことにした。今歩いているこの領地の統治者が誰かを思い出させるかわりに、盛の言葉からもっと重要な意味を持つニュアンスを取り上げた。

「おっしゃるとおりです、盛将軍。じつのところ〈われわれの〉作戦よりも、アメリカ軍の作戦や配備や能力のほうに、わたしはより興味があります。アメリカへの進攻作戦の結果を中国人民に伝えて、恐怖を感じさせる必要はないと確信しています。盛将軍、彼らが注目しているのは、ここアメリカでのあなたがたの戦いぶりなのですから」

湾からの風を受ける広いベランダのついた、南部の植民地時代風家屋の前で、七十代の将軍は立ち止まった。韓は意識してほほ笑んだが、盛将軍がほほ笑み返すと少しむっとした。

南北戦争以前に建てられた家の裏庭で、韓と盛は丸椅子に腰を下ろし、リネンのテーブルクロスを掛けたテーブルについた。背の高い木蓮が充分な木蔭をつくっている。呉と李大佐は、黙ってそばに腰を下ろした。白い上着を着た中国人ウェイターが、四人の前にアイスティー——初上陸以来の現地での習慣だ——をおいた。芝生には伸びすぎた雑草がはびこっている。見晴らし台のペンキははげかかっている。暗緑色のプールの水は、あふれそうになっている。だが、そよ風と木蔭のおかげで暑さもしのぎやすい。韓は首を伸ばして振りかえり、モービル湾を見渡せる場所にある放置された暗い家を見た。ドアの蝶番《ちょうつがい》が蹴り壊されている。おそらく、先発の保安部隊のしわざだろう。

「アメリカに来たのは初めてなんだ」盛が愉快そうに言う。彼は心底くつろいだ様子で湾を見渡した。

だが、韓はとてもくつろげる気分ではない。「でも、こんなのはアメリカではありませんよ」盛の目の前で、韓は芝生に手を伸ばして一つかみの雑草を引き抜き、差し出した。「こんなもの、なんにもなりはしない。われわれが求めている資源、われわれの経済発展のために必要なものは、アメリカの人材です。彼らの生産性。発明の才。科学技術を革新し、応用して新製品を生み出す技能です。アメリカの経済力と労働力をわが国の商業制度に完全に取りこめば、十年に及ぶ戦争から再建へと方向転換し、あらゆる企業のあらゆるレベルにおいて収益および効率面で新記録を打ち立てることができるでしょう」

盛は混乱しているようだ。上機嫌な様子は影をひそめてしまった。彼の言葉には、妙に無防備でぼんやりとした響きがあった。「それがわれわれの上陸の目的だと?」

韓はどう答えればいいか、いや、返事をすべきかどうかさえわからなかった。相手は反論しているのでも、かわされるのを承知で突っこんでいるのでもない。どこから見ても、くたびれた老兵の幻滅した言葉だった。二人は黙りこんで、港をゆっくりと進む船を眺めながら、まずいアイスティーをすすった。

「勝利はわれわれの手にあります、韓行政官殿」盛は堅苦しい誓いの言葉を述べた。「彼らがミサイル駆逐艦を進水させる前に、サンディエゴとフィラデルフィアの造船所を攻撃する。そうなれば、アメリカには二つの道しかありません。兵士が一人残らず死ぬまで血みどろの地上戦を続けるか、核兵器を使うかだ」盛がじっと自分を見ていることに韓は気づいた。

「わたしが恐れているのは」と韓が言う。「だれもがアメリカ兵の士気を見くびっていることです。アメリカ兵は最新兵器に頼りすぎ地上戦をいやがっている、というのが国防部の見解です」

「陸軍第十一部隊（北部方面）はそのような誤算はしません」盛が冷たく言う。

「わたしが言いたいのは、彼らは祖国で戦っており、そのような状況では何が起こるかまったくわからない、ということです」

「彼らは最後の一人になるまで勇敢に戦うでしょうな。そして、その一人が死ぬときがわれわれの勝利のときだ」

「ミサイル駆逐艦が進水する前に造船所を攻撃されるよう、ただ願うのみです。わたしの理解するところでは、その桁外れの火力をわが海軍がもちこたえる見込みはまったくありません。それに、ご承知のように、陸軍への物質と人員の補給は一〇〇パーセント海上ルートで行なわれています。そのうえ、あなたも耳にされたことと思いますが、もっと進んだ兵器が開発中だという噂もあります」

「ミサイル駆逐艦は進水させませんよ」と盛が断固として言う。

「はっきりさせておきたかっただけなんです」と韓が答える。「サンディエゴは大きな大陸の反対側に位置しますが、あいだにはさまれたミシシッピ川が大いに彼らの防衛に役立ちますからね」

　盛は軍事作戦についてはひと言も話さなかった。


アラバマ州タスカルーサ南部　九月二十日、現地時間二二〇〇時

「いっしょに来ないのか?」ウォーターズ空軍大尉がハート陸軍大尉に言う。「明日の朝、味方の防御線を渡ろうぜ。二人で、いっしょに」

「だめだ」闇の中からハートが答える。「敵の布陣の後方にいなきゃいけないんだ」

「期間は?」

「それはおれが決める」

「じゃあ、やっぱりいっしょに行こう!　おれは五〇〇万ドルはする国の備品だぜ。守ってくれよ!」

「ここから先はなんの問題もないさ」ハートはそうつぶやき、「それに」と思わず本音を言った。「まだこっちは戦ってもないんだ」

「ああ」ウォーターズは納得した。「そういうことか。なら、しょうがない。グリーンベレーの仕事をやってくれ」パイロットは立ち上がってハートに手を差し出した。「じゃあな」ジムはうなずいて握手した。ウォーターズはキットを、ハートは荷物をかつぎ、二人は反対の方角へ出発した。

バッテリーが減ってきたのでハートは暗視ゴーグルを使うのをやめ、目と耳だけに頼った。地雷がちりばめられた道路を避けるため、回り道をしなければならなかった。ハートが暗記している地図には〈遅延信管／最初の接触により活性化〉と書いてある。その道路を最初の部隊が地雷に触れながら進んだだろうから、第二部隊が通るころには全部活性化していることだろう。

ジム・ハートが道の反対側の畝《うね》にいたとき、最初の地雷が爆発した。そのあと三、四、五と続けざまに爆発が起こった。一人の負傷兵の苦痛に満ちたうめき声が、高く長く尾を引いた。将校と下士官が中国語で大声を上げると、兵士たちは静かになった。ここは地雷原だ、じっとしていろ！　とでも、言っているのだろう。

ハートはM－16の安全装置をすばやくはずし、ゴーグルをかけた。暗闇が昼間のように明るくなり、道路がはっきり見える。道路と地雷原が見渡せる丘に反対側から足早にのぼった。最後の数メートルは這い進んだ。頂上に着くと、敵が遮蔽物のない道路に腹這いの状態で散らばっているのが見えた。四十名いる。偵察中の小隊らしい。ここを二番目に通りかかったことは間違いない。

ハートはM－16を肩に当て、ライフルの銃身の下に取りつけた四〇ミリ擲弾発射筒の引鉄に指をかけた。装塡してあるのは高性能爆薬破片擲弾だ。狙うのはたやすい。だが、引鉄を引くのはほねだ。きつく絞ると、反動でライフルが跳ね上がる。一瞬遅れて爆発音が響き、一人の兵士がまっぷたつになった。ハートはすでに次の擲弾を詰め終わっていた。兵士たちは中国語で叫び合っている。敵に自分の姿が見えるはずはない。別の男に照準を合わせて引鉄を引くと、二回もんどりうって地雷の上に倒れこんだ。ばらばらになった男の肉片が木のてっぺんまで吹き飛ばされ、仲間たちの頭の上に降ってきた。

指揮官の命令で小隊の一斉射撃が始まり、敵の銃が火を噴いているあいだ、ハートは体を地面に押しつけていた。十秒ほどたつと、すさまじい攻撃が急に弱まり、やがて命令が下って攻撃が停止した。不意に訪れた静けさのなかで、空っぽの銃に新しい弾倉を込める音がいくつも聞こえた。彼の近くにはまったく弾は飛んでこない。

ハートの三発目の擲弾が、慎重に動いて大声で命令を下していた小隊長か軍曹とおぼしき男を撃ち倒した。あとを引き継いだ男を倒したとたん、兵士たちは怪しげな英語で哀れっぽく命乞いをはじめた。「おねがいです！」という叫びが次つぎに上がる。「撃たないで！」と、もう少し英語のわかる兵士たちが懇願する。ハートが四、五、六発と擲弾を発射すると、大勢の兵士が急に走り出した。それと同時に六、七個の地雷が爆発した。走りつづける残りの兵士を、ハートは三連射で次つぎにしとめた。

だが、なかには冷静さを失っていない者もいた。機関銃が火を噴き、弾がひゅーっひゅーっとハートの体をかすめた。地面に突っ伏していると、逃げ出したい衝動に駆られる。かさばるフラッシュ・サプレッサーを銃口に付けているにもかかわらず、中国のベテラン兵士たちはライフルのフラッシュを見逃さなかったのだ。激しい銃火に身をさらす気にはなれない。彼は土の上にうつ伏せになっていた。一発の弾が防弾チョッキの肩をかすめ、まるで大きなハンマーで叩かれたような感じがした。焼きごてを当てられたような痛みが走り、うめき声が漏れる。怒り狂った大口径の弾がかすめすぎる音を聞きながら、ハートは死期が近いことを悟った。

爆発が突然起こって、激しい機関銃弾の嵐がやんだ。ハートは顔を上げた。おびえきった機関銃兵の一人が逃げ出そうとして地雷を爆発させ、それによってもう一人も死んだため、ハートは命拾いしたのだ。

下の道路では、誰も動く者はいない。いや、ほとんどいなかった。くぐもったうめき声とばたばたもがく音がした。一人の兵士が手を伸ばして、脚をもがれた仲間の口をふさいだまま、死んだふりをしている。脚をなくした男は激痛に耐えかねて、仲間の手をはねのけようとする。しばらく争ったあと、深手を負った男の喉を仲間がナイフで切り裂いた。うめき声とばたばたもがく音が聞こえなくなった。だが、熟練兵はまだ残っている。

ハートはM-16のセレクターを〈セミオート〉に切り替え、敵の腰を狙った。敵を殺すのは簡単だ。敵国に経済的負担をかけるには、体を不自由にさせたほうがいい。バン！　大音量のサイレンのような悲鳴で、間違いなく命中したことがわかる。男はひと息ごとに叫び声を上げている。

ライフル兵がときどき発砲してきたが、ハートは擲弾を応射した。相手が急に走り出した場合は、三連射でしとめる。すぐに地雷が爆発しなければ、の話だが。生存者の数はだんだん減ってきた。

ハートが丘の反対側から撤退したのは、敵への情けからでも標的が少なくなったからでもなく、武装ヘリコプターに見つかるとまずいからだった。なす術もなく泣き叫ぶ負傷者の声が聞こえてくる。最初の標的を倒して以来ずっと、彼は地面に伏せたまま手も足も出せない男たちの腰を狙いつづけた。高く低く聞こえる叫び声に向かってハートが口にしたのは、「くそったれ！」という言葉だけだった。

アラバマ州バーミングハム　九月二十一日、現地時間〇一一〇時

狭くてでこぼこした塹壕の中にもかかわらず、ステフィーは初めてうとうとしていた。

「お父さんにビデオメールを送りたくない？」とベッキー・マーシュが尋ねた。

「眠りかけてたのに」彼女に背を向け、脇を下にして横になったステフィーは、うなるように言った。ヘルメットはかぶったまま、目はずっと閉じたままだ。ふたたび意識がぼんやり

となってきた。

「恋人はいたの？」

「ベッキー、頼むから黙ってて！　なんでここにいるの？」

「アック・アックにここで寝ろって言われたのよ」

「どうして？」ステフィーは悲しげな声を上げた。

「あなたがレイプされないように、だって」

「えっ、それであなたが？　わたしがレイプされないように？　まったく！」

「どうしてそんなに意地悪なの？」ベッキーが傷ついたような声で尋ねる。「それじゃあ、あなたのほうがきれいだって言ってるのと同じじゃない！」

「なんですって？」ステフィーは手でこめかみをさすりながら、泣きそうな声で言った。

「いったいなんのこと？」

「静かにしろ！」近くの塹壕から抑えた声がした。

ステフィーは睡眠不足のせいで、目のま後ろにあたる部分が痛かった。彼女は次にまぶたをさすった。

ベッキーのささやきは怒りのため、涙声になっている。「あなたはここにくるまで、なんて言うか、すごくいい暮らしをしてた。それに、頭もよくて、男にも負けずにやっていける。すごくりっぱよ！　でも、でも、でも」声が震える。「だからって、今度は、見た目もあなたのほうが上だって言うの？　ひどいわ！」

「そんなこと言ってないじゃない！　どうかしてるんじゃない？　なんでそんなこと考えるの？」

「わたしが先にレイプされるように、アックにここに来させられたって言ったら、あなたは自分のほうが先にやられるに決まってるって言ったじゃない！　あのね、これだけは言っておくわ！　わたしだって、じろじろ見られてるんだから！」

「あいつら、女ならだれでも見るわよ！　男なんだから！　お願いだから、静かにして！」

ベッキーはうるさくすすり泣きはじめた。ステフィーは肘をついて上体を起こした。ベッキーはふくれっ面のままだ。目のすみにたまった涙が小さなビデオディスプレーの光にちらちら揺れている。「ほんとにどうかしてるわよ」ステフィーはぐったりと倒れこんだ。これで彼女も眠ってくれるかもしれない、と思った。しだいに怒りがおさまって、うとうとなりかけた。

「ねえ、それで、恋人はいたの？」思い出したようにベッキー・マーシュが尋ねる。

ステフィーは返事をしなかった。しばらくすると、かさかさという音が聞こえた。ベッキーがイヤホンを戻しているらしい。

ステフィーは高校時代ずっと、ベッキーの通信装置からぶらさがっているようなイヤホンをつけていた。今思えば恥ずかしくてぞっとするほど、いつもつけていた。人の話を聞いていないので、上級生からよくからかわれたものだ。何か話しかけられると、かならず「えっ？」と言ってイヤホンをはずしたからだ。冷やかされたことを思い出して目が覚めてしまい、うんざりした。しかし、その怒りもほかのいろいろなものといっしょになって、疲れのよどみのなかに沈んでいった。

義父は腕のいい技師だった、と今ではわかるようになった。家には部屋ごとにAVシステムが完備され、ステフィーのベッドルームにも専用の装置があった。

二年前、十六歳だったころ、ある日音楽を聴いていると、突然コナーがベッドルームのドアを開けた。ノックしたのだろうが彼女には聞こえなかった。彼が来ていることさえ知らなかった。目が合って彼がうなずくと、毛先をきつくカールした髪が最高にかっこよく揺れた。十七歳の彼は小麦色の肌をしており、その姿を見た瞬間から、彼こそステフィーにとって一番魅力的な男性になったのだ。

その瞬間、すべてが完璧だった。舞台はわが家。自分の部屋。仕組んだかのように、お気に入りの曲がかかっている。生きてるって、すてき。彼女はブレスレットをはめた手に持っていた銀めっきのカルティエ風リモコンを、慣れた手つきでぽんと掌にのせた。前もってプログラムされた順序で流れている曲の音量を下げ、ベッドの上に膝をついてコナーの唇にキスをする。ほほ笑みをかわして歯が触れ合うと、ステフィーはそっと体を離した。

「それで、休みはどうだったの？」

「バスケの合宿だぜ」コナーが泣き言を言う。「しぼられっぱなしだよ。きみも南部のあちこちでサッカーの合宿をしてるから、わかるだろ！」

「ええ。でも、サッカーの合宿は最高よ」

「へぇーっ、そうかい?」うんざりした顔で眉を上げたコナーは、にやにや笑いをこらえながらポケットの中を探った。「いいものを見せようか?」と言って、派手な紫のリモコンを取り出した。だが、ステフィーが先に自分のリモコンを押した。「ステフったら、ひどいよ! きみのために、と思って持ってきたのに!」また、泣き言だ。「ほんとにリモコン・フリークなんだから!」

「違うわ!」気を悪くしたステフィーがきっぱりと言う。「そんなもの使ってビデオのキャッシュメモリーが壊れちゃったらどうするの!」

「修理できるから大丈夫、って言っただろ」

「わたしだってできるのよ、マニアボーイ」ステフィーはすばやく言い返した。「システム」と彼女はコナーにではなく、マルチメディア装置の丸いプラスティックのでっぱりに向かって声をかけた。「ビデオをパーソナル・ドライブに移動しなさい」

「パーソナルドライブハ、イッパイデス」ステフィーが自分でつくり上げた声で、コントロールシステムが答える。

コナーがくすくす笑う。「きみそっくりだ」彼がベッドにどすんと座ったので、ステフィーは跳ね上がった。

キッと、彼をにらみつける。「システム、ビデオを父さんのディスクアレイに入れておきなさい。でも、父さんには内緒よ」

「リョウカイ」陽気な声が返ってきた。

ステフィーがほほ笑んで、コナーに目くばせした。いかにも南部美人らしい、心がときめくような笑い声をたてる。「あーあ！　この新しいビデオデッキ、複雑すぎるわ！　ふつうの女の子にはね！」

コナーは予想外で、しかもその場にぴったりの行動を取った。キスしようとしたのだ。彼女は相手の体を押しのけた。「あとでね」大人っぽい口調だ。

彼は作り笑いを浮かべて、ぴかぴか光る鮮やかなボタンが並び、くっきりと白い文字が書いてある紫色のリモコンを押した。

「コナー・レイリー５４６８デイイデスカ？」完璧な娘の声だ。

「ただの〈コナー〉じゃないのかい？　ぼくのこと、〈コナー・レイリー５４６８〉って呼んだぜ？」

「あの娘《こ》はあなたのこと、まだよく知らないからよ」ステフィーは答えた。「システム、コナー・レイリーのビデオを入れて、再生しなさい。それから、ショートカットをつくりなさい。〈コナー・レイリー５４６８〉は〈コナー〉と同じよ」

「シュウリョウシマシタ」

コナーがほほ笑んだ。ステフィーは彼にキスをした。

オフホワイトの壁にしっくり溶けこんだ、同色の組みこみ式プラズマスクリーンに画像が現われた。そばにいて欲しかったのに、彼はステフィーから離れた。スクリーンでは、ぴかぴかのバスケットコートで、大きなテーブルを前に汗まみれの若者たちが半円を描いて腰を下ろしている。「最後のトロフィーは」と、長いだぶだぶの体操ズボンをはいた男が大声で言う。「フォートナーコーチから渡していただく」

「コーチ！」全員がいっせいに叫んだ。

ステフィーは目をぐりぐりさせ、唇を突き出して彼の肩にもたれかかった。

「ほら、見て」スクリーンに釘づけになったままコナーが言う。

コナーの子供っぽさにいらついて、彼女はため息をついた。体操ズボンをはいた男がもう一人の短パン姿の男のほうに手を伸ばした。「フォートナーコーチ、どうぞ」

「コーチ！」その名を聞いて、またもや全員がいっせいに叫ぶ。

「あーあ」とステフィー。「ほんとにうんざりだわ」

「ありがとう、ウィルソンコーチ」と男が言う。

「コーチ、コーチ！」若いバスケット選手たちが口々に叫ぶ。

ステフィーは笑った。「いったいどうなっちゃってるの？」

「さて」首からホイッスルをぶらさげ、手にパネルを持った男が発表する。「お待ちかねの授賞式です。この合宿における最高の栄誉、チャーリー・ハッスル賞」

「チャーリー・ハッスル賞ですって？」ステフィーは大げさに咳こんだふりをしたあげく、まるで船酔いしたかのように深いため息をついてみせた。

フォートナーはパネルをちらっと見た。「数週間のウォリアー・バスケット・キャンプのあいだじゅう、毎日元気よくコートを走りまわっていた男に、盛大な拍手を！　コナー・レイリー、ここへ！」

コナーがスクリーンに姿を現わし、腰を下ろしている仲間のあいだを縫って前に進むと、フォートナーが叫んだ。「いち、に、さん！」五十人がいっせいに手を叩く。「いち、に、さん！」パチッ！「いち、に、さん！」パチッ！

横目でちらりと見ると、コナーはビデオに熱中している。ステフィーは仕方なく視線をスクリーンに戻した。コナーは分裂病患者のようにおどおどし、固い握手を交わそうと手を差し出したフォートナーとも目を合わせない。小さなトロフィーを摑んでやっと、差し出された手に気づき、相手が引っこめようとした瞬間にぴしゃりと手を合わせた。

コナーがリモコンを押して、ビデオを止める。ステフィーは我慢できずに笑いだした。

「チャーリー・ハッスルですって？」ばったり後ろに倒れ、涙を流して笑いころげた。

コナーが彼女の上にのしかかり、開いた唇に荒々しくキスをした。彼女はぐっと奔放にキスを返したものの、自制心を取り戻した。やがて、彼の鼻息が荒くなり、唇が激しく求めはじめる。ステフィーは彼の手をふりほどいて立ち上がった。「家へ帰る時間よ、コナー」言葉とは裏腹に、愛撫の余韻で胸はまだどきどきしていた。

あのときのことを妙にはっきりと思い出し、ステフィーは眠れぬまま塹壕に横になっていた。

ステフィーはジョン・バーンズに起こされた。覆いをかけた塹壕から出ると、黒っぽいビジネススーツと爪先の尖った靴を身につけた男たちが待っていた。完全武装している彼女を、男たちがボディーガードのように取り囲む。彼女がふらふらだったことと、シークレットサービスが腕利きだったために、ステフィーは朦朧《もうろう》としたまま丘を越えヘリコプターに乗せられた。だが、いったんしゃきっとしてみると、エンジン音に負けないように声を張り上げて、いったいどうなっているのかと尋ねる必要はなかった。わかりきったことだ。男たちはイヤホンと、アメリカ国旗を形どった襟章を付けている。父のもとへ向かっているのだ。

彼女は小さな窓に頭を預けた。パイロットたちは暗視ゴーグルをつけて操縦している。ステフィーにわかったのは、わずか三〇メートル下は月明かりに照らされて揺らめく湖だということだけだった。

ビル・ベーカーとの短かった結婚生活についてステフィーが尋ねると、レイチェル・ロバーツはきまって怒りだした。ビルが全国的に有名になればなるほど、彼女の母親はますます彼を悪く言うようになった。憎しみも、以前よりあからさまになった。前夫をあまりにひどくこきおろすので、新しい夫ハンク・ロバーツ——ステフィーの義父——とのあいだに激しい諍《いさか》いさえ起こったほどだ。特に、ハンクが職を失ってからはひどかった。「おまえはただとわめく彼の声がドアの閉まった寝室から聞こえてきた。「大統領夫人になりそこなったからいらついてるんだ!」

「そういうあなたは、わたしの最初の夫がまだ失業してないからいらついてるんだわ!」母親が金切り声を上げる。彼女が本気でそう言ったとは思わないが、ステフィーはそんなひどい言い方は許せなかった。

レイチェル・ロバーツは腹いせに、ビルと娘を会わせないようにした。ステフィーが四歳になったとき、ビルが上院選に初出馬した。ビルと前妻とのあいだに子供がいたことを、『ワシントンポスト』の記者が突き止めた。レイチェルは離婚する二カ月ほど前に妊娠して、ハンク・ロバーツと再婚して数週間しかたたないうちにステフィーを生んだ。何か破局の原因があったはずだ。高校に入る前の生意気盛りのころ、ステフィーは母親に訊いた。「ハンクのせいなの?」

母親は鼻先で笑った。「ハンクですって?」いかにもくだらないと言わんばかりに、ハンク・ロバーツは学生のころから自分につきまとっていたのだ、と説明した。十代の初めごろは姉とも美人コンテストの常連だったレイチェルは、哀れなハンクなど鼻もひっかけなかった、妊娠八カ月の体で再婚するまでは……いくら訊いても、母親はそれ以上どうしても話そうとしなかった。離婚してから自分が生まれる直前、再婚するまでの七カ月間に何かがあったのだ、とステフィーは思うようになった。話の重要な部分が欠けているのだ。

新聞に記事が載って、カメラマンたちが四歳の少女をつけ狙うようになったほんの数日後、ビル・ベーカーが当惑しながらもわくわくしている彼女を自宅に訪ねてきた。ステフィーはにっこり笑った写真を喜んで撮らせた。妊娠したこと、または、ステフィーが彼の娘だということを、母親はビルに話していなかったらしい。「あんまり調子にのっちゃだめよ」と、自分の部屋にいるステフィーにつまらなさそうに忠告した。それがもとで新しい夫と一時間近くもひどいけんかになった。ステフィーがドアとカーペットの隙間から聞き耳を立てていると、母親ののしり声が聞こえてきた。

そのときほんとうの父親がステフィーの部屋に入ってきて、もう少しでドアの下端が彼女の額にぶち当たりそうになった。彼は目をきらきらさせ、白い歯を見せてにっこり笑ったが、娘が泣いているのを見たとたん笑顔が消えた。「へっちゃらよ」とステフィーは何度も言った。「わたしは平気。だから、もういちど笑って」父親がそばに腰を下ろして話しはじめると、彼女の涙はすっかり乾いた。やさしくて心地よい声だった。そして、彼の目にあふれて頬を伝い落ちた涙のことは忘れることができない。だが、彼の最初の言葉を思い出すと、今でも心が張り裂けそうになる。「来てはいけなかったんだ」ステフィーは父親に抱きついた。彼がいとおしげに抱きしめかえしたとき、この人がほんとうの父親だとステフィーは確信した。

ビルはその後訪ねてこなかった。あとでわかったのだが、彼が訪問権を求めて裁判を起こしたら破滅させてやる、と母親が言い張ったかららしい。訪ねてくるかわりに、カードや手紙だけを送ってきた。ステフィーは十代になると、父からの手紙を先に開けるのはやめて、と母親に言った。たいしたことは何も書いてなかったが、バースデーカードや上院のレターセットを使った手書きの手紙は、一つ残らず宝物入れにしまった。インターネットでこっそり注文して、サリー・ハンプトンの家に船便で送ってもらったムービーディスクも、全部同じところに隠していた。サリーと二人で父親の昔の映画を見た。彼はすばらしかった。そして、ビル・ベーカーは映画のなかではいつもヒーローだった。

二人は気恥ずかしくなるようなけんかをしたことがある。サリーは否定したが、じつは彼女はステフィーの父親に夢中になっていたのだ。

「あれはただの演技よ！」ステフィーは思いつく限り、でたらめを並べたてた。「実生活では、ぜんぜんあんなふうじゃないわ」彼の実生活がどうしてわかるのかとサリーが訊かなかったおかげで、二人の友情は壊れずにすんだ。

それ以外で父親に会えたのは、サッカーの決勝戦と十六歳の誕生パーティーに突然現われたときだけだ。友人たちの目の前で、ものすごい口論が起こった。あとになって母親は、彼のせいでパーティーが台なしになったと責めた。だが、ほんとうは醜態を演じた母親のほうが悪いとステフィーは思っていた。それに、大統領選挙戦のまっ最中にもかかわらず、十六歳の誕生日にわざわざ訪ねてくれたことが、ぞくぞくするほど嬉しかった。大切に思われている証拠なのだから。

無表情なシークレットサービスの向かい側の補助席にシートベルトで縛りつけられたステフィーは、うつむいて汚れた迷彩ズボンや固まった泥にまみれたブーツを見ていた。野外の臭いがする。

ヘリコプターは、大きな民家の広い芝生に停まった六台の黒いRV車のヘッドライトを目標に着陸した。車のライトはすぐに消えた。ほかの三機のヘリコプターは、たくさんの車やトラック、装甲車や戦車のそばに降りた。明かりのついたプールと、暗い空をじっと見ている三名の対空ミサイル担当者のそばを通って、ステフィーは家へと案内された。

ビル・ベーカーが玄関で待っていた。ステフィーはライフルを壁に立てかけた。敬礼しようかと思ったが、かわりに腰でぬぐった手を差し出した。彼は両手でその手を包んだ。彼女の防弾チョッキや擲弾や弾薬入れがじゃまになって、すんなりと抱き合えない。それに何日も入浴していないので、ステフィーはしっかり抱きしめたい気持ちを抑えた。ヘルメットのせいでくしゃくしゃになった髪から泥だらけのブーツまで見まわされて、気持ちがすくんでしまったのだ。娘の態度をよそよそしさと受け取って、彼は悲しい顔をした。「大好きよ」父の誤解をとこうとしたが、元気づけることはできなかった。

二人は居心地のよい書斎に入った。男ばかりの世界でたいへんだろう、と彼は尋ねた。

「ううん、よくしてもらってるわ。特に、ある人にはね」ステフィーは、母親からやめなさいと言われている、中学生みたいなくすくす笑いをした。

彼はにっこりとほほ笑んだが、その目はまだ悲しげだった。自分が娘の心を乱し憂鬱にさせていると思っているので、公人を演じるときのようには自信たっぷりに振る舞えないのだ。その表情もステフィーのそれとはそぐわない。彼女の顔は何日も前に塗ったグリースで縞になっているし、迷彩服は泥だらけだ。どこから見ても兵士そのものだと思ったとたん、父とこんな風に会えたことが誇らしく感じられた。いったいどんな話が……。

「ステフィー……」と言ったきり、ビルは次の言葉が出てこない。彼女は椅子から身を乗り出した。「後方に転属する気はないか？」彼女から目をそらしたまま尋ねる。

おまえはわたしの誇りだ、と言ってくれるかと思ったのに、自分を卑怯者にさせる気だったとは。「わたしのこと、ぜんぜんわかってない！」怒りに駆られて叫ぶ。彼女が思ったよりずっと深く、その言葉は彼の胸をえぐったようだ。すまなさそうな顔を無理に上げて彼女を見つめ、何度も唾をぐっと飲みこんだ。目が潤んでいる。

「今、わかったよ」ほんとうにしょんぼりした声だ。

そのとき、ドアを大きくノックする音がした。二人は視線を上げた。一人の副官が入ってきて、話す許可が出るのを待っている。ビルはおもむろにうなずいた。カーキ色の軍服を着た海軍将校は進み出ると、太平洋での小競合いについてその後の情報を伝えはじめた。数時間のうちに状況は明らかにひどくなっていた。中国軍の十隻の超大型空母艦隊が、サンフランシスコからハワイの籠城軍のもとへ向かっていた輸送船団に突然攻撃をしかけたのだ。中国艦隊はアメリカの空母一隻を沈め、アリューシャンの錨地に向かって北上する被害を受けたもう一隻の空母を追跡している。

ビルは凍りついたように、黙って耳を傾けていた。副官の報告は続く。視線がステフィーとビルのあいだをすばやく往復する。二人の目の前で、今にも倒れそうな様子だ。「申しわけありません、閣下」まるで全部自分の責任だ、と言わんばかりの口調だった。「中国軍は……つい先ほど、南カリフォルニアに進攻しました」

ステフィーはすぐに父親を振りかえった。地震でも起こっているかのように父親の頭がぐらついている。ステフィーは恐怖のせいで、全身に鳥肌が立っていた。「敵は目下」意気消沈した副官は、できるだけ早口で報告した。「サンディェゴの北と南から大挙して上陸しつつあります。海軍第五遠征旅団の指揮官からの報告によると、おそらく日本から出発した少なくとも三つの上陸強襲師団が、サンディェゴにある海軍の造船所を攻撃するものと思われます。数千隻の上陸用舟艇が見えるとのことです。旅団は交戦しているが、長くはもたないだろうという判断です。実際、そう長くはないものと思われます」

カーキ色の軍服を着た副官は報告を続けたが、ビルは聞いているようには見えなかった。補充兵および補給品をハワイへ運ぶ途中の輸送船団が、中国の十隻の超大型空母艦隊に壊滅的打撃を受けた。一隻の空母が撃沈され、被害を受けたもう一隻は、追われてアリューシャンの錨地に向かっている。

ビルは茫然となっていた。「何か……」声を出そうとする。「可能な……」副官は質問を待った。ステフィーは父の心の痛みを共有するかのように、彼を見守った。だが、問題はそれだけではない。中国はアメリカが建造中のミサイル駆逐艦の一隻を、今にも奪おうとしているのだ。「デラウェアー湾沖で」ステフィーが思わずじろじろ見てしまうほどのしゃがれ声で彼は言った。「何かが起こったという海軍の報告はないか?」デラウェアー湾のことなど、彼女には初耳だった。海軍将校は首を振ったが、すぐに最高司令官の質問が意味することの重要性に気づき、今度はもっと激しく首を振った。

ステフィーは父親をじっと見た。まっ青だ。話そうと開いた唇が震えている。「艦を……破壊しろ」彼はなんとか声を絞り出した。副官はためらいがちに、もう一度はっきりおっしやってください、と言った。ビルは深く息を吸いこむと、ゆっくりと語を継いだ。「海軍第五遠征旅団の指揮官に、ミサイル駆逐艦、鋳型、設計図、倉庫および貯蔵所、ドックの破壊を命ずる」きしむような生気のない声だ。「そして最後の一人になるまで戦うように、と」

副官はためらい、ぐっと唾を飲みこんで咳払いをした。「国防長官に電話いたしましょうか？」

ビルは首を振った。「いや、きみが命令を伝えてくれ」

副官はしぶしぶうなずいた。「それから、えーっ、アンヴィルヘッド作戦はどうされますか？ 西海岸には、今すぐ援軍が必要です。ロサンジェルスが……危機に瀕しています」

茫然としたままの最高司令官は、すでにうなずいていた。それが、援軍の必要性を理解したという意味なのか、最悪の事態になってしまったと内省しているのか、ステフィーにはわからなかった。「アンヴィルヘッド作戦は中止だ」自分の言葉にひるんでいる。それから、彼は目を閉じたまま言った。「軍を西へ向かわせろ」

「閣下、国防長官に電話をかけたほうが確実かと……」

「命令はきみが伝えてくれ。国防長官からはすぐに連絡が入るはずだ」

副官は静かに退室した。ステフィーは立ち上がった。「もう、部隊に戻らなくちゃ」

後方への転属の件を蒸しかえされるかと思ったが、ビルは両手で頭を抱えこんで床を見つめている。彼女は〈アンヴィルヘッド作戦〉のことなど聞いたこともなかったし、作戦中止が自分を含めてわずかな人数で南を守っている兵士たちにどんな影響を及ぼすのかわからなかった。だが、二度目の侵略が起こり、三隻のミサイル駆逐艦のうち一隻を失うことは、アメリカにとって脅威だということは理解できる。しかしそのとき、彼女がひどく当惑して恐ろしくなったのは、父の恐怖がはっきり見て取れたからだ。父親は恐怖のせいで凍りついてしまっている。ぴくりともしない。ひと言も話さず、目を上げようともしない。極度の緊張のため、固まってしまったようだった。

「ねえ」彼女は父親に歩み寄ると、高い声でそっと言った。「大丈夫よ。わたしたちがいるじゃない」ビルはゆっくりと顔を上げ、疲れきって充血した目で彼女を見た。「まかせてよ、お父さん。頼りになるわよ。いよいよ、わたしたちの出番。阻止してみせる、絶対に」

怒りのせいで込みあげた涙が視界をぼやかし、彼女の頰を伝い落ちた。慰めようと、父は両腕で抱きしめた。彼は娘の心の内をまったく理解していなかった。

第2部

勝利を勝ち取ろう。どれほど犠牲を払おうとも。どれほど怖くとも。どれほど長く険しい道程であろうとも。勝利のないところには、生きる術もないのだから。

ウィンストン・S・チャーチル

首相就任後の下院における初演説（一九四〇年）

4

アラバマ州モービル　九月二十一日、現地時間〇四〇〇時

呉中尉は一時間後の首相主催のテレビ会議に備えて起きていた。世界でもっとも権力のある三名の人物と話し合うことになる、と父の韓は言った。つまり、中国政府の文民指導者たちのことだ。また、軍服ではなくスーツを着るように、とも言った。「ところで、電話に出た娘はだれだ?」声をわざと低めて、韓がこっそりと尋ねる。もっとも、父はとっくに知っているはずだ、と呉は思っている。

「何があるの?」盛将軍の秘書、珊珊《シエンシエン》が尋ねた。なんでもないと呉が答えると、彼女は体に巻きつけたシーツを胸からずらし、さよならのキスをねだった。

父のオフィスビルに着いたとき、呉のハリネズミのような短い髪はまだ湿っていた。外では、巨大な移動式冷房装置が、オレンジ色のダクトを通してビルに冷たい空気を送りこんでいる。テレビ会議室の二人用の椅子に腰を下ろした呉は、震えないように気をつけていた。向かい側に座った韓哲民が、自分の指示に反した息子の戦闘用迷彩服をじっと見ている。作り笑いを浮かべたまま視線を上げたが、軍人らしく髪を短く刈り上げた呉の日焼けした肌を見ると笑いが消えた。

会議室には、二脚一組のクッションのきいた革張り椅子が並んでおり、それぞれの前には三つのスクリーンが半円形に配置されている。各スクリーンに、一名ずつ人物が現われた。カメラのライトがコンソールで実際に向かい合っている韓と呉を照らしている。まんなかのスクリーンに映っている首相——韓の叔父であり、呉の大叔父に当たる——が三名のうち一番の有力者だ。右側のスクリーンに映っているのが、韓の父であり呉の祖父に当たる通商大臣で、二番目の有力者だ。左側のスクリーンの男は韓と呉が属する一族のメンバーではない。彼は国家保安局長であり、韓一族がずっと繁栄を誇っていられるのは、長年にわたって保安局長を政治的に味方につけてきたおかげだった。

首相が大臣会議を開催すると告げた。「呉中尉」と重々しい声で話しはじめる。「中国陸軍のカリフォルニア進攻計画について、きみは詳細を知っていたのかな?」

呉は向かいにいる父を見た。どう答えればいいか、なんらかの合図をくれるかと思ったのだが、韓はうなずきもしなければ首を振りもしなかった。そのかわりに、背筋を伸ばして呉の返事を待っている。

呉は一人で試練に耐えようと、緊張しながら父を見つめた。助けてくれる者はいないのだ。呉は意を決してまっすぐにカメラを見た。「陸軍第十一部隊(北部方面)の幕僚として、ある程度の軍事機密は知っています。文民政府首脳部は国家の保安にかかわるすべての情報を知る必要がある、とわたしは思っておりますが」こう言って、彼は三人の顔を次つぎに見た。「その情報を提供するのがわたしの務めであるとは思いません」

北京では、呉の大叔父が、同じ部屋で向かい側に座っている呉の祖父を見た。より年配の保安局長は離れた場所から冷静に見ている。明らかに保安上の理由で、三人いっしょの部屋にはいないのだ。

呉は深く息を吸いこんだ。早朝に起こされ、ほとんど予行演習する間もなくこの会議に出席させられたのだ。「しかし、おそらく」と彼はほのめかした。「そのような情報は劉常興国防大臣のオフィスにあるのではないでしょうか？」韓哲民はリクライニングチェアの背もたれを後ろに倒した。カメラとライトが自動的に彼の動きを追う。みんなを前にしての呉の大胆さに、韓は驚いている。やった、と呉は思った。本来なら国防大臣も参加するこの大臣会議は、国を支配する文民政府の権力を軍部から守るために特別に構成されている。劉将軍はこの男たちにとって不倶戴天の敵なのだ。

「では、きみは何を知っているのかね？」首相が鋭く尋ねる。

呉が見上げると、韓は首相の問いに驚いているようだ。当惑した顔をしている。呉は笑みがこぼれそうになるのをこらえた。「これからのことです」と呉は答えた。韓は今度は背もたれを起こして身を乗り出している。ほかの四人は黙って呉の言葉に耳を傾けている。「わたしはここ十年ほどのあいだに起こった戦闘、作戦、戦争についてすべて調べてみました。われわれは敵に対して五対一の死傷者比率を適用してきましたが、東南アジアおよびインドでは敵の死者が非常に多かったため、統計値は大幅に変化しました。もしアメリカでの戦闘で、この比率が逆転したり、もっと悪くなったりしたら、どうでしょうか？　たとえば、アメリカ兵一人を殺すために、十人の中国兵が命を落とすとしたら？　二十人なら？　国防部の、ある機密書類は五十対一と予測しています」四人は呉に注目したが、しばらくすると保安局長がスクリーン外の同僚にほほ笑みかけた。古いタイプの軍人には重大な意味を持つ情報だったのだ。

「呉中尉が言わんとしているのは」と韓が言いだし、今度は呉がびっくりした。「アメリカでの中国兵の死傷者数が極度に多くなる可能性があるということです」呉は父親の抜け目のない態度に歯ぎしりした。息子の意見に首相たちが興味を示したとわかると、さっそく横取りしようとするのだから。「激しい消耗戦によって多くの犠牲を強いられた国民が軍部を支持しなくなった時点で、劉に接触するのが得策かもしれません。軍部の政治力が弱まっているチャンスをとらえれば」言いながら、韓は満足げにゆったりと座り直した。「われわれには有利な展開が望めます」

「わたしが言おうとしたのは」と呉が口をはさんだ。「劉国防大臣は予測される死傷者数に関し困惑しているかもしれないということと、一千万の命を失ってからではなく、失う前に彼に接触すべきだということです！」

四人は呉の論点を聞き流し、会議の終盤で韓の案を採り上げた。進攻の成りゆきをじっくりと見守り、政治的な力関係の変化を見きわめることにしたのだ。中国の二度三度にわたる進攻の成功を、四人とも心から恐れている。それがわかって呉はうんざりした。

呉は部屋に戻り、服を全部脱いでベッドにもぐりこんだ。珊珊の素肌が彼の背中にぴったりと触れた。「悩んでるの?」彼女がやさしく尋ねる。「アメリカにいることを? アメリカ人とのハーフだってことを?」

呉がものすごい勢いでシーツを引きはがし立ち上がったので、珊珊は床に落ちそうになった。「おれはハーフなんかじゃない!」

「まあ、そんなつもりで言ったんじゃないわ!」彼女が金切り声を上げる。余計なことを言ってしまったと、おびえておろおろしている。差し出しかけた手をひっこめると、口を覆ってすすり泣きはじめた。

「おれは中国人だ! おれは……中国人なんだ!」

カリフォルニア州サンディエゴ、州間高速自動車道五号線　九月二十三日、現地時間一〇三〇時

「……多数の装甲車!」空軍の機上偵察将校が無線で叫んだ。

コナー・レイリー軍曹は無線報告を聞きながら、肩上発射式ミサイルの照準を先頭の主力戦車に合わせていた。「ミッション湾を通過して、州間高速五号線を北上中!」喉の使いすぎで空軍中尉の声はがらがらになっている。「主力戦車! 装甲車! 装甲ミサイル運搬車! 装甲ミサイル発射装置! 装甲上陸用舟艇! 自走砲! 自動架橋装置!」空軍中尉は少し休んで唾を飲みこみ、息継ぎをした。コナーは心臓がどきどきして、喉もまるで親指と人差し指で締めつけられているようだ。「少なく見積もっても連隊規模だ！　繰りかえす！　少なくとも連隊規模！」

コナーは小規模な偵察部隊保安チームの指揮を執っている。装甲機甲偵察部隊の分隊長だ。男子九名。女子一名。中国軍に占領された湾岸の港を奪いかえすため、時間をかけて計画し演習を行なっていたテネシー州から、接収した民間航空機で飛んできたため、彼らには乗り物がない。装甲車は鉄道で運ばれてくるので、もっと時間がかかるのだ。

男女十名の機甲部隊員は――工兵たちとの相乗りで飛行機は満席だった――前日、つまり中国軍が初めてカリフォルニアに上陸した二日後にミラマー海軍航空隊駐屯地に到着した。コナーがドアから出たとたん、遠くで戦闘の音が聞こえた。水平線を越えて南西の海岸や街のほうまで絶え間なく響いている。数えきれないほどの兵士が、目的地も目的もわからないまま、エプロンに座りこんで命令や移動を待っていた。いかにも陸軍らしいまとまりのなさにコナーは腹を立てた。敵のいる方向ははっきりしているではないか。

彼は九名の部下を率いて歩き出した。すると、大混乱をきたしている兵士たちに命令を伝えようと走りまわっている陸軍将校のあいだで、一人の空軍中尉がうろうろしていた。「だれか手伝ってくれ！　ちゃんと装備はある！　命令を伝えなきゃならんのだ！　保安チームさえいてくれれば、前線に出て伝えられるんだ！」

コナーは彼を脇へ連れ出し、こうして彼の分隊は着陸後十分で任務を与えられた。それから五分後、ヒスパニック系の家屋塗装業者がにこにこしながら、うちのトラックにぜひ乗ってくれと申し出た。コナーと空軍将校は冷房装置のついていない助手席に乗った。ほかの隊員は業者の十代の息子といっしょに荷台によじ登った。「いとこから聞いたんですよ」業者は手伝えるのが嬉しくてたまらないという感じで、にっこりした。「やつらは高速五号線を移動中だって」

「じゃあ高速五号線に向かおう」空軍将校がコナーを見ながら言った。コナーは肩をすくめてうなずいた。

トラックは出発した。交通渋滞のためしかたなく回り道をして、住人たちが必死に荷造りしている家々の前を通った。検問所でM‐16を手にした憲兵たちが、ひどいジグザグ運転をしているペンキが点々とついたトラックを見て銃を構えた。だが、業者がクラクションを鳴らすと、戦地に向かう兵士たちが乗っていることに気づき、そのまま行けと手を振って海岸へのバリケードを通してくれた。

高速五号線に近づくと、車の流れは完全に止まってしまった。道路はまるで駐車場のようだ。みんなぷりぷりして開けたドアのそばに立ち、いったい何が渋滞の原因なのだろうと首を伸ばして見ている。コナーは部下に降りるよう命じると、ずっとにこにこ顔だった業者に礼を言った。彼の息子が助手席に乗りこんだ。

「みなさんに神さまのご加護がありますように《ヴィア・コン・ディオス・アミーゴス》！」コナーたちが乾いた丘を登りはじめると、業者が後ろから声をかけた。

「やつらをやっつけてね！」息子はこう叫んでから、父親に言った。「戻って、また兵隊さんを連れてこよう！」トラックはUターンして、海軍航空隊駐屯地のほうに戻っていった。

頂上からは青い海が見えたが、敵がどこにいるか皆目わからなかった。コナーと空軍中尉は道路に戻り、車から車へとまわって、やっと地図を持っている家族を見つけた。中尉は携帯用スキャナーを取り出して、パームトップ・コンピュータに地図を取りこんだ。十一部プリントアウトしてから、みんなは仕事に取りかかった。

最初の数時間は、右往左往している避難民しか見えなかった。彼らはミッション湾が見渡せる丘の中腹に陣取って、高速五号線の上下線とも、サンディエゴから逃げ出してロサンジェルスに向かう何十万台もの車が延々と続いているのを見た。だが、戦闘の音も聞こえてくる。バリバリとかドーンとかいう音が確実に近づいてきている。

午後遅くには、彼らは中国の無人偵察飛行機と鬼ごっこを始めた。ついに飛行機が彼らの居場所を突き止めると――頭上でハゲタカのようにゆっくりと円を描きはじめた――コナーは丘の頂上で肩の上からミサイルを発射した。ガスを噴出しながら細いミサイルが使い捨ての発射筒から飛び出すと、反動で後ろによろめいた。一〇メートルほど上空で、ミサイルのロケットエンジンが点火した。無人飛行機は避けようとするそぶりすら見せずに、彼らの上空で律義な旋回を繰りかえし、野外に一人で突っ立っているアメリカ兵の画像をかなたの中国軍指揮所に送りつづけた。コナーが空に向かって中指を突き立て、カメラとその遠隔操縦者に挑戦的な最後のポーズを決めた直後、無人飛行機が火の玉に包まれて消え、隠れていた彼の部下たちから大喝采がわき起こった。飛び散った破片がハイウェーで立ち往生している自家用車の屋根をへこませ、フロントガラスを砕き、パニックに拍車をかけた。敵のデータバンクに位置を登録されてしまったため、コナーは移動することにした。丘を登っていくとハイウェーは見えなくなったが、破片が落ちたとき鳴りはじめたクラクションはそれから一時間も続いた。彼らが新しい陣地を構えるころには、サンディエゴから出ようとする車の列はふたたび流れだし、渋滞はずっと軽くなっていた。

夜中になると、ときおりサンディエゴからの車が轟音とともに猛スピードで走り去るだけになった。空軍中尉はエスコンディドの北部上空にいる航空管制官たちと密接に連絡を取り合っている。一方、コナーは陣地の南のほうで活動しているグリーンベレーと短時間の無線交信を行なった。特殊部隊の報告によると、中国軍はサンディエゴ川と高速五号線を結ぶ橋をかけ、先頭部隊は地図の方眼で言えばしかじかの位置にいるという。コナーは方眼のついた戦闘用地図を持っていないと説明した。

「敵はたった今シー・ワールドを通過した！」とグリーンベレーが叫んだ。

夜が明けても、中国軍はまだやってこなかった。二〇〇メートル西のジャンクションに位置したコナーと部下たちは高速五号線と交差する州間高速道沿いに五〇メートルにわたって、焼けただれた北側の路肩に塹壕を掘って待機していた。平らな砂地のおかげでジャンクションとその先の湾はよく見えるが、中国軍の先頭部隊が高路交差の下に入ってしまえばまったく見えなくなるだろう。彼らの後方にある低木の茂った丘のせいで高速五号線の北側は見えないものの、その丘の傾斜の急な切り通しは唯一の撤退路でもある。残念ながら、ここ三カ月のあいだ戦闘訓練を行なってきた、コナーの故郷モービルのような鬱蒼とした松林はどこにも見えなかった。

西隣の空軍中尉は航空管制官に大声で報告しつづけている。コナーは自分の東隣の塹壕にいる、紅一点のデボラ・スチュアートの様子を再度確認した。法を破って部隊を訪問した父親から、娘をよろしくと頼まれたのだ。

中国軍の先頭部隊は今まさに、ジャンクションを西に進もうとしていた。

空軍中尉が無線でコナーに言った。「敵戦闘機がミサイルを発射させるぞ!」

コナーはうなずいて照準に目を戻した。先頭の戦車が高路交差の下に消えると緑色だった十字線が赤に変わり、それを合図に彼は安全装置をはずした。多数の装甲車のなかから一台を選ぶと、標的をとらえた十字線がたちまち緑色に変わり、ヘッドホンからはかすかな音が聞こえた。

「ミサイル発射!」中尉が叫ぶ。

「くるぞ!」コナーは分隊用の無線連絡装置を使って警告した。「伏せろ! 伏せるんだ!」

数キロかなたの上空を旋回していた戦闘機から発射された重量級ミサイル群が、爆発しない花火のような甲高い飛来音とともに地表に突っこんできた。しかし、これらの花火は確実に爆発した。

コナーの下で地面が跳ね上がり、驚くほど強い空気の振動が体と耳に伝わってくる。まぶしさと熱さで、とても目を開けてはいられない。ものすごい爆風に襲われ、パニックに陥った。平らだった州間高速道は地震に見舞われたようにひびが入って折れ曲がり、やはり傾きかけた高路交差に突き刺さっている。

彼は懸命に目を開け、頭を起こした。身を隠していた長くて平らな車道越しにのぞくと、やっとパニックがおさまってきた。濃い黒煙を透かして見える、ねじ曲がった橋の下のハイウェーに中国軍の姿はない。照準を空気の熱いほうに向けたが、見えるのは火を噴く車の群れから炎の塔のように立ち上っている熱の柱だけだ。

「標的は壊滅！」中尉が喜び勇んで報告する。「標的は壊滅！　標的は壊滅！　お見事！」

「接近！　接近！　接近！」いくつもの必死の叫び声がコナーの無線から聞こえてきた。コナーのヘルメットの受信装置が、彼の左側――内陸にむかって東側――にいる部下たちの叫び声だと教えている。高速五号線から遠いほうだ！　したがって、コナーは受信装置の方向表示が狂ったのだと判断し、もくもくと煙の立ち上るハイウェーのほうに目をやった。

「戦車だ！　戦車！」左端にいるヒクソンが叫んだ。

コナーがそちらに顔を向けると同時に、主力戦車砲から発射された弾丸がヒクソンの浅い塹壕のそばで爆発し、彼はばらばらになった。手足が四方に飛び散り、胴体は消えてしまった。

ぞっとする光景の後方では、装甲車の隊列が高速五号線からミッション湾に続くジャンクションに向かってハイウェーを進んでいる。つまり、まっすぐに彼らの陣地に向かってくるのだ。

「退却！　退却！」

コナーが叫んだときには、全員がすでに丘に向かって駆け出していた。戦車砲から足元に一発くらって二名がばらばらに吹き飛ばされた。爆発による熱気がコナーの顔にかかり、破片が首や手に突き刺さる。長い戦車の隊列が彼らの左、内陸側の丘の頂上に到着し、装甲旋回砲塔から重機関銃を撃っている。弾幕が激しく宙を切り裂き、乾いた土と煙が巻き上がるなかでばたばたと部下が倒れた。コナーも丘に向かって全力で走った。みんな自分のことだけで精一杯だった。

コナーの数メートル前方、一番手前の丘のふもとにたどり着いた空軍中尉が、叫び声を上げ、切断された自分の右腕のかたわらに膝をついた。駆け寄ろうと思う間もなく、大口径の機関銃弾が頭の左側を吹き飛ばした。

あたり一面で弾が飛び交い、爆発で地面が揺れた。

コナーは、道路の下の小さなパイプに通じる細い溝の底で丸くなっているデビー・スチュアートを見つけた。涙が頰から地面に滴り落ちている。別の方角で爆発が起こり機関銃が火を噴いた瞬間、コナーは彼女のそばに飛び降りた。高速五号線の方向だ。

二人は交差射撃のまっただなかで、絶体絶命の危機に陥った。弾丸が頭上をびゅんびゅん飛び交う。激しく泥をうがち、地面に沿って跳ね、丘の斜面の地肌をぐるりと深く削り取っていく。

「どうすればいいの？」とデビーが叫ぶ。

コナーが前後左右を見まわすと、装甲車が彼らの陣地を取り囲みつつあった。中国軍の主力戦車砲は、閉じた万力の中の同胞を撃つ恐れから今は発砲をやめている。重機関銃もまた一斉射撃を狙って撃つのを控えている。ライフルの銃声が散発的に聞こえるたびに、コナーの部下が一人、二人と命を落としていった。

「どうすればいいの?」デビーがふたたび叫んだ。

戦車から降りた中国兵たちが、道路に続く丘の小路をひょこひょこと進んでいる。州間高速道の西のほうからはエンジン音が聞こえる。北へ向かう敵の車両の流れは、もうこちら側の小規模な射撃戦にはなんの影響も受けていないのだ。デビー・スチュアートがじっと彼を見ている。コナーは胸いっぱいに深く息を吸いこんだ。吐き出すと、ため息のように聞こえた。

デビーは彼のため息になんらかの意味を読み取ったらしい。頬をライフルの銃床に押しあて、押し寄せてくる中国軍歩兵に狙いをつけた。自分のため息をそう解釈したと知って、彼女のそばでうつ伏せになっていたコナーもライフルを取り上げた。

コナーが狙いをさだめる前に、デビーは三連射を二回行なった。コナーの照準器いっぱいに入っていた中国兵が、枯れた灌木の茂みの後ろに倒れこんだ。コナーは引鉄を絞り、荒れ地に生えた緑の木立ちの後ろに弾を撃ちこんだ。一人の兵士が飛びこむのが見えたからだ。

まわりの空気がたちまち緊迫感を帯びた。たくさんの茶色い隠れ場からオレンジ色の火が噴き上がり、金属の破片がコナーの頭や肩をかすめた。コナーが頭を低くした瞬間、弾丸がヘルメットをかすめた。

小銃榴弾がゆっくり飛んできて爆発した。デビーが恐怖の叫びを上げる。二人のライフルはもはや音をたてず、中国兵はあいかわらずどんどん撃ってくる。別の小銃榴弾がさっきよりずっと近くの地面に飛来し、デビーの叫び声がやんだ。

三個目の小銃榴弾がコナーとデビーとのあいだで突然爆発し、彼は大きく揺さぶられて装具は片方にねじ曲がった。激しい痛みが右半身に何度も押し寄せる。冷水を浴びたあとのように、かじかんで感覚がなくなった。地面ごと体がくるりと回転するような感じがして、もう一度そんな感覚に襲われると、まるで車での長旅の最中にうとうとしてしまうように頭が前に傾いた。それから、意識がはっきり戻った。

コナーはしゃんと頭を起こして、デビーを見た。ひどい傷を負っている。左半身がつぶれて血まみれだ。どれが装備でどこが体なのか区別がつかない。じっと彼のほうに向けられた目は、どんよりとして動かない。焦点が合っていないのだ。彼は手を差し伸べようとした。だが、体が動かない。また頭がくらくらしはじめ、一瞬気が遠くなった。もう一度手を伸ばそうとした。だめだ。彼は視線を落とした。もぎ取られた腕がそばに落ちているが、それを見てもなんとも感じない。めまいがいっそうひどくなってきた。幻覚が見えてきた。彼は幻にじっと目を凝らし、あとを追って首を大きくぐるぐるまわしていたが、やがて動かなくなった。

「目が、目が……」晴れ渡った朝の空を見上げてつぶやいた。「見えない……」ヘルメットが塹壕のまわりを取り囲み、彼をじっと見下ろしている。中国兵だ。みんな武器をしっかり握っているが、発砲はしない。彼の体を調べようとも、武器を取り上げようともしない。目を大きく見開いて、ただじっと見下ろしている。

「くたばりやがれ！」コナーはそう叫んで息を引き取った。

ジョージア州アトランタ郊外　九月二十五日、現地時間一九四〇時

「掩蔽壕を深く掘れ！」コリンズ軍曹が命令した。ステフィーは押しつぶされそうに重い背嚢を、アトランタ郊外にある民家の前庭の芝生に下ろした。「至近弾！」と通りから工兵が叫んだ。みんなその場に倒れて地面に突っ伏した。賑やかだった通りが急に静かになった。ステフィーは玄関の上がり段にいた子供たちに手を振って、家の中に戻るようにと合図した。ドカーンというすさまじい音がして、窓ガラスが数枚割れた。二本の松の木が交差してメーソン通りに倒れ、西へ向かう車の流れを遮断した。

全員すばやく起き上がって、ふたたび作業を始めた。「これでよし」穴を掘り終わったアニマルが言った。ステフィーとジョン・バーンズ、ステフォン・ジョンソン、ピーター・スコットは手入れの行き届いた芝地に溝を掘り進んで、アニマルの機関銃の設置場所を側庭と擁壁につなごうとしている。柄の短い金属製のシャベルが地面に垂直に突き立てられる。芝土がどんどんすくい取られていく。肩までの深さの狭い掩蔽壕が、機関銃手の唯一の脱出路

になるだろう。

メーソン通りから避難する最後の家の子供たちがふたたび玄関の上がり段に出てきた。中で大げんかをしている両親を待っているのだ。あとわずか三時間で敵が攻めてくるのだが、両軍とも空軍力に頼ることができないため、突然の空襲はまず行なわれないだろう。だが、どちらにしろ、あと三時間しかないのだ。

ステフィーはシャベルを動かすたびに、痛みに耐えかねてうめき声を出した。中国軍の上陸以来、この一週間で二十以上もの塹壕を掘り、攻撃されるたびに戦わずに撤退してきた。

「なあ」とアニマルがわめいた。「ドンパチもやらずに六〇〇キロも逃げてるんだぜ。こんなのありかよ!」ステフィーはアニマルに目をやったが、そのまま作業を続けた。男たちは手を止めて、重いベルトをはずし暑い防弾チョッキを脱いだ。アニマルが柄の長いシャベルで手荒く掘るたびに、かたわらに生えている灌木の茂みや観賞用の木が揺れる。目いっぱいすくって、怒りにまかせて放り上げた土が頭上の枝にかかるからだ。彼のM‐60は敵がやってくるメーソン通りに向けて台にのせてある。芝地はゆるやかにカーブした並木通りに向かって傾斜している。「この一週間」アニマルは地面をほじくりながら、まだぶつぶつ言っている。「やつらはどんどん上陸してやがるのに、おれたちは一発も撃っちゃいない」

ステフィーは痛くなった腰を伸ばして、機関銃手を見た。余計なことばかりしゃべって。そんなことを言うもんじゃないわ。「おれたちは最高についてる」アニマルがどなる。「あのハイウェーでくたばらなかったんだからな! 二回も、だぜ。いつ捕虜になってもおかしくはなかった。勇敢な第四十一歩兵師団は安全装置をかけたままの武器を持って、ひでえ交通渋滞につかまってたから、たまたま一発も撃つチャンスがなかったってわけだ！」

「ポーチに子供たちがいるんだぞ！」ジョンが注意した。

「ふんっ」アニマルは一瞬言葉を切った。「それがどうした？　やつらが第三装甲部隊と第六歩兵師団を二日でやっつけちまったことは、おまえも知ってるだろ！　たったの二日で、だぞ！」言おうとしていることはよくわかる。番号の若い正規軍の師団はアメリカの精鋭部隊なのだ。アニマルは、煙突や用のなくなったパラボラアンテナや立ち木の向こうを指さして言った。「あっちで撃ち合いの音がするか？」静まりかえっている。中国軍が突撃してきて、アメリカ軍が厚い弾幕に包まれる前はいつもそうなのだ。「いいか、おまえたち！　今度はおれたちが最前線だ！」アニマルが掘るのをやめたので、第一分隊のみんなもシャベルを下ろした。「このおれ様とマッセラが」と機関銃手助手を親指で示して、「おまえたちについててやるぜ。ずーっとな！　だが、ウサギがあわくったみたいに逃げ出しやがったら、このM-60でケツをぶち抜いてやるからな！」

「だれも逃げ出したりしないわ！」喉も裂けんばかりの大声で、ステフィーが突然アニマルを遮った。彼女の叫びが家並みに響き渡る。ほかの分隊も作業をやめ、通りの先にいたカース三等曹長が振りかえった。「みんなへこたれたりするもんですか！」確信と願いが半分ずつこもった叫びだ。「死ぬときは、みんないっしょよ！　戦おう！　誇りを持って！」

通りはしばし、永遠に続くかと思われる静けさに包まれていた。

「グアンタナモ湾を忘れるな！」通りの先のほうから叫び声が上がった。続いて何十名という男女がいっせいにその言葉を繰りかえした。おかげでステフィーは気持ちがしっかりし、アニマルは口を閉じた。

カースはメーソン通りの中央に引かれた白いペンキ線に沿って歩いてきたが、四十名の若者の響き渡るおたけびをやめさせようとはしなかった。彼が歩道を歩いてステフィーのそばを通りすぎたころには、命令しなくても、みんな穴を掘って地雷を埋める作業に戻っていた。「おい」カースは玄関の上がり段に片足をかけ、子供たちに向かって言った。「父ちゃんと母ちゃんに、急げって言ってこい」脅すつもりはなかったのだが、子供たちはすくみ上がり、家に引っこむとすぐに父親といっしょに現われた。父親はRV車のゴムロープがしっかり止まっているかどうか確かめている。金持ちのサイバーヤッピーが、何がなんでも生き延びようと脱出準備に励んでるわけね、とステフィーは思った。

ピーター・スコットがスプリンクラーのホースをぶち切ってしまい、ふらふらになりながら穴を掘っていた連中にたちまち水しぶきが降りかかった。アニマルの脱出路も水浸しになりはじめた。「チェッ！　このばか！」アニマルが文句を言う。あっという間にずぶ濡れになったジョン、ステフォン、ピーター、ステフィーは興奮して大笑いを始めた。家の主人が戻ってきて、キー操作パネルで給水本管を締めた。

カース三等曹長は両拳を腰に当てて立っていた。すると、玄関のドアがぱっと開いた。オーブン用のミトンをはめた手にトレーを持った婦人が現われ、カースに歩み寄って、焼きたてのクッキーを一個差し出した。カースはあいかわらず怒ったような顔で受け取ったが、みんなが驚いたことに、おいしそうにむしゃむしゃ食べた。婦人は兵士から兵士へと焼きたてのクッキーを配ってまわった。ステフィーは離れた場所で人ごとのようにくすくす笑っていた。やさしそうな婦人はステフィーにトレーを差し出して、こう言った。「自慢のレパートリーはそんなに多くないけど、チョコチップクッキーは好評なの。あなたたちにどうしても食べてもらいたくって」

ステフィーはおもむろに汚れた手でクッキーをつまんだ。一口かじったとたんに唇が震え出した。婦人は待っていたアニマルにトレーを渡すと、ぎゅっと唇を嚙んでいるステフィーの体にふっくらとした両腕をまわした。

夫の車が私道をバックしはじめた。「ママ、はやく、はやく!」子供たちの高い声が響く。婦人がステフィーの手首を摑む。「心配しないで。きっと……」と言いかけて口ごもり、黙ってしまった。きっと何なのだろう? きっと? 婦人はそれから目を合わせようとはしなかった。メーソン通りの最後の家族が、タイヤのきしむ音を残して走り去った。

アッカーマン中尉がみんなのまんなかに立った。カース三等曹長が場所を譲る。長身痩軀のアッカーマンはシタデル州立大学の卒業生なので、第三小隊のみんなが〈ウエストポイント〉というあだ名で呼ぶのはひどく妙な話だ。そのあだ名はじつは、新兵訓練所でのアッカーマンの態度からつけられたものだった。訓練の初期には、チャーリー中隊の誰もがアッカーマンの第三小隊には絶対入りたくないと思っていた。今、次の通りで穴を掘っている〈マリブ〉と呼ばれるずっとのんびりした第一小隊を希望していたのだ。だが、今は違う。〈ウエストポイント〉は立派に指揮官としての務めを果たしてくれるだろう、と初めての大きな戦いを前にステフィーは思った。

「聞いてくれ!」アッカーマンが大声で言った。四十名の男女がいっせいに彼に顔を向ける。珍しいことに演説が始まった。「民間人はみんな避難した! 八キロほど先にいる大隊の偵察隊は急遽引きかえしている! 彼らがこのあたりの防御線に近づくことは絶対にないから」と言ってメーソン通りを差し示す。「この通りをやってくる者があればみな殺しにしろ」

短い激励演説を終えると、アッカーマンは第一分隊が前庭の芝生に掘った陣容に目をやり、持ち主が出ていったばかりの家の中から戦うようにとステフィーたちに命令した。カースは一瞬中尉を見てから命令を伝えた。ほかの分隊は芝生に掘った塹壕に入り、アニマルとマッセラは射線のひらけた場所にとどまった。だが、第一分隊はメーソン通り三一三四にある煉瓦造りの家の中に陣取ることになった。みんなよりずっと安全な場所だ、とステフィーはいらいらしながら思った。

これからほんとうに戦うのだとは、なかなか信じられなかった。これまではいつも、側面から攻撃されたり包囲されるのではないかという恐れから、上層部が撤退命令を出してきた。だが今回は、銃を構えてガラスの割れ落ちた窓から覗いている彼らに、そんな命令は下されないだろう。

すぐ外の水浸しの穴の中では、アニマルとマッセラが機関銃の後ろにうずくまっている。それまではきれいだった家のカーペットは、泥にまみれたブーツの足跡だらけになった。家具は動かされひっくり返された。ベッキー・マーシュの顔が、ヘルメットの小型マルチスクリーンからの光でかすかに照らされている。腰のベルトには黒いバッテリーやトランシーバーやプロセッサーをぶらさげている。ベッキーが夜間照準に切り替えると、ハイテクヘルメットと一体型のスクリーンが暗くなった。目の三センチほど前にある小型透明スクリーンに立体画像が映るのだ。ステフィーは正面窓から離れて、仕切り壁の後ろに身を伏せているベッキーのところへ行った。身につけている七分丈のケブラースーツが、まるでウールのオーバーのようにすねまで覆っている。「その防弾スーツ、どうしたの？」うんざりしながらステフィーが尋ねる。

「空軍兵からもらっちゃった。V／STOL機のパイロット用よ。近接支援の連中って変わってるわね。タマタマをカバーしないといかないみたい」

「その防弾スーツのためにパイロットとやった、って言うの？　ベッキー、あんたの背嚢はどこ？」輸送機に乗っている別のパイロットが〈輸送中〉だ、とベッキーは答えた。「じゃあ」ステフィーが嚙みつくように言う。「楽してただ飯を食って、通信装置とケブラーの防護服の中でぬくぬくしてよう、ってわけね！　ライフルを持ってきただけでも上出来よ！」

「落ち着け、ロバーーツ」とコリンズ軍曹が鋭く言った。「窓に戻るんだ」

ステフィーは部屋を見まわした。分隊の仲間が暗くなった窪みからじっとこちらを見ている。誰も窓の位置より高い姿勢は取っていない。彼女はベッキーを見て言った。「ごめん」

ベッキーは聞いていなかった。ヘルメットの両側を押さえて、二つのスクリーンの十字線を凝視している。そして「来た」とだけ言った。

ステフィーが窓に戻ると同時に、無線装置のチェックが始まった。親指で操作するスイッチが新たに銃床の握りに取りつけられた。スイッチを上げると、分隊長のコリンズと話ができる。下げれば、ヘルメットに付いているマイクを通して射撃班のほかのメンバー——バーンズ、スコット、ジョンソン伍長——の声が届く。「聞こえるか？」ジョン・バーンズが射撃班の通信網を使って尋ねる。ステフィーはスコットからずっと端の窓まで視線を移動させたあと、「ええ」とうなずいた。外の茂みに身を伏せているアニマルが無線で、ステフィーの声色をまねてちゃかした。「とってもよく聞こえるわ、うふん」チュッというキスの音がして、あちこちで笑い声が漏れた。ピーター・スコットは場所を変わってくれとジョンに頼まれてぶつぶつ言っていたが、結局は入れ替わった。ステフィーはジョンが近くにきても文句を言わなかった。彼は床に腰を下ろし、鉛筆くらいの太さのしなやかなチューブをアンテナのように立てた。先端に潜望鏡のようなものが付いている。長いチューブの底の四インチスクリーンに通りの風景が映った。「何それ？」彼のそばに座りながらステフィーが尋ねる。

「ずっとくっきりした画像が見れるんだ」ジョンは通りを調べながら、ぼそぼそと答えた。この装置を使えば、姿を敵にさらさずにメーソン通りの様子を見ることができる。

「あら」と言って、ステフィーがボタンを指さす。「暗視装置がついてる。高かったでしょ?」ジョンは肩をすくめる。「知らないの?」と探りを入れる。答えはない。ステフィーは緑色の硬質プラスチックスクリーンを調べてみたが、メーカーの名前はもちろん、なんのマークも付いていなかった。

出し抜けにジョンが言った。「トイレに行ってくる」

はやくすませろ、とコリンズ伍長が声をかける。ジョンはトイレには向かわず、裏口から外へ出ていった。「わたしも行く」とステフィー。

コリンズがわめいた。「だめだ! もとの位置に戻れ。まったく!」

ステフィーは窓辺で耳をそばだてた。裏庭でめりめりと木の裂ける音がする。

「見てくるわ」コリンズが書斎で持ち場の点検をしているすきに、ステフィーはライフルを持って急いで出ようとした。暗がりに伏せていたジョンソンが、彼女の脚を掴んだ。「長居はするな」とだけ言う。無線では、アニマルが家の裏から聞こえる騒音について文句を言っていた。

家の真裏で、ジョンは腐りかけている木の柵から板を引きはがし、穴を広げていた。サイクロン対策用の柵の反対側はすでに切り離してある。「いったい何をしてるの?」

「逃げ道は確保しておかないとね。これはサイクロン対策用の溝につながってるんだ。左に向かって四方に枝分かれして、道路の下を適当な太さのパイプが走っている。それが東に延びて……」

「逃げ出すやつなんかいるもんですか」ステフィーは首を振って憤然と言った。「それにしても、ワイヤーカッターをどこで手に入れたのよ?」

「ロバーツ! バーンズ! 戻ってこい!」無線でコリンズがどなった。

「準備完了」ベッキーが最終チェックを報告した。ステフィーは暗視ゴーグルの電源を入れて、壊れた窓の下枠越しに外を覗いた。闇のなかにぼんやり沈んでいたものが、まぶしい光に浮かび上がった。左手数ブロック先から、突然ものすごい銃声が起こった。中国軍が応戦し、銃声はいちだんと大きくなった。戦車砲やミサイル、迫撃砲が空気を震わせ、すぐに野砲も仲間に加わった。一回あたり十から十五個もの弾幕砲火が、夜空をオレンジ色に染めながらメーソン通りの彼らの陣地めがけていっせいに襲いかかる。ステフィーは口がからからに渇いて、唾を飲みこむことができなかった。こんな状況で生き延びることなどできるだろうか? 彼女は心配になった。

「来たぞ」ステフィーのイヤホンからコリンズ軍曹の低い声が流れた。「射撃用意!」

ジョンが黒い自動火器の上にうずくまり、箱形弾倉を叩いて、ちゃんと入っているかどうか確かめた。ステフィーはM-16を取り上げた。照準の前後に現われた燐光を発する小さな点が、暗視ゴーグルが照らしだした目標を知らせてくれる。

六輪の水陸両用偵察車両が二台、メーソン通りのまんなかをゆっくり走ってきて、二本の倒れた木のずっと手前で止まった。やがて先頭の車両だけが進みはじめた。二台目の車のリフトが滑らかに二台の箱形ミサイル発射台を持ち上げ、旋回して通りのほうを向いた。先頭の車両は最初の木までくると、左右の巨大なタイヤを使って傾斜した幹を乗り越え、ゆっくり進みはじめた。最後のタイヤが二本目の木を乗り越えると、車両のてっぺんの旋回砲塔から突き出た細長い黒い砲身が左右に回転した。

ステフィーは震えていた。歯がガチガチ鳴っている。二度目の激しい銃撃戦が彼らの右側で起こった。今度のは近い。おそらく第二小隊だろう。中国軍の偵察車両がスピードを上げてそっちへ向かう。シューッという音がステフィーのすぐそばで聞こえた。気体が輝きながらすじ状に噴き出し、バーンという音とともに二台の車両から火花が飛び散った。車輪が止まり、旋回砲塔の揺れがおさまると同時に乗員がハッチをぱっと開け、ステフィーの暗視ゴーグルに車内の白い炎が映った。中国兵が火のついた服を叩きながらよろよろと出てくる。そして、通りを転げまわっていたが、とうとう火に包まれたまま動かなくなった。

「伏せろ！」ジョン・バーンズが突っ伏しながら、ステフィーを押し倒した。次の瞬間、多数の砲弾が鋭く空気を切り裂きメーソン通りに着弾した。榴散弾が居間じゅうに散らばり、恐怖あるいは痛みの叫びが上がる。粉々になった壁や天井のしっくいが、土煙を上げながらはがれ落ちた。どこか遠くの開いた窓から、男が鋭い断末魔の叫びを上げている。ジョンが先端に潜望鏡の付いたファイバー製のパイプを立てた。スクリーンいっぱいにスピードを上げて走る車両の群れとメーソン通りが映る。

アメリカのミサイル群が彼らがいる家の上をビューンと飛びすぎた。ドカーン！　ドカーン！　ドカーン！　敵の車両の半数が消し飛んだ。だが、残った車両からはロケット・ランチャーがずらりと出てきた。

「隠れろーっ!」ジョンが叫ぶ。

彼はステフィーに覆いかぶさった。ミサイルがすぐ外の煉瓦に命中した。ステフィーとジョンの伏せている床が跳ね上がる。身の毛のよだつ叫び声が家じゅうに響き渡る。二人の後ろで居間と食堂が爆発した。炎が空中をさっと走ってすぐに消えたが、そのときにはすでに家じゅうが焼け焦げていた。ステフィーは息ができなかった。死んだのか。生きているのか。どっちなのだろう。

彼女はジョン・バーンズを押しのけた。彼にけがはなさそうだが、目の焦点を合わせることができないようだ。

二人のそばに伏せていたコリンズ軍曹とピーター・スコットの体が大きなぶつ切れになっている。

アニマルのM-60が火を噴いた。味方のミサイルが空を切り裂きながら通りに突っこんでくる。書斎では射撃班ブラボーが激しく応戦中だ。ジョンがうめきながら床にしゃがみこみ、ステフィーはライフルを摑んで膝立ちになった。

くすぶっている窓枠から見える光景は、まさに地獄そのものだった。彼女はM-16を肩にのせ、破片擲弾を発射した。擲弾は木の根元で爆発し、六〇メートル向こうで膝射していた三人の男を倒した。一人がもがきながら立ち上がろうとする。ステフィーは三連射で男を撃ち殺した。三十発入りの弾倉に残った弾を全部使って、あと九回三連射を行なった。引鉄を引くたびに、射撃の腕が上がっていく。彼女は最初で最悪の圧倒的な攻撃の波から生き延びた。ステフィーは押し寄せては引く小規模部隊による戦闘を体験し、メーソン通りを奪う代償を中国軍に支払わせたアメリカ兵生き残りの仲間入りを果たした。

一台の敵車両も、炎を上げている車列を通り抜けることはできなかった。中国軍の飛行機は一機といえども上空を通過できなかった。ヘリコプターは敵味方とも、なじみのない土地の運の悪い家並みに流星のように墜落した。ミサイル群が上下さかさまの流れ星のように地上から飛び出した。敵砲兵中隊は圧倒的な弾幕砲火を張ろうとしたが、味方の中隊のピンポイント爆撃を集中的に受け、十五秒後には忘却のかなたへ吹き飛ばされてしまった。無線通信を行なえば、ほとんど瞬時に、敵のコンピュータスクリーンに位置を表示されてしまう。あのブロックの、あの家の、あの部屋だ。攻撃開始！　ということになる。双方の武器システムが衝突し、たがいを無効にした。戦いは振り出しに戻って、大昔のやり方を試みるはめになったのである。

中国軍の歩兵部隊が現われた。一分隊でも、一小隊でも、一中隊でもなく、いくつかの歩兵中隊の集まりだ。大隊規模といってもいいだろう。何百名もの兵士が、ふんだんにある掩護物に隠れながら、燃え上がる車両――中では、同胞が焼きつくされている――のそばをすぎ、メーソン通りをジグザグに進んでくる。

ステフィーは狙いをさだめて撃った。引鉄を十回引くと最初の弾倉が空になったので、ジョンが持っていた分隊用の自動火器を摑んでフルオートで六百発の弾を撃った。アニマルはステフィーの掩護射撃のあいだにM－60を地面から持ち上げると、ぬかるんだ細長い掩蔽壕を骨折って進み、擁壁を通って側庭に達し、ついに裏に逃げ延びた。無数の螢のように光る銃口から弾が撃ちこまれ、大小の枝が彼の丸まった背中に落ちてきた。百以上もの中国軍の自動火器がオレンジ色の炎を噴き上げ、三〇〇メートル、二〇〇メートル、一五〇メートルとしだいに近づいてくる。ライフルの射程距離だ。

弾は次つぎに窓を通って頭の後ろにある石膏板の壁にめりこんだ。そんな弾丸の嵐の中で、ステフィーはほとんど無意識に六百発の弾を撃ち尽くしていた。窓の下枠にのせている銃は、押さえこめないほど振動がひどい。ずっとフルオートにしたまま、瞬く光めがけて撃ちつづけていたのがまずかったのだ。猛烈に熱くなった尾筒では潤滑油がじゅーじゅーと音をたてはじめ、振動しつづける銃からは異臭が立ちのぼった。グリップは熱くてさわれないほどだったが、彼女はぎゅっと握りしめていた。

弾倉がついに空になった四十秒後、そして銃がやかんのようにしゅーしゅー音をたてはじめたころ、アニマルに取り残された機関銃手助手のマッセラの姿が目に入った。塹壕から出られなかったのだろう。わずかに頭がのぞいている。

身動きできずにいた中国軍の歩兵たちが突然、二十個あまりの擲弾を発射した。ステフィーはゴールキーパーのように床に飛びこんだ。六個ほどの四〇ミリ擲弾が壁や屋根や芝生に命中した。射撃班ブラボーが激しく応戦していた書斎が、あっというまに燃え上がった。煙が晴れると、書斎は静まりかえった。

「行こう！」とジョンが叫んだ。ステフィーのM－16をさっと摑み、彼女を裏のほうに引っぱっていく。天井が燃えている台所をかがみながら進む二人に、ステフォン・ジョンソンが脚を引きずりながら続いた。彼らが通りすぎた直後、居間が爆発した。風圧で裏窓が残らず外へ吹き飛び、ころころと裏庭を転がっていく。銃口を下に向け片手で引きずっていた分隊用の自動火器の銃身が、ステフィーのズボンの左脚を焦がした。彼女は鋭い叫びを上げて放り出した。武器を受け取ったジョンが、手を火傷して毒づく。ステフィーは自分のM－16を摑んだ。

「こっちよ！」ジョンが柵に開けた穴からベッキーが叫んだ。裏庭は燃え上がる家の炎に照らされ、危険なほど明るい。家の横の擁壁にへばりついて応射していたアニマルが大きなM－60を抱え持ち、炎に照らされてきらきら光っている百発の弾帯をばたつかせながら一行に加わった。家の中からは中国語の激しい命令が聞こえてくる。

アメリカの生存兵は残骸のたまった排水溝に降りて、水をはね散らしながらできるだけ遠くへ逃げた。ほかには何も考えなかった。突然、アトランタの上空が戦場と化した。低空での爆発が続き、ベッキーが「うわーっ！」と叫んでかがみこんだ。町をぐるりと囲んだアメリカ軍の発射台からミサイルがものすごいスピードで飛び出してゆく。中国軍のジェット機やミサイルやヘリコプターが次から次へと爆発した。

迎撃ミサイルが発射されるたびに、燃料タンクやジェット燃料を満載した車両や懸垂支柱《パイロン》が爆発するたびに、彼らのいる排水溝は明あかと照らされた。脱出を急ごうとするものの、空中戦は確実に激しさを増してきた。ステフィーは振りかえってベッキーを見た。けがをしているようにも見えないのに、逃走路のコンクリートの縁にある小さな砂山に胎児のように丸くなって倒れている。

ジョンがかがみこんでベッキーの耳に励ますように何か言ったが、ステフィーには聞こえなかった。彼女は降り注ぐ火花を避けるために背を丸め、ライフルを肩から下げてベッキーのそばにしゃがんだ。うなり声を漏らしながら、自分の足を梃子にしてベッキーを立ち上がらせた。ステフィーはみんなが待っている方向を手で示し、それから唇をベッキーの耳元に近づけた。「とっとと行かないと、ぶっ殺すわよ！」

ベッキーは駆け出した。

ステフィーは今にも涙が出そうになって、顎が震えた。ジョンがじっと彼女を見ている。「何よ、何か言いたいことがあるの？」彼女はかっとしてどなると、走り出した。

この朝、戦闘配置についた第三小隊の四十九名の男女のうち、夜の点呼に集まったのは二十六名だけだった。夜明けまでには、はぐれた者たちがあと何名かアッカーマンのもとにやってきた。もう一度数え直せば奇跡的に人数がふえるのではないかとでも思ったのか、彼はふたたび点呼を行なった。激しい戦闘音が続くなか、点呼は幼稚園の色とりどりのブランコに囲まれた小さな公園で行なわれた。ステフィーは腰を下ろして木にもたれかかり、衛生兵にふくらはぎと膝の手当てをしてもらっていた。

その場に集まった者たち——三十一名いた——の確認が終わると、アッカーマンはしゃがれ声で欠けている者たちの名前を読み上げた。

「アギラール？」と声を張る。「死亡」という返事が返ってきた。「間違いないか？」アッカーマンが確かめる。目の落ち窪んだ第三分隊の兵士が怒ったように答えた。「間違いありません」そのようにして点呼は続いた。「コリンズ軍曹？」Cのところでアッカーマンが訊いた。「死亡」とステフィーが答えた。そのころになると、アッカーマンは詳細を確かめるのをやめていた。名前を読み上げてもかわりに答えるものがいない——例えば「ヒギンズ」の場合には、所属していた第二分隊が全滅していた——ときには、「行方不明」とだけ書きつけた。

マッセラの名前が読み上げられると、アニマルが「死亡」、とひと言だけ答えた。

ステフィーは言った。「わたしたちが退却するときには、まだ生きていたわ」

アニマルが辛そうに答えた。「防弾チョッキから出ている腰を榴散弾にやられたんだ。背骨がまっぷたつになって、はらわたが泥水の中に流れ出てた。脚も動かせなくて……」

「もういい！」アッカーマンがさえぎる。彼はその旨を公式に記録した。

ステフィーの射撃班にいたサンダース二等兵の番になると、すぐには返事が返ってこなかった。「えーっと……」みんなステフィーが話し出すのを待っている。彼女は中国軍の擲弾の雨を思い出していた。サンダースは肩のつけ根から片腕と片足の膝から下をなくしながらも、めらめらと燃え広がる家を這って逃げていた。だが、爆発と激しい炎のために彼の体は跡形もなく消えてしまったのだ。「死亡」彼女は生気のない声でやっと答えた。次の兵士の名前が上がった。「ピーター・スコット?」「同じく、死亡」ステフィーは確信を持って答えた。

最後に、誰かがカース三等曹長のことを尋ねた。「死んだよ」とアッカーマンが答える。

「ちくしょう」別の声がした。「まさか、あの人が殺られるなんて」

九名から三名――ステフィー、ジョン、新分隊長のジョンソン伍長――に減ってしまった第一分隊に、アニマルと不平屋のベッキーが加わった。「わたしは小隊の通信兵ですが!」とベッキーが文句を言った。だが、アッカーマンは返事もしなかった。ステフィーは両手で顔を覆い、立てた膝の上に伏せた。ジョン・バーンズが隣に腰を下ろすと、体の脇が温かく感じられた。ステフィーは顔を覆ったまま、ジョンの肩にもたれかかった。両手で隠れているため、胸が波打ち、呼吸が乱れていることに気づいているのはジョンだけだった。生き残りの半分は、ステフィーのように泣いていた。あとの半分は、ジョンや小隊長のようにぼんやりと宙を見つめている。

「大丈夫か?」ジョンが小声で訊いた。

「大丈夫!」合わせた両手のせいで声がくぐもって聞こえる。「全然平気よ! 何言ってるの?」すすり泣くたびに、胸が波打つ。

ジョンが彼女の手をどけようとするが、ステフィーは意地でも離そうとしない。「いいから、戦友のために泣いてやれよ。悲しいのはあたりまえさ」

彼女は両手を下ろして、叫んだ。「悲しくなんかないわ！　怒ってるの！　腹が立つと涙が出るのよ、わかった？」

中隊長――どうしたわけかヘルメットをかぶっていない――がよろめきながら到着し、発表した。「装備を持て。撤退だ」

かくして、アトランタは中国軍の手に落ちた。

アラバマ州ベッセマー　九月二十九日、二一三〇時

夜になるとようやく、ほんの少しひんやりとして気持ちがよくなった。呼吸も楽だ。ジム・ハートは標的から一キロ離れた場所にいるものの、口径一二・七ミリの狙撃ライフルに付いている倍率百二十倍の振れ防止機構付きデジタルスコープを通して、ぶらぶら歩いている中国兵たちがはっきりと見える。この恐るべき武器がフルオートで弾を発射すると、振動する受像機にスコープからの安定した画像が現われる。頑丈な二脚台を含めても一〇キロほどなので、この自動ライフルは〈軽量級〉と呼ばれている。だが、この銃からぶらさがっている、五十発（一弾が長さ約一三センチで親指くらいの太さ）入りの弾倉に較べれば軽いというだけの話だ。

ハートはM‐16を自分の隠し場にしまってあった。そこには、一小隊が激しい戦闘を一カ月乗り切れるほどの武器が蓄えてある。だが、いつまで戦いつづけなければならないのだろ

う？　そしていつまで生き延びることができるのだろう？

だが、ハートはまだ戦いたりなかった。隠れ家に一週間身を潜めて押し寄せる先頭部隊をやりすごせ、という命令に変化はなく、彼はそれに従った。思ったとおり警戒行動は減ってきたが、ハートはこの二日というもの、赤外線を反射する隠れ家の下で、獲物がやってきて餌に食いつくのをいらいらしながら待っていた。彼はもう一度獲物の群れを確認した。この地域に一つだけ残っている、ガソリンのたっぷり入ったスタンドで彼らはタバコをふかしている。

「なんで今ごろ満タンのガソリンタンクがあるんだろう、そう思わないのが不思議だよな」とハートはつぶやいた。小声でのひとりごとは、今の彼にできる唯一の贅沢だ。そうは言っても、声帯を使うのはせいぜい日に二、三度だが。音をたてないで、しかも何日もじっとしているのは、この任務のきつい部分だ。はやく楽なほうに移りたかった。だが少なくとも彼は今、上からの命令を受けずに単独で動いている。三年前、ハートはシナイ砂漠に配備された。一日六回、四時間ごとに政府に報告を入れた。テープに記録してメッセージを暗号化し、民間の衛星に〈送り〉、それから隠れ家に戻って寝た。宮仕えは骨が折れる。その二週間、彼は同じハイウェーを見張りつづけたが、報告するような異常はまったく見られなかった。

最後のメッセージ用に、バッテリーを倹約したほうがいいのではないかと思えるほどだった。「戦車。数は不明。六十台以上。中国の装甲部隊と思われる。北に進行中」こっそり脱出せよとの命令が衛星生中継で伝えられた。四時間後、彼は高速のゴムボートでスエズ湾を渡っていた。身軽な装備だ。そこでの任務は戦闘ではなかった。担いでいたのは重い兵器ではなく、衛星通信用装置と望遠レンズつきのビデオカメラだ。撮ったデジタル画像は即時に政府の上層部に送られた。本国に帰ったあと、ハートはペラー前大統領がじきじきにビデオを見たことを知らされた。

本国か、とハートは思った。今は自分の国にいるにもかかわらず、政府と連絡を取ることすらできない。光ファイバーケーブルが何本か埋まっているが、信用してはいない。自分のまわりで活動しているほかの連中と共用することになるからだ。ハートは本能的に、なにごとにおいてもほかの人と共用するものを信じていない。中国軍の捕虜になれば、人間というものは、何をしでかすか、どんなことを言い出すかわかったものではないのだ。

だが、彼は本番に備えて通信のテストをした。ケーブルは今いる場所からそう遠くない窪地に埋まっており、石を並べて隠してある。ペンタゴンの電話交換手がテストのために特別に与えられたアクセスコードを尋ね、それから「どちらにおつなぎしましょうか？」と訊いた。通話先を考えていなかったハートは笑い出した。思いついた番号を伝える。数回の空電雑音のあと、電話は彼の故郷につながった。ミシガン州のランシングだ。別れた妻が眠そうな声で電話口に出た。ハートはひと言もしゃべらずに切った。

昔を思い出すと、悲しみが波のようにひたひたと押し寄せてくる。「おれは大ばかだ！」そっとひとりごとを言う。それから、その言葉をわざと南部なまりで繰りかえした。この三カ月、彼はなまりに磨きをかけてきた。独特のイントネーションがあり、二重母音のアイをアーと発音する南部英語よりも、へたくそなアラビア語のほうがうまく発音できる。だが、ここにいる彼を場違いだと思う中国兵は一人もいないだろうという自信はある。理由は簡単だ。彼はとにかく戦闘可能な年齢なのだから。

「ぎりぎりだけどな」とひとりごとを言う。彼は遅れて陸軍に入った。二十四歳のとき、妻がほかの男のもとへ走った。それ以来、ランシングが窮屈に思えてきた。彼女は二人が結婚していたときに訪れたいろいろな場所に今でも行っている。ただし、ハートの元上司である今の夫と二人で。大学を卒業して働いたが、気に入らない仕事だった。やっと地位が上がりはじめたころ、陸軍に入った。「潮時だったんだ」彼は満足げに南部なまりでつぶやいた。

士官学校ではすぐに頭角を現わした。大学卒業後に数年働いたことで、二十代初めの級友たちよりも自制心の面で有利だった。そのあと空挺部隊とレンジャースクールに進んだ。前妻と新しい夫をライフルで何度も何度も撃ち殺した。おがくずの詰まった近くの塹壕から、やりすぎだと二回注意された。「中国兵をやっつけるときに残しておけよ」指導教官たちはそっと付け加えた。

そして今、彼はここにいる。童顔で三十一歳の訓練を積んだ殺し屋が、仕事のために送りこまれてきたのだ。

ふたたび床尾を持ち上げスコープを覗くと、ライフルが以前より重く感じられた。

「やれやれ！」中国陸軍のトラックがガソリンスタンドに到着した。燃料タンクを見張っていた数人の兵士がやっとそれに気づいて、トラックから降りてくる将校たちに敬礼した。ハートはライフルをほんの少し動かした。次から次にトラックが停まる。五、六、七！　声に出さずに数え、十五台まで数えてやめた。

　彼は低倍率の広角双眼鏡を持ち上げた。トラック隊は道路に沿って集まっている。トラックの幌の下から並んでいる兵士の背中が見える。標的の位置に合わせてハートの頭がゆっくり低くなる。トラックは合計二十台から三十台、一台につき、二十から三十名ほどの兵士が乗っている。ということは合計五百から六百の兵隊数だ。歩兵大隊がまるごと集まってるな、と彼は思った。空爆をかければことは簡単だが、こんなに深い空域まで入りこむには、少なくとも数百機の戦闘機と数百基のミサイルが必要だ。それに、無線連絡ができないので、援助を求めることもできない。こんな状況での戦い方は、今まで受けてきた訓練には含まれていなかった。

　背嚢から五十ロ径の弾丸の入った予備の箱を三個取り出そうとして、ハートは自分の手が震えているのに驚いてじっと目を凝らし、弾薬の箱をフルオート狙撃用ライフルの横においた。よし。準備はできた。彼はアメリカ軍の小火器用兵器庫からもっとも強力な弾丸を二百発持ってきていたが、それよりもっと効き目があるのは数カ月かけて練り上げた作戦だ。引鉄を引くのは数分後になるだろう。

　集結している中国兵の様子が、目の前の二インチのスクリーンに音もなく映し出される。ダイヤルを回して倍率を下げ、視野を広げる。兵士たちは列に割りこもうと押し合いへし合いしている。特殊部隊の司令部は何カ月もかかって、この汚い作戦を考案した。清涼飲料水の自動販売機を仕入れ、電源を入れたままにして、おいてある。運転兵たちがトラックに給油しているあいだ、喉の渇いた歩兵たちは販売機にアメリカのコインを入れ、冷たいコカコーラをごくごく飲みはじめた。

六十から七十名ほど群がっている。

ハートは爆破操作板の電源を入れた。最初は黄色く光って〈準備完了〉を知らせていた発光ダイオードが、バッテリー切れの心配をする間もなく緑色に変わった。スイッチカバーをさっと開けたが、そこで一瞬ためらった。裸眼では、ハートと道路のあいだにある丘の向こうにトラックの列がかろうじて見えるだけだ。だが、埃だらけのガソリンスタンドでコークを飲んでいる男たちがいることはわかっている。ほかの連中はトラックのそばで伸びをしたり小便をしている。ハート自身も体験があるが、どんな規模のトラック隊だろうと似たようなものだ。どんな冗談を言い合っているかさえ想像がつく。

ハートは、正当な理由でこの作戦を行なうのだと信じて疑わず、このようなことをする権利があるのかと自問することもなかった。何千年にもわたって培われてきた倫理観に打ち勝つために、ほんの少し時間がかかっただけだ。汝、殺すなかれ、という太古から続いている人間の良心の言葉を無視するために。

彼は親指でスイッチをしっかりと押し、きっかり一秒そのままにした。

オレンジ色の炎とともに、きのこ雲がもくもくと——最初の瞬間は音もなく——地上六百メートルほどの高さまでわき上がった。衝撃波で顔と耳がびりびり震える。ライフルをすばやく拾い上げると、野営場所にしている半分地面に埋まった岩の上に立ち上がった。フルオートにした銃身の長いライフルは真後ろに跳ね、肩に当てた厚いパッドがその衝撃を吸収する。彼は脚を踏ん張った。

スコープを通しても、建物やポンプのあった場所には炎しか見えない。丘や道端に散らばってくすぶっている死体は、小さくて蟻のようだ。ハートはライフルの照準を下げて車の列に合わせた。最初から六台目までは焼け焦げている。炎に包まれたガソリンの流れは道路に停まっているトラック隊の真下に達している。照準が列の十台目までできてやっと、動いている中国兵の姿が見えた。炎の中で激しくのたうちまわっている。ライフルをぐるりと旋回させ、次の丘で視界を遮られる前に列の最後尾に照準を合わせた。そのトラックは狭い二車線道路で方向転換しようと四苦八苦している。

ハートはスコープの倍率を百二十倍に戻した。十字線がエンジンのシリンダーブロックをしっかり捉えた。

口径一二・七ミリのライフルが唸りを上げると、肩の衝撃吸収パッドにずしっという打撃が加わり、銃そのものが捻れるのではと思うほどの衝撃がグリップに伝わった。わずか二分の一秒間の五連射が終わると、銃口から立ち上る薄い硝煙の向こうに、トラックのゆがんだ幌から炎と蒸気が噴き上がっているのが見えた。フロントガラスは完全に吹き飛んでいる。後ろにいた運転兵も同様だ。トラックは丘の中腹からまっさかさまに転がり落ちた。後ろに飛び降りて助かった者も何人かいたが、宙に舞って急斜面を転がり落ちるトラックと運命をともにした者がほとんどだった。

「チェッ！」ハートは毒づいた。トラックをバリケードに使おうと思っていたのだ。次のトラックを狙い撃ち、こちら側のタイヤ二本をパンクさせた。運転兵が必死でトラックをコントロールしようとし、兵士たちが車からばらばらと降りてきた。三人の兵士が二台のトラックのフェンダーにはさまれた。彼らの叫び声を聞いて、運転兵が首を突き出して後ろを振り向いた。その頭に狙いを定め、吹き飛ばした。トラックはバックを続け、三人の兵士をひき殺した。口径一二・七ミリのライフルが残りを始末した。

道路のあちこちから急に煙が上がった。少し遅れて発砲音がいくつも聞こえた。だが、木の枝がちぎれたり、岩がぴしっと鳴ったりするほかには、ハートは攻撃されているような感じがしなかった。道路に目をやり、そこに火器を設置しようとしていたミサイル兵と機関銃手を数人殺した。それから、命がけで混乱を鎮めようとしている将校と下士官を狙って、一発ずつ確実にしとめていった。最後にオートに切り替えると、燃え上がるガソリンの川に驚いて道路に飛び出してきた兵士たちをなぎ倒した。

あいつら若僧だったんだろうな、まだケツの青い。

そう思うと気にはなったが、攻撃をやめるまでにはいたらなかった。丘を登ろうとしたり、下ろうとしている者たちに、今度は狙いをさだめた。わけもないことだ。一発で一人ずつしとめていく。だが、ハートはときどき、どうしても撃つことができなくなった。崩れやすい丘の斜面に、哀れな危なっかしい格好でしがみついている兵士たちの背中を十字線がしっかりと捉えても、引鉄を引くことができずに標的を次に移した。なぜそうなるのか説明がつかない。まったく無造作に四、五人殺したあとで、不意に引鉄が固まってしまったように感じ、一人とばす。ときには、スコープでさっきとばした兵士を見つけて、今度はなんのためらいもなく頭を吹き飛ばすこともあった。そうしたでたらめさ加減に、かえってハート自身が当惑した。

一発ずつ狙撃するのを中断するのは、箱形弾倉を詰め替えて銃を冷ますときだけだった。トラックの高いシャシーの後ろの浅い溝に、大勢の兵士が縮こまっている。ハートはヘルメットと背中の上端だけを狙っていたが、彼らは炎を上げながらゆっくりと溝に流れこんでくるガソリンに追い立てられ、次つぎに逃げ出さざるをえなくなった。ハートはフルオートに切り替えた。

グリップを握りしめ、できるだけ道路に水平に一斉掃射を行なった。逃げ出した者たちはこま切れになった。

ハートはすでに弾薬を一箱使いきっていた。ガソリンの川がついに燃え尽きると、一人または二人で道路にじっとしている連中を狙いはじめた。より効果が上がるようにわざと一発ずつ撃ったが、射撃のあいだには無駄な時間はいっさいなかった。弾道が正確なため、照準の十字線が定まった二分の一秒後に標的は死んだ。ハートは三箱目の弾を使いきり、一発につき一秒半という手早さで、最後の五十発を一分ちょっとで撃ち終えた。

沿道のガソリンスタンドの黒こげになった土台からは、いまだに炎が噴き上がっている。

火柱のまわりのどの車も、側面のクォーターパネルに直径四センチほどの穴が開き、その後ろのシリンダーブロックにも同じように穴が開いている。ハートは弾薬を切らしていたものの、危険を冒して動こうとする中国兵はほとんどいなかった。射撃が中断しているのは再装塡のためで、すぐにまた一斉射撃が起こるだろうと思っているのだ。彼らは生き延びたのだが、まだそのことを知らなかった。

上の丘からシューッという音が聞こえ、ハートは危険を感じた。首を左右に振って空を確かめた。三基の小型ミサイルが谷から噴き上がり、木のてっぺんに触れそうな高さで飛来した中国軍のヘリコプター三機に命中した。壮大な打上花火のように燃え上がった武装ヘリコプターは、アクロバットさながらに谷に墜落していった。あらかじめ配備してあったミサイル自動発射装置が作動したのだが、発射筒にはミサイルはあと三基しか残っていない。間もなく、もっと多くの中国軍の武装ヘリコプターがやってくるだろう。ハートは手当りしだいに装備を背嚢に詰めこみはじめた。とにかく急がねばならない。身動きの取れない歩兵大隊司令官が無線連絡しているかもしれない。

赤外線を吸収する薄いマイラー製のカバーはそのまま残していった。隠し場に戻ればいくらでもあるからだ。後方の丘の頂上に達すると、ハートは時計を見た。全部で十分もかかっていなかった。敵の死者は二百名以上にのぼっている。一人で戦ったにしては驚くべき戦果だったが、なぜかハートは気分が重かった。

ホワイトハウス、戦況報告室　十月三日、現地時間〇七〇〇時

ホワイトハウスの地下約三〇メートルにある薄暗い戦況報告室。ベーカー大統領が入ってくると、話し声が静まった。いつものようにテーブルの上座についた彼は、かつての舞台負けを思い出すほど自信をなくしていた。いらいらして心が乱れ、特別な理由もないのに異常に警戒心が強まっている。さりげない挨拶から、出席者の忠誠心の度合いが読み取れる。目を合わせた者たちは、最後まで彼を支持するだろう。視線をそらした者たちは、国を破滅の縁に追いやった指導者に背を向けるだろう。

「閣下、おはようございます」コトラー将軍がビルの目をまっすぐに見つめて言った。腫れぼったい目の下に濃い隈《くま》ができ、試合後のボクサーのようになっている。大統領としての力量を値踏みしている出席者全員――敵も味方も――の目に見つめられると、両腕と腹部をちくちくする痛みが駆けのぼった。「最後の部隊がアトランタから撤退しました」とコトラーが沈痛な声で報告した。「第二百十八歩兵旅団は、第四軍団がチャールストン、コロンビアおよび南カリフォルニアに撤退するあいだ、高速九十五号線の通行を確保していました。しかし、彼らは現在サヴァナにおり、敵に包囲されています。死傷率は三三パーセントにのぼり、三千七百名が死亡または負傷、歩兵師団とサヴァナの国民軍は町じゅうの塹壕に身を潜めています。旅団長は閣下の命令を待っております」

ベーカーは開きかけた口を閉じて、唾を飲みこんだ。そして咳払いをした。状況説明に合わせて、コトラーの頭の後ろにあるスクリーンに不安定な画像が映し出される。鮮やかな黄色の掘削機とブルドーザーが、市の南部一面に戦車用の落とし穴を掘っている。ときおり後方の自走砲の発砲でカメラが揺れ、遠くの黒い煙幕がますます濃くなってきたのは、敵が近づいている証拠だ。

ベーカーは生気のないからからの声で命令を発した。「抵抗する手段がある限り、戦い抜いてほしい」彼はこれまで、この言葉を呪文のように繰りかえしてきた。コトラーがうなずく。サヴァナの兵士たちは、グアンタナモ湾の海兵隊員や水兵が示した規範に照らして評価されるだろう。世間では〈死ぬまで戦え〉と言い習わされている規範に。

ベーカーは突然、息苦しさを感じた。吸った息が胸でつかえたので、肺がいっぱいになるまで二度も三度も続けなければならなかった。そのあと、以前よりもっと多くの人間が彼から目をそらした。

「では、孤立した第二百十八歩兵旅団を除く第四軍団は」と副大統領がブリーフィングブックを見ながら口を開いた。「フロリダから無傷で撤退したのですね」彼女は、生存とメモした。それとも死亡と書いたのだろうか、とベーカーは思った。エリザベス・ソーボーが続いて尋ねる。「第七軍団はどうしていますか?」

副大統領に向いていた全員の顔がコトラー将軍のほうに動いた。第七軍団は戦いの最初の一週間、つねに先陣を切っていた。マスコミは彼らを〈人間コーン〉と呼ぶようになった。

おそらく、ハイウェーを横切って並べられる、オレンジ色をした円錐形の警戒標識にちなんで名づけられたのだ。血気にはやるマスコミの連中にとっては、取材範囲を規制するそのコーンが憎らしかったのだろう。だがベーカーは、二重の意味を持つその言葉にはらわたが煮えくりかえる思いだった。疾走する中国軍の戦車に踏みつぶされる音が聞こえてくるような、おぞましい皮肉がこもっていたからだ。

コトラーはうつむいたまま読み上げた。「第三装甲師団は、六十二台の使用可能な戦車と約五千名の戦闘可能な兵士とともに、戦場から撤退しました。第六歩兵連隊には、約二十台の戦車と男女七千名の兵士が残っています。しかし、両部隊とも混乱をきたしてばらばらです。以前の状態に戻すには、数カ月を要します」

「そんなに待ってはいられませんよ」テーブルの下座から声が上がった。FBI長官のハミルトン・アッシャーだ。

「失礼だが」ベーカーが憤然として言った。「これは国家安全保障会議だ！　国内での対敵諜報活動について尋ねたいときには、こちらから指名する」アッシャーは口を閉じた。ベーカーがコトラーを振り向いて言った。「第七軍団のほかの部隊は？」

「残念ながら、上々の首尾とは言えません」とコトラーが答える。ビルの全身を寒けが襲った。「国民軍である第二十九歩兵師団は、選抜部隊として高速十六号線沿いに配備されました。ここ二、三日の中国軍の攻撃によって防御線を破られましたが、まれに見る激戦の末、ふたたび奪取しました」

〈まれに見る激戦〉という言葉から、多くの死傷者が出たことをベーカーは察した。

「中国軍は昨夜ついに、新たな六つの師団を防御線に投入し」コトラーが咳払いをして続ける。「大統領閣下、副大統領閣下、残念ながら、第二十九歩兵師団は持ちこたえることができませんでした。防御線の五、六ヵ所を突破され……」

ビルは待ったが、コトラーは言葉に詰まったままだ。「サヴァナ川まで逃げ戻れた者はどれくらいいるんだ？」とビルが尋ねる。彼は答えを待った。待ちつづけた。統合参謀本部議長は報告書を何枚かめくった。答えが書いてあるわけはないのだが。それからしばらくして、ついにソートン元帥がコトラーの腕に手をのせた。「将軍？」とビルは声をかけた。「大丈夫か？」

コトラーは咳払いをした。「申しわけありません、閣下。じつは、孫が……かわいがっていた……たった一人の孫が、第二十九歩兵師団の偵察小隊長を務めていたもので。まことに申しわけありません」ビルが口を開く間も与えず、彼は言葉を継いだ。「サヴァナ川へ撤退できた大隊以上の部隊は、一個もありません。数個の中隊と小隊ならありますが。しかし、ほとんどは分隊か個別の兵士です」

「コトラー将軍」とビルはようやく言った。「お孫さんがいるとは知らなかった」そして、急いでつけ加えた。「軍隊に、第二十九歩兵師団に、ということだが。無事を願ってるよ。消息は……」将軍の様子から察して、言葉を続けることができなくなった。

「戦死しました、閣下」

「くそっ」ビルは思わずつぶやいた。「コトラー将軍、いや、アダム。心からお悔やみを言わせてもらうよ」

「ありがとうございます、閣下」

「そのう、なんだな。少し休みを取って、家族と過ごしたらどうだ？」

コトラーはまったく無表情だったが、その話はやめてほしいと思っていることがビルにはわかった。

ほかの人びとも明らかに同じことを感じ取っていた。ボブ・ムーア国防長官がコトラーに答えやすい質問を投げかけた。低い声で事務的に尋ねる。「第七軍団は戦力にならないということですね？」

コトラーが答える。「そうです」ムーア国防長官が状況説明を引き継いだ。「モービルと新たにガルフポートとビロクシの、三つの手つかずの港から、中国軍はすでに二百五十万名の兵士を上陸させています。その半数がジョージア州北部を東海岸に向かって進んでいます。その彼らがサヴァナ川に達すれば、現地の中国軍は数の上でわが軍の十倍以上になります。そのためわれわれは、サヴァナ川からまっすぐ北上して、次の防御線から約一〇〇キロ手前のサンティー川とサルーダ川に続く道を分断しました」

「つまり、サヴァナ川での敗北をすでに覚悟しているということか？」ビルは明らかにがっかりした口調で訊いた。政治家らしくない、威厳のない安っぽい質問のしかただ。

ムーアが聞こえないふりをしたので、ベーカーはますます気分が悪くなった。

「現時点では」コトラー将軍が状況説明にふたたび加わった。「どんなに頑張ってサヴァナ川を持ちこたえようと、中国軍は高速二十六号線を通って六日ないし十日でサンティー川とサルーダ川に達するものと推定されます。防御線を突破されようとしている時点で、長くしがみつけばつくほど撤退がうまくいかず、その途中でより多くの部隊を失うことになりかねません。サヴァナ川からメーコンにかけての防御線で、第二十九師団に同じことが起こりました。撤退を始める前に中国軍がサヴァナ川を渡ってくれれば、部隊は結束を失い、そっくり捕虜にされてしまうでしょう。われわれがつくった道を通ってこれらの部隊が無事に撤退し終わったのち、できるだけその道路を破壊します」

ベーカーはうなずいて賛意を表わした。

「第八軍団は」被った甚大な損失に思いを馳せるかのように、コトラーは抑揚のない口調で説明を続けた。「サヴァナ川に配置されています。ハートウェル湖周辺と高速八十五号線にまたがる北西部には、国民軍である第四十歩兵師団を配置しています。彼らの左、コロンビア周辺と封鎖中の高速二十号線には、同じく国民軍の第三十七歩兵師団を。そしてその左には第四十一歩兵師団を。もちろん、この部隊は正規軍であります」

コトラーが使った〈もちろん〉という言葉に、ベーカーの注意が向いた。どちらかと言えばめだたない第四十一歩兵師団に大統領の娘が所属していることは、この部屋にいる誰もが知っていたのだ。

「われわれは」とコトラーが言った。「第四十一歩兵師団の側面とチャールストンを包囲している中国軍とのあいだを埋め、高速九十五号線を封鎖するため、ついに第八軍団の予備軍である第三十一装甲旅団(分離)を投入しました」

ベーカーは奥歯を食いしばって、娘のいる部隊のことを尋ねたい気持ちを抑え、うなずいた。

そのとき、ソーボー副大統領が尋ねた。「第八軍団はアトランタの戦闘でかなりの打撃を受けたのではないですか?」

「はい。第三十七および第四十一歩兵師団のうち、いくつかの大隊が多数の死傷者を出しています。しかし、ほかの部隊は無事に撤退しました。最悪の被害をこうむった部隊には兵士を補充し、立て直しをはかります」

最悪の被害をこうむった部隊か——娘の部隊のように、とビルは思った。アトランタ郊外における、ステフィーの部隊のまさに流血戦と呼ぶべき銃撃戦について、彼はコトラーから詳しい報告を受けていた。戦闘が続いたのはせいぜい五分ほどだったが、彼女の小隊のほぼ半数が死傷した。ビルはあのあと、ステフィーの母親に電話をかけた。最悪の事態を予想していたが、レイチェルは落ち着いていて、前回のときのような怒りは消えていた。「ビル、どうかお願いよ」最後に彼女は小声で懇願した。ビルは、後方に転属するようステフィーを説得したことを話したい気持ちに駆られた。だが、説得というのは正確な表現ではなかった。単に選択の余地を与えただけだったし、それすらやるべきではなかったとすぐに気づかされたからだ。

「……は、テネシー州チャタヌーガにおいて、第七十三歩兵旅団（分離）と接触しました」コトラーの状況説明は続いている。ビルはふたたび説明に神経を集中させようとした。「第二および第三軍団は、テネシーの部隊集結地から直行する先頭部隊の輸送を完了し、現在カリフォルニアで交戦しています。第五軍団はアパラチア山脈とミシシッピ川のあいだを北上している中国軍を阻止していますが、状況は厳しさを増しています」ビルは〈厳しさを増しています〉という言葉から、〈激戦〉ほど事態は悪化していないことを察知した。「第五軍団はまた、アンヴィルヘッド作戦用に蓄えた軍需品の東西への移動掩護も行なっています」

状況説明が進むにつれて、ベーカーはますます追い詰められた。フロリダ全土と最北部を除くミシシッピとジョージアが敵の手に落ちていた。南部出身の政治家からはすでに、ベーカーを弾劾しろという声が上がりはじめている。ソートン元帥は、キューバのバハマで足止めを食い、海からまっすぐ東海岸に進めない中国軍が、カリフォルニアを侵略したときのように湾からずっと沖合いを迂回して進攻する可能性があると警告していた。週末になると、中国軍は大西洋に浮かぶアゾレア諸島を占領した。そこからフィラデルフィアまでは、西海岸の侵略に際して彼らが出発した日本の港からの距離と比べると半分にも満たない。上陸用舟艇を使って、アメリカ軍の防御線の後方に上陸する恐れがあるのだ。

ビルは後方の守りについて尋ねた。第百五十七機械化歩兵旅団がフィラデルフィアにある海軍の造船所のまわりに深い塹壕を掘って配置についている、とコトラーが報告した。ビルは、第十二軍団をボストンからフィラデルフィアにかけての大西洋の壁の守りに、第十一軍団をワシントンDCから前線後方の防御に当たらせるように、という命令を発した。

ビルは状況説明を半分上の空で聞き流し、必死に打開策を探し求めていた。だが、頭に浮かぶのは、中国の文民政府と手を結んで中国軍に対抗するという企てと、最初にそれを提案したクラリッサ・レフラーの顔だけだった。

ベーカーは国務長官をテーブルの上座に招き寄せた。大統領が椅子を回転させて背を向けても、状況説明は続いている。「アーサー」ビルが小声で言う。「中国軍部と文民政府首脳部とのあいだの亀裂をなんとか利用できないものかと、わたしはまだ思っている」ドッドは大げさにうなずいて、自分の部下が外交上の主導権を握る手助けができるだろう、と言った。「中国部局の責任者から、中国の政治的状況について定期的に説明してもらいたい」とビルはさりげなく続けた。「えーっと、クラリッサなんとかと言ったな」さりげなく聞こえるといいのだが。

アーサー・ドッドがいぶかしげな視線を投げる。「クラリッサ・レフラーですか?」

単なる興味以上のものを彼女に抱いたことをビルは恥ずかしく思った。だが、実際に彼女のことが頭から離れずにいたのだ。「彼女から最新情報をもらいたい」ビルはクラリッサ・レフラーの上司に指示を与えた。アーサーはうなずくと、黙って席に戻っていった。

長いテーブルの末席で、一人の副官がFBI長官に分厚い書類の束を手渡した。ビルは会議を中断させ、「それはなんだ?」と鋭い口調で尋ねた。

アッシャーはちょっと口ごもった。「少しばかり内密な話がありまして」

「これは国家安全保障会議だ」ビルが辛辣な口調で言う。「これ以上内密を要するものはない」

長官の目つきが険しくなった。立ち上がってテーブルを回りこみ、ビルの目の前に書類を置いた。「捜査令状および召喚状です」アッシャーが説明する。「あなたのスタッフが国家機密法に反する行為を行なっているという確証があります。これには中国が絡んでいる可能性もあります」

ベーカーは怒りのため歯ぎしりしながら書類に目を通していたが、ついに爆発した。「ホワイトハウスに盗聴器を仕掛けるというのか？　二十四時間いつでもここに入れる通行許可証をFBIに渡せというのか？」

ベーカーは司法省に直接つながるビデオフォンのボタンを押した。カメラが空の椅子を映した直後、ジェラルド・プリチャード司法長官が腰を下ろした。「国家機密法は違憲であるとの決定を最高裁が下すように、きみと司法次官で申請してもらいたい」ビルは命令した。「今すぐに取りかかってくれ！　決定が下されるまでのあいだ、あのいかがわしい法律に従うことは犯罪行為とみなす、と各行政機関に通告してくれ！」プリチャードが答える間も与えず、ビルはボタンを押して、財務長官を呼び出した。カメラに映った彼はちょうど上着をはおるところだった。「今この瞬間から、ホワイトハウスへのFBIの立入りをいっさい禁止する！　例外は認めない！　過去から現在までのFBI職員を網羅したリストをつくって、やつらをここから締め出すようにとシークレットサービスに言ってくれ！　報告されていない者や保護されている者についての情報もチェックして、きっちりやってくれ」財務長官はぽかんと口を開けている。「徹底的に、だ」とビルは言い直してスイッチを切った。

振りかえったベーカーを、ハミルトン・アッシャーが冷たい目でにらみつけている。会議の出席者がみんな困ったような顔をしているのを見て、自分が過剰に反応したと思われていることにベーカーは気がついた。みんな、くそくらえだ！　ビルは心の中でこう言うと、アッシャーを振りかえった。「では……ここからさっさと出ていってもらおう」

国家安全保障会議の状況説明は二つのグループに分かれた。エリザベス・ソーボーが非公式に議長を務めるグループは、ビデオスクリーン上で西海岸からの比較的いいニュースを報告している陸軍の将軍に目を向けていた。I軍団——関係者のあいだでは〈アイ〉と発音されている——は、侵略軍をサンディエゴに封じこめており、それは海軍のおかげだ、とコトラー将軍が言う。長々と続く中国軍の補給線を三十六隻の対潜潜水艦によってパールハーバーで断ち、一日に一二〇万トンの中国船を沈めたと、ソートン元帥が補足説明した。「パールハーバーの潜水艦待避所は二十四時間ぶっとおしのミサイル攻撃にさらされましたが」ベーカーはぼんやりと聞いていた。「今までのところ、たいした被害は受けていません」六万名のIII派遣軍——第一海兵隊派遣旅団および第三師団を含む——に、パールハーバー周辺で深い塹壕を掘らせている海兵隊司令官はこう言って話を終えた。「やつらに思い知らせてやります」

ハワイへの視察旅行に行った際、ビルは第三師団の司令官と会っていた。彼は成功に関して次のような考えを述べた。「もしもわれわれが全滅して、中国軍に海岸を占領されても、わたしは部下に〈良〉を与えます。われわれが全滅しても、海岸を奪われなかった場合には、評価は〈優〉になります」

ビル・ベーカーの真向かいのテーブルの端では、会議出席者の半数が別種の戦いについて議論していた。「アッシャーをやめさせろ」とプリチャード司法長官が言う。「だめだ！」間髪を入れず、大きな声でフランク・アダムズが口をはさむ。「それは政治的自殺行為だ！彼には連邦議会のなかに強力な支持者がいるんだ！　FBIを締め出したせいで中国のスパイ活動が活発になれば、超党派でわれわれの調査に賛成するに決まっている！」

さまざまな地図が映っていた壁のスクリーンがすべて青に変わった。ドアが開いてクラリッサ・レフラーが入ってきた。クルーカットの副官が空いた席に案内する。クラリッサがファイルを取り出すと、まわりの会話がひそひそ声になった。彼女はその場で大統領に報告を行なうよう指示される前に、急いで目を通した。

ベーカーの国家機密法に対する異議申し立てを、DC地方裁判所に提出するか、または最高裁判所に直接申請するかについて法律家たちが議論している。「きみたちで決めてくれ」とビルは言った。

そして状況説明を聞くべく、クラリッサの方向に椅子を回転させた。彼女が副大統領の質問に答えようと振り向くたびに、留め金のようなものでまとめた髪のはみ出した一房が揺れている。首は長く、公式のディナーパーティーで見かけたときと変わらず、肩はほっそりとしていた。

「偶然にしては、明らかにできすぎていると思われます」とクラリッサは強調した。「しかし、通商大臣が実際に国防大臣に会ったかどうか、確かめる術はありません。わかっているのは、韓通商大臣と劉常興将軍の両名が一日バリに滞在し、二人は同じ日に到着したらしい、という事実だけです。このことから引き出される推論は、あくまでも推論にすぎません」

「もし二人が会ったとすると、どういうことになるのかね？」と大統領が尋ねた。部屋のあちこちでささやかれていた会話がやんだ。大統領が加わったことによって、クラリッサの状況説明はいっきに重要性を増した。

「わたしたちが知る限りでは」とクラリッサは答えた。「テルアビブの一件が起こった直後に、文民政府が核兵器はすべて自分たちが管理すると重ねて言明して以来、三首脳——首相、通商大臣、保安局長——のうちだれ一人、劉国防大臣と非公式な会見を行なったという事実はありません」

文民政府は中国の侵略政策に反対していると思うか、と国家安全保障会議の顧問が尋ねた。

「いいえ。彼らは軍に対抗しているだけです。初期において、文民政府は脅迫および威嚇によって同盟国をふやしましたが、拡大した領土の約半分はその成果と言えるものです。通商大臣と息子の韓哲民は」彼女はビルの目を見ながら言った。「ラオス、マレーシア、インドネシア、パキスタン、イラク、カザフスタンと交渉して同盟を結びました。これらの重要な外交上の成功がなければ、軍の勝利はありえなかったでしょう。しかし、テルアビブ以降、政府の外交支援なしで軍は独走し、ボスポラス海峡で立ち往生したのです」

「アメリカ侵略はうまくやってるわ」エリザベス・ソーボーが皮肉を言った。

「とはいえ、わが国を打ちのめすほどではありません」

見事な切り返しに、ベーカーは思わずほほ笑んだ。「そうだ」と彼は言った。「そこまではいっていない。だが、軍部が政府と対立するのをやめて手を組めば、ずっと厄介な事態になるということだな。確かにそうだ。われわれは」ベーカーはクラリッサの上司、アーサー・ドッドを見ながら言った。「中国の軍部と政府のあいだの亀裂を修復させず、できるだけ広げる方向で努力しなければならない」

ドッド国務長官はうなずいた。しばらくしてから、彼はペン先をノート・パッドに向けたが、なんと書こうか迷っているようだった。

いったいどうしたら中国の政治に影響を与えられるのだろう？　対外政策を仰々しく発表したあとで、ビルはこう思った。実行する力もない対外政策を口にしながら、彼は地図の上で想像上の軍隊を動かしはじめた。明らかにほとんどの連中が同じことを考えて、ベーカーと目を合わせないようにしていた。そのとき目をそらさなかったのは、クラリッサ・レフラーただ一人だった。

5

アラバマ州モービル　十月四日、現地時間一三三〇時

若い呉中尉は私道の端に立って、貝殻をちりばめたコンクリートの郵便受けを見つめていた。シースプライト・ドライブ沿いの家並み――どれもまだ捜索の手が入っていない――に一分隊の兵士たちが不安げな目を向けている。きらきら輝く青い湾から熱い風が吹いてくる。白いビーチのほとんどを覆っている背の高いアシの茂みが、風にたわんでお辞儀をするように揺れていた。

その家はなんの変哲もなかった。実際、どちらかといえば古びている。風雨にさらされたこの地域のほかの家々と同じように、脚柱のうえに建っており、暗い窓ガラスには埃のすじがついていた。

司令官用装甲車の上に設置された機関銃の掩護を受けて、呉は正面玄関へと向かった。ドアはもちろん閉まっている。彼がしようとしていることを察して、分隊は敷地の四隅を護った。呉は家の外をまわって、屋根のない簡易車庫の陰に立った。そこのドアも閉まっている。彼は軍曹に向かってうなずいた。その顔は四分の一が無残な火傷を負っている。せいぜい二十歳くらいだが、熟練兵だ。

軍曹は数個の鍵を撃ち壊した。なかば閉ざされた場所で響く銃声は呉の神経にこたえた。士官学校の射撃場では、銃の近くにいるあいだずっと耳覆いをしていた。慣れていないので、耳鳴りがしはじめた。

割れたドアは簡単に開き、呉は中に入った。「中尉！」と軍曹が注意を促した。階段を上り、家の中を歩きまわる呉の周囲を警護する余地がないのだ。呉にはそのほうがよかった。彼は父親とは違って、文民ではない。弾を込めたピストルを抜いて、階段を上がっていった。それに、と彼は思う。この家は空だ。

階段の上には台所があった。人が住んでいた気配はまったく残っていない。居間も同様だ。ブラインドを上げると、並んだ窓からまっ白なビーチとまっ青な湾が見渡せた。

兵士たちは銃を掲げているが、おたがいに顔を見合わせてにこにこしている。美しい景色だね、と無言の会話をしているのだ。きれいな家だ、と。

軍曹が大声で命令を発すると、兵士たちはほかの家を捜索するためにさっと散った。

呉は次つぎに部屋を捜し歩いた。主寝室。主浴室。小さな居間、それとも書斎だろうか。壁にポスターを貼ったテープの跡が残っている小さめの寝室。ここだ。浴室には、楕円形の明るいライトが組みこまれた丸い鏡つきのドレッサーがある。

彼は浴室の引き出しを全部調べた。何本かの髪の毛と、数本の綿棒とバンドエードが一枚あるだけだ。呉が膝立ちになってキャビネットの中を調べている様子を、兵士たちはもの珍しそうに見守っている。カーペットをめくると少女の髪の毛が付いたくしが出てきたので、ポケットにそっと入れた。戸棚を覗いた。

「ちょっと手を貸してくれ」ドアの近くにいる兵士たちに声をかける。

一人が膝を曲げて両手を組み合わせ、呉がその中に足を入れると、もう一人がしっかりと支えた。戸棚の最上段まで押し上げられ、あやうくドアのフレームに頭をぶつけそうになった。

呉は埃をかぶった棚にのっている平らなディスクに手を伸ばした。

床に降りると、デジタルビデオディスクの埃を吹き払った。ラベルは〈スペース・マリーン3：エイリアンの侵略〉。そして〈ビル・ベーカー主演〉と小さく印刷されている。

呉がくすっと笑うと、わけもわからないまま兵士たちもほほ笑んだ。

呉はディスクをしまって、立ち去った。


ネバダ州、ホワイトサンズ・ミサイル発射場　十月四日、現地時間一六二〇時

軍の小型ヘリコプターが、渦巻く砂の中にズシンと着陸した。窓の外に見えるのは砂埃だけだ。ローターの回転が止まるのを待って乗員が動き出し、大統領がシートベルトを外すのを手伝った。ドアが開くと、風の音と命令している声が聞こえた。

「よし！」と誰かがどなった。「車輪を止めろ！」

まぶしい日射しのなかでは、砂があいかわらず渦巻いている。ビルはかがんで顔を伏せた。

数人がヘリコプターの下にもぐりこんで、ゴム製の車輪止めをタイヤの前後に差しこんでいる。

ビルの足元が口のようにぽっかりと開き、歯のように並んだコンクリートの階段が薄暗闇のなかに現われた。

静まりかえった地下の空洞へと降りていくにつれ、靴底についた砂がこすれた。固い壁に囲まれた空間にはまったく風がない。音も。光も。空軍のジャンプスーツを着た男がハッチを開け、空いている手で敬礼した。ビルはうなずいて洞穴のような基地に足を踏み入れた。

地下に拍手喝采が響き渡った。ビルの立っているレールの下で、ヘルメットと色分けされたオーバーオールという姿の作業員たちが手を叩いて歓声を上げている。マイクは用意されていなかったが、その必要もなかった。ビルの後ろでハッチが閉まると、鈍くきしる音が固い壁や床や天井にこだました。

ビルはまったくスピーチの準備をしていなかった。喝采は静まっても、興奮のざわめきは続いている。慣れない場所だが、ビルは落ち着いていた。

「みなさんの」とビルは両手を差し出しながら、聴衆の頭上から大声で言った。「憩いの場に、このように温かく迎えてくださったことに感謝します」笑い声が起こった。掩蔽壕のような部屋は、隅々まで見渡しても実用一点張りだ。作業服と同じに色分けされたペンキの線が四方に広がって、それぞれ穴につながっている。天井でレールが十文字に交差しているさまは、上下逆さまの一風変わった地下の鉄道ターミナルだ。コンクリートと鋼鉄ばかりのなかで、ビルは唯一の例外に目を奪われた。むきだしの壁から下がっている、色あざやかな大きなアメリカ国旗だ。

「ご承知のとおり」言葉を続けるビルにならって、大勢が顔を国旗に振り向けた。「みなさんのたゆまぬ努力の賜物《たまもの》が包囲された祖国をまもなく救ってくれます。今はだれ一人このすばらしい秘密の任務を知る者はいませんが、いつの日か、全国民がみなさんの偉業を賞賛するにちがいありません」ふたたび喝采がわき起こった。今度のは特に熱狂的だ、とビルは思った。ここにいる人びと——科学者、技術者、プログラマー、会計士、作業員——は長い旅にでも出たかのように、家族と一年以上も離れている。秘密の厳守——そのための家族との別れ——が彼らの心身に重くのしかかっているのは間違いない。「さあ、さっそくみなさんの努力の成果を見せてください」

ビルは金属製の階段のほうへ進み、沸き立つ群衆の中へ降りていった。広いフロアを横切るあいだずっと、握手攻めだった。

それはビルが想像していたより小型だったが、コックピットは普通の戦闘機よりも大きかった。「この操縦桿が」と、ビルの真下にある脱出用シートに座ったパイロットが説明する。「気圧とスピードにもとづいて、自動的に昇降舵補助翼から姿勢制御推進装置への切り替えを行ないます」

「乗り心地は？」ビルはチーフテストパイロットに尋ねた。

「そうですねえ」アフリカ系アメリカ人の大佐が笑顔で愛想よく答える。「大気圏内では、F-26のほうがずっといいですね。それにもちろん、かなりの低高度からの失速墜落という問題も残っていますし。スペースシャトルより少しまし、といったところでしょう」

「先月、墜落して亡くなったパイロットと面識は？」ビルはそう尋ねたが、すぐに言い直した。「失礼、知らないはずがないな」

気持ちを落ち着けるため、パイロットはビルと目を合わせずに答えた。「テストが行なわれた日の天候は最悪でした。風速は三〇ないし四五メートル、約四時間飛んだあとで、中止が決定しました。しかし、あれは開翼装置の重要なテストでした。大気圏へ再突入する際、しまいこまれた翼が油圧できちんと開くかどうかテストしていたのです」彼はビルのほうをこっそりと見た。「おそらく、ダグが何かの拍子で非常用脱出レバーを押してしまったのでしょう」

公式な報告では、そんな話は聞かなかった。レーサム元帥が派遣した調査官たちは、ダグラス・クレンショー少佐が試射場安全規則にそむいてテスト飛行を決行した、という結論を下していた。レーサムは、死亡したクレンショーを軍法会議にかけるように勧めた。だが、ビルはそうはしないで、彼の若い未亡人に勲章を授与した。

「油圧調整装置の修理はすんだのかね？」

「わたしが来週」パイロットがほほ笑みながら言う。「自分でやるつもりです」

「風も墜落の一因だったんだろうか?」

「油圧によって翼が開く仕組みですから関係はないはずですが、ダグがパラセールを開こうとしたとき、約二万キロ上空では激しい横風が吹いていました」

「スペースクラフトが戦闘で被害を受けた場合、高速でパラセールが開くことになっているんだろう?」

「はい、閣下。おっしゃるとおりなのですが、低高度では大気の層が厚いのでむずかしいのです」パイロットはビルを見上げた。「それに、テストパイロットを代表して申しあげますが、みんなパラセールが好きではありません。戦闘による被害を受けた場合にかぎらず、われわれはパラセールで脱出するより、ファルコンをなんとか着陸させようとします。ダグのときも、脱出用シートがパラセールの吊りひもに絡まってしまったのです!」それから、パイロットはこう言いたした。「余計な荷物なんです。あんなものより、もっと燃料や酸素や弾薬を積んだほうがどれだけましか――」

ビルが振りかえると、XF-36ファルコン戦闘機の設計主任はさっそく弁解しはじめた。

「パラセールはファルコンの全装置の一部なんです。欠陥は改善しますが、われわれとしてはきわめて重要な安全装置だと考えています」

「操縦する者の意見に耳を傾けるべきではないのかな?」ビルが提案する。「これに乗って戦うのは彼らなのだから」

技術者は眉をひそめ、目をそらして答えた。「調査班をつくって、パラセールによる救助装置を取り外せるかどうか検討してみます」
ビルはうなずいて背筋を伸ばした。ファルコンのまわりには、墜落防止に日夜携わっているさまざまな部門の責任者が集まっていた。ビルの下のほうにあるずんぐりした左翼は従来の〈固定された〉、つまり〈航空機〉様式で広がっている。反対側の翼は、垂直に機首に向かって〈しまいこまれた〉、つまり〈スペースクラフト〉の位置になっている。胴体下部に施されたチタン反応装甲が、中国の対人工衛星兵器が発射した榴散弾から機体を護ってくれる。

しかし、主要な防御システムはその操縦能力の高さにある。塗装されていない青みがかった灰色の機体からはコントロールジェット・ノズルが林立している。後部にある一対の垂直安定板の下からは、ハイブリッドエンジンの大型排気装置が二本突き出ている。宇宙空間では液体燃料を使うロケットエンジンを用い、大気圏内では機体の下部に取りつけられた巨大な取込み口から空気を吸いこみ、ジェットエンジンを用いる。FX－36はファルコンと名づけられたが、それは同じくファルコンと呼ばれる往年のF－16をなんとなく彷彿とさせるからだ。だが、この新型スペースクラフトが従来の戦闘機と似ているのは、その空気取込み口だけである。この野心的な乗り物は、ただ単に六つの最新テクノロジーをテストするためにつくられたわけではない。目的は戦闘に使うため、しかも急を要するのだ。

「いつごろ」とビルは部屋に集まっている男女に尋ねた。「使える予定かな？」
ビルの隣にいる技術者——設計主任——は咳払いをして眼鏡に手を添えると、部屋を見回し、答えようとする者がいないことを確かめた。「三年後です、閣下」ビルがさっと振り向く。「えーっと、切り詰めれば二年くらいで……」

ビルは激怒した。二、三年だと！　そんなに待ってはいられない！　半年前、まだ大まかな金属の骨組みにすぎなかったマシーンを前に、この男は今と同じことを言った。チーフテストパイロットが、技術者ではなく、コックピットを取り巻く明るいライトに照らされた操縦装置を見ながらため息を漏らした。その音は、ビルの気持ちをも代弁するように、静まりかえった地下の格納庫に大きく響き渡った。

「きみには別の意見があるんじゃないのかね？」視線を大佐に向けて、ビルが尋ねる。大佐は歯を食いしばり、怒りに燃える目で最高司令官を見上げた。自分よりも激しく怒っているパイロットを目にすると、ビル自身の怒りはやわらいだ。「どうなんだ？」沈黙を続ける大佐にもう一度尋ねる。

「これは戦争なんです」男が答える。「今すぐでも飛べます」十人ほどの実験着姿の専門家たちがすかさず異を唱えたが、パイロットの大声にかき消された。「エンジンも誘導装置も武器もあるんだ！」

「大統領」と設計主任が悲しげな声で言った。「FX‐36プロジェクトは、ミサイル駆逐艦建造計画とは比べものにならないほど規模が大きいのです。予算額ではなく、複雑さにおいて。人類史上匹敵するのはマンハッタン計画だけでしょう。閣下の許可をいただいてこの計画を始めるにあたって、われわれは開発、設計、建造、テスト、欠陥の削除などに関して一千万点以上にのぼる重要な問題点を明らかにしました。閣下の命令に従ってわれわれはそれらをできるだけ削り、二百万点の必須項目に絞りこみました。現在その線に沿って、二百五十の下請業者および、全国から集まった十万人以上にのぼる技術者や科学者や労働者が作業に従事しています。ご参考までに申しあげますと、われわれはまだこれらの問題点の半分弱しかクリアしておりません！」

顔が真っ赤になり、設計主任の語調はますます確信に満ちていった。

「今見切り発車すれば、機体もパイロットも最新技術も失うことになります。そのあげくに、われわれのクラフトが実用化もしないうちに、中国は同じような兵器の開発に取りかかるんです！」

ビルはファルコンの一機を中国の上空まで飛ばしたくてしかたがなかった。敵の最新対人工衛星兵器の対応可能最高高度の何千キロも上空を駆け抜け、アメリカのテクノロジーのほうが優れていることを見せつけてやりたいのだ。そうすれば、国民や戦いのさなかにある陸軍の士気を高めることができるだろう。そうはいっても、この計画について知っている人びとのなかに、士気がすべてだと考える者はほとんどいなかった。

だが、ビルは彼らとは違う。はるかに高い望みを抱いていた。しかし、それはもっとずっとあとの、この戦争の終盤にならなければおそらく実現しないだろう。もし、それまで祖国が持ちこたえられたらの話だが。「できるだけ早く完成してくれ」ビルが勝ちを譲ってこう指示すると、設計主任はほほ笑んだ。

大統領専用機に戻るヘリコプターのなかで、ビルは楽観的になっていた。ミサイル駆逐艦がアメリカに制海権を取り戻させ、ファルコン・スペースクラフトがついには宇宙と空を制するだろう。コロラドのはるか上空、静止軌道上に現在建造中の有人兵器用プラットホームを、このファルコンが護衛することになる。宇宙ステーションには兵器が満載されているが、主たる目的は防衛である。プラットホームは主に諜報のために使用される。彼らはふたたび地平線の向こうまで見渡せるようになり、宇宙を制することによって中国を不利な立場に追いやるだろう。

副官がビルにパームトップ・コンピュータを手渡した。Vメールプレーヤーがステフィーの埃にまみれた顔を映し出す。イヤホンを差しこみ、感情の嵐に襲われる準備もしないうちに再生ボタンを押した。

「わたしは生きてます」ステフィーはただ淡々とこう言った。「でも、お父さんはもう知ってるんでしょうね。たくさん、えーっと、たくさんの死傷者が出ました」心の傷を護る砦が振動するかのように、声が突然震えた。「そのことも、きっと聞いていると思います」

大切な宝物が映っている五×三インチのスクリーンの縁を、ビルは両手の親指でやさしくなでた。ステフィーの手の中のカメラがぶれて、彼女の顔がぼんやりと画面いっぱいに広がった。頭上には晴れた空と揺れている枝が映っているが、彼女は日陰にいるらしい。

「大好きよ、お父さん」これからが本題だ、という感じでステフィーはまっすぐカメラを覗きこんで語を継いだ。ビルは激しい流れに漂っているように、体がぞくぞくして頭がくらくらした。「ただ……ほんとに……もっといっしょにいられたらよかったのに。それだけ言いたかったの」ビルは目を閉じ、ひたすら耳を傾けた。彼女は食事や天候や日課について話したが、戦闘や仲間のことにはひと言も触れなかった。「……お仕事忙しいのよね。これ以上邪魔はしません。でも、どうしても言いたかったの。『大好きよ』って。じゃあね。すぐにまたVメールします。お元気で」こう言ってぎこちなく装置をいじると、カメラがぶれて画面が回転した。

最後に映ったのは、近くの穴に胸まで入っている上半身裸の男だった。外科医用の紙製マスクをかけ、手袋をはめた手で柄の長いシャベルを摑んでいる。穴の縁からは埃が舞い上がっている。穴のそばには黒いゴム製の遺体袋がいくつも並んでいる。画像が消えてスクリーンは黒くなった。

ジョージア州アトランタ、リッツ・カールトンホテル　十月四日、現地時間二三三〇時

呉と珊珊は二度愛し合った。最初ははやる気持ちを抑えて彼女に身をまかせた。二度目は落ち着いて彼女に奉仕しているうちに、相手の喜ぶ姿を見てまた気持ちが高ぶった。

そのあと彼女は、いつものように電話でルームサービスを頼んだ。全裸でくすくす笑いながら、「じゃあ、〈ピーカンパイ〉がお勧めなのね？　それって、どういうもの？」また、く

すくす笑う。呉は立ち上がって、椅子の背にかけた迷彩ズボンを取りにいった。

「とってもすてきな体！」珊珊は受話器を持ったまま言った。

呉は黙っている。

「ええ、アイスクリームもね！」そう言って、ガチャッと電話を切った。「ろくなものがないわ。ほかのホテルに移らない？」

「電気が使えるのはここだけなんだ」

呉が振りかえると、彼女はもうコカインを鼻から吸おうとしていた。細いガラス管の縁から少しこぼれ落ちる。恥毛の真上のぺたんこな下腹から吸い上げようとしたがうまくいかず、あおむけになって呉を見た。

「あなたは？」少量の白い粉のほうにうなずきながら尋ねる。

「いらない」と言って、呉はズボンのポケットからデジタルビデオディスクを取り出した。

「まあ、映画ね！」珊珊は膝立ちの姿勢になって、ベッドの上で飛び跳ねた。

「古いやつさ」

「どれくらい？」念のために尋ねる。「一年か二年くらい？」

「いや。ほんとに昔のなんだ。そうだな、一九九〇年代かな」

「なーんだ」とがっかりした声を出す。

呉はＤＶＤをプレーヤーにセットし、珊珊と並んでベッドに腹這いになった。プログラムを見ると英語版だったので、中国語のスーパーインポーズは必要かと訊くと、彼女はいらないと答えた。呉は再生ボタンを押した。珊珊が呉に体をすり寄せ、にぎやかなオープニングシーンが始まった。土壇場になって勝利をもたらすヒーローが乗っているのは、現代のテクノロジーではとうてい実現不可能と思われる小型の宇宙戦闘機だった。珊珊は俳優の顔に見覚えがあった。「まあ、ビル・ベーカーじゃない！」やっとわかった彼女が言う。「若いわねえ」

ドアベルが鳴った。「アイスクリームだ！」珊珊が裸のままベッドから飛び降りる。

「何か着ろよ！」と呉が注意する。

「いいの」居間に向かいながら、振りかえってこう言った。「見られたって減るもんじゃないでしょ！」

ドアが開くと、彼女のくすくす笑いが聞こえた。

戻ってきた珊珊に、呉が興味なさそうに尋ねる。「見られたかい？」

「すっかりね。でも焼きもちはだめよ。アメリカ人だったから」もう一度コカインを吸おうと、腰を下ろす。「これとアイスクリームってとても合うのよね」呉が見ていることに気づいて言った。

「急いで」呉がリモコンを手にして、いらだった声で言う。

大きくてすばやい吸入音が、二回聞こえた。見事なものだ。彼女がベッドに飛びのると、反動で彼も揺れた。左胸についた溶けたアイスクリームを、彼女は呉になめさせた。

「もういいかい？」

珊珊の目が早くも充血している。アイスクリームのボウルを口元に寄せ、米の飯を前にした貧しい百姓のようにがつがつかきこんだ。アイスクリームをほおばったまま尋ねる。「あの人、きれいだと思う?」

「だれのこと?」

珊珊は肩をすくめ、ボウルをナイトテーブルにおいた。

「なんでもないわ。見ましょう」そう言うと、彼女は呉のかたわらに座って、冷たい唇を彼の背中に這わせた。

呉は笑いながら転がってよけた。「だれ? だれがきれいだと思うかって?」

珊珊は呉の視線をさけた。うっとりした表情を浮かべている。ハイになって、ろれつがまわらなくなっている。

「アメリカ大統領の娘に決まってるでしょ!」と急に声を荒げた。

呉は珊珊の顔を見やった。顔はテレビの静止画像に向いているが、目は止まっている画面上を激しく動いている。「なんでそんな人のことを訊くんだ?」

珊珊はため息を漏らした。「だって、あの人のことを考えてるじゃない。わかってるんだから」

返事をするかわりに、呉はこばかにしたように息を吐き出した。「いったい、なんでそんなこと言うんだい?」

彼女はさっと起き上がった。身振りが大げさなのはコカインのせいだ、と呉にはわかっている。だが、今の反応は単にそれだけではなかった。おそらく、欲求不満だろう。または、見当はずれな焼きもちかもしれない。「お見とおしなんだから！」と出し抜けに言う。

「証拠でもあるのか？」と呉が突っこむ。

彼女は自分の引き締まった両腿をぴしゃりと叩いた。「彼女の学校に行って、三十分ぶらついたでしょ。今じゃただの瓦礫の山だっていうのに！」珊珊はあまり芝居がうまくなかった。彼女はほんとうに怒っているのだ。「それから、情報の変更がないか確かめるために、情報局に彼女のファイルの閲覧を申しこんだでしょ！　あのね、あなたが今日彼女の家に行ったことも知ってるのよ。どお？　あのディスクの出所だって知ってたわ。だって、わたしは盛将軍の私設秘書なんですからね！」

「私設秘書——ほんとにそれだけなのかい？」呉がほとんどささやくように訊いた。

彼女は激怒し、コロンビア産のコカインのせいで神経が極限まで高ぶっているため、身振りはますます大げさになった。「そんなこと考えてたわけ？　あんなしわしわの痩せっぽちのじいさんと寝てるんだろうって？」

「違う」呉は悲しくなり、気分が沈んだ。「そんなんじゃないよ」彼はベッドに顔を埋めた。

珊珊は息を吐きかけて暖めた手を、そっと呉の背中においた。顔を彼の耳に近づけてキスをする。体の向きを変え、脇を下にして彼女と向かい合った呉はまたもや回復していた。珊珊がそれを口に含む。やがて彼は身を離すと、うなじの香りのいい豊かな髪の生え際にキスした。「だれのために働いてるの？」とささやく。

答えるかわりに、彼女は傷ついたような視線を投げた。呉は目をそむけた。もう一度視線を合わせると、珊珊は思いつめたような顔をしている。彼女の口が音もなく「お願い」という形に動き、二人はふたたび唇を重ねた。

彼女が呉を導いた。彼はただじっとしていた。長い時間が過ぎた。珊珊が一心不乱に動いているあいだに呉は、おそらく彼女を雇っているのは盛ではないだろうという結論を下した。珊珊は手紙で自分のことをすべて北京に報告しているのだ。

呉が果てると、二人は映画の続きを見た。

呉は楽しめた。ユーモラスな場面では笑い、ヒーローが悲劇にさいなまれる場面には心を動かされた。だが、もっとも感動的だったのは、ビル・ベーカーが演じる不屈の精神を持った若い将校だった。ヒーローの人格はあくまでもハリウッドの創作にすぎないものの、呉が敬服する要素がすべて凝縮されている。もちろん勇敢さもその一つではあるが、ヒーローの場合は責任感の表われなのだ。目的によっては危険を冒すこともいとわない。自分が率先して行なって初めて部下に命令する、ほんとうの意味でのリーダーシップ。

しかし、ビル・ベーカーのヒーロー像にはもう一つ、教官に教えこまれたのではなく、呉が生まれながらに持っている特質があった。生得の、彼の性格にしっかりと根を下ろしているもの。それは、戦友にも敵にも同情を感じることだった。死と苦しみの描き方が傲慢ではない。人びとの心に残る傷と対比させながら、最後まで重みを持って描かれている。呉にとって一番の見どころは、ヒーローが同情や共感と義務感をどうやって折り合いをつけるか、という点だった。戦闘や殺し合いも、思いやりの心と相反するものとしては表現されていない。呉には希望の光が見えた。

「それで」珊珊がつぶやいた。「あの人のこと、きれいだと思う？」

「だれ？」

「大統領の娘よ！」膝をついて飛び上がると、先ほどの問いへの答えをはぐらかされるのはたまらない、と言わんばかりにため息をついた。

「知るもんか！」彼はまたもはぐらかす。

「写真を見たでしょ」と珊珊が責める。「テレビニュースで陸軍のトレーニングキャンプでの様子を見てたじゃない。ファイルには学生時代の写真もあるわ」彼女は肩をすくめると、腰に両手を当てた。それから、前かがみになって耳元でささやいた。「簡単な質問よ。きれいなの、どうなの？」

呉はあおむけになって、シーツを体にしっかりと巻きつけた。天井の鏡をじっと見つめた。珊珊がハネムーン用のスイートルームを選んでいたのだ。「問題はそんなことより、どうしてきみがそういったことを気にするか、だ」彼は鏡に映った自分の胸を見ていた。普通の中国人より胸毛が濃い。実際、クラスメートからそのことでよくからかわれたものだ。彼は珊珊の背中に目をやった。なめらかな肌の上から背骨と肋骨の形がくっきりとわかる。

彼女はサテンのシーツを噛んでいる。「えーっと、そうねえ……」声が震えている。「なんで知りたがるのかって？」彼女は笑ったが、充血した目はうるんで、口はぽかんと開き、まったく無防備で気取りを捨てた表情だ。「どっちがきれいだと思う？　中国人の女の子？　それとも、アメリカ人の女の子？」

そうか、そういうことか。呉は理解した。そんなことを気にするなんてばかだな、と首を振って、鏡に映る自分の姿にふたたび視線を戻した。中国人には見えるが、顔立ちに中国人らしさは強く表われていない。ほどよくぼかされている。肌は白い。呉には彼女の目に映るものが見え、彼女の問いの意味が理解できた。彼女には、そして中国人には、彼が目には見えない忠節のラインをまたいでいるように思えるらしい。二つの血によって引き裂かれている、と。だが、実際にはそんなことはまったくない。いや、少なくとも、これまではなかった。

振りかえると、珊珊の豊かな髪だけが目に入った。彼女は顔をそむけて、両手に片頬をのせて横たわっている。滑らかな背中が小刻みに震えている。体の向きを変え、彼女を背中から抱き締めた。彼は質問には答えなかった。これまでずっと心の奥に潜んでいた葛藤に触れてしまいそうだったからだ。だが、もう避けてばかりはいられない。そして黙っているのを、彼の答えだと珊珊は解釈した。

そう、彼女はすべてを知っているわけではなかったのだ。とりわけ、彼の頭脳が導き出す打算的な部分までは。彼の近況はわかるが、過去のことは知らない。呉の一族には重大な秘密があり、彼女のファイルにそれが含まれないように厳しく手をまわしてあったのだ。

もしファイルにその秘密が入っていたなら、呉がなぜそんなにステファニー・ロバーツのことが気になるのか、と珊珊は尋ねる必要もなかっただろう。

カリフォルニア州南部、サヴァナ川　十月五日、現地時間〇五〇〇時

空気は湿ってひんやりしている。声を出すと、かすかに白い息が出る。「夜が明けるぞ！」ステフォン・ジョンソンが掩蔽壕の外から叫んだ。「バーンズ！　ロバーツ！　出てこい」

ステフィーは骨の髄まで体が痛んだ。十日のあいだ、川に沿ってひたすら防御線を張る準備をしてきた。塹壕を掘り、ズックの袋に砂を詰め、ケーブルを埋め、太い材木を積み、機関銃の設置場所の上に土で屋根をかぶせ、迫撃砲用の穴のまわりに砂嚢を積み上げて三メートルほどの壁をつくった。どれも、想像もつかない高性能爆薬と高速弾丸の嵐を乗り切るためのものだ。いったい全体《イン・ゴッドズ・ネーム》、この先どんな試練が待っているのだろう？　仲間といっしょに塹壕に隠れているあいだ、その思いが何度もステフィーの脳裏をかすめた。だが何が降りかかろうと、それは神の名において《イン・ゴッドズ・ネーム》なされるものではない、と思うことにした。

「出てこいよ！」ジョンソンがしゃがれ声でどなる。ステフィーは鉛のように重い体に鞭打って、寝袋から起き上がった。顔には、枕にしていた二枚の汚れたタオルの荒い布目がついている。新しいコンクリートの無機質な臭いが鼻をつき、髪に染みついている。ステフィーとジョンは武器を持って、ただ一つの出入り口へと向かった。

アニマルは掩蔽壕の隅に一つだけある大部屋でいびきをかいている。ベッキーは脱脂綿を

丸めて耳に詰めている。ジョンソンを含めたこの五名が、メーソン通りで短い戦闘に参加した十三名の兵士の生き残りだ。ステフィーとジョンは掩蔽壕へ出入りするための通路に入った。ここを通るたびに、ステフィーはエジプトのピラミッドの謎に満ちた通路にいるような気がした。この通路は最初は右に、次は左に折れ、鉄筋コンクリートで〈U〉の字をつくっている。この形にすることで、火や榴散弾が入り口からまっすぐ塹壕に入ってくるのを阻止できるものの、次の曲がり角に正体不明の危険が待ち受けているような気にもさせる。

外に出て朝の新鮮な空気に触れる前に、ステフィーは縁起をかついで壁をさわった。彼らが掩蔽壕を割り当てられたとき、コンクリートはまだ湿り気を帯びていた。再編成された第一分隊の五名の生き残りは、戦死しないようにという願いを込めて、九〇センチほどの厚さの壁にそれぞれの名前を彫った。そこでも、〈ジョン・バーンズ〉は〈ステファニー・ロバーツ〉のすぐ隣だった。

ステフィーとジョンとジョンソンは、前方の戦闘用塹壕の縁の下に背を丸めて立っていた。塹壕に一つだけある狭い射撃用スリットの下のスロープは、サヴァナ川へと続いている。川岸と切り開かれた丘の中腹には地雷がちりばめられ、あらかじめ計画された戦場予定地となっている。夜ごと――防御線のどこか、呼べば聞こえる範囲内で――何かが、または誰かが爆死する音が聞こえた。鹿たちが死を招く場所となった懐かしい住み処についふらふらとやってきてしまうのだろう、というのがベッキーの意見だ。アニマルは、運の悪い中国の偵察隊にちがいない、と言った。それなら、地雷が爆発したあと、迫撃砲が火を噴き、アメリカ軍の機関銃が三十秒間の集中射撃を行なうわけもわかると言うのだ。とにかく、みんな塹壕の中、またはその近くで、頭を低くして伏せていた。誰も川の向こうに何があるのか知らない。アメリカ軍がパトロールしているのは自分たちの後方だけだった。

「ロバーツ」とジョンソンが言った。「おまえが射撃班アルファのリーダーだ」

それを聞いて、ステフィーの寝起きの頭にかかっていたもやが吹き飛んだ。「なんですって?」とっさに訊きかえす。「いったいどうして……　わたしが?　ジョンはどうなの?　上等兵だし」

「いや」とジョンソンが訂正する。「やつは伍長になった。それにジョンは射撃班ブラボーを任される。おれもたった今軍曹になって、第一分隊をまとめることになった。それでもって、ロバーツ、おまえは上等兵だ。おめでとう」

「お偉方は何やってるの?　役人根性丸出しじゃない。三人もリーダーにしちゃったら、残りはえーっと、一人?　ベッキー・マーシュ?」

「補充兵が入る」ジョンソンはそう言うと、塹壕の中へ降りていった。ジョンとステフィーがあとに続く。主要な戦線は、一五〇メートル下の川を一望できる尾根沿いに走っていた。茶色の土を固めてつくった壁は、あちこちを鉄道のレールの下から引き抜いた枕木と無数の砂嚢で補強してある。雑なつくりの排水溝はすぐに水があふれてしまう。まんなかあたりは湿っていてボウフラのわいた水たまりがあるので、ステフィーは乾いた縁に沿って歩いた。むさくるしい住み処とは対照的に、塹壕の上には緑色の松の木立が張り出して揺れている。

ときおりその香りが下まで漂ってきて、兵士たちの心の奥にある汚いものを清めてくれる。そんなとき、ステフィーは大切なそよ風を胸いっぱいに吸いこんで、心をこの忌まわしい場所からずっと遠くへ羽ばたかせた。

彼らは主要な防御線からはずれて狭い通信用の塹壕に入ったが、丘を下っているうちに急勾配になってきた。床のあちこちに鉄道の枕木が渡してあるものの、二つの目的のいずれをも果たしていない。雨でゆるくなった土が流れないようにせき止める役にも、泥ですべって足場が不安定にならないようにする役にも。

丘のふもとにくると、梱包用の木箱材でつくった雑なつくりの梯子を使って、地上に出た。曲がりくねった道を歩きながら、二列の杭《くい》――てっぺんには小さな布切れが結ばれている――のあいだからはみ出ないように気をつけた。開けた小道の両側の地雷は工兵の合図がなければ活性化しないことにはなっているが、進んで危険を冒そうとする者は一人もいなかった。

一行が新しく切り開かれた泥道――ただし、すでに轍《わだち》の跡はついている――までやってくると、きびきびと命令している低い声が聞こえた。ヘルメット姿の大勢の兵士が暗がりに列を作っている。兵士たちを運んできたトラック隊の最後の一台が去っていく。ブレーキのキーッという音とギヤのきしみに、一刻も早くこんなところから逃げ出したいという運転手の気持ちがよく表われている。数百名の歩兵の列を隠している木立のあいだから、一瞬ヘッドライトが光った。

ジョンソンは、持ち主と同じく、弾薬の空箱の上に鎮座しているノート型パソコンのコードに沿って歩いた。はしゃいでいる清潔な補充兵——〈新兵〉——ほど、勤勉なステフィーたちにとって癪《しゃく》の種はない。アトランタでの血なまぐさい戦闘を生き延びた兵士たちは、ショックから立ち直るための休養が必要だという思いを抱いていた。新兵訓練所を出たての新兵こそ、塹壕を掘るべきだったのだ。それにもかかわらず、今ごろになって彼らは真新しい制服に身を包み、しまりのない列を作っている。彼らの興奮した笑い声が下士官の一喝で静まったとたん、ステフィーの頬が引きつった。自分たちが獣のように土のなかで暮らしているあいだ、この連中はベッドで眠って、シャワーを浴び、浴室のトイレを使ってきたのだろう。

「七人必要です」新米軍曹のステフォン・ジョンソンが報告する。

「七人？　一個の分隊に？　五人にしておけ」ノート型パソコンを持った三等曹長が答えた。かすかな星明かりとコンピュータスクリーンの光のなかで、彼は五本の指を広げた手を道路に向かって挙げた。五名の新兵が小隊から切り離され、三名の男子と二名の女子が認識番号を報告した。三等曹長がキーを叩く。「よし。おまえたち五名の所属は、第五百十九歩兵連隊、第三大隊、C中隊、第三小隊、第一分隊だ」

五名の新兵は、明らかに重大な意味を持つと思われるこの公式然とした発表を耳にして、顔を見合わせてにっこりした。一人の若者などは、大事なデータを暗記しようと、ぶつぶつと何度も繰りかえしている。

「おれはジョンソン軍曹」と、恐れを知らぬ分隊長が口を開いた。「こっちはバーンズ伍長とロバーツ上等兵。銃の安全装置をかけろ。口は閉めとけ。頭は上げるな。なんにもさわるんじゃないぞ。線からはみ出るな。行くぞ」

ステフィーとジョンは、新兵にとって新世界での父親代わりとなるジョンソン軍曹のあとに続いた。五名の補充兵は二人の班長に従った。「旗からはみ出さないで」一列になって地雷原を歩くとき、ステフィーが警告した。旗が立ち並んだ道はごく普通に見え、後ろから中国兵に襲われる可能性などありそうにもなかった。だが、安全な道もたいして役には立たないかもしれない。機関銃の銃身が、砂嚢を屋根にした二つの設置場所から、掩蔽壕に降りる梯子の両側に突き出ている。防御線を突破した中国軍に後方から攻められたら、前面に広がる戦場はまったく無駄になるだろう。

八名の兵士は一人ずつ地中の茶色い裂け目に降り、主要な防御線へと続く尾根の後ろの斜面を登った。新兵は重い背嚢を背負って丘を登るので、行軍には時間がかかった。たまには背嚢が掩蔽壕に引っかかって進めなくなることもある。頼りない新兵が手間どるたびに、ジョンソンとステフィーは毒づいた。彼らは副官用、司令官用、そして弾薬用の掩蔽壕に目を見張り、大聖堂の観光客のように、足を止めてひそひそと感想を言い合っている。

「黙りなさい!」ステフィーがどなる。すると、しゃべり声はぴたりとやんだ。

尾根を登るにつれて、三名の熟練兵は姿勢を低くした。それに較べて、補充兵たちは練兵場を行進するときのように突っ立っている。「頭を低くして!」あきれたステフィーが金切り声で警告する。前かがみにはなったものの、武器は控え銃の位置に上げている。中国兵が木から降ってくる、とでも思っているらしい。新兵たちのあまりの無知さ加減に、ステフィーは首を振り、目をぎょろつかせた。

主掩蔽壕に着くと、監視哨のそばを通った。新兵の一団はまた立ち止まって、砂嚢でつくった囲みの中で光り輝いている、数個のフラットパネル・ディスプレーにぽかんと見取れている。スクリーンには、防御線の下の白く輝く土地をくねりながら流れている冷たい黒い川が映っていた。ジョイスティックを握った兵士がカメラを前方にゆっくりパンさせ、強烈な光を発している謎の物体があればそこで止める。カメラは、掩蔽壕の数メートル上まで伸びた電動アンテナの先に取りつけられており、作動装置がかすかにウィーンとうなっていた。

「とっとと歩いて!」ステフィーが小声で言う。「まったくぅ!」

分隊の掩蔽壕に着くと、ジョンソン軍曹は入り口の厚い壁のところで腰を下ろした。ほかの二人も塹壕の床の上、できるだけ乾いた場所を見つけて同じ姿勢を取る。新兵たちはユニフォームや装備が泥で汚れないように気をつけながらしゃがんだ。ジョンソンが言った。

「ロバーツ、おまえにはマーシュと新兵を二人やる」

「ベッキーの面倒なんか見れないわ! まっぴらよ!」

「おれが引き受けるよ」ジョンはこう言うと、五名の補充兵を見まわした。男子三名——うち二名は分隊用の自動火器を持っている——と、女子二名だ。「おまえとおまえ」ジョンは分隊用の自動火器を持った男子と一名の女子を選び、二人を引き連れて暗い掩蔽壕に入っていった。コンクリートの曲がった部分で壁にぶつかり、男の新兵が悪態をついた。

「アッカーマンに報告してくる」とジョンソンが言った。彼が立ち去ると、ステフィーの射撃班だけになった。

二名の男子と一名の女子は、みんなステフィーと同じ年ごろだった。自分たちのリーダーを期待に満ちた目で見つめている。新しい仲間と話しているジョンに向かって、アニマルが掩蔽壕の奥から「静かにしやがれ！」と叫んだ。ステフィーは何か重要なことを言わなければ、と思った。たとえば、実践から学んだ自分の身を守る知恵について。彼女は立ち上がると、「頭を低くして」と言った。それから彼らは、黙って塹壕線を下り、対ミサイル用シェルターに降りていくステフィーのあとに従った。壁をくりぬいて丸太と砂嚢で補強されたシェルターはがらんとしている。ステフィーは土の床にポンと飛び移った。このシェルターは、尾根沿いに四、五〇メートルごとに点在しているコンクリート製掩蔽壕のあいだにあって、敵の弾幕にオープンスペースでさらされた場合に利用するためのものだった。ステフィーの頭上の屋根を支えているつっかい棒を、新兵の一人があやうく倒しそうになった。「危ない！」彼女がどなると、二等兵はつっかい棒をまっすぐに直そうとしたが、かえってひどくしてしまった。

シェルターの外に立っている新兵たちは、命令されないうちから装備をはずそうとしている。「トイレに行ってもいいですか？」と一人が訊いた。「だめ」とステフィー。「それに、頭を低くしていろと言ったでしょ！」彼らは、膝を曲げてヘルメットを下げた姿勢では、背嚢を下ろしたり予備弾薬でいっぱいの弾帯をはずしにくいことがわかった。「名前！」ステフィーが命令する。

「ドーソン、ピック、二等兵」分隊用の自動火器を持った男がすぐに答えた。赤毛を想像させる顔つきだが、うっかりヘルメットを落としてしまった男の頭には一本の髪もなかった。背が高く、頑丈そうに見える。

「テート、パトリシア、二等兵」とライフル兵兼擲弾兵が高い声で言った。背嚢を下ろすのをドーソンに手伝ってもらっている様子からも、ひどくおびえていることが見て取れる。そんなに華奢《きゃしゃ》な体で重い荷物を運べるのだろうか、と心配になった。

「シェルトン、トゥルーロック」眼鏡をかけたひ弱そうな男が言った。まるで、トイレを我慢している子供のように両膝を押しつけている。「大統領のお嬢さんじゃありませんか？」と訊く。

「早くおしっこしておいで」ステフィーは答えた。便所はどこか、とトゥルーロックが尋ねる。「ばか言ってんじゃないの。おしっこぐらいそこら辺でやっときなさい。便所は大専用」トゥルーロックは彼女の汚い言葉遣いに眉をひそめ、それから歩き出した。「とにかく頭を低くして！」彼女はその背中に向かって叱りつけた。

ドーソンとテートはステフィーに顔を振り向けた。「あのう……」話しはじめたパトリシア・テートが口ごもった。「ひとつお訊きしてもいいですか？」とやっと言う。ステフィーはうなずいた。「えーっと……どんな感じなんですか？　戦うのって？」

ステフィーは視線を落として膝を見つめた。アトランタ以来ずっと、彼女たち生存者は今を生きていた。「どんなふうだった？」と訊く者などいなかった。その目で目撃したのだから。みんな、それぞれの記憶や見方を持っているが、暗黙の了解のうちにしっかりと心にしまいこんでいる。彼らにとって初めての血なまぐさい戦闘以来ずっと、誰一人メーソン通りという言葉さえ口にしない。どんなだったかだって？　自分に問いかけたが、心は答えることを拒んだ。思い出の詰まった箱を開ける鍵はあるが、使おうとは思わない。目を上げて不安げな二つの顔を覗きこみ、無言を通した。

アニマルが掩蔽壕から出てきて、伸びと大あくびをしてから、とても人間とは思えないほど長く塹壕めがけて放尿した。

「あれはアニマル」ステフィーが紹介する。

「気持ち悪い」とテートが言った。

「うちの機関銃手。あいつらちょっと変わってるのよ」とステフィーは説明した。

こすれるような音がして、トゥルーロックが塹壕の壁から地面にすべり落ちた。と同時に遠くからドカーンという音が押し寄せてきて、新兵たちはいっせいにしゃがみこんだ。大口径のライフルが木々を震わせながら応射する。ステフィーは塹壕の床でじっとしている補充兵のほうへにじり寄った。暗がりのなかでいったい何が起こったのかわかるまで、少しかかった。

「大丈夫、トゥルーロックの状態は、調べなくても一目瞭然だった。頭がついていないのだから。

「大丈夫、シェルトン？」テートが尋ねた。しかし尋ねたとたんに後ろに倒れかかり、「うわあ！」と叫んでわけのわからないことを口走った。そのあと、泣きじゃくりながらあえぎはじめた。ドーソンが彼女を胸にしっかりと抱きしめ、アニマルはステフィーのそばに膝をついた。

「こいつは何者だ?」アニマルが尋ねる。

「補充兵の一人よ」ひどいショックから気を取り直して、ステフィーが答える。「トゥルーロック。シェルトン・トゥルーロック」

「たいした名前じゃないな」いかにもアニマルらしい手向けの言葉だ。「頭を捜すつもりなら、体のほうはおれが引き受けるぜ」

「あんまり残ってないな」ジョン・バーンズがやってきて言った。

ステフィーは目を閉じ、履いていたブーツが一番大事な形見だなんてかわいそうに、と思った。彼の頭は完全にバラバラになっていた。ほんの一部が残っているだけだ。

「チェッ!」ステフォン・ジョンソンが悪態をついた。「みんないなくならないうちに、もう一人もらってこなくちゃな」言って彼は、困ったもんだというようにため息を漏らした。

トゥルーロックのブーツを引きずって墓の登録にいこうとするアニマルに、ジョンが手助けを申し出た。二人が遺体を抱え上げると、ステフィーは朦朧としながらも立ち上がった。狭くなった視野と戦いながら、よろよろと掩蔽壕に向かう。口の渇きと冷や汗がひどく、テートとドーソンのそばに立ち止まった。テートはドーソンの防弾服に顔を埋めている。「頭を低くして」それでもステフィーは声を励まして注意した。

川向こうでは、尾根沿いの高い枝のあいだから曙光が漏れてきた。大昔のように、時間は時計の針でなく日の高さによってはかる。グレーのハーフトーンだった松林がじょじょに鮮やかな緑に変わってきた。おそらく雲一つない青空なのだろうが、厚さ九〇センチほどの壁の、川が見えるよう下向きに開けた射撃用スリットから覗いているステフィーにはわからない。銃身の下に擲弾発射筒を取りつけたM‐16を、照準を上げた状態でスリットに差しこむとほとんど隙間はない。

ジョンソンとバーンズとステフィーは鉄筋コンクリートの後ろから、もやの立ちこめた川向こうを見ていた。掩蔽壕に一つある個室は、幅は約九メートル、奥行きは約四メートル半あるが、約二メートルの低い天井のせいで狭くて息苦しい感じがする。床に九名の兵士がうつぶせになっていた。第一分隊の残りの隊員と、一時的に配属されてきた男子の機関銃手二名、それに小隊の衛生兵とベッキーだ。ステフィーの班の生き残った二名の新兵は、ジョンの班の新兵二名とともに震えながら縮こまっている。ジョンソンはトゥルーロックのかわりを手に入れることができなかった。アニマルと新しい機関銃手助手は、アニマルが油布で愛情を込めて拭いている火器のまわりの固い床で腹這いになっている。衛生兵である四級技術兵のメリンダ・クレインは疲れきって、射撃用スリットの真下、つまり三人の足元で眠っている。ベッキーは一人で出入り口のそばにいた。

川の静けさは早朝にふさわしかったが、ステフィーは不気味さを感じた。彼らの掩蔽壕は大隊の陣地のほぼ中央に位置していた。旅団の参謀たちがもっとも攻撃を受けやすいと判断した約八〇〇メートルの川岸に沿って、六百名の男女が配置されている。そして、砂州のなだらかな土手と彼らの掩蔽壕の下にある広いビーチには、数千もの地雷が埋められている。巨大な対戦車地雷は、中国軍の戦闘車両を装甲板の薄い車台の下から垂直に吹き飛ばす。一方、対人地雷は彼らを守るためにばらまかれている。これらは、昔ヴェトナム戦争で使われたバウンシング・ベティーの現代版で、殺すよりは体に損傷を与えるのが目的である。細いワイヤーに触れると、ディスクが九〇センチほど空中に飛び上がって、八百もの鋭い破片が四方に飛び散る。

ジョン・バーンズが、双眼鏡に釘付けになっているジョンソンのそばを通りながら、ステフィーに目をやり、頭を掩蔽壕のたった一つの出入り口のほうに傾けた。ステフィーは彼のあとについて、床に伏せている補充兵とベッキーをまたいで進んだ。二人は砂嚢を並べた塹壕にやってきた。ひんやりと湿った朝の空気のなか、松の枝の下にいるのは二人だけだった。ステフィーは壁によりかかり、ヘルメットを押し上げた。

「ジョンソンの話では……」とジョン。

「知ってる」とステフィーがさえぎった。「やつらはここを突っ切るだろう、って言うんでしょ。旅団の参謀をしてる少佐から聞いたんだって。でも、少佐といってもくさるほどいるんじゃない？」

「ああ。だけど理屈は合ってる。やつらはたぶん五、六カ所から川を渡ろうとするだろうし、ここもそのうちの一つだと思うよ」

「でも、そんなの自殺するようなもんだわ！」ステフィーはまるで軍事機密でも話すように声をひそめた。「だって……」と語を継ぎ、掩蔽壕の冷たいコンクリートの壁を片手でぴしゃりと叩く。ジョンは顔をしかめ、わかってないなというように首を振った。「あら」とステフィーが応じる。「中国軍が何をするかっていったいなぜわかるの、軍師殿？」

「作戦を立てなくちゃ」

ステフィーは理解できず、ジョンをじっと見た。「作戦ですって？　作戦ね！　わたしの作戦は、分隊のみんなとこの掩蔽壕の中から戦うことよ！　できるだけ大勢の中国兵を殺すこと！」

「ステフィー、やつらがこっちの防御線を突破したら一秒一秒が勝負になる。山の頂上に達した第一陣はそのままおれたちの後方になだれこんでくる。第二陣はこの掩蔽壕の出入り口に機関銃を据え、火炎放射器をつかうだろう。いいか？　中国軍が態勢を整える前に、この掩蔽壕を出て山を下り、何がなんでも泥道の向こうの深い森に逃げこむんだ。おまえとおれとジョンソンとほかのみんなといっしょにだ。そうしなきゃ、捕虜になるか殺されちまうぞ」

ステフィーはうなずいた。

「地面の上には出るな！」ジョンは続けた。「殺してくれと言うようなもんだ。通信用の塹壕を通って裏に出ろ。いいか？」朝のひんやりした空気のせいで、彼女は震えずに声を出せる自信がなかった。「わかったな、ステフィー？」

彼女はふたたびうなずいた。

「ステフィー」ジョンが視線を落として、話しはじめた。「ずっと前から言いたかったことがあるんだ」

「だめ」ステフィーは指先で彼の唇を押さえた。手を伸ばして唇に触れただけで、彼の気持ちは充分に伝わってきた。

そのとき、貨物列車がガタゴト揺れるような轟音が頭上で轟き渡った。ジョンが思いきりステフィーを床に突き飛ばす。二人が通路の曲がり角を這い進んでいるとき、煙を上げながら飛んできた破片が壁の上部を粉砕した。コンクリートの床がドスンと音をたてて揺れ、アイスピックのような破片がステフィーの両耳に突き刺さった。埃と煙が充満して、すぐに気分が悪くなった。炎が射撃用スリットから入ってくる。激しい爆風が吹きこむたびに耳鳴りがする。方向がまったくわからなくなり、コンクリートの上をごろごろと転がっていった。

次に聞こえたのは咳こむ音だった。外では男たちが叫んでいた。地雷の爆発音が爆竹のように鳴り響く。迫撃砲や大砲の弾やミサイルが掩蔽壕の正面に衝突し、炎と土埃がスリットから吹きこむ。補充兵の一人が掩蔽壕の奥で倒れている。壁にべったりと残った血糊から、座った姿勢のまま床に崩れ落ちたことが見て取れる。煙の上がっている別の補充兵の制服を、衛生兵がハサミで切り取っている。メリンダ・クレインは無意識に暴れる男の胸を膝で押さえつけ、皮膚とほとんど区別のつかなくなっている服を切り取って、煙の出ている傷口を露出させた。

第一分隊のほかのメンバーは、戦いもしないうちから掩蔽壕の床で丸くなっていた。ステフィーは目まいと吐き気を覚えながらも、膝立ちの姿勢になって叫んだ。「起きろ!」隣にいるジョンが四つん這いになった。射撃用スリットから飛びこんできた火花が天井で弾け、兵士たちの上にコンクリートの破片をまき散らした。四級技術兵のクレインは、痛み止めをくれと叫びながら必死で追いすがる火傷を負った補充兵を振り切って、新たに負傷をした新兵のほうに這い進んだ。

ジョンは立ち上がったものの、体を二つに折って嘔吐した。アニマルは足場を固めて、M-60を射撃用スリットに持ち上げた。ジョンソンはしゃがれ声で、ステフィーの命令を繰りかえしている。ステフィーは水平に開いた狭い出入り口まで、両手で壁をよじ登っていったが、今やそこは瓦礫でふさがれていた。

丘の中腹のあちこちが燃え、川の中央からでさえ火の手が上がっていた。中国軍の巨大な戦闘車両が土手や汚れた茶色の砂州に散らばっている。下流では一台の水陸両用偵察車が水流にのってゆっくりと回転しながら、空高く発砲しつづけている。アメリカ軍の発射したミサイルが敵の戦闘車を破壊し、中国軍はサヴァナ川の向こうから、重火器やミサイルで掩蔽壕の射撃用スリットを狙い撃ちする。

川岸では、炎を上げている軍隊輸送車から兵士たちがあふれだした。困難をきわめた状況にもめげず、中国の歩兵たちは深い穴や燃えさかる車両の陰で反撃態勢を固めようとしている。何か手を打たなければ、彼らは分隊から小隊へ、さらに中隊、大隊、連隊へと再結集するだろう。ステフィーはM-16を肩にのせ、射撃用スリットの棚で安定させた。迫撃砲の音が空気を震わせようと、榴散弾がスリットを抜けて降りそそごうと、跳弾が暴れまわろうと、そんなことはまるで気にならなかった。兵士の群れから群れへと腰をかがめて移動しながら命令している、一人の中国兵に狙いを定めた。一発目は彼の後ろで白い水しぶきを上げた。二発目で、砂に赤いしぶきが飛んだ。兵士は尻もちをつき、肩や胸をやみくもに叩いて傷を探している。ステフィーはもう一度発砲して、ヘルメットを川の中に吹き飛ばした。

寄せ集めの兵士たちには、今や指揮官はいない。ステフィーは一人ずつ撃ち倒していった。狙う場所はヘルメットや尻や脚くらいしかなかったが、丘のふもとめがけて冷静に正確に銃弾を放った。ある兵士の脚を狙って三発撃ったあとで、ブーツのかかとに命中させた。男が傷口を押さえてひっくり返ると、首の後ろを次の一発で撃ち抜き、続いて別の兵士の曲がった肘の一部を吹き飛ばした。残った腕が気味悪くぶらぶらしている。十人ばかりの兵士がいっせいに立ち上がり、尾根に向かって駆け上がりはじめた。彼女が五発発砲して二人を倒したところで、アニマルがM-60で攻撃を開始し、七・六二ミリ口径の弾丸で残りをあっという間に撃ち殺した。

ミサイルが川向こうの木立から発射され、航跡雲がくねくねと弧を描くと、ステフィーはすばやく身をかがめた。彼女の真上の射撃用スリットから炎が飛びこんできた。強烈な熱さだったが、一瞬にしておさまった。とはいえ、肌が焼けてひりひりする。

ジョンは震えている補充兵——アニマルの新しい機関銃手助手——に自分の傷を確かめさ

せようとしたが、彼はどうしても見ようとしない。テートとドーソンは無傷らしいが、寄り添って床にうずくまっている。「さっさと立ち上がって……」そこまで言ったとき、ステフィーは激しい一撃を受けて膝をついた。

何があったんだろう？　彼女は納得のいく答えを見つけようとした。

熱が出る前のように、寒けが体を駆け抜けた。痛みが彼女の首から外に向かって放射状に広がり、話の途中で口が開いたままになった。四つん這いになって、汚いコンクリートの床に落ちた一滴の血をじっと見た。ぽたり、しばらくして、またぽたりと落ちる。自分の血だ、とステフィーは気づいた。

ジョンがヘルメットを脱がせて、彼女をあおむけに寝かせた。痛みは息をするたびに耐えがたいほどひどくなり、あえぎながら吐いた息はうめき声になった。まともに考えることもできない。左の頬を下にしてコンクリートの床に横たわり、アニマルのM‐60から降る薬莢が床の上に積もっていく様子を見ていた。ジョンが首のつけ根を調べると、とたんに激痛が走った。「あぁーっ！」叫び声が上がる。「あーっ！　痛い！　やめて！」

「大丈夫だよ」ジョンはそう言って、水筒の水を彼女の首にかけた。

「やめて！　やめてよ！」彼の体を叩き、両手を振りまわしながら言った。だが、彼の素手から血が滴っているのを見ると、歯を食いしばって目をぎゅっと閉じ、まるで産みの苦しみに耐えるかのように唇をすぼめて息を吐き出した。クレインが裂けた傷口を縫い合わせはじめると、痛みはいっそうひどくなった。ステフィーはうなりながら、コンクリートの床から肩を上げようと頭を動かしつづけた。何もかも忘れようとうめいた。そうするうちに、恐るおそる自分を見ているドーソンとテートに気づいた。「さっさと立って、戦え！」彼女がどなると、二人は立ち上がった。

「首のつけ根に六センチほどの傷ができてる」銃声が鳴り響くなか、ジョンが静かに言った。メリンダ・クレインがステフィーの首に凍るように冷たい抗菌スプレーをかけた。彼女は奥歯をぎゅっと嚙みしめて、叫びそうになるのをこらえた。全身の毛穴から汗が噴き出す。腕に刺すような鋭い痛みが走ったとたん、なぜかほっとして顎の力が抜け、筋肉の痙攣もおさまった。ジョンがうなじを拭いて包帯を施し、彼女の口から深いため息が漏れると、クレインはほかの負傷兵のところへ這っていった。

ライフルと機関銃の音が鳴り響いた。塹壕のすぐ外で手榴弾や迫撃砲、二〇ミリや三〇ミリの砲弾が爆発しているが、ステフィーは落ち着いた心地よい気分だった。ただし、一二〇ミリの主力戦車砲弾が掩蔽壕の正面の壁で次つぎに炸裂したときには、さすがに少し不安になったが。彼女はあおむけになったまま、ステフォン・ジョンソンの戦闘用ブーツのそばに降ってくる薬莢を見ていた。そして、はるか上方の天井にあるスリットを通過する閃光から戦況を読み取っていた。

ジョンが助け起こして、射撃用スリットの真下の壁を背にして座らせてくれたのには驚いた。よほどそう頼もうかと思っていたのだが、ライフルの真鍮製の薬莢がヘルメットに当たる音を聞いているうちに、何を考えていたのか忘れてしまったのだ。ヘルメットの真下のうなじに包帯が厚く巻いてある。首を動かすたびに鈍い痛みが起こるので、体ごと向きを変え、塹壕の様子をじっくりと見た。ジョンは射撃用スリットの前に立って、次つぎに狙いを定めて撃っている。叫び声を上げつづけるアニマルの機関銃手助手は、片手で顔を覆い、火傷を負ったもう一方の手を部屋に向かって伸ばしているが、その指は鉤爪状に固まったまま動かない。

ライフルがステフィーのそばにあった。ジョンの隣に立とうとしたとき、以前より重く感じられた。

「しゃがめ!」ジョンが叫ぶ。彼にぐいと肩を押されて、ステフィーは片膝をついたが、その瞬間、膝と首の傷が同時に激しく痛んだ。彼女はもう一度立ち上がると、伸びてきたジョンの手を払いのけて、ライフルの銃口を射撃用スリットに突っこんだ。とても現実とは思えない光景が目の前に広がっていた。いたるところで火の手が上がり、銃が火を噴いている。おびただしい弾が掩蔽壕の正面にめりこむ。跳弾が数発に一発の割合で、スリットを通って部屋に入ってくる。だが、ステフィーがもっとも注意を引きつけられたのは、中国軍の五十台もの無限軌道車や車両の群れが、川向こうの丘を猛スピードで下りてくる恐ろしい光景だった。車の列は炎を上げている先発隊の残骸のあいだを縫って進んでくる。彼女は一台、二台、三台と数えていったが、途中でわからなくなった。車列は水際までくると、大きな水しぶきを上げている船型の水陸両用車の群れの背後に紛れこんだ。

水陸両用車両はいっせいに川をゆっくりと進みはじめた。それらはアメリカ軍ミサイルの恰好の餌食になって、何十台もが川の中央で爆発した。かろうじて砂州にたどり着き、滝のように水をほとばしらせながらスピードを上げはじめた車も、その後やはり爆発した。土手に近づいてからも爆発は続いた。丘に登る途中でも爆発は起こった。ステフィーはスリットから一部始終を見守っていた。

敵の歩兵が発射した擲弾が、彼らの掩蔽壕に向かって弧を描きながら次つぎに飛んできた。目のくらんだステフィー以外はみんなしゃがみこんだ。むき出しの顔と両手が焼けるように熱い。破片が音をたてて射撃用スリットを通過したが被害はなかった。彼女はライフルを持ち上げ、擲弾兵の胸をじっくりと正確に狙って撃った。防弾着をつけた男はあおむけに倒れただけだったが、まだ全身をさらしている。

「ステフィー……」ジョンが彼女の肩を掴んだ。二発目は川の中へとそれた。

彼女はその手をふりほどき、「邪魔しないで!」とどなった。擲弾兵はヘルメットを取りに丘を這い下りている。三発目が右の尻に命中し、男はごろごろと転がったあと、あたふたとあたりを見まわした。四発目で、むき出しの頭が吹き飛び、木の切り株のそばにぽとんと落ちた。

丘の途中の燃え出した巨大な車両から、歩兵がぞくぞくと飛び出してきた。ステフィーは反動で跳ね上がるM-16で次つぎと狙い撃った。

そのとき突然、ばたばたというローターの回転音が聞こえ、すぐ外の斜面があっという間に炎に包まれた。中国軍の武装ヘリコプターが彼らの掩蔽壕を三〇ミリ機関砲で掃射した瞬間、ステフィーはスリットの下にかがんだ。メリンダ・クレインが鋭い叫び声を上げて左のふくらはぎを摑んだとき、いちだんと大きな爆発が起こって機関砲の掃射がぴたりとやんだ。ステフィーたちが立ち上がってスリットを覗くと、武装ヘリは丘の中腹の穴の中に、アクリル樹脂のキャノピーを下にしてひっくり返っている。中では、正・副の操縦士がシートに座ったまま、ハーネスに絡まって逆さ吊りになっていた。

アニマルがM－60の弾を浴びせたが、四〇メートル先にある防弾キャノピーに星形の弾痕が一列に並んだだけだった。「わたしがやる！」ステフィーが叫んで、銃身の下に擲弾発射筒を取りつけたM－16を構え、標的までのあいだに障害物がないかどうか確かめた。慎重にやれとジョンに注意され、「まかせて！」とどなった。逆さまになったヘリコプターのキャノピーから、操縦士が脱出用ハッチを開けようとしている。狙いを定めると、擲弾がコンクリートに接触しないかどうか最後にもう一度確かめた。納得して発射筒の引鉄を引く。ドーンという音と同時に擲弾が飛び出した。副操縦士の血糊がキャノピーの中に飛び散ったが、操縦士のほうはハッチを蹴り開けた。外からの火がコックピットをめらめらと嘗《な》めはじめている。操縦士はなんとか抜け出して、燃えさかる炎から逃げ出した。とたんにジョンがライフルを発砲し、不運な操縦士は丘を転がり落ちていった。

武装ヘリのミサイルや曳光弾や機関砲弾が鋭い音を発して四方に飛び散り、続いて懸垂支柱《パイロン》の下の燃料タンクが爆発した。ガソリンの炎が発する熱が掩蔽壕の正面に襲いかかり、全員かがんでコンクリートシールドの後方に移動しなければならなかった。ステフィーは掩蔽壕の中を見まわした。男子の補充兵が二名——一人は血のすじがついた壁に沿って倒れ、もう一人は火傷を負って——死んでいた。顔に巻いた包帯が血だらけになっているアニマルの機関銃手助手は側壁にもたれて座り、固めた拳をずっと同じ調子で床に打ちつけている。無事だったのは七人だけだ。ステフィー、ジョン、ステフォン・ジョンソン、アニマル、ドーソン、テート、そして名前はわからないがジョンの班の男子補充兵が一人。

雑音がひとしきり続いたあと、アッカーマンのどなり声がみんなのイヤホンから流れた。

「掩蔽壕から撤退しろ！　中国軍が侵入した！　掩蔽壕から撤退！　撤退！」

ジョンはついて来い、とアニマルに合図した。そして、一人になった自分の班員とステフィーの班の新兵ドーソンを引き起こした。ベッキーが難を避けていた一番大きな部屋の奥から駆け出してくる。

「こっちに来い、マーシュ！」ジョンソンがM-16を連射しながら叫んだ。ステフィーも攻撃に加わったが、後方に迫る危険に鳥肌が立っていた。下に見える丘の中腹にかがんでいるのは大虐殺の犠牲者にすぎないのだ。

ステフィーは振りかえって、出入り口に向かって進んだ。「塹壕を調べてくる！」

ジョンソンが、射撃用スリットまで来いとマーシュにどなる。ステフィーは軽蔑しきった表情を浮かべてベッキーの横を通りすぎた。ベッキーが反抗的な目でにらみ返してくる。

外の主要戦線は完全に混乱をきたしていた。塹壕の壁には大きな弾孔があき、そのせいで崩れてしまった壁もある。濃い煙のせいで泥だらけの床はよく見えない。崩れ落ちた砂嚢に埋もれながら、アニマルは分隊一強力な火器で掩蔽壕の唯一の出入り口を護ろうと、機関銃の上に覆いかぶさっている。必要に応じてすぐに左右に撃ち分けられるよう、彼は機関銃を抱え上げていた。

「みんなはどっちに行った?」ステフィーは、二つの方角から聞こえる銃声や爆発音に負けないように声を張り上げた。

「二人の新兵はそっち」とアニマルは右を指さした。「そして、バーンズはあっちだ」

ステフィーはジョン・バーンズが進んでいったほうに目をやり、それからヘルメットのブームマイクを調整した。「ドーソン、聞こえる? どうぞ?」小さなあえぎ声で答えが返ってきて、右側では敵との接触はまだ発生していないことがわかった。「ジョン?」続いて、彼が進んだ方向に歩きながら、期待を込めて呼びかけた。返事がない。「ジョン、聞こえますか、どうぞ?」

バーン! バーン! ババババッ、バーン! 彼女が向かっている方角から、至近距離で激しい銃声が炸裂した。ステフィーは倒れた木々や崩れた土砂を踏み越えて、用心しながら銃撃戦の起こっている方向に進んだ。ライフルは肩の窪みにしっかりとのせている。目は照準を見つめたままだ。指は引鉄にかかっている。漂っている煙が幽霊のような形になったり消えたりする。音を目標に発砲されるかもしれないので、唇をしっかり閉じて咳を押し殺し、ライフルの照準器の向こうの、想像上の標的だけを見つめていた。

慎重に近づいてくる中国兵が通ったあとには、煙が渦を巻いている。

バーン！　ステフィーのライフルが反動で後ろに跳ねかえる。

三メートルほど前にいる中国兵の頭が吹き飛んだ。

塹壕がフルオートで攻撃される寸前、彼女は背嚢の山の陰に飛びこんだ。一番上の層が三、四十発の弾丸を受けて崩れ、裂けた袋から砂が飛び散った。敵の掩護射撃だ、手探りで手榴弾を取り出しながら、彼女は思った。安全ピンを抜いてレバーをゆるめ、崩れた塹壕からわずか一メートル半のところに投げ上げた。

彼女の背中まで達するような爆発が起こり、振動で土壁がばらばらと崩れ落ちた。ちぎれた腕が飛んできて、足元に落ちた。彼女はM－16のセレクタースイッチを〈連射〉に切り替え、煙の中に転がりこみながら何度も引鉄を引いた。漂っている薄煙を三連射がやみくもに貫く。自分で自分の掩護射撃をしながら立ち上がり、手足のちぎれた三人の中国兵と煙の上がっている小さな穴を飛び越え、塹壕を駆け抜けた。反対側から、黒いものがいくつか弧を描いて飛んでくる。地面に掘られた対ミサイル用シェルターに飛びこんだとたん、さっきまでいた場所で六個ほどの擲弾が爆発した。

シェルターの一本きりのつっかい棒が、落ちかかっている屋根――丸太と土と砂嚢でつくられた――をぐらつきながらもかろうじて支えている。ステフィーは脇を下にして横たわり、ライフルを構えた。塹壕の曲がり角付近に漂う煙の向こうから、ライフルを手にした男たちの隊列がやってくる。一人。おぼろげに中国兵だとわかる人影が現われるたびに、彼女は数えた。二人、三人、四人。屋根から崩れ落ちてごちゃごちゃに積み重なった砂嚢の後ろにいるので、彼女の姿は向こうからは見えない。各自、大きな四角い梱包爆弾を運んでいる。六キロほどの掩蔽壕爆破用プラスチック爆薬だ。五人。彼女は数えつづけた。六人、七人、八人。

アニマルの機関銃が火を噴いた。ステフィーが投げた手榴弾のせいで、先頭の三人は壁の向こうに戻れない。残りの五人は彼女がいる壁の反対側で、仲間のちぎれた内臓に囲まれて立ちすくんでいる。主塹壕の次の曲がり角から、ぞくぞくと兵士がやってきて最初のグループに合流した。彼らはアニマルのいる場所に爆弾を投げる準備をしている。機関銃手が殺《や》られてしまえば、掩蔽壕にいるほかのみんなも死ぬことになる。

塹壕の左のほう――ジョンが出ていった方角――で手榴弾が爆発した。中国兵たちは文字どおりばらばらに吹き飛んだ。一挺きりのM‐16で三連射を放つ。

ステフィーの右手にいる中国兵が梱包爆弾の導火線に火をつけるあいだ、ほかの四人は地面に身を伏せている。その男が立ち上がり、掩蔽壕めがけてキャンバス地の四角い梱包爆弾を投げようと、体を弓なりに反らせた。

ステフィーのライフルが男を一撃で倒した。梱包爆弾は、彼女が横たわっている場所から三メートルほど先にいた四人の中国兵のまんなかに落ちた。

ステフィーは足で唯一のつっかい棒を蹴りつけ、屋根が彼女の上に崩れ落ちた。だが、次に起こった爆発に較べれば、そんなものはなんでもなかった。

ステフィーは暗くて息苦しい棺桶のような場所で目を覚ました。頭がくらくらして、意識をなくしたり取り戻したりを繰りかえした。夜に何度か銃声で目が覚めたが、そのつどふたたび夢うつつの状態になった。次に意識がはっきりしたときには、割れ目から光が射しこんでいた。昼間だ。だが、いったい何日たったのだろう？　自分自身の耳鳴りのほかに、木の裂ける音と英語でぶつぶつ文句を言う声が聞こえてきた。

「せっかく少し眠れるところだったのに、冗談じゃ……」

話し声が大きくなったと思った次の瞬間、まぶしい日射しと新鮮な空気がどっと入ってきた。体にかぶさっていた丸太を誰かがぐいと引き起こすと、埃が落ちてきて目に入った。

「おーい。こっちだ、こっちだ！　ここにいた！」ドーソン二等兵が叫ぶ。「こっちにいたぞ！」

シェルターの屋根が取り除かれると、ステフィーの顔にどっと土埃が落ちてきた。誰かが冷たい濡れた布で顔を拭いてくれている。目を開けると、半分が血まみれの真っ赤な包帯に包まれた顔が見えた。包帯から出ている片方の鼻孔に詰めているガーゼも、血に染まっている。根気よく拭きつづける男の顎の下で、ヘルメットのひもがぶらぶらしている。

「てっきり……あんたは死んだと」ステフィーは喉を詰まらせた。

ジョン・バーンズは、遺跡から古代の土器を発掘するかのように顔の土を落としつづけた。時間をかけて、心を込めて、ばらばらになっているのではないかと心配しながら。だが、気絶こそしたものの、驚いたことに無傷だった。彼女を両手で抱え上げたとき、一筋の涙が埃のこびりついたジョンの頬を伝い落ちた。

ミシシッピ州ジャクソン　十月十日、現地時間二〇〇〇時

「いいじゃないか」韓がいっしょにモニターを見ているイベント・コーディネーターに言った。二人はこれからテレビ放映される、タウンホール・ミーティングのために集まったアメリカ人の聴衆でがやついているスタジオの舞台裏に立っていた。「みんな教会から直行してきたという感じに見える」韓が感想を述べる。

「そのために集めたんですよ」北京からやってきた民間人のメディア専門家が言う。「ところで、編集まで付き合っていただけるんですか?」

韓は首を振った。「いや、アトランタで記者会見があるんだ」

「病院や難民センターの?」広報マンが尋ねる。

韓がうなずく。「だから編集は全部きみに任せるよ。テーマは景気の上昇だ。精を出して働いてこそ、みんな幸せになれる。われわれははやく彼らを仕事に戻してやらねばならない。失業状態が長引けば、せっかくのキャンペーンの効果がなくなってしまう」

「アメリカの産業については、少し手持ちの映像資料があります」とコーディネーターが続けた。「ですが、雰囲気的に合うかどうか……」

「アメリカ人の愛国心を煽るのではないかと、心配する必要はない。じつのところ、それに

訴えるような作り方をしてほしいと思っているくらいだ。軍の検閲官が何か言ったら、わたしの携帯に電話してくれ。アメリカ人が自分にも、そして製品にも自信が持てるようにしてほしい。ただし、高圧的な、毛沢東主義的なやつは避けてくれ。トラクターやベルトコンベアーや製鋼所はお断わりだ。二十一世紀的な感覚のやつを頼む」

めかしこんだアメリカ人がステージに上がると、聴衆はしーんと静まりかえった。その男は韓の知らない町の町長だった。州知事はおおかたの住民と同じく疎開してしまったのだ、とコーディネーターが説明した。「前座を兼ねて、あなたを紹介する人物が必要だったんです。あんな男しか見つからなかったんですが」

「さて、みなさんは」と、ずんぐりした男はスタジオに閉じこめられた聴衆に向かって話しはじめた。「なんのためにここにいるのだろう、と思っていらっしゃることでしょう。じつは、わたし自身もみなさんと同じなのですが、とにかく冷静に……」

「あの男はまずいな」と韓が言う。「ぜんぜん勢いがない。わたしが出るとしよう」

コーディネーターがカーテンの向こうに案内した。メーク係に顔を仕上げてもらい、髪にブラシをかけてもらう。ワイヤレスマイクが手渡された。身なりのきちんとした民間人のアシスタントが、ステージ上の町長にお引き取りくださいと丁寧に声をかけると、男はマイクに向かって「ああ、そうですか」とだけ言った。イベント・コーディネーターが五本の指を広げ、一本ずつ折りながらカウントダウンする。音楽が始まり、聴衆に〈拍手〉を指示するサインが灯った。

四百人の拍手に迎えられて、にこやかに韓がステージに登場した。厳しい表情の住人たちには〈不適当な行動〉や〈反中国的な行動〉は慎むように、という肉太の活字で印刷された警告文が、前もって渡されている。

「やあ！　どうも！」拍手は強制されたかのように瞬く間に静まった。じつのところ、まさにそうだったのだが。「ようこそ、この会議へ！　このように大勢集まっていただき、ジャクソンにお住まいのみなさんに感謝いたします」韓はステージから降りて、客席中央の通路に立った。「今、みなさんは不安な気持ちでお過ごしのことと思いますが、今夜お話しするのはその不安についてなのです。統治者の交替に関するみなさんの心配を取り除きたいのです」

韓は、二十代後半とも五十代前半とも見えるずんぐりした女に歩み寄った。「ジャクソンにお住まいですか？」彼女はごくりと唾を飲んで、うなずいた。「戦前はあなたかご主人のどちらかが仕事をなさっていましたか？」

女はうなずいた。「ええ」まだ続きがあったので、韓はふたたびマイクを近づけた。「二人とも働いていました」強い南部なまりだ。

韓は聴衆のやつれた顔を見まわして、彼女の答えがちゃんと聞こえたかどうか確かめた。「では、どんなお仕事をなさっていたのですか？」

「帳簿係でした。車の……修理工場の」

いかにも似合いだな、と韓は思った。「では、今は？」

女は首を振った。「いいえ。オーナーがいなくなったので。さっさと疎開……」

お気の毒に、というふうに韓がうなずく。「そうですか……でも、工場はまだあるんでしょう、建物は？」そうだ、と女が答える。「中には道具も部品も、それから帳簿もね？」彼女は肩をすくめた。「では、資産を放り出したままいなくなったオーナーのことさえ解決すれば、仕事に戻れるわけだ」

「でも……でも、鍵がかかってるんです」不安げな笑い声がかすかに起こった。韓は最高のジョークを聞かせてもらったとでもいうようにほほ笑んで、自分もジョークを返そうと思った。「ああ、それなら大丈夫。わたしたちがなんとかしますから」

中国人のディレクターや裏方、そして正装用軍服に身を包んだ若い兵士にいたるまで、英語のわかる者はみんな韓のジョークをおもしろがった。だが、アメリカ人たちは恐怖や憎しみ、または両方の表情を浮かべて押し黙っている。

韓がこの会議を開いたのには、いくつか理由があった。番組構成の中心はアメリカ人だ。これを見れば、家に隠れている人びとも独りぼっちではないことを知るだろう。それから、やさしい行政官とアメリカ人との交流を演出することもできる。そして、最終的には、ここに集まっている聴衆をモルモットにすることができる。韓のジョークは受けなかったので、放映時にはカットされるだろう。

韓は頭の中のテープを巻き戻し、受けを狙ったことなど忘れて話を続けた。「さて、わたしがここにきたのは、みなさんが仕事に復帰できることをお知らせするためです。仕事がない場合には、わたしたちがお世話します。仕事を持つという権利はだれも奪うことができませんし、あなたがたには働いて賃金を得ていただきたいとわたしたちは思っています。国勢調査員に各家庭を訪問させ、どんな要望や技術を持っておられるか確かめるつもりです。みなさんがふたたび職に就けば、経済も以前のように持ち直すでしょう」

韓はクローズアップの準備をすませたカメラのほうに向いた。考えこむように二、三秒間をおく。「ここアメリカに住むすべての中国人——軍人および民間人——を代表して真実を申しあげますが、わたしたちはあなたがたアメリカ人に対して、ずっと畏敬の念を抱いてきました」民間のクルーたちは力強くうなずいているが、軍のカメラクルーは、ドアのそばに立っている護衛のいかめしい顔をクローズアップで映している。そうすることで反対の意思表示を行なっているのだ。「戦争は、いついかなる時代においても」韓は聞かせどころの一つである、このフレーズを強調した。「すべての国が努力して未然に防ぐべき恐ろしいものです。しかしながら、世界じゅうの人びとが誠意を持って骨身を惜しまず尽力しても、起こってしまうことがあるのです。あなたがたがいかなる状況をも乗り超え、わたしたちが中国に帰ったあとも末長く続くような信頼関係を双方のあいだに新たに築けることを、わたし個人としては願っています」

会場の誰もが——中国人もアメリカ人も、兵士も民間人も——等しく韓に注目した。

戦争が終わって中国に引き揚げることは、将軍以下の位の……そして行政官以下の位の者たちすべての願いなのだ。

「おたがいから学びましょう。そして、手を取り合って、全世界に何が真の……」

六列目の真ん中に座っていた中年の男が、さっと立ち上がった。韓の心臓の鼓動が速くなる。だが、この愚か者は丸腰だった。男が叫ぶ。「中国人に死を！　みんな、武器を持って戦え！」韓はマイクを太腿の位置まで下げてため息を漏らし、男はなおも叫びつづける。韓は一瞬恐怖を味わったものの、その気持ちはすぐに同情へと変わった。「やつらを皆殺しにしろ！　アメリカ万歳！」

保安部隊が男を捕まえると、韓は首を振った。「やつらを叩きのめすんだ！　もしもおれたちが……」

正装用軍服に身を包んだ端正な顔立ちの兵士たちが、落ち着いてすばやくアームロックをかけ、白い手袋に隠し持ったエーテルを染みこませたガーゼで男の口を覆った。ぐったりとした男を、両側から摑んで静かにスタジオの外に引きずっていく。スタジオの奥から連れてこられたかわりのアメリカ人が、空になった席に着いた。イベント・コーディネーターがステージにいる韓のもとへやってきた。「入場のシーンから撮り直しますか？」

「いや。ここから続けよう。ちょっと彼らと話をさせてくれ」韓はマイクを持ち上げ、以前より声がよく通るように唇に近づけた。「起こってはならないことが起こりました」と声高に言った。聴衆はしーんと静まりかえっている。韓はスタジオに閉じこめられた人びとを機関銃のように取り囲んでいる、十二台の高品位カメラを指さした。「この会議が放映されるのは……明日の夜です。当然ながら、生放送ではありません」

一発の銃声が外からはっきりと聞こえてきた。無駄な死をあわれむかのように韓が首を振る。だが、その銃声は見事にピリオドの役目を果たした。もう何一つつけ加える必要はなかった。彼はイベント・コーディネーターのほうを振りかえり、スタジオのスピーカー群を通して言った。「もう一度やってみよう」

カリフォルニア南部、サヴァナ川　十月十二日、現地時間一七三〇時

外は寒く、コンクリートの掩蔽壕の中では冷たさがいっそう身に染みた。ステフィー、ジョン、アニマル、ベッキー、ドーソン、クレインは血溜りがこびりついた床の上に腰を下ろしていた。ステフィーとジョンはそれぞれ、弾丸六百発入りの箱形弾倉を装塡した分隊用の自動火器を膝にはさんでいる。あいかわらず幾重にも包帯が巻かれたステフィーの首は、こわばってひりひりしていた。右腕と脇腹の痣は日ごとに薄くなって、先週いっぱいで色が消えた。戦っていないとき、右腕は手製の三角巾で吊っている。いまだに耳鳴りはするし、鎮痛剤を一日に六回飲んでいるのに頭がずきずきする。掩蔽壕にいる仲間はみんな鎮痛剤のせいでぼうっとしている。みんなとはいっても、ジョン・バーンズを除いてだが。

ステフィーの隣に腰を下ろしているジョンの額には弾傷を縫ったあとがあり、両耳に詰めた脱脂綿は膿で黄色くなり、左の頰は閃光火傷で皮がむけてかさぶたができている。どちらの傷も、一週間前、中国軍が主塹壕に攻めこんできてステフィーがけがをした同じ日に負っ

たものだ。圧倒的な数の敵兵は、死んだふりをしているジョンのそばを通りすぎてステフィーのほうへ向かった。そして、ジョンは後ろから中国兵を攻撃した。まさにステフィーが第一分隊のほかの仲間を救ったそのときに、自分を見すごした中国兵をジョンが殺したおかげで彼女は助かったのだ。そして、梱包爆弾が爆発したとき、彼女は対ミサイル用シェルターの崩れ落ちた屋根に埋もれていたため、軽い脳震盪と全身の打撲傷だけですんだ。一方、ジョンは二メートルほど吹き飛ばされ、両方の鼓膜が破れてしまった。

ステフィーは、汚れたM-60をかかえて向こうの壁沿いに座っているアニマルをじっと見つめた。彼が大切にしていた銃は撃ち砕かれ、そのときに受けた傷でアニマルの左手には包帯がぶ厚く巻かれている。今のは機関銃用ピットから持ってきたものだ。アニマルは銃床に付着した、死んだ機関銃手の血を拭こうともしない。ステフィーには彼のやる気のなさが気にかかる。みんなが生き延びるためには彼の機関銃が必要なのだ。

ベッキーは掩蔽壕にいる仲間のうち、一人だけ充電した電池を持っており、毎晩、その日の割り当て分をアッカーマンのところへもらいにいく。彼女は全体像のわかる情報を伝えてくれる唯一の人物だ。一度も銃撃戦に加わったことがないにもかかわらず、誰もが彼女のおかげで何度か命拾いをしている。火炎放射器を持って掩蔽壕に近づいてくる中国兵の一団を、彼女はヘルメットについている一インチのスクリーンで見つけた。とっさに金切り声を張り上げ、ステフォン・ジョンソン以外はみんな間一髪で脱出できた。ジョンソンは「ちくしょう！　ちくしょう！」と叫びながら、スリットからやみくもに発砲しつづけた。

出入り口からものすごい熱が波のように押し寄せると、掩蔽壕の中は燃え上がるゼリー状ガソリンでいっぱいになった。爆発は一瞬で終わったが、ジョンソンの叫び声はさらに続いた。ステフィーは思い出し、ぎゅっと目を閉じた。

「また痛むのか?」ジョンが尋ねる。「鎮痛剤をやろうか?」彼女は首を振った。

衛生兵のメリンダ・クレインはさまざまな緊急手術を行なうたびに、誰か一人を助手にしたので、全員治療の腕がぐんと上がった。たとえば彼らは大きく口を開いた胸部の傷を両手で調べ、ほかの負傷兵の治療で忙しいクレインに状況を報告した。気管切開を行なってわかったのは、ひどい吸いこむような音を発するもとは二ヵ所あるということだった。一つはすでに彼らが見たことのある首の中で、もう一つはまだ見たことのない胸の中である。傷口からコンクリートの床に流れ出さずに心臓を通って循環するように、麻酔薬を静脈に注入することを覚えた。全員が懸命の努力を払ったにもかかわらず、多くの十代の戦友たちが死んでいった。

四級技術兵のクレインは今、みんなから顔をそむけて隅で丸くなっていた。悲劇に立ち会うたびに、彼女の情熱は炎を弱めていった。生き生きと輝いていた黒い瞳も、今では曇りがちだ。話すことも、人と触れ合うことも、無駄と知りつつ治療している負傷兵からの感謝や好意を受け取ることもしたがらない。命を救えなかった場合の激しい心の痛みを恐れて、自分の殻に閉じこもってしまったのだ。

この新しい環境にうまく合わせてやっているのはドーソンだけのようだ。最初の五日間はほとんど絶え間なく戦闘が続いた。銃撃戦が終わるごとに、彼はM‐16に積もった埃を拭き取った。掃射のあとでは、すみやかにベルトにきちんと擲弾を詰めた。「補充兵についてのニュースはないかな？」と彼はベッキー・マーシュに尋ねた。

ベッキーは背嚢を枕にしてあおむけに寝そべり、陸軍版のローカルテレビ放送を見ていた。

「みんな北に迂回して、クラークスヒル・レークに向かってるわ。中国軍は二度突破したけど、反撃を受けて最後まで攻撃を続けることはできなかった。補充兵も予備軍も、みんな谷間に配置されてるわ」

「ねえ、なんだってそんなこと知ってるのよ？」と掩蔽壕の向こうから、ステフィーがけんかを吹っかける。「そんな情報は中隊からも、大隊のビデオ通信網からだって入らないでしょ」ベッキーがにらみ返す。「今度はアッカーマンと寝てるの？」とステフィー。

「だまれ、ばか女」ベッキーがやり返す。

ステフィーの指が分隊用自動火器のグリップに少し近づいた。掩蔽壕にいる誰もが気づいた。ジョンは眉をひそめ、咎めるように彼女の顔と指を交互に見た。バーンズは軍曹に昇格し、分隊長になっていた。今ではステフィーも伍長で、彼のただ一つの射撃班の班長だ。まったく士気をなくした兵士同士を衝突させないようにするのが、二人の主たる務めなのだ。

アッカーマン中尉が掩蔽壕の入り口に現われた。「荷物をまとめろ。撤退だ」

「交替するんですか？」とドーソンが訊く。

「いや。撤退する」と小隊長は答えた。

「この防御線を捨てるってこと？」ステフィーはほとんど叫ぶように言った。立ち上がって、黒ずんだ射撃用スリットを通して丘から川まで見下ろした。二百台以上の破壊された中国軍の強襲車両が、圧倒的な静けさの中で凍りついたように止まっている。そして、おびただしい数のねじ曲がり膨れ上がった死体。風向きが変わって丘に臭いが吹きつけると、みんなはシェービングローションの香りを染みこませたスカーフを顔に巻きつける。「物音ひとつしないじゃない！　なんの問題もないわ！　なんだって引き払わなくちゃいけないの⁉」

「ステフィー……」ジョンが怒り狂った彼女をなだめようとした。

「いや！」ステフィーはどなった。「こんなの変よ！　この防御線を守るためにみんな戦ってきたのに！　まだやれるわ！　やつらがありったけの武器で攻撃してきたって……」

「防御線が」と、アッカーマンがしゃがれ声を張り上げてさえぎった。「クラークスヒル・レークで寸断された。敵が側面から攻めてくる。十五分後に下の道路に迎えのトラックがくるから、装備を持って十分後に集合しろ」彼は背を向けて立ち去った。

みんなは立ち上がって、背嚢に装備を詰めはじめた。「国民軍第四十歩兵師団のくそったれ！」動くたびに襲う首の痛みに辟易《へきえき》しながら、ステフィーがぶつぶつ言う。「戦うのがいやになって、さっさと逃げ出したんでしょうよ」

「きっと徹底的にやられたんだよ」ジョンが低い声で言う。「逃げ出したとしても、みんな今ごろは死んでるかもしれない」

「なんなら残ってもいいのよ、ロバーツ」ベッキーが皮肉たっぷりに言う。

ステフィーは振り向いて叫んだ。「ええ！　残りたいに決まってるでしょ！」ジョンが声を限りに叫ぶ彼女を制止する。「どっちにしろ、どこかで食い止めなくちゃ！　だったら、なんでここじゃだめなの？」彼女の声は掩蔽壕に痛々しく響いた。

「やつらが側面から攻めてくるからだ」とジョンがいってきかせる。「ここにいたら、包囲されていずれ殺される」

不意に、ステフィーはどうでもいいという気分になった。ジョンの手をふりほどくと、手当たりしだいに装備を背嚢に詰めこみはじめた。傷の痛みのせいで頭がぼうっとする。誰のことも、なんのことも考えられない。心はうつろだ。ジョンがそばに膝をついた。ステフィーは彼を見上げて、小声で言った。「痛み止めはいらないわ。もうたくさん」彼は鋭い目つきでじっと見つめてから、わかったとうなずいた。彼女のひどいいらだちに、薬が拍車をかけていた。

掩蔽壕を出るとき、彼らはコンクリートに刻まれた名前に手を触れた。名前の入っていないドーソンとクレインまでがみんなに倣った。ステフィーは9G掩蔽壕で死んだ男女の名前を指でなぞりながらしばらく立ち止まっていたが、彼らに対する感情は何も湧いてこなかった。もう、痛み止めはごめんだ、彼女はふたたびそう思った。

主塹壕は、雨水のたまった穴がいたるところで口を開けている。破れた砂嚢や、壊れたつっかい棒や、砲撃によって途中で切断された何本もの電話線が、わずかに土塁のなごりをとどめているにすぎない。

尾根全体が今や、月面の様相を呈していた。緑に覆われていた丘にはもはや木陰がない。破壊された木の幹は、樹皮をはがされて丸裸だ。重砲の威力を証明するかのように、幹の中程からは切断部分が空に向かって突き出ている。

六名の兵士は一列になって細長い掩蔽壕を抜け、丘の裏側に降りた。重い荷物を背負って崩れた壁をよじ登ったり倒れた木々の下を這いくぐるのは、一週間前よりもずっとたいへんだった。誰も口をきかない。あたりも静まりかえっている。自分たちだけなのだろうか？ステフィーはそう思いはじめていた。おそらく、ほかのみんなはとっくに退却したのだろう。

梯子は粉々になっていたが、使う必要はなかった。大きな弾孔のおかげで、なだらかなスロープができていたのだ。吐き気を催すような甘ったるい死臭が、濃く立ちこめている。彼らはスカーフを顔に巻き、用心深く地雷を避けながら、踏み固められた道をくねくねと進んだ。地雷原で倒れた中国兵の膨れ上がった黒こげ死体のまわりに、蠅がぶんぶんと群がっている。なかには、安全な小道からほんの五、六〇センチしか離れていない場所で死んだ兵士もいる。危険を冒して片づけようとする者など、誰もいない。

突然、頭上で砲弾の飛来音が響き、みんなは土に突っ伏した。だが、それは〈味方〉からの、しかも的を射た攻撃だった。アメリカ軍の砲兵隊が彼らの撤退を掩護するため、サヴァナ川の対岸を叩きはじめたのだ。彼らは立ち上がると、土を払い落とそうともせずに道路へ向かって歩きつづけた。ときおり巡航ミサイルが高く鋭い音をたてながら低空を飛来すると、みんないっせいにかがみこんだ。だが、あれは中国軍のミサイル発射台めがけて飛んでいくアメリカのミサイルだ、としぶしぶ撤退しているステフィーは思った。そうでなければ、退却している自分たちに向かってくるはずだ。

道路に着くと、ようやくほかの兵士の姿が見えた。最初は六百名だった兵士のうち、残った二百名たらずが最後の人数調べのために間隔をあけて列を作っている。なかには、臨時配属された兵器部隊を含め百八十名いた隊員が、十名かそこらの包帯だらけの薄汚い生存兵だけになってしまった中隊もある。ほぼ全員がなんらかの傷を負っていることに、ステフィーは気づいた。担架の上から命令を発している将校や上級下士官もいる。

意気消沈している五十名の兵士からなる彼女の中隊では、生き残った将校はアッカーマンだけだった。補充兵を入れたにもかかわらず、小隊の数は三十一から十八に減っている。しかも、補充強化は二度も行なわれたのだ。第三分隊は一人を残して壊滅した。みんな黙りこんで意味もなく頭を振っている。小隊の連中は、まっすぐにたがいのうつろな目を見つめている。みんなが何を考えているかはわからないが、ステフィーの心に浮かぶのはただ一つの疑問だった。いったいどうやって自分は生き延びたのだろう？

ジョン・バーンズの手を借りてトラックの荷台によじ登ったステフィーが、途中で動きを止めた。道路の向かい側に、一本の白い十字架が立っていた。その向こうに、土を掘りかえしたばかりの細長い塚が見える。第一分隊のみんなも視線を注いでいる。仲間が埋葬されているその大きな墓の中に、自分自身が横たわっていたとしてもなんの不思議もありはしない。生死を分かつのはほんとうに微妙な一線なのだ。

彼女はむっつりと黙りこんだ仲間に囲まれ、ほとんど、がら空きの荷台に腰を下ろした。みんな両手をだらりと垂らしてうつむいている。戦いには勝ったというのに、退却しなければならないのだ。キャンバス地の幌に覆われたトラックが走り出す。

「わたしたちはこの戦いを勝ち抜くのよ！」ステフィーの言葉に分隊の仲間は驚いた。突然、彼女のなかで確かな手応えのあるものがどっと湧き起こり、心からの願いに姿を変えた。

「わたしは感じるの。やつらがありったけの武器で攻撃しても、わたしたちは負けなかった。ちゃんと持ちこたえたじゃない！　すごく痛めつけられたけど、やつらを何倍もひどい目に遭わせてやった。ここでの中国軍ほどたくさんの死傷者を出した軍隊なんてありはしない！そうでしょ！」全員がステフィーを見ている。「この戦いはわたしたちが勝ったのよ！　次の戦いもいただき！　その次も！　そして次も！　この戦争はわたしたちの勝ち！　わたしにはわかる！　自分たちの国をだれにも奪わせるもんですか！　絶対にだれにも！」

「そのとおりだ！」アニマルが大試合前の激励スピーチでも聞いたように、やる気を起こした。にたっと笑ってあたりを見まわすと、ポケットから油を染みこませた布を取り出し、汚れた機関銃を拭きはじめた。

「やつらをめためたに叩きのめしてやる！」前に置いたライフルのグリップをさっと摑んで、ドーソンが相づちを打つ。

みんなの顔を次つぎに見まわしていたメリンダ・クレインの黒い瞳に、かすかなきらめきが戻ってきた。

ベッキーはおどおどした目つきでこっそりとステフィーを見上げた。

ジョンは驚いたような顔でステフィーを見つめている。

ワシントンDCに向かって北上するトラックからは、猛スピードで遠ざかる南カリフォルニアの森が見えた。ステフィーは心を奮い立たせる己《おのれ》の予言を信じこもうとしていたが、同時に、疑いの気持ちが広がっていくのをどうすることもできなかった。

アラバマ州ベッセマー　十月十四日、現地時間二二〇〇時

激しい風にのって寒冷前線が近づいてきた。襟元が冷たいので、ヘルメットを脱いでウールのヘッドギアをかぶると、むきだしになっているのは顔だけになった。ジム・ハートはヘルメットをかぶり直し、ふたたび質素な家の監視を続けた。彼はこの見張りを一週間、ときどき行なってきた。

見捨てられた家はたくさんあるが、そのどれかで人の気配がすれば、すぐに中国の憲兵隊に見つかってしまう。空き家に身を隠すような危険は冒せない。

踏みならされた道からずっと離れた、生い茂った草に隠れてほとんど見えない私道を降りたところに、ある家族が住んでいた。山中に二、三〇〇メートル入ったこの家の、めったに利用しない田舎道に面した私道の門にはチェーンが張られ、郵便受けのように人が住んでいる気配を示すような物はまったくない。

その家族は人里離れたこの場所で、人目を避けながら暮らしていた。両親と十代の息子と娘がサイクロン用待避壕から広々とした二階建ての家へ食料や日用品を運ぶ姿を、ハートは何度も目にしている。その家には温室と、今のような停電時に使う発電機がある。ハートが二日前の夜に高圧電線を切断したのだ。

この家を選んだ理由は単純だ。かなり広範囲にわたって、一人の中国兵も見かけなかったからだ。毎朝山々を襲う冷気のせいで、ハートは震えていた。空腹で疲れきって、汚れていたが、何にもましてひどい孤独に襲われていた。この三週間で初めて見かけた人びとからでさえ、彼は身を隠していた。さもなければ、彼らを墓に送りこまねばならないからだ。

ハートは最後に道路をもう一度確認すると、けがをしていないほうの足で、苦労しながら進んだ。一本の枝を松葉杖にして、骨折かひどく捻挫した左足を引きずりながら、玄関のドアをめざして山を降りていく。何日も前から道路沿いの適切な場所に監視装置を設置し、地雷を仕掛け、射界を考慮に入れて待ち伏せしていた。だが、この二日間、輸送車隊はまったく通りかからない。

ハートは先日、一番近い軍用品の隠し場に戻る途中で、車の列に出くわした。長年の訓練から必要だとわかっている準備もせずに、絶好の標的——闇の中を走る輸送車隊——を狙い撃ちした。欲求不満のせいでそんな行動を取ったことは自分でもわかっていたが、そのために大きな過ちを犯してしまった。

無防備なトラックだけだと思っていたら、二台の戦車が直射射程から撃ちかえしてきたのだ。彼は一か八かの決断を迫られた。あたり一面で爆発が続くあいだ、彼は揺れる地面にしがみついていた。歩兵部隊が散開し、重機関銃が確実に岩や木々を掃射する。とても勝ち目はない。ハートは装備をほとんど置いたまま、その場を逃げ出した。生き延びはしたが、その途中、闇のなかで岩に足首をぶつけて負傷した。

それから二十四時間のあいだに、彼は何度か敵の偵察隊に出くわし、間一髪で逃げ延びた。真っ昼間に、三メートル先を通りすぎる中国軍の足元で、枯れ葉の山に埋もれてじっと息をひそめていたこともある。すぐ近くを捜索されたにもかかわらず、枯れ葉の臭いのおかげで犬に見つからずにすんだ。その間、彼の足首はどんどん腫れ上がっていった。二〇キロほど先の隠れ場に行くのを、彼はついにあきらめた。

ハートは、みすぼらしい家のドアをノックした。汚れた窓ガラスと薄いカーテン越しに暗い玄関が見える。彼はもう一度、さっきより大きな音で叩いた。カーテンが動いて、ばたばたと窓から離れる足音が聞こえた。しばらくすると、父親らしき男が両手で黒いショットガンを抱えて近づいてきた。

「いったいなんの用だ？」男がドア越しに訊く。

「助けてほしい」ハートはそれだけ言った。

長い沈黙のあとで、錠が音をたてて開いた。最初に目に入ったのは、二連発銃の銃口だった。

ショットガンを構えた男はハートの戦闘用迷彩服をじろじろ見た。「こりゃ、たまげた！」

男はこう叫ぶと、ハートを家に引っぱり入れてドアを閉めた。「兵隊さんかね？」

「米国陸軍のジェームズ・R・ハート大尉だ」

「だれなの？」暗い戸口から心配そうな妻の声がする。

「そこにいろ！」と男はどなり、ハートのほうに振り向くと、強い南部なまりで尋ねた。

「あんた、逃げてきた捕虜かなんかか？」

「いや、特殊部隊だ。グリーンベレーだよ」

「なんだと！　なんもかもぶっ飛ばしちまった連中の仲間ってことか。中国兵がそこらじゅう捜してるぞ！　かくまうわけにはいかん！」

二人のやり取りを聞いていたのだろう、妻が暗がりから現われた。二人の子供が母親の後ろにくっついている。「あら！　その人、けがしてるじゃないの！」

「だがな、ここにはおけんのだ！　危険すぎる！」

しかし、女はすでに、治療に必要なものを子供たちに取りにいかせていた。「あっちへ行きましょう」と言うと、粗末な松葉杖のかわりに自分の肩を差し出した。ハートは片足を引きずりながら台所に入り、朝食用テーブルの前に腰を下ろした。痛めた足首で山をいくつも越えてきた彼だったが、女がコンバットブーツを脱がせようとするとあまりの痛さに涙がにじんだ。

子供たち――十代の初めごろの少年と、もう少し年上の少女――はどちらもこぎれいにしている。ハートは汚れて、髭も伸び、臭かった。膨れ上がった赤紫色の足首を見て二人とも縮みあがったが、女は細心の注意を払って彼の足を自分の膝にのせた。アルコールを染みこませたタオルで拭いてくれる。たまっていた土埃でタオルはすぐに真っ黒になってしまった。ハートは自分のひどい汚れかたに、ばつの悪い思いをした。

「かくまうわけにはいかん」四十代の父親が、バーボンを大きめのコップに八センチほどつぎながら繰りかえす。飲みほして、騒々しく息を吐き出した。「おれたちを危ないめに遭わせんでくれ」

母親は顔を上げず何も言わなかったが、十代の息子が反対した。「このまま追い出したりしちゃいけないよ」

「ジミー」母親に叱られても、少年は臆さなかった。

「あたりまえじゃないか」と、首を振りながら言う。そして父親を振りかえった。「そうだろ、お父さん」驚いたことに、父親は引き下がった。彼はもう一杯バーボンをつぐと、コップとショットガンを持って暗い居間に入っていった。

「あなたがやったの？」母親はハートの足首をいろいろな方向に曲げてみながら言った。「中国軍が電気を復旧させたけど、二回も線を切られたのよ」彼はうなずき、腫れあがった足首に指先で触れられると息が止まりそうになった。「冬を越すためには電気が必要だわ。子供たちに獣みたいな暮らしはさせたくないもの」

「どうしてまだここにいるんです？」

「おれたちゃここに住んでるんだ！」父親が隣の部屋から叫んだ。「ここが家なんだ！」

ハートは彼女の表情をうかがったが、漠然とした軽蔑を感じ取っただけだった。ハートに対してではなく、夫に対しての。彼は二人の子供たちに目をやった。

「じつをいうと、父さんはね……」少年が口を開きかけた。

「ジミー！」姉がどなる。

しばらく沈黙が続いたのち、父親がショットガンを持ったまま戻ってきた。「おれは中国軍に逆らう気なんかねえ」子供たちと母親はハートから目をそらした。


ハートは浴槽に浸かっていた。熱かったお湯も、もうぬるくなっている。何度かうとうとしたが、そのたびにタイルの壁に頭をぶつけて目が覚めた。リプスコム夫人に言われたとおり、片足を浴槽の縁にのせている。

やっとなんとか起き上がった。我慢できないほどの痛みだ。片足でとびながら、あやうくすべって転びそうになった。体を拭いて服を着るのに二十分かかった。

浴室を出ると、廊下は暗かった。男が妻と言い争っている声が聞こえたので、ハートは足を引きずりながら声のするほうに向かった。だが、最初に通りかかったのは少年の寝室の開いたドアの前だった。

「ハイ」ノート・パッドに何か書いていた少年が、机の前から声をかけた。

「何してるんだい？」ハートが尋ねる。

「中国語の勉強だよ」

ハートはぴょんと跳んで近づいた。光沢のある広告紙の余白がへたな漢字で埋まっている。何度も消しゴムを使った跡がある。「宿題?」

「まあ、そんなとこ」少年はちょっと言いわけをするような感じで言った。「学校で兵隊が配ったの。明日提出することになってるんだ」

「それはいいことだ」ハートはグリーンベレーを頭に――こんなに長いあいだ髪を切らないなんて初めての経験だ――のせつつ、少年を元気づけた。「敵を知って、敵より賢くならなくちゃな」

少年の顔が明るくなった。「そうだよね!」今度はにっこりとほほ笑んだ。

ハートは激しく争う声が聞こえるほうへと進んでいったが、途中でもう一つのドアから少年の姉が顔を覗かせた。この家族はハートと同じくらい寂しかったらしい。部屋に消えた彼女が、アルミニウム製の松葉杖を持って戻ってきた。「あげる。去年、体育の授業で膝をけがしたの」

短すぎるが、調整すれば木の枝の松葉杖よりはずっと使いやすくなるだろう。「わたしは、やるつもりないわ」少女は鼻先で笑った。

「なんのこと?」

「漢字よ。Fの成績がつくぞって先生に言われたけど、いいもん。どうせ、大学なんていくチャンスもないんだし」そんなことはないさと言いかけて、ハートははたと気づいた。中国の政策のもとでは、ごく少数の優秀な者以外はせいぜい専門学校にしかいけないだろう。

「勉強はやめちゃいけないよ」結局ハートは、ちょっとだけ親になったような気持ちでこう言った。

「どうして？」

「この戦争にはおれたちが勝つからさ」

「娘にばかなことを吹きこむな」父親が廊下の奥から叫ぶ。「サイクロン用待避壕で寝ていいが、今夜一晩だけだぞ。朝になったら出ていってくれ」

ハートは松葉杖を使いながら男の妻のそばを通って裏口へ向かった。「じゃあ、また」と彼女が小声で言った。


サウスカロライナ州コロンビア　十月十六日、現地時間〇九二〇時

朝だというのにひどい暑さだ。太陽が埃っぽい道路にじりじりと照りつける。過ぎゆく夏の最後のあえぎといったところか。新兵訓練所にいたころみたいだ、とステフィーは思った。フォートベニングか。暑かったなあ。彼女は歩兵科の上級訓練コースを二カ月前に卒業したばかりだった。たった二カ月前！　高校にしたってそう。五カ月前まで高校生だったのに！彼女はこの何もかもが異常な事態をののしった。

ステフィーの分隊は、ほかの部隊が配置されることになっている封鎖用陣地を道沿いにつくっていた。熟練兵たちは肉体労働に配置換えされても、文句を言わずに黙々と作業を続けた。ときおり風向きが変わって遠くの銃声が聞こえてくると、この仕事のありがたさをみんなはそれぞれに嚙みしめた。

自分のペースでやらなければ、ステフィーは短い折りたたみ式シャベルに片足で体重をかけながら思った。穴掘りの作業のことではない。戦争にはつきものの、戦闘、そして死のことを言っているのだ。掘削機が路肩から掘りかえした柔らかい盛り土に、シャベルの刃がめりこむ。ステフィーがシャベルの土を砂袋に入れはじめると、首にしたたり落ちていた汗の流れる方向が変わった。衛生兵のメリンダ・クレインがビニールのひもで砂嚢の口を縛る。分隊の男たちにちらちら見られるのもかまわず、二人とも茶色がかったオリーブ色のTシャツ一枚になっている。暑かったし疲れきっていた。それに、ちょっかいを出されても、二人にはライフルがある。

ステフィーは背骨にそって絶えず痛みが走ったが、その程度や種類はときによってまちまちだった。肩甲骨が刺されるように痛んで思わず縮みあがったり、うーっという声が出てしまうこともある。だがその痛みは、蔦が絡みつくように腰から胸まで上がってくる鈍い痛みとはまるで違っている。ステフィーは腰を伸ばし、肩を上げ下げし、首をまわした。だが、どんなにストレッチをしても、肺を締めつけ、息を奪い取る万力のような力を緩めることはできない。

そのとき、一台の普通乗用車が前線のある西南の方角から近づいてきた。夜が明ける直前に彼らを運んできたトラックが去ってから、一台の車も見かけていない。その車は、曲がりくねった道を北へまっしぐらに進んでくる。

「避難民だわ」とメリンダが言った。ステフィーは、みんなと同じ予感をかすかに感じながら見つめていた。誰の車だろうとかまわなかったが、それが運んでくるニュースが恐ろしかった。突破されたんだ！　やつらがすぐ後ろに迫ってる！　そう思うと、すっかりうろたえてしまった。

しかしステフィーがそう思ったとたん、車がスピードを落として止まり、窓がさっと開いた。

大きなサングラスをかけた女が一人で運転しており、助手席側に身を乗り出してきた。

「ちょっとお尋ね……」話しはじめた女を、ステフィーがさえぎった。

「お母さん？」驚いて声が裏返る。

「まあ！　そこにいたの！　やれやれ」レイチェル・ロバーツはいらだちをにじませた耳障りな声で言った。車から降りた彼女の手には、ピンクとグリーンの学生用バックパックがあった。何が入っているのか、重そうにふくらんでいる。ステフィーは車のドアまで行った。

「ブラをつけなさい」母親がささやく。

「こんなとこに、何しにきたの」こう叫んでから、声をひそめた。「法律違反よ」

レイチェルがせせら笑う。「何が法律よ。こんなばかなものをつくっといて、あいつだけ特別扱いじゃない」

「大統領がつくったわけじゃないわ」ステフィーは冷たく答えた。「議会を通ったのよ」

わかってないわねというように母親は目をぎょろつかせ、娘の頰にキスして両腕をぎゅっと握りしめる。「汚れてる!」娘の顔をじっと見て言った。本のページをめくる時のようにさっと指先をなめ、ステフィーの顔の汚れをこすり落とした。それから、ヘルメットでぺちゃんこになった髪を整えようとした。彼女は母親のふるまいのすべてに侮辱されたように感じた。

「お母さん! やめて! みんな見てるじゃない! やめてったら!」そしてついに、「もう!」と言って母親をふりほどいた。

「新兵訓練所では、衛生管理にうるさそうだったのに。ずっとシャワーを浴びてないみたいね」

「なんで来たの?」ステフィーがふたたび尋ねる。

今度の質問は、レイチェルにちゃんと届いたようだ。彼女は口を開きかけたが、何度も口ごもった。「ほら」バックパックを手渡し、なんとか話しはじめた。「陣中見舞いよ。歯ブラシとか、パジャマとか。くだらないペーパーバックとかね」

中学のときでさえ使おうとしなかった女の子っぽい派手な色のバックパックを、ステフィーはぞっとしながら見つめた。みんなのほうを振りかえる。くすくす笑いとひそひそ話がすでに広がっている。母親の後ろに見える道路沿いの斜面では、ジョンが班員といっしょに、がけ崩れで道を封鎖するべく、注意深く導火線を張りながら丘を降りている。

「こんなものいらない!」ステフィーは歯ぎしりしながら言い張った。

母親は眉をひそめた。「わかったわ」と言うと、腹立ちまぎれに車の窓から助手席に放りこんだ。

「どこから来たの？」南に伸びるがら空きの道路に目を向け、ステフィーがもう一度訊く。

「とんまなやつがね、間違った方角を教えたのよ」とレイチェルがぼやく。そう言いながらも、彼女はぶるっと身を震わせた。「あっちはひどいもんよ」山々を越えてかすかに聞こえてくる轟音のほうを向いて言う。「どこもかしこも、逃げ出す人だらけ。どうなってるのかだれにもわからない。それにかわいそうに、男の子たちはみんなけがをして」彼女は首を振った。「ここで道路工事をしてるあなたたちは、ずっとましよ」ステフィーが異議を唱えようと口を開きかけると、母親がさえぎった。「きつい作業だってことはわかってるわ、ステフィー。でも、戦うよりはほんとうにましなのよ」

「お母さん」ステフィーは怒りを抑えながら言った。「わかってないわ。わたしたちは戦闘部隊なのよ！　わたしは歩兵なの！」

「もちろんそうだわ」ほほ笑みを浮かべて娘の頬をなでながら、レイチェルが答える。保護者然としたしぐさが癇にさわって、ステフィーは顔をそむけた。「でも、コナー・レイリーとまったく同じような仕事をするわけじゃないでしょ」

「彼は機甲部隊だもの。こっちは歩兵。あの人たちが敵を見つけて、わたしたちが戦うの」

「あの子、死んだわ」

その知らせを聞いたとたん、風が急に凪《な》いで人生のある一章が終わりを迎えたような気がした。陸軍の新兵訓練所に入っても、彼女の十代は終わらなかった。戦闘で衝撃を受けたあとでさえ、若者らしい気持ちや感覚をなくすことはなかった。だが、今なお十八歳であるにもかかわらず、もはや自分が若いとは感じられなかった。

「どんなふうだったの？」喉の渇きを抑えるため、唾を飲んでから尋ねた。「どんなふうに死んだの？」

「戦死よ」レイチェルが答える。「カリフォルニアのどこかでね」

「でも、どんなふうに？」ステフィーはどうしても知りたかった。「撃たれたの？　一斉射撃？　地雷で？　間違って味方に撃たれたの？　敵に撃たれたの？　ねえ？」

「ステフィー、あの子は死んじゃったの」母親はやさしく言った。「それだけしかわからないわ」しばらくして、言葉を続けた。「泣きなさい、ステフィー。いいから。さあ」頭がはっきりした。「泣いたりしないわ」ステフィーはそれだけ言った。これまでずっといっしょだったのに、結局母親はまだ娘のことがわかっていないのだ。涙が出そうなときの瞼の震えを、ステフィーはこれっぽっちも感じなかった。

娘の反応にレイチェルは失望したらしく、それまでのあやふやな感情がいらだちへと変わった。「つまり、こういうことね。あなたは名目上、戦闘部隊に属してるってわけ。でも、コナーは正規の陸軍兵だったのよ。土壇場になってよせ集められた部隊とは違ってね」彼女は首を振った。「かわいそうに。あっちはひどい状況よ、ステフィー。この目で見てきたんだから。今やってる仕事でよかった、と思わなきゃ」ほんとうにそうだわというように、なかばでき上がった機関銃用の陣地と、車が地雷原に迷いこまないようにバリケードとして積まれた岩をじろじろ見た。「少なくとも、かわいそうなコナーが戦闘で経験したような怖い思いを、あなたはしなくてすむものね。彼の御霊《みたま》が安らかに眠れますように」

ステフィーはいろいろな返事を考えた。たとえば、こんなふうな——「アトランタの戦いのことを聞いたことがないの、お母さん？　サヴァナ川のことも？」だが結局、「そうかもしれない」とだけ言った。

ヘルメットを小脇に抱え、小さなタオルで顔を拭きながら歩いてきたジョン・バーンズが、レイチェル・ロバーツの後ろを通りかかった。そして二人のかたわらで足を止めると、レイチェルはとたんに外面《そとづら》のよさを発揮した。長身で髭をきれいにそり、日焼けした青年ににっこりとほほ笑みかけたのだ。

「ロバーツ夫人ですか？」とジョンが手をさし出す。「ジョン・バーンズといいます」

「ああ、そう！　あなたが！」二人が握手を交わすあいだ、ステフィーは母親をじろじろ見ていた。あたかもジョンのことを知っているかのようにふるまっている。だが、ステフィーは一度も彼のことを話したことはなかったのだ。「娘がお世話になっていますね」

ジョンがステフィーを一瞥し、彼女は母親の言葉にいらだってこう言った。「自分の面倒くらい自分で見れるわよ」

不自然なよそよそしさが生まれた。静けさのなかで、戦闘の音がいちだんと大きく聞こえるようだ。しかし、みんなの目は北のほう——近づいてくるトラック隊の音がする——に向けられていた。「わたしたちのトラックが予定よりはやく戻ってきたみたい」とステフィー。

「計画変更だ」ジョンが分隊を振りかえり、「装備をまとめろ！」とどなった。

「このバリケードはどうするの？」ステフィーが文句を言う。

「次に来た連中が仕上げるさ」ヘルメットをかぶりながらジョンが言う。

「どうして変更になったのかしら？」ステフィーが尋ねる。

ジョンは肩をすくめた。「中国軍がやってくるんだろ」と適当なことを言う。

「それじゃあ、ほら」とレイチェル。「急がなきゃ。ステフィー、持ち物を集めなさい」

ステフィーは迷彩服の上着をはおってボタンを留め、それから迷彩防弾チョッキのジッパーを閉めた。その上から、弾倉と手榴弾と救急用具をつるしたベルトをつけた。母親がすでにきちんとなっている肩ひもの位置を調整してやろうとする。ステフィーは身をかわしてかがみこみ、膝高に積み上げた砂嚢に立てかけてある急襲ライフルをさっと掴んだ。

ステフィーが振りかえると、母親は蒼くなっていた。男たちがディーゼルトラックによじ登っているあいだ、レイチェル・ロバーツは娘の戦闘用の装備をじっくり見ていた。そして、武器——安全装置はちゃんとかかっている——の扱いにいかにも慣れている様子の娘を心配そうに見やった。だが、じろじろ見ているくせに、上着の襟を飾っている山形が二つ重なった伍長の記章はまったく目に入っていない。

「さっさと乗れ！」ステフィーが自分の射撃班のもたついている三名の兵士をどなりつけた。

その大声に、レイチェル・ロバーツが少し飛びあがった。

「もう帰ったほうがいいわ、お母さん」ステフィーが言った。

母親は下唇が震えだし、娘の体に腕をまわした。これが最後かもしれないと思いながら母親を抱きしめたとき、ステフィーのいらだちはすっかり消えていた。

フィラデルフィア、海軍造船所　十月十七日、現地時間二一四五時

ベーカー大統領は、ヘルメット姿で巨大なミサイル駆逐艦のデッキに立っていた。頭上には夜空が広がっているはずだ。しかし、ドライドックの内部では、広大なフラットデッキを照らすスタジアムライトが真昼をつくり出している。上空を通過する衛星の心配もなく、無数の男女がフットボール場を四つ並べた長さの艦上で作業をしている。開いた装甲ハッチのまわりで何十もの溶接トーチが火花を散らしている。二、三カ月後には、現在ニューメキシコで最終テストが行なわれている長距離ミサイルがここに運びこまれるのだ。複雑な装置と最新ミサイルを備えた二隻の巨大艦が進水を迎えるまでの期間は、記録的な早さになるだろう。〈ゴー〉サインが出てから、それぞれ一年と一年半しかたっていない。

ともかく、ベーカーはそうなってほしいと願っていた。

ドックを担当している海軍将官がビルをデッキの下へ案内した。油断なく目を光らせるシークレットサービスに囲まれて、副官と通信技術兵も随行する。金属製の梯子を何段か降りると、作業用の狭い通路に出た。圧倒されるような騒音と光景だ。何万人もの男女が蜂の巣

をついたようなあわただしさのなかで、溶接したりドリルで穴を開けたり、リベットで留めたり配線を行なったりしている。横に八十個、縦に何百個も並んでいる箱形の金属はミサイル発射筒だ。その下では、自動運搬装置のテストが行なわれている。それぞれが勝手に、思い出したように内張り板に沿って動いている。六分ごとに、湾曲した部分がミサイルを摑んでまっすぐに引き揚げ、発射台の自動装塡装置に運んでいく。

通りがかりの作業員たちは足を止めてビルと握手を交わし、一瞬の間をも惜しむように担当している仕事に戻った。「もちろん、わたしたちは交替で二十四時間作業を続けています！」民間の請負業者が騒音に負けまいと声を張りあげる。「原子炉の炉心が来月積みこまれしだい、発電を開始して、推進力が続く限り出力レベルをどんどん上げていきます！」

「作業は順調なのかな？」ビルが尋ねる。

業者は肩をすくめた。「テストして欠陥を直してからでないと、なんともいえないのです、閣下。先月のご訪問以来ずいぶんはかどりましたが、何しろ八千基のミサイル発射台を搭載する五〇万トンの船ですからね！　システムも非常に複雑できわめて革新的ですし。連動する五百万個のサブシステムは完成しました！　一月にはすべてのハードウェアとソフトウェアが取りつけられますが、全体がうまく作動するかどうかとなると……」と肩をすくめる。

ビルは狭い通路で立ち止まり、業者とそわそわしている将官のほうを振り向いた。「閣下、彼が言いたかったのは……」造船所の指揮官である将官が、その場を取りつくろおうとした。

だが、ビルは交通巡査のように手を挙げた。「すべてが」と業者に向かってわめく。「すべての運命がこの二隻の船にかかっているんだ！　一月に進水して、初航海で全力を挙げて戦闘に突入し、西大西洋から中国艦隊を追い出さねばならん！」

海軍将官はビルと業者の顔をかわるがわる見較べた。ついに業者はうなずいた。「わかりました、閣下！　承知しました！」

随行してきた副官がベーカーの肩を叩いて耳打ちした。「閣下、サヴァナ川からの撤退に関する最終報告が届きました」ビルはすぐに視察を打ち切った。彼は静かな会議室に案内された。高品位スクリーンが取りつけられる予定のむきだしの壁から、電線がなん本も垂れ下がっている。ケーブルが張りめぐらされ、コンピュータの端末を設置するばかりになっている。ファーストフードの包み紙やタバコの吸い殻が隅のほうにまとめて置いてある。ビルと中佐である副官は、金属製の椅子に腰を下ろし、二脚の木挽き台にベニヤ板の天板をのせてつくったテーブルについた。上にはよれよれになった大きな電気関係の図表が置いてあり、丸まらないように、まわりをコーヒーマグや使わなくなった金属製の食器で押さえてある。海軍将校がパームトップ・コンピュータのデータを読みあげた。

「『ジョージア州とサウスカロライナ州境界線沿いの、クラークス・ヒルレーク周辺で塹壕を掘って守りについていた第四十歩兵師団は、サヴァナ川における戦闘でほぼ八八パーセントの兵士が死亡したため戦闘不能に陥った。最後の戦闘において、彼らは中国軍の七つの装甲および機械化歩兵師団の攻撃を受けた』」

長い沈黙のあとで、ビルが尋ねた。「ほかの防御線については？」

将校は懸命にデータを調べた。「えーっと、『同じく国民軍である第三十七歩兵師団のうち、防御線の中央と左側に位置した部隊は撤退した。しかし、旅団の大半は右側――第四十歩兵師団が側面から突破された場所――における激しい戦闘で身動きが取れなくなり、敵に包囲された。彼らは、えーっと、兵の補充によって八〇パーセントにまで回復した。最右翼にいたため撤退できなかった二つの大隊を除いて、全員がサンティー川とサルーダ川を結ぶ防御線を越えてサウスカロライナ州のコロンビアに入った』」

ビルはうなずいて待った。

「『第三十一装甲旅団は無事に撤退して、高速九十五号線を高速二十六号線とのジャンクションまで進んだ。チャールストンの住民が避難し終わるまでそのジャンクションを開放しておき、その後、別地点に移動してサンティー川沿いの高速九十五号線の北を封鎖した』」ビルはふたたびうなずいた。すべて作戦どおりだ。将校はまたコンピュータのデータを一語一語読みあげはじめた。

「『第四十一歩兵師団は、サヴァナ川に沿って撤退し、サウスカロライナ州サムターに到着後再編成した。撤退中の死傷者は軽微』」副官が顔を上げた。「申しわけありませんが、これだけです。〈死傷者は軽微〉としかわかりません」

ビルはうなずいた。ほっとしたが、完全に安心したわけではない。ワシントンに戻ってコトラーと話をするまでは、ステフィーの安否を知りたいと思う衝動を抑えるのに苦労することだろう。飛行機の中か、飛行機に向かう車中で電話してみよう、と彼は思った。

中佐はデータを読みあげつづけた。もう結構、とビルは思った。「『週の初めの激しい戦闘によって多くの死傷者が出たため、現時点における第四十一歩兵師団の戦闘能力は四五パーセントにすぎない。生き延びた兵士たちの約三〇パーセントが負傷や疾病によって職務を遂行できない状態にあり、治療が必要であると思われる』」

ビルは車へと向かった。『うなじに傷を負い』」とコトラー将軍が電話で状況を説明してくれた。「『至近距離で中国軍の梱包爆弾が爆発したため軽い脳震盪を起こした』閣下、報告によりますと、お嬢さんは命がけで仲間を救われたのです」コトラーは少し間をおいた。賞賛はこれだけにして、ビルのただ一人の子が九死に一生をえたいきさつを、ふたたび淡々と話しはじめた。「『右の脇腹から胸にかけてひどい打撲傷を負い、胸郭に軽いひびが入っている可能性もある』閣下、お嬢さんの傷に関してほかの記載はありません。しかし、軽傷ではないように思われます」彼はおもむろに続けた。「兵役を解除し、救急ヘリで運ぶこともできますが」

大統領は答えなかった。沈黙を続けるには、非常な努力が必要だった。

6

サウスカロライナ州、サヴァナ川　十月十九日、現地時間〇九一五時

でこぼこ道を埃を巻き上げながら走りつづけた韓哲民のリムジンは、ようやく目的地に着いた。先に降りた副官が咳こみながら、埃が落ち着くまで待ってドアを開けた。ひんやりとした森は死臭に満ちている。韓は埃アレルギーのふりをして、ハンカチを取り出すと鼻を覆った。

呉はほかの兵士と同じく戦闘服を身に着けていたが、みんなと違って汚れていない。敬礼してから、父と握手を交わした。「車の中で話そう」と韓が言う。だが、呉はまず見てもらいたいものがある、と答えた。韓は眉をひそめながら、息子のあとについて尾根へと向かった。

韓は自分のところに呉を呼び出そうとした。しかしそちらから会いにきてくれと息子に頼まれ、傷跡も生々しい戦場へやってきたのだった。不気味に静まりかえる、爆破され焼け焦げた風景。呉にとってはまだ未知のものだったが、韓はこれまでに何度となく目にしてきた。ハンカチで遮ろうとした臭いもアジアや中東で嗅いだものと同じだった。

呉が振りかえり、てっぺんに旗のついた杭からはみ出ないように、と注意した。韓は大き

なお世話だという顔をした。息子が思春期に入る前から、戦場を訪れているのだ。地雷原に迷いこまないための知識くらいは持っている。呉は丘の上まで続く狭い塹壕の中に降りていったが、韓は穴の入り口で立ち止まって息子をにらみつけた。「このすぐ上だから」と呉が熱心に言い張る。韓はため息をついて下りはじめた。呉のコンバットブーツとは違って、磨きあげたイタリア製の革靴では思うように進めない。

二人はほとんど落ちかかった塹壕を通って丘へと登っていった。韓は黒っぽいスーツについた埃を何度も払った。尾根に近づくころには汗をかいていた。「呉、わたしはこんなことをするために……」

「ほんとうにあと少しだから！」と呉は譲らない。

まるで子供が兵隊ごっこをしているみたいだ、と韓は息子のことを思った。このアメリカ軍の陣地を攻撃したことによって、おびただしい数の兵士が無駄死にしたというのに、呉はまだこの場所に魅了されている。二人は頂上に着くと、水のたまった大きな弾孔がいくつもある主塹壕に入った。呉は放棄されたアメリカ軍の装備のかけらを指差しては、敏捷に移動した。ジグザグの塹壕線の急な曲がり角ごとに、使用ずみの薬莢が山のように落ちている。あれはアメリカ軍のやつ、これは中国軍の、と呉は立ち止まって韓に指し示した。

「呉……」そんなものには興味がない、と韓は言いかけた。

「ここだよ」崩れ落ちた砂嚢で半分埋まった掩蔽壕の入り口に向かっていた呉が、急に口をはさんだ。暗い入り口の上部に〈9G〉と刻んである。呉は父の先に立って、天井の低いコンクリート製の掩蔽壕に入った。慣れていない呉にはわからないかもしれないが、嗅覚の鋭い韓はすぐに気づいた。誰かがこの中で焼け死んでいる。これは人肉の臭いだ。足元を見ると、靴でこすれてじゃりじゃり鳴っていたのは床の上の黒い灰だった。

だが、呉が見るようにと促したのは上のほうだった。若い中尉は懐中電灯で壁を照らした。コンクリートに数人の名前が英語で雑に刻まれている。韓が〈ステファニー・ロバーツ〉という名に目を留めるのを呉は待っていた。興奮した呉の顔が、反射光の中に浮かび上がる。

韓はうなずいて呉に視線を投げ、それから息子の先に立って掩蔽壕の主室に入った。大火災のなごりである焼け焦げた床や天井や壁、そして大小の薬莢が何千個も落ちている。呉は使い捨てられたライフルと擲弾発射筒のカートリッジを見やり、韓はいくつもの血溜りがこびりついた床に目をやった。暗い血の色は焼け焦げたコンクリートと見分けがつきにくい。

「これを見て」呉が小さなプラスチックの——女の子用のおもちゃらしい——指輪を差し出す。模造宝石のついた安っぽいプラスチックリングは、殺戮の行なわれた納骨堂のような掩蔽壕には不似合いだ。韓はきびすを返すと、外に出て新鮮な空気を吸った。呉は指輪をじっと見つめ、それからそっとポケットに入れた。

呉は外に出て、不機嫌な父のそばに行った。呉が言う。「ベーカー大統領の娘の消息を追った諜報部の報告を読みました。諜報部は彼女がこの戦闘を生き延びたかどうか知るため、アメリカのニュースメディアを監視してるんです」父親は何も言わない。「お父さんも知りたいだろうと思って」韓はもどかしそうに息子を見た。「それで」と呉はためらいながらも、思い切って話し出した。「ベーカー大統領の娘はほんとうにここで戦ったんです」

「だめだ」韓が冷たく答える。

呉は眉をひそめた。「何が〈だめ〉なんです?」

「おまえが戦闘に加わることだ」

呉は腹を立てた。「そんな!」猛攻を受けた塹壕線がなんらかの論拠になるとでも思っているかのように、両手を大きく広げる。韓は乱暴に呉の片腕を摑み、弾孔のわきから塹壕の縁へと引き揚げた。呉はその手をふりほどき、川へと続く斜面を見下ろした。そこにあるのは荒涼とした死の世界だった。アメリカ軍が地雷を敷設した戦場のあちらこちらで、地雷探知機を持った少人数の工兵たちが班に分かれて小道の清掃を行なっている。最終的には、何千もの腐臭を放つ膨れ上がった死体を埋めることになるだろうが、まずは車両の回収に専念している。なかには修理のきくものもあるだろう。

韓は呉をじっと見つめ、切迫した口調で静かに話しはじめた。「おまえは先月の北京とのテレビ会議で、このことを予言していたではないか! わが軍の死傷者比率に関するおまえの話を聞いた北京の首脳たちから、わたしは毎日統計を取るように依頼された! そうだな、どうなっているか少し教えてやろうか? この防御線において、われわれは二万五千ないし三万五千名のアメリカ兵を殺傷するか捕虜にした。だが、わが軍は十四万五千名の死者を出し、負傷者の数となるとその三倍にものぼっている! 総計六十万名だぞ! しかも、ここは臨時の防御線だ。次のはもっと強固になるだろう。その次のは、なおいっそう強固に!」

「だからこそ自分が戦闘に加わらなくてはいけないんです」呉が突っかかるように答える。「わが国は優秀な指揮官を必要としています」

「そして、それがおまえだというわけか！」韓はかろうじて怒りを抑えてどなった。「おまえは……」と言いかけて言葉を切り、振りかえって地獄のような光景を見下ろした。「呉、士官学校で何を教わった？」二人の視線は戦場をさまよいはじめた。「みんなと同じように死を礼賛しろ、と習ったのか？　これがおまえのあこがれる輝かしい〈勝利〉なのか？」

「お父さんは敗北主義になっているんだ」父親を犯罪者だと決めつけるような危険な言葉を、呉は冷淡な口調でつぶやいた。

二人が敵意むきだしでにらみ合ったとき、邪魔が入った。掘り返されたばかりの土塁を四つん這いで越えてきた韓の文民副官が、爪を短く切った手の土を払った。「失礼します、韓行政官殿、韓吾師中尉殿。近くの町から来た文民代表団が、行政官殿との会見を申し出ておりますが」と言うと、韓が乗ってきた車の列が停まっている反対側の斜面の下に顎を振った。三人のアメリカ人が倍の武装兵士に囲まれて立っている。

息子の傲慢な口ぶりにまだ憤っている韓は、丘の下へ引き返すあいだひと言も口をきかなかった。呉と韓の副官があとに続いた。韓は六つの銃口に取り囲まれた三人のアメリカ人と握手を交わした。それから、手を振って兵士たちを追い払った。

「わたしはオーガスタの市長です」と年配の女が言った。「お目にかかれて光栄です、これからごいっしょに……と、にこやかに話しはじめた韓を女が遮った。「市民がおたくの軍隊にひどい目に遭わされています。なんの罪もないのに。捕まえられて、強制収容所に入れられているんです」

慇懃《いんぎん》だった韓の態度が急に険悪になった。「どこへ?」とだけ尋ねる。説明しはじめた彼らに、副官の地図で場所を示すようにと言った。場所を示して男がうなずくと、韓はリムジンと通信用ワゴン車をはさんで停まっている二台の装甲偵察車両に乗るよう部下たちに命じた。副官がリムジンのドアを開け、韓が乗りこんだ。呉は傲然と胸を張って道路に立っている。「乗れ」と韓が命令した。

二人とも黙りこんだまま一時間たったころ、車は有刺鉄線の囲いの前を通りかかった。アスファルト道路の両側にある屋根のない檻の中では、アメリカ人捕虜が横たわったり腰を下ろしたりしていた。大半とまではいかなくとも、多くの兵士が負傷している。檻から腕を突き出し、大声で食物や水や薬をあさましくねだっている。呉はその光景に衝撃を受けたようだ。これまでの短い人生で、彼は検閲ずみのニュース映画でしか戦争を見たことがなかったのだ。

収容所長は空調装置つきトレーラーの昇降段から韓に挨拶した。呉が敬礼すると、大佐は軍隊式の挨拶は返さずに、握手で応えた。呉のことをちゃんと知っていたことからして、彼らの訪問を前もって知らされていたのは明らかだ。二人を中に案内して、座り心地のよいソファを勧める。兵士たちが熱い紅茶と菓子と塩漬け肉を出した。韓がそれらに手をつけたのは、サヴァナ川一帯で嗅いだ死臭のせいで口に残るいやな感じを取り除くためだった。呉は食べ物をつついては、何度も時計にちらりと目をやった。

「ジョージア州のオーガスタから」と韓が収容所長に言う。「市民が消えているという報告を受けたが」

大佐は驚いた様子だ。「あそこはわたしの担当地域ですが、そのようなことは初耳です。国勢調査も始めていないのですから、実情のわかる者がいるとはとても思えません。おそらく、われわれの命令を無視して、防御線を越える道を求めて家を出たのでしょう」

韓は納得したかのように、ほほ笑みを浮かべてうなずいた。

二人の顔を交互に見較べていた呉が、「いやあ、さっき聞いた話ではそんな感じじゃありませんでしたよ」と横柄な調子で口を開いた。「わが軍が一般市民を家から連行する様子をこと細かに報告していましたからね」

「だれからお聞きになったんですか？」メモ用紙とペンに手を伸ばしながら、大佐が愛想よく尋ねる。

呉は目に警戒の表情を浮かべて黙りこんだ。

「結構。韓はうなずいて紅茶の最後のひと口を飲み終えると、立ち上がった。「ありがとう、大佐。お手数をかけて申しわけなかった」二人はふたたび握手を交わした。「かなりの数の捕虜を収容しているようですね」

「じつにあざやかな勝利でした、違いますか？」と大佐が言った。そして呉を振りかえる。

「将来母校に教官として戻られた暁には、サヴァナ川でのわれわれの華々しい勝利についてぜひとも授業で話していただきたい！」大佐は笑って呉に握手を求めた。

差し出された手を無視して、呉は相手の顔をじっと見つめた。韓はその様子を見て取ると、大佐にもう一度礼を述べた。二人は涼しいトレーラーから、ますます強くなった朝の日射しの中に出た。かすかな死臭を嗅ぎ取った韓は、ちらりと息子を見やった。自分に投げ返された視線から、呉も気づいていることがわかった。数百メートル先で、ひとかたまりになったアメリカ兵が何かをねだっている。細い有刺鉄線をはさんで警備兵たちは、表情も変えずに銃を構えている。

韓と呉はリムジンに乗りこみ、方向を指し示しながら先頭車の前を走る警備兵のあとを追った。次のインターセクションで右に曲がれ、と手で合図している。韓は受話器を取って、先頭車に右ではなく左に曲がるよう命令した。かくして、車の列は捕虜を収容する檻や急ごしらえの小屋のあいだを、一見行き当たりばったりにさまようことになったが、韓は角にくるたびに方向を指示した。呉は窓の外の光景と、父の顔をずっと交互に見ていた。アメリカ人捕虜が血まみれの包帯に包まれた仲間の死体をそっと有刺鉄線の下に滑りこませる。紙製のマスクをかけた中国人警備兵が、その死体をトラックの荷台に放り上げる。

しばらくすると、がら空きの道路上で「止めろ」と韓が言った。アメリカ人捕虜たちが綿《めん》のマスクをかけた兵士たちに囲まれて、何もない原っぱにシャベルで穴を掘っていた。韓が車から降りると、呉はむっつりとしてあとに続いた。何十台ものトラックが原っぱに数珠つなぎに停まっている。

運転兵たちはタバコを地面に投げ捨てると、高価なスーツを身に着けた文民たちを避けてどこかへ歩き去った。

呉はたじろいで、口と鼻を覆った。韓に随行してこのような視察を十年続けている副官がにやりとする。それに気づいた呉は無理やり両手を脇に下ろし、父について軍用トラックの後ろへまわった。緑色のフェンダーと幌は分厚い土埃に覆われて茶色く見える。韓はテールゲートの幌をまくり上げた。

呉はひどい吐き気を覚えてあとずさりした。弾丸で穴だらけにされた半分裸の青白い死体の山に、蠅がたかっている。ほとんどが男だが、女も、そして子供も混じっている。

みんな明らかに民間人だ。

呉は胃の中の菓子と紅茶をすっかり戻してしまった。父親は幌を下ろすと、呉を道路のほうに連れ出した。常に韓に付き従っている陸軍の護衛隊は、遠慮したように二人から少し離れた場所にいる。

「どうして?」真っ青な顔をして、まだすっきりしない胃を押さえながら、若者はやっとこれだけ尋ねた。

「呉、これが戦争だ!」と韓が言う。「おまえは嘘を吹きこまれてきたんだ! 洗脳ってやつさ!」

呉は唾を吐き、体をまっすぐに起こすと、共同墓所をまじまじと見つめた。「なぜわが軍がこんなことを？」

「わたしの仕事は、アメリカ人を説得して仕事に戻させることだ。脅せば、彼らは働こうとしない。つまりこれが、盛将軍のやり方なんだ」

「でも、この戦争の一番の目的は、アメリカ人の生産力を利用することなんでしょう？」

韓は息子をまっすぐに見た。「呉、おまえは頭のいい子だ。考えてみろ。どういうことだかわかるだろう？」

若者は見つめかえしたが、すぐには返事をしなかった。視線を韓の顔のまわりにさまよわせながら、父の問いについてじっくり考えていた。「盛将軍は」そしてついに、明らかな答えを口にした。「アメリカ人を説得して仕事に戻すというお父さんの努力を妨害して失敗させ、お父さんと文民政府の信用を傷つけようとしているんだ」

韓はほほ笑んで息子の肩をポンと叩いた。「そうすれば」と、韓は皮肉たっぷりにつけ加えた。「陸軍はサヴァナ川でのすばらしい戦いと同様に、次つぎに勝利を重ねることができるからな」

うなずきもせず、父の意見にはなんらの反応も示さずに、呉は尋ねた。「どうなさるつもりですか？」

息子の肩に軽く手をのせたまま、韓はにこやかに問い返した。「ワシントンに潜入しているスパイのことで何かわかったことは？〈オリンピック〉とかいうコードネームだったと思うが？」

呉が視線をそらすと、彼は息子の肩をぎゅっと摑んだ。呉はたじろいで韓の目をまっすぐに見つめた。そして肚《はら》を決めてこう言った。「オリンピックは女です。盛が〈彼女〉と呼んでいるのを聞きました」

「それだけか?」と韓。呉がうなずく。しばらく考えたあと、韓はにっこり笑ってふたたび息子の肩を叩いた。「よくやった! 上出来だ。だが、名前が知りたい」そう言うと、きびすを返して車に戻った。しばらく父の姿を目で追っていた呉は、自分たちの護衛をしている兵士たちの視線を感じた。みんな呉よりも若いくらいだった。彼らが二人に注意を向け、会話に耳をそばだてていたのは、ただのくだらない好奇心からではなかった。兵士たちにとって、韓と呉は自分たちの運命を思いのままに操る神のような存在だからである。そして、そのことに呉自身も気づいていた。

サウスカロライナ州コロンビア　十月二十日、現地時間一七四〇時

まだ陽も落ちていないというのに、これまでになくさわやかで過ごしやすかった。日射しは暖かいが、暑くはない。空気を吸いこむと胸がすっきりする。しかし手足が肌寒さを感じることはない。

地平線のすぐ向こうでの弾幕砲撃だけがこのすばらしい天候をだいなしにしている。ステフィーはその音を聞きながらうとうとしていた。戦いに疲れた熟練兵たちは誰も口にしなか

ったが、それはいつも聞こえていた。彼女の閉じた瞳の奥には、すさまじい砲撃の様子が次から次へと何時間も浮かびつづけている。サヴァナ川での銃撃戦は数分で決着がついた。しかし、その光景は一日じゅう目に浮かぶのだ。

前線は何十キロも先だが、中国軍のすさまじい砲撃のせいで声を張りあげなければ話はできない。もっとも、第一分隊のみんなにはそれほど話すこともなかった。上級指揮官たちは、攻撃を受けて消耗しきった部隊をそっとしておいた。そのため、兵士たちは毎日十時間ないし十四時間寝て過ごした。長時間眠れば眠るほど、ついこの前起こったことや、これから待ちかまえていることをじっくり考える時間が減るからだ。だが、人生最後の日々を眠って過ごすなんてとんでもない、と思うとステフィーはいらだった。

「ねえ」とベッキー・マーシュが言う。ステフィーは眠っているふりをした。「あんたのパパからVメールが届いてるわよ」

ステフィーが起き上がる。「えっ？　見せて」ベッキーは自分の通信用ヘルメットを手渡すと、彼女のそばに腰を下ろした。「遠慮してもらえる？」とステフィー。

ベッキーが鼻を鳴らす。「もう見たわよ」そう言いながらも、立ち上がってドタドタと行ってしまった。

ステフィーは二枚の小型スクリーンを下げて、立体画像のピントが合うように調整した。画像が目の前にあるので、まるで大型スクリーンで見ているような感じがする。大統領執務室のデスクに向かっている父親の静止画像が映っていた。もう少し画像の質がよくて、スーッの上着をきちんと身につけていたら、演説を行なっているのだと思ったことだろう。

ステフィーはリモコンを見つけて再生ボタンを押した。

「このVメールは合衆国大統領から娘のステファニー・ロバーツに宛てたものです。このメールを受け取った方は、娘を探して見せてやっていただけないでしょうか。よろしくお願いします」彼は間をおいて、罐入りのダイエットコークをひと口飲んだ。おそらく、受信者にステフィーを捜す時間を与えたつもりなのだろうが、もちろんベッキーはそんなことはしなかった。ステフィーはそのことに腹が立った。

「ステフィー」父が口を開いた。「Vメールを二通もらったから、返事を出そうと思って。ほんとうになんと言ったらいいか……わたしは……」懸命に言葉を探している。「おまえと較べるとひどく単調な生活を送っているように思える」ステフィーは顔をしかめて、笑い声を漏らした。お父さんしっかりしてよ、大統領なんだからね！　私はただの兵隊よ。「おまえのことをいつも思っている。白状すると」ますます思い詰めた表情になった。「日々の戦況説明を、最高司令官としてではなく、えーっと、一人の父親の立場で聞いていることもあるんだ」デスクに平らにのせた両手の指を広げ、視線を落とす。「ステフィー、話したいことがある」カメラから視線をそらしたまま、ふたたび話しはじめた。「怒らないで聞いてくれ。陸軍にはいろいろな仕事がある。戦闘に加わるのと同じくらい重要な仕事がね」

「チェッ！」父がまたしても自分の兵役を解除させようと考えていること、そしてベッキー・マーシュに全部知られてしまったことに、ステフィーは悪態をついた。「陰で糸を引こうなどとは思っていない。コトラー将軍の話によると、その必要もないそうだ」統合参謀本部議長の名前を聞くと、ステフィーは笑い出した。彼は陸軍の最上級司令官だが、父にかかっては娘の安否を尋ねる副官扱いだ。「しばらく前線に出たあと、別の仕事に変わる兵士も多いそうじゃないか」

怒りとひどいいらだちのせいで、ステフィーはうなり声を上げた。大隊の中には〈転属〉していった者も数人いたが、彼女の中隊には一人もいない。それがチャーリー中隊の生き残り組の誇りであり、〈転属〉という言葉は嘲笑と軽蔑の的になっているのだ。

「コトラー将軍が言うには」あいかわらず広げた指先を見下ろしたまま、話を続ける。「熟練兵を新兵訓練所のインストラクターとしてぜひ採用したいのだそうだ。そうすればもっと国のために尽くせるし、おまえが学んだことを新兵に分け与えることによって、多くの若い命を救うこともできるだろう、と」彼はため息を漏らすと、ようやく顔を上げた。「返事はEメールかVメールで送ってくれ。わたしとコトラー将軍が責任を持つ」

ステフィーはがっくりと気落ちし、すっかり打ちひしがれてしまった。なんでお父さんはこんなことをするんだろう？

「心から大切に思っているよ、ステフィー」声が震えている。Vメールの画像が消えると、目の隅に、戻ってきたベッキー・マーシュのブーツが映った。まさに計ったようなタイミングだ。ステフィーはヘルメットを脱いだが、目は塹壕の向こうの壁を見つめたままだ。ベッキーはヘルメットを受け取って腰を下ろした。

「で?」ほとんどささやくように訊く。ステフィーには遠くの銃声がかろうじて聞こえた。

「どうするつもり?」

「どうすると思ってるわけ?」ステフィーが嚙みつく。

「さあ」考えこんでいるような答えが返ってきた。ステフィーは顔を上げた。ベッキーが眉間にしわを寄せてじろじろ見ている。あんたになんの関係があるのよ、ステフィーはそう思った。ベッキーが、重大な秘密を打ち明けるかのような口調で言う。「あなたのこと、ほんとに大事に思ってるのね」

「転属なんかするもんですか!」ステフィーはかっかしながら言った。「冗談じゃないわ!」

ベッキーはほっとしたようだ。「やっぱり」とかすかにほほ笑みながら言うと、それを隠すために顔をそむけた。「そうだと思ってたわ」ステフィーは横目でちらりとベッキーを見た。「それにしたって、あなたのパパはほんとにやさしいわ。そうでしょ。わざわざ訊いてくれたりするなんて」

誰の父親だって同じことをするはずよ、とステフィーは言いかけた。あなたの両親だってきっとそうすると思うわ、と。だがそのとき、彼女はベッキーの家族について何一つ知らないことに気がついた。家族のことを訊いてみようかと思ったが、ベッキーの様子を見て考え直した。なんだかわからないけど、かいま見た私の家族関係が温かそうなのを知って、ひどく喜んでいるみたい。それとも、私が転属しないのがそんなに嬉しいのかしら?

ベッキーは立ち去った。ステフィーは自分のヘルメットをかぶると、塹壕のそばに生えている草の上で丸くなった。

がら空きの道路をこちらに向かって近づいてくる古いハンヴィーの音で、ステフィーは深い眠りから目覚めた。彼女は背嚢から頭を起こした。非常時にはヘリポート——おそらく彼らが警護を担当することになるだろう——として使われるテニスコートのまわりに掘られた第三小隊の塹壕は、広さにゆとりはあるもののあまりできはよくない。ハンヴィーは縁石に乗り上げてコンクリートの歩道を横切り、小石を敷き詰めた噴水式の水飲み場と柔らかいゴム引きのベンチのあいだで停まった。だが、後ろについてきた二台のトラックは道路に駐車した。ハンヴィーからバーンズとアッカーマンが降り立ち、幼稚園のブランコの近くに掘ったステフィーとアニマルの塹壕へ向かってくる。それぞれの戦闘用塹壕のそばの草むらで寝そべっていた二人は、肘をついて上体だけを起こした。みんな集まれ、とアッカーマンがどなる。ベッキーとドーソンがテニスコートの入り口近くにある塹壕から出てきた。ステフィーは目をぎょろつかせ、ため息を漏らした。二人は昨夜二度セックスをしているのだ。

これで第一分隊が全員そろった。メリンダ・クレインは川沿いにある大隊の前線応急救護所で治療に当たっていた。

迷彩服の上着に黒い線の入った大尉の襟章をつけたアッカーマンが近づいてくる。ジョン・バーンズに目をやったステフィーは、びっくりして彼の襟元を見直した。黒い線が一本入った少尉の襟章をつけているではないか。二人の後ろの道路から、四台のトラックのブレーキ音が大きく響いた。

「おめでとう、アッカーマン大尉」アニマルが寝そべったまま皮肉を言う。続いて、ジョンのほうに顔を向けた。「うまくゴマすりやがったな、バーンズ」ジョンが怒りに駆られて一歩踏み出すと、アッカーマンがとっさに彼の胸の前に手をさし出した。「わあ！」アニマルが声を上げる。「こいつを止めてくれ！　止めてくれ！」巨漢のラインマンはジョンの昇進に抗議して、頑として地面から起き上がろうとしない。「なんだって、こんなやつが軍曹から少尉になったんだ？」

「バーンズに辞令が下りた。今日からおまえたちの小隊長だ」アッカーマンが告げる。

「ふん！」アニマルが鼻で笑う。「冗談じゃないぜ！　これがプロの集団のやることか？なんでおれさまが将校にならないんだ？」

「頭が悪すぎるからな」アッカーマンがまじめな顔で言う。

「それに、ぶさいくだし」ステフィーがつけ加えた。

「おまけに、鼻がもげそうな体臭ときてる」とドーソンがとどめを刺す。

アニマルは一瞬、〈みんなくたばっちまえ〉と言わんばかりに顔をしかめたあと、こう言った。「あいつら、この小隊の新入りか？」トラックのテールゲートから下りた補充兵たちが、腰や足を伸ばしたりしながら重い背嚢をかつぎ、武器を受け取っている。

アッカーマンが言う。「選抜徴兵制で選ばれた精鋭たちだ」片膝をついてヘルメットを脱ぐと、短く刈りこんだ髪が少し伸びはじめた頭を掻いた。

ジョンはポケットに手を突っこみ、取り出した小さな黒いプラスチックの記章をアニマルに投げた。「おまえのM‐60を補充兵の一人に渡せ」と命令する。アニマルは記章の小さな三本線を見ると、片方に首をかしげ、ついでもう一方に傾けた。「おまえが第一分隊の隊長だ」

ステフィーは激怒した。アニマルが分隊長！ ジョンが小隊長で、アニマルが分隊長ですって！

ジョンはもう一個の襟章——軍曹を表わす線がついている——をドーソンに放った。ドーソンまで！ 新兵訓練所を出てたった二週間しか経ってないのに！ 「ドーソン、おまえに第二分隊を任せる。第三分隊では、チェンバーズが昇進して分隊長を務める。シェパードが第四分隊の隊長だ」

ステフィーは怒りのあまり、バーンズとアッカーマンを見る気にもなれなかった。顔が真っ赤になっているのが自分でもわかる。バーンズが彼女のそばに膝をつき、二本線の入った伍長の記章をはずした。

「なにすんのよ！」こうどなって、ステフィーは彼の手をぴしゃりと叩いた。

ジョンは二つの弧形の上に三本線のついた三等曹長の記章を掲げると、彼女の襟に留めはじめた。時間がひどく長く感じられる。小隊の残りの兵士がヘリポートの反対側から到着した。全員こっちを見ている。「おまえが第三小隊の曹長だ」襟章をつけながらジョンが言う。カース三等曹長の姿がステフィーの心を覆い尽くした。あの人みたいになれるわけないじゃない！　荷の重すぎる役目に圧倒されて当惑した。

目を上げると、男女半々の三十名あまりの二等兵が彼女の塹壕をおとなしく取り囲んでいた。ステフィーは起き上がった。新兵の多くが構えの姿勢を取っている。半数ほどは不気味な砲撃の音が聞こえてくる地平線のかなたを見つめている。そして残りは地面に目を落としていた。

アッカーマンが背筋を伸ばし、声を張り上げて新兵たちに歓迎の言葉を述べはじめた。「ようこそ、第五百十九歩兵連隊、第三大隊、チャーリー中隊、第三小隊へ！」彼は埃まみれの熟練兵のほうにさっと腕を伸ばした。「中国軍がありったけの武器で何十回となく攻撃してきても、ここにいる十七名の兵士は負けなかった！　冷静さを保って持ち場を守り、命令に従い、骨身を惜しまず戦った。おまえたちも、ぜひそうなってほしい！」と目を丸くしている新兵たちに向かって言う。「この小隊は〈ウエストポイント〉と呼ばれている！　そしてこのおれが小隊長を務めていた。ぶっちゃけた話、大隊一優秀な小隊だ！　たぶん陸軍でも一番だろう！　いいか、それを台なしにするなよ！」

新兵たちはアッカーマンから視線を離さない。彼が話し終わると、ステフィーとアニマルが立ち上がった。

「よし、二班に分かれるぞ！」ジョンが叫んで指差した。「機関銃手とミサイル兵はあそこへ集まれ！　残りの者は動くな！」

誰も動こうとしない。ステフィーはかっとなった。

「さっさと動け！」と叫んで腕を振りまわした。すると、ジョンが指し示した武器担当兵の場所に、ほとんど全員が移動しはじめる。「こら、ばか！」彼女は一人の新兵を叱りつけた。「おまえが持ってるのはなんだ？」彼は下を向いた。「機関銃かミサイル発射筒か？」彼女が叫ぶ。

「違います、三等曹長殿！」

「じゃあ、じっとしてろ！」ようやく全員が理解して、すばやく二班に分かれた。

アッカーマンが笑いを噛み殺しながら立ち去った。ジョンとステフィーは補充兵と臨時配属された兵器担当兵――規則上は兵器小隊所属であるが、実際には番号のついた小隊に割り当てられる――を各分隊長に分配した。アニマルの第一分隊が女の衛生兵を取ったのを見て、ステフィーが叫んだ。「彼女は戻せ！　おまえんとこには、クレインがいるだろ」

「そのままでいい」ジョンがステフィーの命令を打ち消し、熟練兵たちに目をやってから声を下げて言った。「あそこには新しい衛生兵を入れる」ステフィーはジョンの目を見た。彼が首を振る。アニマルもドーソンもベッキーもそれを見ていた。全員が理解した。ステフィーは戦闘の続く地平線のほうに目をやった。メリンダ・クレインは戦死したのだ。

「あそこに戻れ！」ステフィーはうろうろしていた衛生兵に命令した。「少尉の言葉は聞こえただろ！」

ジョージア州アトランタ、リッツ・カールトンホテル　十月二十一日、現地時間二三一五時

「トラブルには巻きこまないでくれよ、呉」陸軍将校でにぎわうホテルでの別れ際に、握手を交わしながら元同級生は声をひそめて言った。「これは国家機密だ。情報の出所は極秘だ。ばれたら射殺されかねない、わかるだろ」呉はうなずいた。

その若者は呉と同い年だったが、みんなより一年早く卒業した。陸軍は歩兵小隊長よりも、コンピュータプログラマーのほうを切実に欲しがっていたのだ。

呉は友人が掌に隠し持っているメモリースティックを取って、自分のポケットにそっと入れた。

「じゃあね」呉がホテルの部屋に入ったとき、珊珊は電話に向かってそう言った。彼女は携帯電話のボタンを押し、それからまた数回押した。コールログを消しているんだ、と呉は思った。

珊珊はバッグに携帯電話を入れると、ドアのところに立っている呉に初めて気づいたように彼を見上げた。短いサテンのローブ一枚で、大理石の通路を跳ねるように走ってくる。ローブがはだけて、下に何もつけていないのがわかる。彼女は開いた唇でキスをしたあと、体を離した。「楽しいことをしてきたの？」眉をひそめて尋ねる。

「ああ」と呉は答えた。珊珊は両腕をしっかり彼の首に巻きつけたままだ。ほどいた髪をたらし、メークアップは昼のまま。シャワーを浴びようとしていたのだろう。「きみとね」呉がそう言うと、彼女はにっこり笑った。「どうして訊くんだい?」彼は珊珊の両手を首から引き離すと、ピストルのベルトを外し、机の上にホルスターに入った銃を置いた。

「お酒のにおいがしたから」そう答えて、呉の返事を待つ。

「下のバーで友人と会って、一杯やっていたんだ」

「男の友だち?」珊珊が訊く。呉は小さな机の前に座ると、首をかしげてにやっと笑った。

「ふーん」と彼女はすねたように言い、彼の腿に裸のお尻をのせてまたがった。その拍子に、ローブがますますはだけた。「下をうろついてるアメリカ人の娼婦は、みんなとってもきれいだもんね」体を揺らしながら呉に下半身をすりつけてくる。ほほ笑みの浮かんだ唇は開き加減になり、ローブが肩から滑り落ちてほっそりとした両腕があらわになった。

「士官学校時代の友人なんだ」耳には熱い息を、首にはキスの雨を浴びながら呉が説明する。

「シャワーを浴びてくるわ」珊珊は呉の耳に軽くキスし、彼の唇をさっとなめると、またあとでね、というようにほほ笑んだ。立ち上がって、途中でローブを床に脱ぎ捨てながら浴室に向かう。

「きみの支度ができるまで、ネットサーフィンしてるから!」呉は彼女の背中に叫んだ。机においてある珊珊のノート型パソコンの電源を入れる。「きみのパスワードは?」

彼女はすばやく引き返して、彼のそばに立った。「わたしのパスワード?」携帯パソコンのフラットスクリーン上のダイアログボックスで、カーソルが明滅している。珊珊は笑うと、「貸して」と言って机のパソコンを取りあげた。「インターネットにアクセスしてあげる」ソファーに移動し、呉の向かいに腰を下ろした。彼からはスクリーンは見えない。いっ心に操作しているあいだ、珊珊の表情はさまざまに変化した。何度かほほ笑み、呉に投げキスを送る。手早い操作のわりには、パソコンが小さなブザー音で作業ミスを知らせる。

彼女は全裸だ。肌はすべすべで、体はほっそりしている。胸は大きい。だが、呉は欲望が萎えていくのを感じた。「さあ、どうぞ」珊珊はソファーから立ち上がりながら、骨の折れる仕事に息切れしたかのような声で言った。パソコンを呉に手渡す。スクリーンには北京発のニュースの見出しが現われていた。トップ項目は〈サヴァナ川の戦闘における大勝利〉だ。

珊珊の乳首が軽く触れそうになって、呉は顔をよけた。彼女は異常ともいえるほど陽気に笑って、浴室に跳ねていった。彼女のEメールを開くには、自分の知らない別のパスワードが必要なことに呉は気づいた。

ポケットを探ってメモリースティックを取り出し、パソコンのスロットに差しこむ。スティックには三個のファイル――マイクロソフトのVメール――が入っていた。タッチスクリーンに軽く触れただけで再生装置が作動しはじめる。にっこりほほ笑んだステファニー・ロバーツの画像がスクリーンに現われた。

次つぎと、呉は三本のVメールを見た。二本はステファニー・ロバーツから父へのメール。一本は大統領から娘へのメールだ。呉は三本目のメールにことさら憤慨した。彼女は父の申し出を受けて、楽な道へと進むのだろうか？　彼女はもう充分だといえるほど戦ってきたのだろうか？　だが、ほんとうはそんなことで憤慨しているのでないことはわかっていた。

「心から大切に思っているよ、ステフィー」大統領は今にも泣き出しそうな声で言った。

シャワーの音がやむと、呉はファイルを消去してパソコンの電源を切った。メモリースティックを暖炉に投げこみ、寝室に向かった。「濡れたままのほうがいい？　それとも、乾かしたほうがいい？」

「乾かしてくれ」と呉は答えた。それで、ヘアードライヤーの音を聞きながらあおむけに寝そべって、もうしばらく考える時間ができた。

ホワイトハウス、大統領執務室　十月二十二日、現地時間二三三〇時

クラリッサは満員の大統領執務室になんとか滑りこんだ。だが、出入りの多い戸口に立っていると、ぶつかってきた副官たちに謝られてばかりいる。そこで、壁づたいに横歩きで進み、興奮の嵐のなかにようやく静かな一角を見つけて腰を下ろした。その幅の狭い椅子はいちばん奥にあり、年代物のライティングビューローの陰にほとんど隠れている。ドッド国務長官の姿を探すが、見つからない。「なんでもいいから、よいニュースを持ってくるように」と、長官に召喚されたのだ。

十秒間の謁見の順番を待っている人込みに遮られて、ベーカー大統領のデスクも見えない。

「いやいや、そうじゃない、元帥！」ベーカー大統領が叫び声を上げ、相手の話に割りこんだ。「中国海軍はバハマの封鎖用陣地を突き破ることはできないときみが言ったのを、わたしははっきり覚えているぞ！」ソートン元帥は答えたが、聞き入れてもらえない。「西海岸の防衛に関して、フロリダの保持がそれほど危機的な状況にあったのなら、なぜそう言わなかった？　大西洋のはるか北、ノースカロライナ州ウィルミントン沿岸に出現した中国軍潜水艦隊を、腕をこまねいて見守る以外打つ手は何もないと言うのか？　なんとかしろ、元帥！　なんとかしてくれ」

まわりの話し声が低くなった。ひそひそやっている者もいる。部屋にいるほとんど全員がただ一人の男に注目していた。縮小しつつある自由世界の指導者。とそのとき、少なくとも一つの予備軍をワシントン南部の大西洋沿岸に振り向ける必要がある、と静かな助言の声が上がった。

「コトラー将軍」ベーカーは明らかに困惑した口調で言った。「きみはサヴァナ川沿いの防御線が突破されたと言ったばかりじゃないか！　軍団は底を突いているんだ、将軍！　師団も旅団も、大隊も……騎兵中隊も。戦争に突入して一カ月で、十六万名の死者または捕虜が出ている！　一カ月でだぞ！　負傷者は三十万名で、そのうち五万名は一年のリハビリが必要なほど、または永久に傷害が残るほどひどい傷を負っているんだ！」

部屋は静まりかえった。全員の顔が大統領に向けられた。心配そうな表情を浮かべた者もいる。そのほかの連中は無表情を装っている。ここにいる男女はさまざまなことを考えているだろうが、一つだけ確かなことがある。クーデターの首謀者たちは後者の中にいるということだ。大統領首席補佐官に見られていることに、クラリッサは気づいた。目が合ったとき、視線をそらしたのはフランク・アダムズではない。クラリッサのほうだった。

そのとき、スピーカーからかすかな爆発音が流れた。機関銃の音もしている。砲弾の炸裂音が轟く。すさまじい爆発音にかき消されそうな叫び声が、遠くから聞こえてくる。

「……ほとんどの着弾監視所が使用不能！」誰かが声を限りに叫んでいる。叫び声はひどく大きく響いたかと思うと、近くの爆発音に何度もかき消される。「中国軍の上陸用舟艇がサイパン、タラワ……」爆発音がガリガリと大音量でスピーカーから流れる。「沖縄およびグアム沿岸に出現！　サイパンとタラワ沿岸はすでに全面併合されたもよう！」またもや激しい爆発が起こったが、男は報告を終えようと叫びつづける。「六十台の戦車のうち……が破壊されました！　たとえ中国軍砲兵隊に進入路を封鎖されても、われわれは海兵隊のライフル兵だけで沖縄の敵海岸堡に攻撃を行ないます！　大統領閣下、彼らは敵の弾幕をかいくぐって突進しています！　きわめて激しい、壁のような弾幕を！　一時間以内に海岸を奪回できなければ、われわれは二度と紺碧の海を目にすることができなくなるでしょう！　敵の進撃速度では……」

空電音がはじけ、沈黙が続いた。「いや、短波で交信できるのはあの司令部だけなんだ。オアフの海底ケーブルは切断された。パールハーバーの海兵隊第三派遣軍司令部と交信するのはもう無理だ」という声がクラリッサの耳に聞こえた。

ソートン元帥が大統領に告げた。「潜水艦隊をワシントン州ブレマートンに転進させます。閣下、残念ながらハワイは陥落するものと思われます」

数分後、いつの間にか部屋は閑散としはじめていた。一人、二人と出ていき、大統領執務室は空になっていく。アーサー・ドッドを探していたクラリッサは、大統領首席補佐官のフランク・アダムズとまたもや目が合った。彼は通りすがりにほほ笑みかけ、ウインクした。クラリッサは驚いた。いったいどういうつもり？　大統領は背を向けてデスクの後ろに立ち、窓越しに闇を見つめている。

クラリッサは一瞬立ち止まって、孤独な男に目をやった。それからきびすを返して部屋を出ようとしたが、フランク・アダムズがドアを後ろ手に閉めてしまった。彼女は、ほかに人がいるとは思っていない合衆国大統領と、二人きりで部屋に取り残された。彼は身じろぎもせずじっと外を見ている。クラリッサは喉がからからだった。必要もないのに咳払いをしようとしたが、うまく音が出なかった。口を開いたものの、声が出てこない。何を話せばいいのか見当もつかない。

「あ、あのう、大統領……」

振り向いたベーカーを見て、クラリッサは衝撃を受けた。泣いていたのだ。彼はあわてて窓のほうに向き直った。

その瞬間、クラリッサは直感的に思った。何もかも私の誤解だったのかしら、それとも……彼女は濃い霧の中へと足を踏み入れた。手にしたファイルをデスクに置き、なんと言おうかと必死に考えた。考えをまとめようとすると、どこからともなく湧き上がってくる激しい感情で心はますます千々に乱れた。その感情に衝き動かされるように、彼女は大統領のデスクから椅子へと移動した。「あのう……」と言いかけたが、言葉が続かない。

彼が振り向いた。落ち着きを取り戻し、頬を流れ落ちる涙を手の甲で払った。視線は床に向けられたままだ。「すまない。失礼した」謝られるいわれはないというつもりで彼女は首を振ったが、遅すぎてなんの意味もなかった。「ときどき」と、大統領は自分の気持ちを説明しようとした。クラリッサが見たこともないほどほんとうに苦しそうだった。「これで終わりなんじゃないかと、どうしても思ってしまうんだ。ここですべてが止まってしまうのでは、とね。わたしは大切なものをすべて……何もかもなくしてしまう。いつもそうだった。そして、結局は、もうすぐこの国も失ってしまうかもしれない」

「ああ……」クラリッサは彼の苦しみに強く共感してうめき声を上げた。手を伸ばして、そっと彼の肩に置く。大統領の温かい頬が彼女の手に触れた。彼は目を閉じたまま無心に、しかも、心から求めているという感じで頬を寄せた。唇が彼女の指先に軽く触れる。私はこの人のことを、まったく誤解していたのだろうか……。

彼女の選ぶべき道は明らかだ。半歩下がれば、広々とした海に漕ぎ出して、自分の立場をしっかり認識し、進路を定めて白黒の決着がはっきりつく世界に戻れるのだ。だが、半歩彼に近づけば、白い波頭と波間に黒い岩が姿を現わし、波が荒れ狂う混沌とした灰色の大海に出てしまう。

しかし彼女は結局、どちらを選んだわけでもなかった。ただ、流れに身をまかせ……彼のもとへ……気がつくと彼の胸が目の前にあった。体が触れ合うほど近づいていた。息遣いが感じられる。そっと彼の胸に頬を埋める。このひとときを心ゆくまで味わうために目を閉じる。海は刺激的だった。空気さえ新鮮に感じられた。波のしぶきが肌にかかる。彼の腕に包まれると、嵐などどうでもよくなった。ビルはすばらしいご馳走を味わうかのように、クラリッサの髪の香りと首筋の感触を楽しんだ。

彼女はまるで惰性飛行を続ける宇宙船だった。何もせずに漂っている。誰も軌道を変えることはできない。クラリッサはそのまま未知の世界に迷いこんでいった。

議会食堂　十月二十四日、現地時間一二三〇時

「世の中には、白か黒か決着のつかないものだってあるわ」とクラリッサは父親に言った。

「そうでしょ？」

食事をむさぼっているトム・レフラーは、通りかかった議員に挨拶を返すときだけ目を上げた。あれ以来……彼女の母親が亡くなってから、実際のところ父親は生き生きしているように見える。「そんなこと、言われなくてもわかってるさ！」と口いっぱいに頬ばったまま答える。「だれも信用なんかできない。みんな不純な動機を持ってる。企みをね。脅されてしかたなく、よくないと知りつつやっている、という場合もあるし」

「うーん、そういうのとは少し違うんだけど」彼女は手をつけていないランチに視線を落とした。胸がドキドキする。まったく食欲がない。ふらりと立ち寄ったある委員会の議長の社交辞令に、クラリッサはほほ笑みかえし、下院議長は腹をかかえて笑う。議長が立ち去ったとたん、彼女は身を乗り出してささやいた。「わたしが言いたいのは……人生には、ときどき妙なことが起こるってこと。考えもしなかったことをして、とんでもない状況に陥ってしまう、とか」

父親はナイフとフォークを手にしたまま食べるのをやめ、顔を上げて娘を見た。彼女の言葉に共感を覚えたのだろう。彼はうなずいた。「そのとおりだ」と言って、じっと考えこむ。それから食事に戻り、さっきまでのようにむさぼるのではなく、ゆっくり時間をかけて食べはじめた。「たとえば」と話を続けた。「重大な転機に際して、何が正しい行為かがわかっているとする。ところがその行為は、普段の状況であればあらゆる道義に反するものになるかもしれない」彼は今や全神経を考えることに集中しているので、ほかのことはみんな、おざなりになっている。「だが、危機一髪のその時点においては、それは相対主義でも偽善でもなく、その行為こそが正義であり、善であるとわかっている。さて、おまえならどうする？」

「なんですって？」クラリッサはひどくいらだって問い返した。父親の混乱ぶりに腹が立ったのだ。「いったいなんの話？」例の件かもしれない、という考えが脳裏にふと浮かぶ。彼女は身を乗り出してささやいた。「クーデターと関係があるの？」

彼女が〈クーデター〉という言葉を発したとたん、鶏の胸肉を切っていた父親のナイフが止まった。フォークは残りの肉にささったまま皿の上にある。顔を上げず、少し上目遣いに見た。途中で止まった視線がクラリッサのブレザーに集中し、胸のあたりを泳ぐ。クラリッサも自分の服装を確かめた。「なあに？」と、むきになって尋ねる。

彼はふたたび肉を切りはじめたが、今度はわざとゆっくりナイフを動かし、注意深くひと切れを口に運んだ。じっくり噛みながら、娘のひと言に思いを馳せている。肉を飲みこむと、まともにクラリッサを見つめた。「なんのことだか、さっぱりわからないよ」

サウスカロライナ州グリーンヴィル、難民施設　十月二十七日、現地時間〇七四五時

テレビカメラは韓の一挙一動を追った。撮影された画像は占領下のアメリカで放送されるのではない。今や地球の四分の三の地域に広がっている中国人視聴者向けだ。

「ここでの暮らしはどうですか？」いかにも典型的なアメリカ人家族の前に膝をついて、韓が尋ねる。うつろな表情の母親の腕の中では、女の子が親指をしゃぶりながらあたりをきょろきょろ見まわしている。冷静な顔をした太りすぎの父親は、膝の上で両手をしっかり握り合わせている。反抗的な態度で無関心を装っているニキビづらの少年の口からは、歯列矯正器が覗いていた。

母親が頭上のブームマイクをちらりと見上げた。泡のようなカバーのかかった小さなマイ

クは、カメラの視野からほんの少し外れた場所に浮かんでいる。「さあ……どう、と言われても……」

韓は女の胸の内を察するかのように、顎に手をおき、うなずいている。と、彼はパチンと指を鳴らして母親を指さした。「いい考えがある！　自宅が壊れたので、この高校の体育館で暮らしておられるんですよね。でも、ここサウスカロライナ州グリーンヴィルのまわりには空き家がたくさんあるでしょう？」

女は肩をすくめた。

「だったら、空き家に移り住んではいかがです？」韓はこの単純な思いつき――ほんとうは一ヵ月前から考えていたのだが――に自分で感心してみせた。「家賃がただになるうえに、仕事に戻れるんですよ。悪い話ではないでしょう？」

女の眉間にしわが寄ったのは、考えこんでいるからではなく、心配しているためだった。

「他人の家に無断で住めというんですか？」

韓は振りかえって、このニュース番組のプロデューサーを見上げた。女は首を振って眉をひそめている。たとえ吹き替えによって声が聞こえなくとも、表情を見ればどんな気持ちか一目でわかる。他人の家に住むというのは、韓の提案のなかでもっとも嫌悪感を催させるものだ、ということは明らかだった。

韓は小さなため息を漏らして立ち上がると、上着を整えてその家族に礼を述べた。もう一度台本通りに試してみるために、随行員たちが別の典型的なアメリカ人家族を探しはじめた。

次の家族に対しては、別の角度から提案してみよう、と韓は思った。これは一時的な措置であり、戦前の財産権は中国が勝利したあとも尊重される、と請け合うのはどうだろう。それが中国本土でどう受け取られるかを想像してぎょっとなり、提案のしかたを考え直すことにした。

韓が次のインタビューを始めようとしたとき、イベント担当者の一人が声をかけてきた。

「首相からです」息を切らせながら、小さな携帯電話を手渡す。

「待ちかねたぞ！」韓は中国語で勢いよく言った。

「フロリダ州オーランドの空港まで行ってほしい」首相は挨拶抜きで、甥に用件を告げた。「向こうで会ってもらいたい人物がいる。彼女の飛行機は二時間後に到着する。くれぐれも丁重にもてなすように」

フロリダ州オーランド　十月二十七日、現地時間一〇〇〇時

そよ風の吹く空港のエプロン。韓哲民と盛将軍は絨毯を敷き詰めた階段の下で待っていた。すらりとした二十代の中国人女性が、光沢のある超音速長距離ジェット機のタラップを降りてきた。流行の服を着こなし、映画スターのようなサングラスをかけている。風が吹くたびにスカートがめくれて形のよい足がむきだしになっても、押さえようとさえしない。しかしコンクリートの上に転げ落ちないように、一歩ずつ確実にハイヒールを履いた足を下ろして

いる。

劉奕《リューイ》はすべすべの頬を韓にさしだした。粉おしろいをはたいた肌は白く、唇は赤い。同年代の女の子たちが好む派手な黒っぽい口紅は塗っていない。韓は両頬にキスをして、中国語でこう言った。「最後に会ったときには、お祖父様の家の玄関ホールで這い這いしていらしたのに」

「きっと、ずいぶん昔のことでしょうね」劉奕は完璧な英語で答えた。美しい顔にぱっとほほ笑みが咲いた。「長いこと床を這ってはいませんもの」

盛将軍は形式ばって握手をした。

彼女は韓がさしだした腕をすかさず取ってリムジンへと向かい、三歩遅れて盛将軍が続いた。水晶のように澄みきった朝日に、劉奕の髪が照り映える。歩くたびに揺れる腰が韓に触れる。「この数年、どうなさっていたんですか?」と韓が尋ねた。二人の会話は英語に切り替わった。言葉が変われば文化も違ってくる。形式ばった挨拶にあまり時間を取られなくてすむので、多くの教養ある若い世代にとって英語は気楽に使える言語なのだ。

「勉強していました」陽気に答えても色っぽく聞こえる。それにしても、いったいどういう人なのだろう? 韓は不思議でたまらなかった。劉奕というこの二十代の娘は洗練された地球市民なのだろうか、それとも、そんなふりをしているだけなのか? 「来春、北京大学を卒業します」と韓に告げる。

韓は笑った。まさか、まだ学生だとは思わなかったからだ。奕はいぶかしげに韓の顔を見た。笑顔が心配そうな表情に変わる。「では」と韓は気取って言葉を続けた。「女子大生さん、北京大学では何を勉強しているんですか？」

「英文学です」ためらいがちな答えが返ってくる。

韓は笑って立ち止まり、車のドアの前で彼女を振りかえった。もっとも、その表情には、彼女の両手を取って、にっこりほほ笑む。奕の顔がふたたび笑顔で輝く。もっとも、その表情には、どうして自分たちは笑っているんだろう、という気持ちがはっきり表われていたが。韓はおもむろに近づくと、彼女のサングラスをはずした。奕はしとやかぶって目を伏せたりはしなかった。ひるむことなく、燃えるような二つの瞳で韓を見つめかえした。

「アメリカにいらっしゃったことは？」韓が尋ねる。彼女は首を振った。もちろんないはずだ、と韓は思った。彼女が十歳のときに戦争が始まったのだから。「では、今日はどこへ行きましょうか、大学生の劉奕さん？」

「ディズニーワールドへ」すぐにきっぱりと答える。

韓が笑うと、劉奕もつられて笑いだした。きれいに並んだ白い歯がこぼれる。韓は陸軍第十一部隊（北部方面）の司令官を振りかえって言った。「ディズニーワールドに行きますよ、盛将軍！」

韓はただ一つの理由でひどく張りきっていた。奕の訪問は、韓が中国政権のトップの座に登り詰める前兆と思われたからだ。自分が選ばれたのだと気づいて、彼はエネルギーにあふれ、浮き立つような気分だった。その影響で、劉奕も目に見えて元気になった。自分や一族の面目をつぶさないようにしなければ、と彼女はずっと気がかりだったにちがいない。大人としての飛びきり重要な初仕事に失敗してしまうのでは、と。だが、彼女は上品で礼儀正しく、並外れて美しかった。

韓と奕は一台目のリムジンに乗りこんだ。盛はあとの車に乗った。気むずかしい老将軍は、国防大臣のお気に入りの孫娘の訪問は韓に会うことだと承知していた。

アメリカ人たちが撤退する際に破壊しなかった数少ないものの一つがディズニーワールドだ。しかし、中国陸軍に捕らえられ、国勢調査員によってアミューズメント・パークでの仕事に戻されたのは、ほんの少数の地元民だけだった。実際、広大な敷地は不気味なほど静かで、芝生に寝そべって騒々しい笑い声を立てている中国軍兵士たちがいなかったら、人影はまったくなかったことだろう。奕と韓は腕を組んであたりをぶらついた。

奕は振り向いて英語で言った。「盛将軍、わが軍の兵士が休養のためにディズニーワールドにくることを許可なさっているのですね」李大佐が老将軍の耳元で中国語に通訳する。

「すばらしいわ。彼らはそれに見合うだけのことをやり遂げたんですもの!」

彼らが近づくと、兵士たちは急いで戦闘用具を集め、悪臭を放つ人工湖の反対方向へ徒歩または駆け足で芝生を横切っていった。

人工の小山に近づくと、兵士たちが逃げ出した理由がはっきりした。風にのってマリファナの刺激臭が漂ってきたのだ。奕はくすくす笑って韓にちらりと視線を投げ、功績をあげた兵士たちの他愛ない違法行為を見つけた秘密を二人で分けあった。

だが、盛もその臭いに気づいた。「あいつらを逮捕しろ」と李大佐に命令する。彼は〈拘束〉ではなく〈逮捕〉という言葉を使ったが、両者には違いがある。後者の場合には、正当な手続きを踏まずに処刑するという意味が色濃く含まれるのだ。

奕がくるっと向き直り、盛と正面から向かいあった。「いいえ、そんなことをしてはだめ！」中国語で叫ぶと、それはひどく無礼に響いた。目上の人間に命令をする場合もありうるが、これは普通ではない。最近の若者によく見られるように、奕は文化をそのままにして言葉だけ切り替えてしまったのだ。しかし、本人はまったく気にしていない様子だ。そう、これがこの娘の本性か、と韓はおもしろがった。少なくとも鈍くはないな。「あの若者たちは命がけで国のために尽くしているのよ！」と奕は叱りつけた。「戦争のことを忘れて一日過ごせるのなら、ちょっとした法律違反がなんだって言うの？」

「麻薬の常用はしかし、〈ちょっとした法律違反〉などではありませんぞ」盛はきっぱりと答えたが、有無をいわさぬ力強さは感じられない。

奕の頑とした反対に遭って、李大佐は盛の命令を伝えることをためらった。なかなかやるじゃないか、と韓は気分をよくした。おそらく彼女は、このまま劉国防大臣の小さな王女様として一生を過ごすのだろう。

「食事のとき、お祖父様が」と奕が冷たく言う。「軍の死傷者数について話してくださったわ」盛将軍はますます無表情になった。「兵士たちの余暇の過ごし方について心配する暇などないんじゃないかしら」

韓はスポーツの試合でも楽しむように二人の対決を見ていたが、同時に奕の言葉からある情報を引き出してもいた。アメリカ侵略における死傷者数への批判は明らかに大きくなっていた。目先のきく大学生は、どちらについたほうが得かわかっているのだ。

盛将軍は先ほどの命令を撤回する必要はなかった。奕がすでにすませていたからだ。


空港に戻ると、奕は盛将軍に別れの挨拶をしようともしなかった。だが、韓にはふたたび英語でこう言った。「乗り物には一つしか乗らなかったけど、ほんとうに楽しかったわ」彼らは胃の捻じれるようなジェットコースターに乗った。イルカのほうがまだ静かだと韓が思ったくらい、彼女は悲鳴を上げっぱなしだった。ふらふらしながら小さな座席から下りてきた盛将軍は、もう一度乗りませんかという彼女のからかいまじりの申し出を断わった。吐き気がひどくなってきたにもかかわらず、韓はそのあと二回も挑戦した。

「今度アメリカにいらっしゃるときには」と韓が応じる。「もっと観光できるといいですね。そして、もっといっしょに過ごせる時間が取れるよう心から願っています」

「それはすてきだわ」奕がほほ笑みながら答える。「それに二人きりの時間もね」

韓は眉を上げ、彼女の手と両頰に唇で触れた。二度目のキスのあと、奕は温かな唇を開いて彼の口に押しあてた。

サウスカロライナ州、州間高速自動車道二十号線沿い　十月二十八日、現地時間〇九四五時

空気はひんやりとして、空は雲に覆われている。ステフィーは灰色の空を見上げた。もうじき雨になるだろう。ときおり吹いてはライフルの硝煙の臭いを消してくれるそよ風の匂いでわかる。彼女は前かがみになったライフル兵の列に沿って歩いていた。部下たちは二〇〇メートルほど先の、丘を横切っている木柵にのせた紙の標的に狙いを定めていた。「撃て！」彼女はしゃがれ声で叫んだ。彼らの後方にある高速道路はがら空きだ。間に合わせの射撃場の反対側の端にある、丘の斜面のバックネットから土煙が上がる。小隊の部下たちは、狙いを定めて確実に一発ずつ撃っており、射撃練習はすでに一時間以上も続いていた。硝煙の上がるライフルのそばに、使用ずみの真鍮製の薬莢が数センチの山をなしている。兵士一人につき三十発入りの弾倉が十五個支給されており、そろそろ四百五十発の弾丸を撃ち終わるころだった。「しっかり狙え！」ロバーツ三等曹長がしゃがれ声を出す。

彼女は一人の女子兵のブーツを蹴った。「足を広げろ！　足場をしっかり固めるんだ！」女子兵がうなずくにつれて、ヘルメットがかぱかぱ動く。列の隣に並んだ新兵――みんなと同じ新兵訓練所を出たばかりの若者――は、いつまでもじっと狙いを定めている。ステフィーは立ち止まって待ったが、なかなか撃とうとしない。撃ち終わった薬莢の山もみんなの高さには到底及ばず、そばには使っていない弾倉が五個積んである。ステフィーが近づくと、

照準から一瞬目を離し、彼女の汚れたブーツの傷のある爪先を見た。しかしその後も、あいかわらずじっと狙いを定めているだけだ。

その情けない姿を見て、ステフィーの怒りは頂点に達した。こんなやつが数人いるだけで、小隊全員が殺されてしまうことさえある。彼女は背中を反らし、硝煙の漂う空気を胸いっぱいに吸いこむと、「さっさと撃て、この役立たず！」と声を限りに叫んだ。

彼は引鉄を引いた。ライフルが反動で後ろに跳ねる。

「撃て！」ズドーン。「次！」薬莢が薬室から転がり落ちる。「次！」ステフィーは双眼鏡を覗きながら叫んだ。標的から一メートル半ほど外れた丘で土煙が上がる。「次！」銃声は聞こえたが、弾は双眼鏡の視野からはずれていた。

ステフィーは思いきり歯を食いしばって、上からにらみつけた。なんと、若者は赤ん坊のようにわーわー泣いている！　彼女はいきなり腰を蹴とばし、新兵はうめき声を上げて体を二つに折った。ステフィーは片膝をつき、若者の襟首を摑んで引きずりまわした。そのうち彼は上着の前ボタンで喉が締まって窒息しそうになった。

「敵を殺せ」低い声で言う彼女を、若者は胸をあえがせながら目を丸くして見上げている。

「顔をぶち抜いて、後頭部から脳みそを飛び散らせるんだ。でなけりゃ、胸のどまんなかに風穴を開けて、目ん玉を飛び出させろ。一発ごとに手足をぶち抜いていって、最後に息の根を止めてもいい。わかったか！」若者は顔を引きつらせたままうなずいた。

「ロバーツ軍曹」と呼ぶ声がした。ジョン・バーンズ中尉だった。彼女の後ろに立って、じっと見守っていたのだ。列の近くにいる者も全員注目している。

ステフィーは臆病者から手を放して立ち上がり、首から下げた双眼鏡を取り上げた。倒れかかった木の柵に留めた標的には、一時間の射撃訓練のあいだに一発の弾がかすった跡も見えない。振りかえって見下ろすと、若者は地面に顔を埋めている。「あと百五十発残ってる。柵の上の標的を撃ち落とすまでは、ここを離れるな。いいか、二等兵?」

「はい……わかりました、三等曹長殿!」なんとかこう言ったあと、彼は咳こんだ。

新兵たちは射撃を再開した。高く、低く、弾が飛ぶ。立ち止まるものと思っているジョンのそばを、ステフィーはさっと通りすぎようとした。彼が腕を掴んで、ぐいっと引っぱる。彼女は振りほどいた。「落ち着け」ジョンがほとんどささやくように言う。

「ほっといて」同じく小声でステフィーが答える。

ジョンは首をかしげた。「落ち着けよ」と繰りかえす。「ロバーッ三等曹長」

ステフィーは向き直って、まともに彼を見据えた。「無理です、中尉殿」こう言うと、次の役立たずをしごくために、ますますかっかしながらふたたび列に沿って歩き出した。

昼下がりには、冷たい霧雨がしとしと降りはじめた。それでも訓練は続く。高速道路の路肩に止まった車高の低い装甲車のそばに、ポンチョのようなレインコートを着た五十名ほどの男女が、銃口を下に向けたライフルを肩から吊して立っていた。今まで見たこともない新型車に搭載された、装塡ずみの火器をクルーが指差し説明している。迷彩を施された車体からミサイルが突き出ている兵員輸送車は、出来立てのほやほやだった。

ステフィーは興味がなかった。このような車を使う機会、つまり、自分たちが攻撃にまわるチャンスがくるとはとうてい思えなかったからだ。やぼったいクルー——分厚い眼鏡レンズの曇りを雨が洗い流してくれなければ、たぶん何も見えないだろう——の説明はほとんど聞き流していた。そのかわり、眠そうな顔をしている者、気が散っている者がいればヘルメットに一発おみまいするぞ、といわんばかりに鷹のような鋭い目で見張っていた。

「セラミック製の装甲板の温度は」と、ステフィーが新兵の一人に一発食らわしたあとも説明は続いた。「外気の温度の半分以内に調整されます。このため、中国軍の暗視装置で感知できる紫外線の量が減少し、ほとんど見えません」

背嚢の重みで前かがみになった一人の女子が咳こんでいる。ステフィーは目を凝らした。唾を飲みこむたびに咳が出る。目を大きく見開いている。ヘルメットの下の顔を縁取る髪の先から、汗がしたたり落ちている。頭がぐらぐらしていたが、ステフィーの視線に気づくと背筋を伸ばし、説明しているクルーにじっと視線を定めた。

ステフィーは名前を呼んで彼女をわきへ連れ出した。新兵はかちかちになっている。「大隊の前線応急治療所に行きなさい」ステフィーは静かに言った。新兵は口答えする気などさらさらなく、細やかな気遣いを受けてひどく安心したようだ。とうとう熱のせいできちんと立っていられなくなり、前かがみになった。「ほかの兵隊にうつると困るから」ステフィーがつけ加える。新兵はむっとした様子で作り笑いをし、それから立ち去った。彼女はぬかるんだ路肩を歩きながら、二回ステフィーのほうを振りかえった。本人は気づいていないだろうが、ステフィーは見逃さなかった。

「ロバーツ三等曹長！」車の装甲板に手を置いたクルーが呼びかけた。ステフィーがうなずく。「いかがです、乗ってみませんか？」

部下たちの顔に笑みが浮かぶ。「遠慮しておきます」と答えると、いっせいに笑い声が起こった。

「そうおっしゃらずに。将校と下士官は全員試乗させるように、と指示されているんです」と男が言う。「クルーの身に何かが起こった場合に備えて」

ステフィーは肩をすくめてしりごみし、ますます笑い声が大きくなった。彼女はみんなのほうに向き直ると、特におもしろがっている様子の兵士たちを指差した。「おまえたちみんな、乗れ」

「そんな必要はありませんよ」男が口添えする。

ステフィーは聞こえないふりをした。「乗れと言っただろ」もう一度言うと、選ばれた十人のライフル兵たちは開いたドアからあわてて車の後部に乗りこんだ。彼女は部下の一人にライフルを渡し、前方の装甲スロープのてっぺんに登ると、開いたハッチに足を通し、びしょ濡れのコックピットにすべり降りた。ハイテクコックピットの人間工学を応用した曲線的な椅子に腰を下し、足を前にずらしてペダルを探した。だが、ブーツには何も触れない。

運転手が上から覗きこみ、空が見えなくなって雨も落ちてこなくなった。「泥だらけにしないでくださいね」運転席の前に半円形に並んで光っているスクリーンをぼろ布で拭きながら注意する。

操縦装置はびしょ濡れだ。「感電死しちゃうんじゃないの?」

「大丈夫。防水処理されてますから。ただ、泥だらけにしてほしくないだけなんです」

彼は操縦法をざっと説明した。両側の肘掛けから一本ずつレバーが出ている。縦一五センチ、横九〇センチほどのスクリーンがコックピット前面に目の高さに取りつけられている。

「レバーを両方とも同じ強さで前に押すと、まっすぐ前に進みます。同じ強さで後ろに引くと、まっすぐバックします。左右違う強さで押したり引いたりすると、曲がります。片方を押してもう一方を引くと、同じところをぐるぐる回ります」

「わかった」

男が中に身を乗り出し、運転席の前にあるコンソール上のさまざまな装置に紛れたボタンを押した。エンジン音が響きはじめた。「よし」と言って、男は彼女の右肩の真上にある二つのボタンを指差した。「これはハッチを開けるほう。こっちが閉めるほう。さあ、どうぞ」

男が引っこむと同時に、雨が降りこんできた。ステフィーが肩の上方にある下向きの赤い矢印がついたボタンを押すと、ハッチが音をたてて固く閉まった。暖房が自動的に入り、暖かく心地よい風が吹いてきた。覗ける窓はないが、薄型のワイドスクリーンがまわりの様子を映し出してくれる。運転席は、後部——部下たちの興奮気味の話し声が聞こえてくるコンパートメント——への狭い通路以外は完全に装甲板で覆われている。

「そっち、準備はいいか？」ステフィーが叫んだ。

「まだ着いてないんですか？」一人が子供っぽく笑いながら答える。

「トイレに行かなくちゃ！」楽しそうに女子が応ずる。

運転席の前にあるスクリーンには何も映っていない。広々とした道路はがら空きだ。ステフィーは両方のレバーを限界まで押した。ヘルメットが背後の装甲隔壁にガンと当たる。後方で悲鳴が上がり、加速感が腹に響く。最初、四〇トンの巨体は東に向かう車線からはみ出して反対車線にずれこんだ。二つのレバーの位置を揃えて車体をまっすぐにするや、時速七〇キロで走り出した。

後方で、慎重に運転してくれという叫び声が上がる。一人の女子が狭い通路から顔を突き出し、スピードを落としてくれと金切り声で叫ぶ。ステフィーは右のレバーを引いて、車を回転させはじめた。胃がよじれるような衝撃とともに、東西両車線の中央分離帯に突っこんでいく。車が反対側の路肩を乗り越えるときには、後部の悲鳴はますます高まり、ステフィーは顎をぐっと引いた。

一瞬、車体が浮き上がった。せいぜい数センチの高さだったし、サスペンションがいいので着地は驚くほど滑らかだったが、巨体が宙に浮いた瞬間には後部の反抗的な荷物から助けてくれという叫び声が上がった。

彼女はスピードを落としたものの、すぐには東に向かう車線に戻らなかった。時速五〇キロほどで路肩の斜面を下り、その途中でターンしてみようと思ったのだ。

車が向かいの片勾配に飛びこんだときには、タービンの音もかき消されるほどの悲鳴が上がった。有刺鉄線のフェンスに気がついたときには、車はすでに突き抜けていた。装甲を施した快適な車内には物音一つ聞こえてこない。鬱蒼とした大きな松林を避けようとして、灌木や小さな木々を轢き倒したときも同じだった。

「やめてくれーっ！」後部でいくつも叫び声が聞こえる。

木の生えていない小高い丘の麓までくると、車のスピードが落ちはじめた。ステフィーはふたたびレバーを目一杯押しこんだ。〈全出力〉との命令を受けてから数秒のあいだ、タービンがジェットエンジンのように唸りを上げつづけた。スピードメーターの数字はしばらく五〇キロで安定していたが、じょじょに下がりはじめた。

全体重が背中にかかっていることにステフィーは気づいたものの、ワイドスクリーンいっぱいに映っている丘は登れそうに見えたのだ。と、金属製のキャタピラーがときおり滑るようになってきた。ほんの一瞬静止摩擦がなくなることが何度も続くと、どうすることもできない後部の新兵たちは明らかに恐怖をつのらせ、ステフィーも初めて少し怖くなった。そして、エンジンが唸りを上げてフル回転しているにもかかわらず、スピードが二五キロに落ちたときには心底ぞっとした。

不意に、スクリーンに棒グラフが表われた。棒が緑、黄、赤と色を変えながら伸びていく。スクリーンでいっせいに〈警告！〉の文字が光りだした。大惨事が起きる前の機内に流れるような、やわらかな女性の声が冷静に危険を知らせはじめる。「エンジンの温度が異常です。

水圧が異常です。油圧が異常です。車の姿勢が異常です。静止摩擦が異常です」

がんばれ！　スピードが一五キロ以下になると、ステフィーは心の中で必死に発破をかけた。丘の頂上はほんの二、三〇メートル先だ。スピードが落ちるにつれて背中にかかる重力がますます大きくなるのを感じながら、あと二、三秒の辛抱だと思った。

時速六キロほどで進んでいた車が丘の縁を越えた瞬間、「助かった！」という叫び声が上がった。

ステフィーが手の力を緩めると、レバーがニュートラルの位置に戻って停車した。エンジンはアイドリング状態に入っている。スクリーンはどれも、けばけばしい赤から穏やかな緑色に変わった。コンピュータの声も満足しておとなしくなった。

ステフィーは新兵たちを振りかえった。彼らは後部の二重扉の前に折り重なって倒れている。そろそろと元の位置に戻る彼らに、ステフィーはにっこり笑って言った。「〈シートベルト着用〉のサインを出し忘れたみたい！」

「シートベルトなんかありません！」一人の女子が叫ぶ。

「ないわけないだろ」ステフィーはこう言うと、スクリーンに視線を戻した。五〇〇メートルほど先にある谷の向こう側に一軒の農家があるが、そこまでの地形については自信がない。高速道路とその周辺——今、車が停まっている場所——のあいだにはまだ地雷は埋められていないものの、それより遠くのことは何もわからなかった。

彼女は左のレバーを前に押し、右のレバーを後ろに引いた。車が動きそうな気配がしたただけで、たちまち新兵たちは恐怖におびえたが、ステフィーはキャタピラーにのった車体を旋回させただけだった。丘上の画像がワイドスクリーンを横切っていくのを見ながら、ステフィーは「静かにしろ！」とどなりつけた。下にある高速道路がスクリーンに映り、レバーを緩めると車は回転するのを止めた。反応の早さに、彼女は感心した。

小隊の全員が見える。この暴走車を全速力で追ってきたのだろう。ジョンはクルーと運転手を引き連れ、轢き倒されたワイヤーフェンスを乗り越えて、雨に濡れた緑の丘の、キャタピラーで掘り起こされた轍《わだち》に沿って走ってくる。ステフィーの救助に向かっているのだ。

「外に出させていただけませんか？」運転席の後ろの狭い通路からもっともな要望が届いた。

「みなさま、シートに戻り、トレーをしまって、上体を前に傾けてください」ステフィーは満面に笑みをたたえて言った。

彼女は車を少し前進させた。その直後、前端部がわずかに前傾した。積み荷の不満分子から叫び声が上がる。後方から手が伸びてきて肩を摑み、彼女はひどく気分を害した。車をもう数センチ前進させると、その手がさっと引っこんだ。

アクセルを吹かしたわけでもないのに、エンジン音とともにスピードメーターが上がりはじめ、車は縁を乗り越えて丘を下りだした。時速一五キロ。三〇キロ。五〇キロ。六〇キロ。彼女はレバーを微調整しながら車体をまっすぐに保ちつづける。最高速度が七〇キロだったのは幸運だった。頭の上で両手を振っているジョンのかたわらを疾風のように通りすぎ、前方の路肩に立っていた小隊の残りのメンバーはとっさに片側に寄った。

フェンスがぼやけて見える。車のシャシーが高速道路の路肩にドシンと当たり、ステフィーの頭がぐっとのけぞる。道路の舗装面に着地すると同時に、彼女は両方のレバーを後ろに引いた。車が左右にすべり、タイヤが凄まじいきしみ音をたて、隔壁が激しく震えた。

ステフィーがレバーを離すと、車は停止した。

後方のコンパートメントがあまりに静かなので、もしかしたらみんな死んでしまったのではないかと一瞬気にかかった。振りかえると、新兵の一人が二重ドアの一つを開けるボタンを見つけたところだった。新兵たちは沈みかけている船から逃げ出すネズミさながらに、金属製キャタピラーにえぐられた舗装面にとび出してゆき、そのまま折り重なって倒れこんだ。

小隊の残りのメンバーは彼らを取り囲み、腹を抱えて笑いころげた。

上のハッチでゴツンと音がした。ステフィーが顔を正面に戻すと、ワイドスクリーンいっぱいに迷彩ズボンの膝とずぶ濡れのレインコートが映っていた。一目見ただけで誰なのかわかる。「あら、まあ」そうつぶやいて、右肩の上についている上向きの矢印がついたボタンを押した。

ハッチが音をたてて開いた。雨が目に入る。灰色の空にジョン・バーンズの姿が浮かびあがった。その顎が怒りのせいで突き出ている。こんなに怒っているジョンを見るのは初めてだ。運転手が彼の隣に無理やり割りこんできて、ボタンを押してエンジンを切った。

「やれやれ！」とだけ言うと、狂人でも見るような目でステフィーをながめて首を振った。

ステフィーはジョンに目もくれず車から降りた。クルーと運転手は前部フェンダーのそばに膝をついて点検しはじめた。さっきまで新品だった車にはそこいらじゅうにひっかき傷がつき、キャタピラーからは絡まった有刺鉄線が突き出ている。同乗しなかった小隊の隊員たちから割れんばかりの喝采が湧き起こった。ステフィーはうなずいてそれに応え、燃えるような目でにらみつけているバーンズを避けて後ろに下がった。

倒れこんだ兵士たちはもう立ち上がっていたが、なかには船酔いを起こしたときのように、膝を手で支えて前かがみになっている者もいる。車のエンジンは小さなポンポンという音をたてていた。

クルーの責任者が信じられないという表情で、ステフィーの顔を覗きこんだ。「けっこう運転しやすかったけど、飲み物がこぼれてしまうとお客様から苦情が出たわ」彼女は言った。

全員が――彼女の観客と新しいファンクラブだ――笑いどよめいた。ステフィーはほほ笑みながら、思い切ってジョンを見た。ジョンはそれを待っていたのだろう、何も言わずに背を向け、歩き去った。

やりすぎた、と彼女は思った。ジョンを失望させてしまったことで、自分自身にがっかりした。みんなの気分がスリル満点のドライブの犠牲者にまで伝染して、ふらつきながら立っている彼らの顔に笑みが広がりはじめた。

「次はだれだ？」ステフィーがぶっきらぼうに尋ねる。

すかさず分隊長たちが進み出たが、クルーたちはあわてて手を振り、「だめだ！　もうおしまい！　これまで！」と叫んだ。

あちこちで不満のうなり声が上がり、ステフィーが一喝した。「よーし！　静かにしろ！」ふたたび新兵たちが子犬のような目で、用心深くステフィーの顔色をうかがう。つかの間のショーは終わったのだ。「手榴弾投擲訓練を行なう！　射撃場へ向かえ！　各自五十個のダミーを投げたあと、本物一個で最後の仕上げだ！　行くぞ！　出発！」全員が体の向きを変え、雨の中をてくてく歩き出した。「駆け足！」ステフィーは腹立ちまぎれに命令して、預けてあったライフルを取り戻すと新兵たちを追い越した。ハイウェーを走る彼女のあとに、たくさんのブーツが水を小さく跳ね上げながらドタドタと続く。ステフィーはジョンを探したが、どこにも姿が見当たらなかった。

アラバマ州ベッセマー　十一月二日、現地時間二〇三〇時

リプスコム家のジミーとアマンダはサイクロン用待避壕でハートといっしょに遊んでいた。斜面の土を掘り出してつくった幅三メートル、奥行き三メートル半ほどのこの空間の暮らしが、ハートにはしだいに快適になってきた。二週間以上も高い位置に固定して氷で冷やしたので、足首はようやく快方に向かいはじめた。折れていないのは確かだが、ひどいねんざだった。けがをした足で何十キロも歩いたのが悪かったにちがいない。

「あいつらを大勢殺した？」少年が訊く。

「ジミー！」姉がぴしっと言った。「何も訊くな、ってお父さんに言われたでしょ」

るんだから」

「お父さんの言うことは聞いたほうがいい」とハート。「おまえたち家族を守ろうとしているんだから」

「ああ」ジミーがばかにしたように答える。「そうそう、学校でレジスタンスについての話があったよ」

「黙んなさい！」アマンダが叱りつける。「そんな言葉は口にしないで！　二度と！」

「アマンダの言うとおりだ」とハートはふたたび忠告した。「どんなものだろうと、レジスタンスグループに入るのは危険すぎる。おまえたちをおびき寄せるために中国が仕組んだ罠かもしれないからな」

「でも、あなたの手伝いならいいでしょ！」ジミーがだしぬけに言う。「あなたは丘に銃や爆弾を隠してる、そうなんでしょ？　毎晩、いろんなものが爆破されてる！　中国兵はびくびくしてる。戦車や徒歩で町を回ってるけど、列の最後のやつなんて後ろ向きに歩いてるんだ。手伝わせてよ！」

「アメリカを侵略した中国兵を殺したいのか？」ハートが尋ねる。アマンダは口をはさまず、弟の答えを待った。「やつらを殺せるか？」

ジミーはわかりきった質問にとまどって肩をすくめた。「あたりまえじゃないか！　できるもんなら、一人残らず殺したいよ！　憎いんだ。なんでわざわざ訊くのか、わかんないよ」

その答えは、少年らしくきわめて率直なものに思われた。

「じゃあ、わかるようになるまで待つんだな。そのうち、おまえによくしてくれる中国兵にも出会うだろう。普通の人とちっとも変わらない、親切なやつらに。二、三年たてば、そいつらを殺すことが正しいのかどうか、よくわからなくなるだろう。相手は自分たちの仕事をやってるだけなんだからな。善悪を決めるのは今じゃなくて、そうなってからでいい」

「ジミー！　アマンダ！」遠くで父親が呼んでいる。

しつけのよい少年はすぐに立ち上がったが、足を踏み出すのをためらった。「じゃあ、二年待てばいいの？」思い詰めたように尋ねる。「十六になるまで？」

「そんなとこだな」

ジミーはにっこり笑ってうなずくと、外に向かった。あとに続いたアマンダが、戸口で立ち止まってこう言った。「わたし、十六歳よ」

ハートは何も答えなかった。

アトランタ州、陸軍司令部　十一月五日、現地時間二二四五時

盛の参謀幕僚会議が終わったあと、呉中尉ら下級将校たちは国家機密のファイルを収納していた。李大佐が戸口に立って、さりげなく作業の様子を見ている。セットになったファイルとノート・パッドは使用・未使用にかかわらず〈破棄〉用の袋に入れ、ビニールのひもで、口をきゅっと音が出るほどきつく縛る。袋の側面には〈第一級、焼却処分〉と書いてあった。

ほかの中尉や大尉といっしょに、呉はテーブルのまわりでせっせとファイルや書類を袋に入れていった。口を縛って次つぎに手渡すと、仲間の将校が袋をカートに押しこむ。一人が席をはずした場合、戻ってくるまでは次の場所にある書類に手を触れることさえできない。そういう規則なのだ。常に二人で。一人でやることは絶対に許されない。スパイ行為を未然に防ぐためだ。

呉の相棒の大尉がやっと戻ってきた。呉はファイルとブリーフィングブックをどんどん詰めて、袋を手渡した。大尉がまた静まりかえった部屋から出ていく。呉は、テーブルの上座――盛将軍の席――に移動し、待った。

そのとき、偶然、彼は部屋で一人きりになったことに気がついた。保安面での大きな失策だ。李大佐はどこかへ行ってしまった。ファイルの処理を行なっていたほかのチームは、すでに作業を終えている。呉の相棒はまだ戻ってこない。テーブルに残っているのは一セットのファイルだけだ――将軍用の。

呉は視線を下げた。じっと表紙を見つめただけでも、呉のような参謀幕僚はスパイ容疑をかけられ、最前線に送られてもしかたがない。盛のファイルは封印を捺した赤い封蠟が壊れていた。呉は手を伸ばしてファイルを開けた。死刑に相当する罪だ。

ファイルはセクションごとにきちんと分かれていた。各セクションの最初のページには、アメリカ人の写真と、名前を紹介した説明文が載っている。最初の三人の顔は広報で見覚えがあった。人物はきちんとカメラの枠に収まっている。一人目は、上等なビジネススーツを身につけ眼鏡をかけた男だ。名前は〈ハミルトン・アッシャー〉。次は、白髪を短く刈りこんだアメリカ空軍の元帥。〈マーティン・レーサム〉と名前が書いてある。〈トーマス・レフラー〉という恰幅のいい年配の男は、アメリカの政界の長老だと記憶していた。だが、最後のページに載っていたのは写真ではなく、ビデオから起こしたきめの粗い画像だ。サングラスをかけた魅力的なアメリカ人女性が、ホワイトハウスを出ていくところが写っている。その横に、中華街の屋外レストランで撮影された同じ女性——数年前、おそらく二十代のものだろう——の写真が並んでいる。〈クラリッサ・レフラー〉呉は声には出さず、口だけ動かして名前を読んだ。

呉はファイルを閉じ、遠くの壁を食い入るように見つめながら待った。

ドアが開き、李大佐が部屋を覗きこむ。「おや！　呉中尉？　みんな出払っているのかね？」そう言いながら、ぶらぶらと中に入ってくる。

「どうもそのようです、李大佐」

李は呉の袋を取って開けた。呉が盛将軍のファイルとブリーフィングブックを入れると、李は耳障りな音をたてて袋の口をきつく縛った。「わたしが上に戻る途中で、文書警備部門に持っていこう」と申し出る。

「お願いいたします、大佐」と、中尉はかしこまって答えた。

李はほほ笑んだ。

南北戦争以前に建てられた豪奢な家屋の中にある自室に戻ると、呉は暗闇で服を脱いで高い四脚のベッドにもぐり込んだ。マットレスが揺れ、珊珊が体を動かした。あおむけになった呉に体をすり寄せてくる。背中の素肌が温かい。

「ハーイ」眠そうに英語で声をかけたあと、彼女は顔から下半身へとキスを浴びせはじめた。なぜ盛はあの特殊情報をぼくに漏らしたのだろう？ 呉はその謎を解こうとしたが、盛将軍の秘書の機械的ではあるが効き目のある奉仕に、とうとう負けてしまった。

ザ・ミステリ・コレクション

米本土決戦〈上〉

著者／エリック・L・ハリー　訳者／山本光伸
印刷／堀内印刷　製本／明 泉 堂

発行　株式会社　二見書房
〒112-8655 東京都文京区音羽1—21—11
東京(03)3942—2311番　振替／00170-4-2639番

落丁・乱丁本はお取替えいたします。
定価は、カバーに表示してあります。
© MITSUNOBU YAMAMOTO　Printed in Japan

ISBN4-576-00661-4

滅法面白い《二見文庫》

ザ・ミステリ・コレクション

世界の超一級作品の中から、
特に日本人好みの傑作だけを厳選した、
推理ファン垂涎のシリーズ

朝鮮半島炎上〈上・下〉

北朝鮮が国境を越えた。ソウルは火の海！

北朝鮮全軍が国境を越えて南侵、ソウルをはじめ韓国各都市がノドン・ミサイルの攻撃で壊滅、火の手は日本各地の米軍基地へも……

ジョン・アンタル著　各本体705円

北朝鮮の決断

北朝鮮で軍事クーデター。緊張の朝鮮半島！

北朝鮮国家主席を暗殺して軍部を乗っ取ったカンは、米空母〈トルーマン〉を攻撃して搭載の核爆弾を奪取。米国に威しをかけ一挙に緊張の極に！

ジョン・T・キャンベル著　本体638円

北朝鮮軍の賭け

米軍ミサイル防衛システムの機密を奪取せよ！

韓国に配備された米軍ミサイル防衛システムの機密を奪取すべく、精鋭将兵を乗せた北朝鮮軍の潜水艦は米原潜の追跡を振り切り潜入した――

ジョン・T・キャンベル著　本体867円

台湾侵攻〈上・下〉

中国軍の猛将はついに核攻撃を開始した！

台湾が独立を宣言した。激昂する中国はついに台湾に対する攻撃を決定！そして、かつてない窮地に追いやられる台湾とアメリカの命運は？

デイル・ブラウン著　各本体733円

滅法面白い《二見文庫》

ザ・ミステリ・コレクション

世界の超一級作品の中から、
特に日本人好みの傑作だけを厳選した、
推理ファン垂涎のシリーズ

日本の原潜がアメリカ海軍に牙を剝く！

日本封鎖

21世紀、日本は強大な軍事力を持ち近隣諸国を威嚇した。アメリカは制裁のために海軍を巡遣し日本周辺を封鎖した。極東は壮絶な海戦に…

マイケル・ディマーキュリオ著

本体895円

近未来戦争巨編！

全面戦争〈上・下〉

反政府グループの峰起でロシアは無政府状態に陥った。野心に燃える中国はシベリアに侵攻し、米英仏の国連軍と苛烈な戦闘を繰り広げていた…

エリック・L・ハリー著

本体867円

第3次世界大戦究極のシナリオ！

最終戦争〈上・下〉

ロシアが全米の軍事基地に核攻撃。500万人以上の死者に米大統領はロシアの軍事基地に報復の核攻撃を命じた。ついに第3次世界大戦突入か!?

エリック・L・ハリー著

各本体829円

元米国国防長官が描く戦慄のシナリオ！

次なる戦争

北朝鮮軍が突然韓国に侵攻。それに呼応して、中国も台湾を攻撃。ついに核武装した日本が天然資源確保のため東アジアへ…！

キャスパー・ワインバーガー他著

本体867円

滅法面白い《二見文庫》

ザ・ミステリ・コレクション

世界の超一級作品の中から、
特に日本人好みの傑作だけを厳選した、
推理ファン垂涎のシリーズ

北朝鮮に渦巻く恐怖の陰謀！
炎の鷲〈上・下〉
北朝鮮でクーデター勃発か？ひそかに協力を求められた合衆国と韓国は、黄海の孤島で会談に応じるが…北朝鮮は恐るべき陰謀を…
各本体790円
ティモシー・リッツィ著

F15対ミグ編隊の燃烈な空中戦！
電撃
核弾頭を奪還すべく、米軍の精鋭を集めた〝コブラ特殊舞台〟が離陸した。襲いくるリビア軍機との熾烈な空中戦！
本体867円
ティモシー・リッツィ著

領土奪還をもくろむ敵軍の奇襲！
交戦空域
英空軍パイロットのショーンたちは襲いくる敵の大軍に敢然と挑むが……元英空軍将校が空の男の戦いと愛を鮮烈に描く本格冒険アクション！
本体790円
ジョン・ニコル著

2001年、東アジア動乱！その時日本は!?
米中戦争
2億5千万人の失業者を抱えて苦悩する中国は、南・西沙諸島、ベトナムへ侵攻。その時超大国・米国は？　オイル・ロードを絶たれた日本は？
本体790円
ハンフリー・ホークスリー／S・ホルバートン著

滅法面白い《二見文庫》

ザ・ミステリ・コレクション

世界の超一級作品の中から、
特に日本人好みの傑作だけを厳選した、
推理ファン垂涎のシリーズ

フォーサイスを凌ぐと賞賛される今世紀最後の傑作！

雪の狼〈上・下〉

日本冒険小説協会大賞受賞〈外国部門〉

グレン・ミード著／戸田裕之訳　本体各７９０円

戦後最大の極秘作戦〈スノウ・ウルフ〉とは…酷寒のソヴィエトにおいて、孤高の暗殺者スランスキー、薄幸の美女アンナ、ＣＩＡ局員マッシーたちが命を賭けて達成しようとしたものは…

非情な死の連鎖！遠い過去が招く密謀とは？

ブランデンブルグの誓約〈上・下〉

グレン・ミード著／戸田裕之訳　本体各７９０円

南米とヨーロッパで暗躍する謎の男たち――「ブランデンブルクの娘…全員死んでもらう…」この盗聴した謎の会話とは…『雪の狼』の俊英が入魂の筆で描く壮大な冒険サスペンス！

滅法面白い《二見文庫》

ザ・ミステリ・コレクション

《マット・スカダー・シリーズ》

ローレンス・ブロック著／田口俊樹訳

聖なる酒場の挽歌
ニューヨークの孤独と感傷を鮮烈に描くハードボイルドの最高峰！
本体638円

過去からの弔鐘
独房で自殺した犯人の意外な過去が明らかになっていく！
本体581円

冬を怖れた女
ニューヨーク市警内部の腐敗を暴いた刑事が娼婦殺しの容疑者に
本体581円

一ドル銀貨の遺言
殺された友人のため、スカダーはゆすり屋を装い捨身の捜査を…
本体581円

慈悲深い死
女優志望の娘が失跡。マンハッタンの裏街に秘められた真相とは？
本体638円

墓場への切符
復讐に燃えて過去から蘇った犯罪者が仕掛ける狂気の罠——！
本体676円

倒錯の舞踏
猟奇殺人の現場を撮影した戦慄のビデオ！
MWA〈アメリカ探偵作家クラブ〉最優秀長篇賞受賞！
本体867円